陕西师范大学优秀著作出版基金资助出版

弥尔顿与
共同体构建研究

Research on Milton and the Construction of Communities

刘庆松 著

陕西师范大学出版总社 西安

图书代号　ZZ24N1805

图书在版编目(CIP)数据

弥尔顿与共同体构建研究 / 刘庆松著. -- 西安：陕西师范大学出版总社有限公司, 2024.9. -- ISBN 978-7-5695-4633-0

Ⅰ.I561.064

中国国家版本馆 CIP 数据核字第 2024PY6577 号

弥尔顿与共同体构建研究
MIERDUN YU GONGTONGTI GOUJIAN YANJIU

刘庆松　著

责任编辑	张俊胜
责任校对	王东升
封面设计	金定华
出版发行	陕西师范大学出版总社
	（西安市长安南路 199 号　邮编 710062）
网　　址	http://www.snupg.com
印　　刷	西安报业传媒集团
开　　本	787 mm×1092 mm　1/16
印　　张	17.125
字　　数	307 千
版　　次	2024 年 9 月第 1 版
印　　次	2024 年 9 月第 1 次印刷
书　　号	ISBN 978-7-5695-4633-0
定　　价	49.00 元

读者购书、书店添货或发现印装质量问题，请与本社高等教育出版中心联系。
电话:(029)85303622（传真）　85307864

目　录

绪论 ··· 1

第一章　宗教改革与共同体构建 ·· 10
第一节　《关于宗教改革》对主教形象的颠覆 ·························· 10
第二节　《教会统治的理由》对主教制的批驳 ·························· 24
第三节　《基督诞生之晨》中基督的三重角色与神圣共同体 ······ 36
第四节　《论出版自由》中信仰共同体的构建 ························· 51

第二章　君主制与政治共同体 ··· 64
第一节　《国王与官吏的职权》中对弑君行为的辩护与共同体构建 ··· 65
第二节　《偶像破坏者》：逻各斯中心主义与偶像中心主义 ······ 78
第三节　弥尔顿十四行诗中的共同体理想人物 ························· 91
第四节　《为英国人民声辩》中的蜜蜂王国 ···························· 106

第三章　共和、自由理念与民族共同体 ······························ 124
第一节　《为英国人民声辩》中的政治认同、民族认同与共同体 ······ 125
第二节　《再为英国人民声辩》中的三重辩护与作为"道德地理"的民族
　　　　 ··· 135
第三节　《建设自由共和国的简易办法》：对"奄奄一息的自由"的保卫
　　　　 ··· 144

第四节　偶像破坏者与有机共同体的重建——对《斗士参孙》的解读 …………………………………………………………… 153

第四章　乐园书写与信仰共同体 ………………………………… 165
　　第一节　《失乐园》：恢复"一个远为快乐的乐园" ……………… 166
　　第二节　《失乐园》中的天堂模式：从阿卡狄亚、乌托邦到共同体 …… 179
　　第三节　《复乐园》：无形教会与神圣共同体的构建 …………… 196
　　第四节　论《复乐园》中的诱惑与反诱惑 ……………………… 213

第五章　神学理论与神圣共同体 ………………………………… 222
　　第一节　《基督教教义》中的圣灵、基督徒的自由与神圣中介 … 223
　　第二节　《复乐园》与《天路历程》：清教徒的历练之路 ……… 235

结语 …………………………………………………………………… 245

参考文献 ……………………………………………………………… 250

索引 …………………………………………………………………… 265

致谢 …………………………………………………………………… 270

绪　　论

在失序的、停滞的时代,弥尔顿成为乞灵的对象。在《伦敦,1802》("London,1802")一诗中,威廉·华兹华斯(William Wordsworth)大声疾呼:"弥尔顿!今天,你应该活在世上:/英国需要你!"[1]华氏痛心于英国成为一潭死水的沼泽的状况,尤其是"祭坛、宝剑、笔墨、炉边、亭台楼阁"等所指代的宗教、军事、文学、家庭、政治等领域,已经失去了英国古老的内在幸福的天赋。经历荒野试炼的基督所创建的内心乐园在人们的心灵中已经变得不再完整,其主要原因是——"我们是自私的人"。所以华氏渴盼弥尔顿的回归,以便提升时人的精神境界,赋予他们良好的作风、美德、自由和力量,从而重建理想共同体,而在发出这种呼吁时,他也仿佛与弥尔顿合体了,并自我塑造为弥尔顿式的英雄。但何止是在英国,何止是在华氏的时代,应该说在任何地域、任何时代,都需要弥尔顿的存在。当一个国家走向共和体制时,其所面临的难题在弥尔顿的作品中便会找到答案;当一个民族试图强化信仰、提振精神时,会从弥尔顿的思想中发现良方;人们在教育上遇到的问题,甚至在婚姻中的困惑,都可以从弥尔顿那里得到启迪;在需要构建或恢复共同体的时代,弥尔顿的思想宝库总是会贡献出锦囊妙计。

英语词 community(共同体)源自古法语词 comuneté,后者又源自拉丁词 communitas 和 communis,意为"共同的"。共同体始终具有正面的形象和积极的意味。"生活圈子(company)或社会(society)可能是坏的;但它们都不是'共同

---

[1] 华兹华斯、柯尔律治:《华兹华斯、柯尔律治诗选》,杨德豫译,北京:人民文学出版社,2001年,第200页。

体'。我们认为,共同体总是好东西。"①雷蒙·威廉斯(Raymond Williams)亦认为,共同体具有"共同关怀"的意味,而且它似乎从来没有负面的含义。②

共同体是一个由人构成的社会单位,具有共性,体现在规范、价值观、身份认同、地理空间等维度上。威廉斯给community这个词列出了五种内涵,其中的第四种是"拥有共同事物的特质",第五种是"相同身份与特点的感觉",此两者均始于16世纪。③ 这两种内涵都强调共同性,比如共同拥有的利益、财产、身份、民族性等,虽然说该英语词从16世纪才具有这些意义,但在作为其词源的拉丁词中,已经有了类似的含义。共同体的概念在最初的时候就超出了狭隘的血缘纽带的范围。超脱于宗谱纽带的持续的关系同样体现出共同体意识,这对人们在社会机构比如工作场所、政府、社会,或总体的人类中的身份、实践和角色很重要。可见,共同体并不只局限于基于血缘关系的家族、家庭等社会单位中,也扩展到无血缘关系的组织中。既存在着基于人际社会纽带的小型共同体,也不乏大型的群体联盟,比如民族共同体、跨国共同体和虚拟共同体,这说明除了有形的共同体之外,也有无形的共同体。当然,共同体的构建并非一劳永逸;它总是处于不断地变动之中,并且无法与矛盾冲突绝缘;而当它丧失了那些最重要的共同特点,尤其是最核心的精神特质时,共同体的想象就会被破坏,人只能被孤立为单体(singularity)或独体。

在1854年出版的工业小说《西比尔,或两国记》(Sybil, or The Two Nations)中,本杰明·迪斯雷利(Benjamin Disraeli)所看到的英国社会状况比华兹华斯的时代更加糟糕,共同体正在堕落为单体,"英国不存在共同体(community),只有乌合之众(aggregation),然而社会状况导致这个乌合群体无法聚合,反而使社会更加离析。……构成社会需要拥有共同目标的共同体……没有共同目标的共同体,人与人可以互相接近,但仍然是各自孤立的个体"④。古希腊的城邦作为

---

① 齐格蒙特·鲍曼:《共同体:在一个不确定的世界中寻找安全》,欧阳景根译,南京:江苏人民出版社,2003年,序言第2页。
② 雷蒙·威廉斯:《关键词:文化与社会的词汇》,刘建基译,北京:生活·读书·新知三联书店,2016年,第127页。
③ 雷蒙·威廉斯:《关键词:文化与社会的词汇》,刘建基译,北京:生活·读书·新知三联书店,2016年,第125页。
④ 雷蒙·威廉斯:《文化与社会》,高晓玲译,长春:吉林出版集团有限责任公司,2011年,第108页。

共同体,必须以自足的生活为目的,才能摆脱"乌合之众"的状态而成为有机的整体。① 同样,现代意义上的国家要构建或完善共同体,也必须树立自足自立的共同生活目标,摒弃精致的利己主义思想,才能实现万众一心、紧密联结的共同体。

戴维·赫伯特·劳伦斯(David Herbert Lawrence)同样意识到了工业主义的危害,并痛感到"我们已经丧失了那种共同体的本能(instinct of community),那种本能让我们怀着自豪与尊严,让我们以公民而非乡野村夫的更高姿态联合在一起"②。威廉斯由此断言:"……在工业体制下的英国,他[劳伦斯]找不到任何共同体的存在。"③希腊城邦中的普通公民之所以爱共同体,是因为它属于自己,而且它为公民出了很多力;没有它,公民会觉得自己什么也不是,共同体似乎构成了公民的自我,公民的本质深嵌在共同体中。④ 现代社会则缺乏一座让爱通行的桥梁,以便把家庭或血缘之爱扩充到对邻居的爱,并进一步扩展到对更大群体的爱,这磨损了共同体的纽带。共同体的衰落逐渐浸染并削弱了我们狭隘的爱:婚姻、亲属关系和友情受到了负面影响,从而不能为共同的爱提供模式和习惯。⑤ 民族、政治等大共同体对乡村、家庭等小共同体具有一荣俱荣、一损俱损的影响力,而工业主义的巨大破坏力让大小共同体都失去了共同体本能。

从华兹华斯到迪斯雷利和劳伦斯,都表达了对英国社会现状的不满,以及对共同体本能缺失的现象的抨击。在没有共同体的社会中,应该如何想象共同体呢?弥尔顿给出了答案。弥尔顿致力于发现共同体的存在,坚持不懈地追求共同体的完善与进步,即便在王政复辟之后,共同体本能似乎已经完全消失的时候,他的这种热情也没有熄灭。从青年时代起,弥尔顿就表现出强烈的共同体冲动。内战爆发点燃了他的政治热情,如他所言,"国内同胞今日正为自由而

---

① 陈越骅:《伦理共同体何以可能:试论其理论维度上的演变及现代困境》,《道德与文明》2012年第1期。
② 雷蒙·威廉斯:《文化与社会》,高晓玲译,长春:吉林出版集团有限责任公司,2011年,第221页。
③ 同②。
④ 保罗·W. 路德维希:《爱欲与城邦:希腊政治理论中的欲望和共同体》,陈恒译,上海:华东师范大学出版社,2013年,第407页。
⑤ 保罗·W. 路德维希:《爱欲与城邦:希腊政治理论中的欲望和共同体》,陈恒译,上海:华东师范大学出版社,2013年,第408页。

战,我不能优哉游哉,逍遥国外"①。他毅然结束欧陆游学,回到英国国内,加入革命阵营中。激进主义者弥尔顿不像约翰·班扬(John Bunyan)那样在疆场鏖战,而是在意识形态战场上与保皇党展开激战;在小册子内战中他是议会派阵营的首领,屡次笔战群敌,并斩无数写手于笔下。但在奥利弗·克伦威尔(Oliver Cromwell)去世后,英国人民又一次堕落了,他们迎回了查理二世,以便重新做奴隶。在革命失败后,弥尔顿建立自由共和国的愿望落空了。此时的他就像劳伦斯一样,看不到任何共同体的存在,因为人们崇拜偶像,并抛弃了独立与尊严;像迪斯雷利一样,他发现英国充斥着乌合之众,丧失了对自由等共同目标的追求;像华兹华斯一样,他痛感英国变成了污秽的沼泽,充斥着精致的利己主义者。不过,共同体不在场的原因并不能归咎于某一个人,而应是整个民族,弥尔顿也包括在内。

但正义的少数人并没有陷入绝望,他们在行动的生活中遭遇了挫折,就转而在沉思的生活中培育心智,尤其致力于公民精神的培养和伦理道德的弘扬。弥尔顿"同样主张从政治解决办法转移到内心深处的变化上来,为上帝的下一个信号作好准备"②。在他看来,上帝的号角吹起的时候,就是共同体重建时刻到来的时候。英国人民就像斗士参孙一样,因为自甘堕落而吃尽苦头,因信仰迷失甚至丧失对上帝的敬畏,但在沉思的生活中改造了"石心",重启与上帝的沟通,并在发现了共同体的存在后,他们就又一次爆发出不可思议的巨大力量,并给专制势力致命一击。对共同体的想象与理想化可以说贯穿了弥尔顿的整个创作生涯。他是一位百折不挠、无所畏惧的英雄;可以说,几乎他的每一部作品都反映出强烈的共同体冲动。当然,共同体观念在18世纪以降才开始得到重视,并变得愈益成熟,乃至生发出相关理论,但17世纪的弥尔顿在创作中已经超前地体现出契合于共同体理论的思想。虽然他所期冀的理想共同体在其生前并未实现,但得益于沉思生活的心智培育,以及由此引发的内心乐园的广泛恢复,共同体已经为其再一次复苏乃至于脱胎换骨打下了坚实的基础。

弥尔顿的作品中体现的共同体思想引起了学界的极大关注。英美学者的

---

① 殷宝书编:《弥尔顿评论集》,上海:上海译文出版社,1992年,编者序第1页。
② 克里斯托弗·希尔:《论人类的堕落》,胡家峦译,见殷宝书编:《弥尔顿评论集》,上海:上海译文出版社,1992年,第549页。

相关研究成就斐然，但大多是以单篇论文的形式发表，专著则聚焦于某种体裁，如十四行诗。目前还没有研究者对弥尔顿的作品中的共同体观念进行总体性的探究。

安娜·K.纳尔多（Anna K. Nardo）的《弥尔顿的十四行诗与理想共同体》（*Milton's Sonnets and the Ideal Community*，1979）是第一部聚焦于弥尔顿十四行诗的专著，也是极为难得的专注于弥尔顿共同体思想的学术专著。弥尔顿的十四行诗组成了一个连贯的、深刻的序列——对他的全部创作来说是不可或缺的——并集中体现了他的文学、宗教和政治理想。运用共同体的原则——个体与自己、家庭、朋友、国家、人类和上帝的关系——纳尔多分析了弥尔顿的十四行诗所体现的秩序与和谐，以及对神圣共同体的追求。神圣共同体的理想就是这些短诗的统一性要素。纳尔多的分析浑然一体，又细致入微，但在理论性上稍显不足，对斐迪南·滕尼斯（Ferdinand Tonnies）等人的共同体思想没有涉及。

莎伦·阿钦斯坦（Sharon Achinstein）认为，弥尔顿在整个写作生涯中都触及了多种共同体或共同体理想。阿钦斯坦尤其关注的是，在革命的早期岁月中，弥尔顿塑造政治和精神忠诚时难得的体验；他对教会改革的参与对于激活政治变革也至关重要。[①] 可见，宗教共同体的改良与政治共同体的进步是密不可分的。

阿克萨·吉伯里（Achsah Guibbory）认为17世纪的文学文本起源于因仪式崇拜而产生的同一时代的纷争，也致力于对纠纷的解决；对英国革命起着核心作用的宗教仪式有很显著的文化意义。[②] 尽管弥尔顿与正统的清教思想相暌违，清教对偶像崇拜的关注却塑造了他所有的作品。他持续地渴望着可以凝聚身与心并联结人类的仪式与仪式体验。很显然，宗教仪式对宗教共同体起着决定性的维系作用，并决定了英国革命的成功与否。弥尔顿的诸多散文和诗歌作品涉及仪式问题，他的小册子《偶像破坏者》（*Eikonoklastes*，1649）尤其迸发出最

[①] Sharon Achinstein, "John Milton and the Communities of Resistance, 1641 – 1642," in Writing and Religion in England, 1558 – 1689: Studies in Community-Making and Cultural Memory, ed. Roger D. Sell and Anthony W. Johnson, Farnham, England; Burlington, VT: Ashgate, 2009, 289.

[②] Achsah Guibbory, Ceremony and Community from Herbert to Milton: Literature, Religion, and Cultural Conflict in Seventeenth-Century England, New York: Cambridge University Press, 1998.

强烈、最直接的对偶像崇拜行为的抨击。

有些学者的著作虽然不是直接研究共同体这一主题的,但这一概念却在文本中发挥着核心作用,因其寄寓了对共同的理想模式或状态的追求。肯·辛普森(Ken Simpson)把上帝、圣子、圣灵比作作者、文本与神圣中介(divine medium),三者组成了一个书面三位一体,教会由此蜕变为一个文本共同体。[①] 斯蒂芬·R. 霍尼戈斯基(Stephen R. Honeygosky)指出,在弥尔顿看来,当时没有全国性宗教,但有很多特别的宗教,这些教派凭借相互平等的纽带而组成一个单独的、普遍的教会;弥尔顿一直强调归属于一个特别的共同体的重要性,仁爱则是一个语言纽带,把个体捆绑到基督成员组成的共同体中。[②] 总的来看,与共同体有关的论著尤其侧重于对宗教共同体思想的探索,这也说明宗教共同体,包括神圣共同体、新教共同体等,已然成为弥尔顿共同体思想研究中尤为值得关注的类型。还有些学者的论著,比如戴维·安斯沃斯(David Ainsworth)的《弥尔顿与精神读者:17 世纪英格兰的阅读与宗教》(*Milton and the Spiritual Reader: Reading and Religion in Seventeenth-Century England*,2008)、戴维·洛温斯坦(David Loewenstein)的《复现弥尔顿与同时代人的革命:激进清教主义的宗教、政治与争论》(*Representing Revolution in Milton and His Contemporaries: Religion, Politics, and Polemics in Radical Puritanism*,2001)等,并没有涉及共同体概念,但因其主要思想观点契合于共同体理论,并体现出对共同的精神生活和目标的追求,因此同样也会作为珍贵的文献资料,被纳入本书的论述过程中。

中国学者对弥尔顿的研究也有着极为丰富的成果,比如沈弘、吴玲英、郝田虎等人对《失乐园》等作品所做的论述。沈弘认为,英国本土的文学传统对于《失乐园》的创作具有更重大的影响,而撒旦则呈现出"诱惑者""异教武士""地狱魔王"这三个不同的形象。[③] 在 2013 年完成的博士论文《基督式英雄:弥尔顿的英雄诗歌三部曲对"内在精神"之追寻》中,吴玲英以神学思想为出发点,对弥

[①] Ken Simpson, "Rhetoric and revelation: Milton's use of sermo in 'De Doctrina Christiana'," *Studies in Philology* 96.3 (1999): 347,339.

[②] Stephen R. Honeygosky, *Milton's House of God: The Invisible and Visible Church*, Columbia: University of Missouri Press,1993,34,216.

[③] 沈弘:《弥尔顿的撒旦与英国文学传统》,上海:华东师范大学出版社,2018 年。

尔顿三部巨著中的"英雄"主题进行了研究。① 郝田虎从跨文化的视角全面梳理和阐释了弥尔顿在中国的传播之旅,以及由此带来的中西文化的交融和碰撞。② 但除此之外,研究弥尔顿的专著就罕有耳闻了,这与弥尔顿在世界文坛所享有的崇高地位极不相符。中国学者的弥尔顿研究极少关涉到共同体角度,但由于其对共同的精神生活和信仰模式的探究,因此同样也为共同体研究提供了难得的启示和论据。

要全面分析弥尔顿作品中的共同体思想绝非易事,因为他的作品体裁多样,有史诗、诗剧、十四行诗、田园诗(pastoral)、假面剧、小册子等,其中的小册子多达25部。这繁多的作品涉及社会生活的方方面面,诸如政治、宗教、神学、历史、地理、神话、法律等领域,共和制、君主制、主教制等颇具争议的体制,以及教育、婚姻、友谊等主题。弥尔顿作品的复杂性还体现在他的思想观念并不总是一以贯之的,而是随着统治阶层的更迭、政治派系的冲突、宗教门派的争端等所导致的局势的动荡而不断变化;庞大的学者群体对他作品的研究也并不总是能得出一致的观点,有时甚至聚讼纷纭,莫衷一是,这种争议也加大了弥尔顿研究的难度。弥尔顿作品中的参孙曾经对上帝的安排感到困惑难解,甚至产生怀疑,但在自我忏悔并深思神意后,终于豁然开朗,走出迷境。与此相似,研究者有时对弥尔顿作品的内涵同样深感迷惘,甚至百思不得其解,但在自我忏悔(抛弃"小我"的束缚)并洞察到弥尔顿的高妙境界后,必然也会如醍醐灌顶一般,看穿扑朔迷离的幻象般的语言现象,"吹尽狂沙始到金",从而把握住最本质的东西。弥尔顿庞大的思想体系就像米诺斯的迷宫一样,独特的视角就相当于迷宫里的一根线,它会引导研究者走出迷津。虽然走出迷宫的过程并不顺利,捡拾到的真理碎片并不炫目或华贵,但能够管中窥豹、尝鼎一脔,从而有助于对整体的认知,那也是弥足珍贵的。

齐格蒙特·鲍曼(Zygmunt Bauman)把"共同体"视为失去的天堂——但它又是一个我们热切希望重归其中的天堂。③ 对弥尔顿作品中的共同体形态的探索,也是对失去的乐园的寻觅。在英格兰历史上,17世纪值得大书特书——这

---

① 吴玲英:《基督式英雄:弥尔顿的英雄诗歌三部曲对"内在精神"之追寻》,湖南师范大学博士学位论文,2013年。
② 郝田虎:《弥尔顿在中国》,杭州:浙江大学出版社,2021年。
③ 齐格蒙特·鲍曼:《共同体:在一个不确定的世界中寻找安全》,欧阳景根译,南京:江苏人民出版社,2003年,序言第5页。

是从中世纪封建社会向早期近代社会转型过程中矛盾冲突集中爆发的阶段,是英格兰有史以来极为重大的自我变革时期,也是政治改革与宗教改革叠加发生时派别冲突最为激烈的时期。越是在乱世,人们的乐园想象也越加强烈。难怪在当时的英格兰,有200个左右的宗教派别几乎都有自己的乌托邦书写。弥尔顿的理想化乐园超越了富于政治色彩的乌托邦,而体现出基于心缘的、拥有共同精神生活和信仰模式的共同体的特点。愚人乐园中的庸俗之徒不能理解弥尔顿的共同体想象,他是为那些拥有内心乐园的、正义的少数人以及被误导的读者创作的。对弥尔顿笔下的共同体愿景的认知与接受,就是对失去的乐园的趋近。

  本书旨在分析弥尔顿创作中的共同体想象,其理论基础大多来自社会学、政治学、宗教学、神学、历史学、美学等学科中的相关学说。从古希腊先哲到近代大家,如柏拉图(Plato)、亚里士多德(Aristotle)、滕尼斯等,到当代学者,如威廉斯、本尼迪克特·安德森(Benedict Anderson)、纳尔多、殷企平等人,都为共同体理论的发展付出了心血,也为文学中的共同体研究打下了坚实的基础。除了采用跨学科的研究方法以外,本书还运用纵向比较的方法探讨弥尔顿作品中的共同体思想对传统的继承和发展以及对后世共同体理论的启迪,用横向比较的方法讨论弥尔顿与同时代学者及作家在思想上的联系与区别。

  本书的研究对象包括两类:一是弥尔顿的诗歌作品,如颂诗、田园诗、十四行诗、史诗《失乐园》与《复乐园》、悲剧《斗士参孙》等;二是论述性散文作品,尤其是《论出版自由:对英格兰议会所做的关于出版自由的演讲》(*Areopagitica*; *a Speech for the Liberty of Unlicensed Printing, to the Parliament of England*)、《偶像破坏者》《为英国人民声辩》(*A Defence of the People of England*,后文中简称为《声辩》)、《再为英国人民声辩》(*A Second Defence of the English People*,后文中简称为《再声辩》)、《基督教教义》等小册子。

  在结构上,本书将分为五个板块,分别围绕宗教、政治、民族、信仰和神圣共同体等形态展开论述。宗教、政治、民族是更大范畴的共同体形态,各个形态本身都充满了张力或冲突,从而导致了格局的混乱;另外,三者之间也存在着极为复杂的互动关系,这都增加了分析的难度。比如,本书中的宗教共同体,从广义上来说,是指基督教共同体;从狭义上来说,也可以指新教共同体,不包含天主教群体。在政治共同体中,议会发挥着核心作用,但君主却不断地横加干涉,力图颠覆这一基石,从而使得国家摇摆在有机共同体与机械聚合体两种状态之间;至于民族共同体,由于英格兰人主要是由盎格鲁-撒克逊人组成的,因此相对来说,这是最为稳定的层面,但它也面临着与爱尔兰、苏格兰等民族的矛盾纷争。英格兰新教共同体涵盖了由议会所主导的政治共同体,以及不稳定的、颇具颠覆性的斯图亚特王室;英格兰民族共同体则包括新教共同体以及被他者化的天主教等教派。各种共同体又和欧洲大陆的诸多宗教派别、政治势力以及民族群体之间存在着或亲或疏的关系。这种复杂的时代背景加剧了转型焦虑(anxiety over transition),弥尔顿试图以他自己的方式去化解这种焦虑,并探索一条通往有机共同体之路。对理想共同体的追求几乎贯穿了他所有的作品,这是弥尔顿终身为之奋斗的事业,也是他的共同体愿景中的至高目标,因此将成为本书论述过程中的重中之重,第一章也将围绕这一形态展开。

第一章 宗教改革与共同体构建

本章主要探讨三部小册子和一首颂诗中所体现的宗教改革理念和对理想宗教共同体的渴盼。17世纪中期清教徒开始的神学改革,堪称英格兰的第二次宗教改革,反主教制则是其主旨。在小册子《关于宗教改革》(*Of Reformation*)①中,弥尔顿主张彻底铲除主教制。他揭露了现代主教制的堕落,斥责主教制与王权不可分离的谬论,并对英格兰宗教史中殉道的主教做了翻案式的评判。在《教会统治的理由》(*The Reason of Church-Government*)中,弥尔顿进一步揭露了主教制对教会分裂的加剧、对福音的反对,他的目的在于保护宗教共同体的精神自由和纯正信仰。《基督诞生之晨》这首早期创作的诗歌,已经显露出年轻诗人弥尔顿宏伟的宗教改革理想、为神圣共同体正本清源的雄心,以及对某些重要神学观念的深度思考。在诗中,基督扮演了三重角色,这些角色在共同体构建过程中将发挥开创性的重大历史作用。本章最后一节聚焦于《论出版自由》。这本小册子是对反主教制这一行动的延续,因此同样体现出改教思想。它揭露了许可制与天主教的渊源、对教派并立的影响,并呼吁废除许可制,以实现对真理的凝聚和信仰共同体的构建。

第一节 《关于宗教改革》对主教形象的颠覆

在17世纪40年代初的英格兰,清教与国教的斗争开始进入白热化状态。

---

① 该书全名为 Of Reformation Touching Church-Discipline in England: And the Causes that Hitherto Have Hindered It,共分为两卷。

以威廉·劳德(William Laud)大主教为代表的教会势力对国教的问题持保守态度,反对进一步改革。查理一世试图让苏格兰教会激进的长老会①体制与英格兰模式一致,从而导致与英格兰国教有关的见解的分歧进一步扩大;主教们开始代表所有阻碍新教改革的势力,受到清教徒的谴责。② 为国教的辩护是由约瑟夫·霍尔(Joseph Hall)主教发起的,他于1640年出版的《神授权力的主教制》(Episcopacy by Divine Right)引爆了关于主教制的小册子论战。霍尔质疑《圣经》是与主教制有关的知识信息唯一源头的观念。③ 回击他的是一群清教牧师,均属长老会,他们自称为"斯麦克蒂木纳斯派"(Smectymnuus),该化名来自四位英格兰牧师和一位苏格兰牧师的名字的首字母,为首的是弥尔顿曾经的导师托马斯·杨(Thomas Young)。④ 他们公开支持早期的质朴的主教制,但并不打算对现在的主教制予以完全清除。⑤

弥尔顿声称自己是左手写散文,右手赋诗歌,但这左手写的散文也足以使他成为一位散文大家。他总共创作了25本小册子,其中21本是用英文写的,另外4本用的是拉丁文。弥尔顿的散文创作生涯始于1641年。在1641—1642年,有着惊人创作禀赋的弥尔顿总共撰写了5部反主教制的小册子,目的是说服议会通过关于彻底铲除主教制的提案。其中的第一部《关于宗教改革》匿名出版于1641年,这几乎可以说是17世纪40年代早期清教徒的小册子中最出名的一本。⑥ 弥

---

① 长老会(Presbyterian Church),或长老宗,采用具有共和性质的长老制。其主要原则是:基层教会信众从一般信徒中选举出长老,由长老选聘牧师共同组成堂会会议管理教会。基层教会再派出长老和牧师各一名组成教区长老会。此会对下层的教会有监督权。各教区长老会再选派人数相等的长老和牧师代表联合组成上一级的大会。大会具有教会最高立法权与司法权。这种制度保障了一般信徒的民主权利。

② Robert F. Duvall, "Time, Place, Persons: The Background for Milton's Of Reformation," Studies in English Literature, 1500 – 1900 7.1 (1967):109.

③ David Weil Baker, "'Dealt with at His Owne Weapon': Anti-antiquarianism in Milton's Prelacy Tracts," Studies in Philology 106.2 (Spring 2009):211.

④ 五位牧师的名字分别是斯蒂芬·马歇尔(Stephen Marshall)、埃德蒙·卡勒米(Edmund Calamy)、托马斯·杨(Thomas Young)、马修·纽克门(Matthew Newcomen)和威廉·斯波斯托(William Spurstow)。

⑤ Gordon Campbell and Thomas N. Corns, John Milton: Life, Work, and Thought, New York: Oxford University Press, 2008, 148.

⑥ Thomas Kranidas, "Milton's Of Reformation: The Politics of Vision," ELH 49.2 (1982):497.

尔顿参与17世纪的散文战争，目的是扮演一个改革者的角色；小册子论战所用的语言主要是神学的。① 与他协同作战的清教徒小册子作家有数百位。

1641年实际上已经开启了英国革命，聚焦点是1640年召集的长期议会（Long Parliament）。17世纪的政治冲突与宗教冲突难解难分，议会则是各种斗争中的决定性力量，尤其是长期议会是与主教制进行斗争的主力军。故而，"英格兰的宗教改革运动可说是一次国家的行动"，"是议会的事务"②。英格兰可以说经历了两次宗教改革，一次是亨利八世进行的宪制改革，另一次是17世纪中期清教徒开始的神学改革，③反主教制是后者最主要的举措，而这种反抗主要是基于清教带来的中产阶级影响。政治共同体革命的成功离不开宗教共同体的改革——在查理一世统治时期，主教制是一种分裂性力量，被视作清教所主导的政治和宗教共同体中的破坏性因素。对于弥尔顿来说，"内战首先是一场宗教战争"④。

在主教制的反对者中，弥尔顿属于最激进者中的一员，大有除之而后快的愿望；很多评论者对此持赞同态度，但也有些人不以为然。受清教徒改革英国国教（Anglican Church）热情的影响，弥尔顿成为激烈的改革支持者，并强调英格兰必须从效仿教皇权势的暴政的所有残余中解放出来。⑤ 他这一文本的目的是表明英国国教可悲的感官享受，以及其接受更新的长老会规则的必要。⑥ "《关于宗教改革》的一个核心的和反复的主题是弥尔顿对真正的主教的定义，即由他的群体所选择的谦卑的牧师。"⑦但他这一论战著作在颠覆主教制的同时，也呈现了对外在形象的偶像破坏式的不信任和对该形象力量的恋偶像式的

---

① Robert F. Duvall, "Time, Place, Persons: The Background for Milton's Of Reformation," Studies in English Literature, 1500–1900 7.1 (1967): 107–108.

② 阿利斯特·麦格拉斯：《宗教改革运动思潮》，蔡锦图、陈佐人译，北京：中国社会科学出版社，2009年，第20页。

③ 布鲁斯·雪莱：《基督教会史》，刘平译，北京：北京大学出版社，2004年，第296页。

④ Elizabeth Sauer, "Milton and Caroline Church Government," The Yearbook of English Studies 44, Caroline Literature (2014): 206. 本书中的外文文献引文，如无特殊说明，均为笔者遵照外文原文进行的自译，余同。

⑤ Robert F. Duvall, "Time, Place, Persons: The Background for Milton's Of Reformation," Studies in English Literature, 1500–1900 7.1 (1967): 112–113.

⑥ Thomas Kranidas, "Milton's Of Reformation: The Politics of Vision," ELH 49.2 (1982): 501.

⑦ Don M. Wolfe, Introduction to Vol. 1 of Complete Prose Works of John Milton, 8 Vols., ed. Don M. Wolfe et al., New Haven, CT: Yale University Press, 1953–1982, 112. 以下的注解中，散文全集将简称为CPW，不再另注。

痴迷之间的斗争。① 不过,主教制的确是一无是处,并应该予以连根铲除吗? 有很多温和的清教徒主张对主教制予以改革,而非废除;他们恐惧的是长老会可能会一派独大,难以驾驭。② 主教制到底该予以废除还是只进行改革? 即便在清教徒内部对这一问题也没有形成共识。

弥尔顿为何要极力颠覆主教的形象,并主张废除主教制呢? 这一态度是如何形成的,以及是否有值得商榷之处? 下文将从主教制历史的梳理、主教制与君主制的关系、对主教殉道史的祛魅等角度分析小册子中的神学与政治学思想,并解答上述问题。

一、现代主教制——新"吐出"的带有感官崇拜的异教信仰

新教动力学(dynamics)有一个特殊原则,即每个人都有权遵循他在经文中所发现的社会或个人真理,并在生活中为之付出。但这一思想方法却导致了很多矛盾。③ 对《圣经》中同样的内容,不同的教徒可能有不同的理解,从而导致了在神学上、教义上理解的分歧,甚至同一个教徒在不同的时期,由于宗教局势的转变,也会经历神学和宗教思想的更新。弥尔顿的神学思想处于不断地变化之中,而宗教立场则经历了从国教、长老会、独立派④到平等派⑤的变换,最后成为以良知为圭臬的信徒。他对国教及主教制的态度都经历了从支持到反对的反转。

主教制(episcopacy)是属于使徒传统的一种基督教教会体制。在基督教早

---

① Ronald W. Cooley, "Iconoclasm and Self-Definition in Milton's 'Of Reformation'," Religion & Literature 23.1 (1991):24.

② Don M. Wolfe, Introduction to Vol. 1 of CPW, 8 Vols., ed. Don M. Wolfe et al., New Haven, CT: Yale University Press, 1953 – 1982, 104.

③ Don M. Wolfe, Introduction to Vol. 1 of CPW, 8 Vols., ed. Don M. Wolfe et al., New Haven, CT: Yale University Press, 1953 – 1982, 111.

④ 独立派(Independents)是英国一个清教徒派别。它产生于16世纪末,主要包括公理会、浸会等派别,主张教徒独立体会上帝的意旨。英国革命期间,该教派逐渐演变为激进的政治派别,以克伦威尔为领袖。克伦威尔去世后,独立派日趋式微,并在王政复辟后不复存在。

⑤ 平等派(Levellers)也译为"平均派",英国革命时期以约翰·李尔本(John Lilburne)为首的小资产阶级民主派;政治上主张进行社会改革、实行普选制和建立共和国,在新模范军的下级官兵中有较多的拥护者;同掌权的独立派既有矛盾,也有协作。该派1649年被以克伦威尔为首的独立派镇压。

期,一个地区的教众处于长老的领导之下,权威最大的长老逐渐成为该地区的主教。主教与下属的长老、执事构成了一种三级制度,是为教会的教权化;主教由此成为管理教会的主体。主教制大约在公元2世纪上半叶开始形成,后逐渐完备。实行主教制的教会主要有天主教以及后来的东正教和新教的圣公会等。在英格兰改教运动初期,国王亨利八世于1534年颁布《至尊法案》(Act of Supremacy),正式创立脱离天主教会的英国国教会,但基本保留了旧教的主教制,不过首脑不再是教皇,而是英国国王。从此,作为一种新教教会体制,主教制在英国国教会中一直传承下来,只是在英国革命时期被短暂废除过。

在《关于宗教改革》中,存在着鲜明的早期主教和现代主教的对比。在弥尔顿看来,从早期主教到现代主教是一个不断堕落的过程。在现代主教心里,圣灵每天都熄灭和死亡,主教都是邪恶的怪物。① 使徒时代(Apostolic Age)是教会的黄金时代,除叛徒犹大外,使徒们传播基督的福音与真理,不畏艰辛,甚至牺牲个人生命,使基督的教会扎下根来,不断发展壮大。

在基督教纯正的早期时代,主教面对世俗统治者常不畏权势,敢于做出一些壮举,比如把君主革除教籍等。在390年的罗马帝国,塞萨洛尼卡城的总督因为拒绝释放一位人民喜爱的战车手而被百姓所杀。皇帝狄奥多西一世为其复仇,屠杀了7000位居民。主教安布罗斯(Ambrose)给狄奥多西写了一封密函,警告他若不公开悔罪就要剥夺他的教籍,狄奥多西只好让步,在教会里当众认罪,请求饶恕。安布罗斯是第一位能以主教地位影响统治者的教会领袖。之后西方教会不断运用绝罚(excommunication)②的手段来震慑君主。安布罗斯坚持政教分离,敢于约束皇帝的权力,是弥尔顿极力褒扬的早期主教。但弥尔顿认为,早在君士坦丁大帝时代以前,一般的基督徒都失去了原始时代的大部分尊严和正直;君士坦丁大帝使教会获得了大量财富,教会便开始钻营官职,企图夺得各种权力。③

到了中世纪,由于天主教会的日益堕落、腐败,主教也发生了分化,其中一

---

① Don M. Wolfe, Introduction to Vol. 1 of CPW, 8 Vols., ed. Don M. Wolfe et al., New Haven, CT: Yale University Press, 1953 – 1982, 113.

② 意思是革除教籍,逐出教会。

③ 约翰·弥尔顿:《英国人弥尔顿为英国人民声辩,驳斥克劳底斯·撒尔美夏斯的"为英王声辩"》,见约翰·弥尔顿:《为英国人民声辩》,何宁译,北京:商务印书馆,1958年,第113页。

些甚至成为教会与世俗政权作恶者的帮凶。教会的变质引起了正直信徒的反对，为宗教改革撒下了火种。宗教改革的先驱是14世纪英格兰的约翰·威克利夫（John Wycliffe）。他死后被称为异教徒，尸骨被改革反对者挖出来焚烧后扔到河里。弥尔顿称颂威克利夫的宣教使得后来的改革者们点燃了手中的火把，但那只是短暂的火焰，很快就被教皇和主教们浇湿扑灭了，从而导致了英格兰改教运动在随后六七位君主统治时期的沉寂。直到亨利八世时期，英格兰才开始了第一次严格意义上的宗教改革。

17世纪中叶开始了第二次改革。当时的英格兰有三四百万人口，共有2位大主教、24个主教和9000名教区牧师。英国国教对加尔文派和清教徒的压制，导致它自己成为被攻击的目标。从1640年开始，长期议会对教会实施了强有力的控制，使得保皇的国教派无从占得上风，而查理的专制主义君权对此也无可奈何。1640年12月11日，伦敦有15 000人在《根除请愿》（*Root and Branch Petition*）上签名，要求连根带枝地完全废除主教制。清教徒列举了数十种不满之处，包括形象与祭坛的使用、过时仪式的强制举行、大主教劳德对经典著作的强迫阅读、主教不经选举的程序，等等。与之相反，主教制的维护者则回溯了主教的使徒起源、主教对福音书中天主教腐败成分的清洗、他们为了真理的光荣的殉道行为，以及长久以来由法律所建立的主教教会统治的美德。请愿者在要求彻底根除主教制的背后，却对另一种势力可能产生的一派独大产生了恐惧——以后，在长老会的统治下，将有4万名教会官员，势力将强过议会和君主制。①

在《关于宗教改革》的开端，弥尔顿抨击了天主教的腐败，并斥责英国国教与天主教同流合污——它一方面倒退到犹太人式的对陈腐、被遗弃的教条乞灵的地步，另一方面又趋前迎合新吐出的、带有感官崇拜的异教信仰。② 在《圣经》中，那些不知悔改的愚人受到嘲骂："愚昧人行愚妄事，行了又行，就如狗转过来吃它所吐的"（箴26:11）；"狗所吐的，它转过来又吃"（彼后2:22）③。弥尔

---

① Don M. Wolfe, Introduction to Vol. 1 of CPW, 8 Vols., ed. Don M. Wolfe et al., New Haven, CT: Yale University Press, 1953 – 1982, 104.

② John Milton, Of Reformation, in Vol. 1 of CPW, 8 Vols., ed. Don M. Wolfe et al., New Haven, CT: Yale University Press, 1953 – 1982, 520. 以下的引文将随文标出散文全集的简称 *CPW*、卷数和页码，不再另注。

③ 本书引用的《圣经》，由中国基督教协会于2009年出版发行，南京爱德印刷有限公司承印，下文不再另注。

顿讽刺英国国教就像吃自己呕吐物的狗一样,本来已经抛弃了天主教的某些反动教义,却又重新捡起这些龌龊垃圾,并奉之若宝。他认为,英格兰有上帝赐予的恩典和荣耀,将成为第一个树立标准来恢复丧失的真理的国家(CPW,1:525),但这是基于对教会的陈腐体制的改革。

教会的堕落与改革是历史舞台上反复上演的剧情。"基督下降到肉体并在精神上胜利代表了上帝教会的历史",在后使徒历史中,这种下降到肉体并上升到精神的模式被不断重复,教会经历了污秽的腐败,但又喜迎改革。① 英格兰的宗教改革肇始于威克利夫,但不久即被教皇势力镇压;亨利八世创立了国教,开始了体制上的改革,但天主教徒玛丽女王却又把教会推向腐败的境地;伊丽莎白女王对新教的器重又被斯图亚特家族对天主教的偏好所取代,这导致了英格兰的第二次改教运动。宗教共同体虽然不断面临着守旧势力的侵蚀,但却有着非凡的变革图存的自净能力。

弥尔顿这本小册子的主要目的在于揭露那些阻碍真正推广戒律的拦路虎。除了亨利八世、爱德华六世等君主以外,他认为第二个未负起责任的群体就是主教;尽管宣布与教皇断绝关系,他们却依旧欢迎天主教义,并在彼此之间分享由此获得的权威(CPW,1:528)。弥尔顿重点分析了他所处时代的宗教改革面对的阻力,并列举了三种相关的群体:因循守旧者、放荡不羁者、政客。其中的主体是劳德大主教所领导的因循守旧者和以查理一世为首的政客。

在褒扬虔诚的早期主教与批驳腐败、因循守旧的现代主教的同时,弥尔顿也就主教制与君主制的关系进行了剖析。

二、对"无主教,无国王"口号的颠覆——政教分离

1604年1月14日,在汉普顿王宫会议②上,詹姆斯一世提出了"无主教,无国王"的口号,以否定清教徒改革主教制的请愿活动。"无主教,无国王"的观点

---

① Achsah Guibbory, Ceremony and Community from Herbert to Milton: Literature, Religion, and Cultural Conflict in Seventeenth-Century England, New York: Cambridge University Press, 1998,149.

② 1603年,清教徒向英格兰国王詹姆斯一世提交由卡特赖特起草的"千人请愿书",要求改革国教会(圣公会),取消国教的多种宗教仪式,并改变主教制和公祷书。翌年,詹姆斯一世在伦敦附近的汉普顿王宫召集由国教和清教双方代表出席的特别会议,会议讨论了有关教会改革的问题。国王拒绝了请愿书的大部分要求,只同意重新翻译《圣经》。

把国王的存在寄托于主教制,既荒谬又武断,受到清教徒的批驳。弥尔顿还提到"一个教皇,一个国王"的说法——托马索·坎帕内拉(Tommaso Campanella)分析说,如果当时的西班牙国王实现了世界帝国的话,就会宣称对教皇的依靠;保罗·萨尔皮(Paolo Sarpi)则畏惧这种罗马和西班牙的"双重主权"会压服英格兰君主制和欧洲新教(*CPW*,1:582,n.38①)。弥尔顿尖锐地指出,国王的王座是建立在正义即普遍正义之上的,并包含了所有其他美德;而主教团的行为远离正义,因此他们的倒台并不能动摇王室分毫,相反,他们的存在的确持续地反对并破坏王室安全(*CPW*,1:584)。所以,主教制并非君主制的安全保障,相反,它其实是后者最大的威胁,不断对其进行拆台、瓦解、颠覆。的确,在查理一世的覆亡过程中,大主教劳德等人不但不劝阻他的专制独断行为,反而推波助澜,让他在与议会及人民为敌的道路上越走越远,并最终落了个玩火自焚的下场。

  查理一世接续了"血腥玛丽"和他父亲詹姆斯一世对清教徒的迫害行径。虔诚的基督徒为了躲避主教的打压,被迫背井离乡,远赴新大陆,而政府则试图阻止他们的移民行动。弥尔顿痛心疾首地说,主教的政策耗尽了英国国内的力量,使英国最坚定、最忠实的邻居流亡海外(*CPW*,1:586);主教们的不义之举危及国王,使其有可能丧失三分之一的臣民。虽然实际数字没有这么大,但在劳德当上大主教之后的10年内,的确有成千上万的清教徒历尽千辛万苦,远赴重洋来到美洲,开辟新的应许之地。

  弥尔顿把主教制的仪式和法庭比作两条水蛭,吸王国的血(*CPW*,1:589)。他把主教们比作《但以理书》第5章中描述的伯沙撒王——古巴比伦王尼布甲尼撒的后裔。王与大臣、皇后、妃嫔饮酒作乐,用的是从耶路撒冷神殿库房中所掠取的金银器皿。伯沙撒王傲慢自大,崇拜偶像,不敬上帝,因而在他与众人狂欢之时,一个神秘的手指头在墙上写下文字,告知他末日已到,当晚王即被人刺杀。弥尔顿引用此神迹警告查理一世和主教们远离崇拜偶像的天主教仪式,以免遭天谴。

  查理一世甚至企图把英格兰的《共同祈祷书》(*Book of Common Prayer*)和圣餐仪式强加给由长老会所主导的苏格兰教会,从而引发了战争。英格兰和苏格兰之间的两次主教战争(Bishops' Wars),分别发生在1639年和1640年。劳

---

① "n."指的是footnote(注解),即该书某一页某一条的脚注。

德大主教及其同事强烈支持这两次战争(CPW,1:596,n.89)。弥尔顿把国王的宠臣托马斯·温特沃思·斯特拉福德(Thomas Wentworth Strafford)伯爵、劳德,以及其他宗教改革的敌人称作男巫,他们助纣为虐、兴风作浪、挑起内斗。劳德是一个长久的干扰者、日复一日的蚕食者和入侵者(CPW,1:599)。在弥尔顿心目中,英格兰和苏格兰是最亲密的兄弟,查理一世却妄图把主教制强加给苏格兰,后者的长老会作为改革宗教会团体,自然对此难以容忍。

在阻碍宗教改革的诸多势力中,君主往往居于首位,比如亨利八世。弥尔顿认为,虽然亨利八世让英国不再臣服于天主教,但由他的离婚所引起的纷争更多的是为了他的主权,而不是天主教的缺陷,所以他的改教措施并没有革除主教制这个天主教的传统。弥尔顿斥责教皇这位敌基督①是财神玛门的儿子,倘若玛门统治了英格兰,敌基督将打滚撒野,尽管他的大狗窝是在罗马(CPW,1:590)。

在清教徒看来,主教制是对上帝之道的扭曲。主教制不但无益于君主制,反而与暴政相联系,而暴政则与上帝的君主制相对立。弥尔顿极端关注的是作为被拣选王国的英格兰的未来,以及一种召唤,即英格兰共和国变为上帝与他的基督的王国。超越时间的上帝王国将在净化的、正义的英格兰共和国得以实现。② 弥尔顿认为,"共和国应该就像一个高大的基督教人士,茁壮成长,有着诚实者的声誉,在美德和身体方面都伟大而整全"(CPW,1:572)。这个神圣共同体体现出团结和美德,而那些给个人带来独有幸福的原因,也会给整个国家带来幸福,对君主制有利和合宜的东西对每个基督徒的真正幸福也是有利、合宜的。弥尔顿强调了国家和个人、君主制和基督徒之间是互相促进、互相依存的互动关系,但没有哪种教制形式是适合君主制的,除了主教制(CPW,1:573)。实际上,主教制不但不适合君主制,反而容易导致君主制的灭亡。在出版于1642年的最后一部反主教制小册子《针对一部小册子的辩护》(An Apology Against a Pamphlet)中,弥尔顿把君主制和主教制暴政联系起来,作为同一只扑朔

---

① 敌基督(Antichrist),亦译为"假基督",指"反对基督的人"。使徒约翰称一切否认圣父及圣子的人、否认耶稣是圣子或道成肉身的人都是敌基督者。后世神学家把一切背叛基督教会、倡导异端的人也称为"敌基督者"。详见文庸、乐峰、王继武主编:《基督教词典》,北京:商务印书馆,2005年,第103页。

② Robert F. Duvall, "Time, Place, Persons: The Background for Milton's Of Reformation," Studies in English Literature, 1500–1900 7.1 (1967):117–118.

迷离的怪物的两种形状,但在《关于宗教改革》中,这只怪物就不是那么含糊不清了,因为主教制是可以与君主制分离的。① 只有分离,才能削弱暴君的力量,并减少主教制对人民的精神毒害。弥尔顿认为,教会最初的教士忠实地传教,唯一关注的是他们的绵羊,而把世俗之物看作对他们的崇高召唤的阻碍和贬低。不论如何传播福音,他们都不需要王公贵族的帮助。他们探究好的方法,以实现教会体制和他们自己的制度之间的契合。"恺撒的命令我们可以任何时候都不接受,但上帝的法令我们没有理由抛弃。"(CPW,1:574)基督说:"我的国不属这世界。"(约18:36)在弥尔顿看来,基督的话意味着人类不能总是在恺撒的光芒中,或者受制于罗马帝国。使徒的继承者们,尤其是主教,继续传播基督的道,历经了两三个世纪。在313年,罗马皇帝君士坦丁等人颁布《米兰敕令》(Edict of Milan),对基督教采取了同情和宽容的态度,并从324年开始,把基督教奉为国教。但在他的后裔统治时期,迷信泛滥,最初的对基督福音的爱被抛弃,两个神被树立,即邪恶的财神玛门和他们的肚子(CPW,1:576-577)。统治者通过自己凌驾于人们良知之上的精神权力方面的优势,开始渴望掌握身体,以及与身体有关的事物,以此来发泄他们的肉欲(CPW,1:577)。这时的主教已经丧失了早期主教的虔诚,开始迎合世俗统治阶层,甚至与之同流合污。

主教制的维护者托马斯·阿斯顿爵士(Sir Thomas Aston)在小册子《对长老会的抗议》(Remonstrance Against Presbitery,1641)中宣称:"主教制是君主制的支柱和安慰,长老会教条却对国王的权力有敌意。"②弥尔顿让读者做出判断:主教制是不是唯一适合君主制的教会统治(CPW,1:598)? 主教制与长老制哪一个更适合君主制呢? 清教徒在当时自然更倾向于长老制,但主教制的辩护者恐惧的是,长老会的行为可能会比主教的行为更为专制,从而危及君主制的存续。随着英国革命的爆发与深入,长老会的缺陷开始暴露。在与君主的关系方面,长老会从一开始的坚决斗争转变为之后的妥协,最后竟然抛弃革命立场,投靠复辟势力,但却遭受冷落并终至式微。可见,宗教体制与政治体制之间有一个长期磨合、测试的过程。政治体制影响宗教体制的运行,而坏政体有时甚至危及宗教体制的生存,比如查理一世政教合一的专制统治就给主教制带来了助纣

---

① David Weil Baker, "'Dealt with at His Owne Weapon': Anti-antiquarianism in Milton's Prelacy Tracts," Studies in Philology 106.2 (Spring 2009):229.

② Don M. Wolfe, Introduction to Vol. 1 of CPW, 8 Vols., ed. Don M. Wolfe et al., New Haven, CT: Yale University Press, 1953-1982, 105.

为虐的恶名,从而引发了要求废除主教制的抗议活动。他强行在苏格兰推行主教制,从而导致了两国关系的恶化。宗教体制虽然受制于政治体制,但对后者也有不容小觑的反作用力,有时甚至会产生颠覆作用,这从清教革命的威力上即可看出,而主教制由于堕落为君主的附庸,并变得腐败,反而加快了后者的覆灭。

在小册子的最后,弥尔顿向三位一体的上帝发出祈求——拯救这个衰竭的、奄奄一息的教会,让它不要成为这些死缠不放的群狼的猎物,它们要吞噬那些温和的羊群;这些野猪闯进了上帝的葡萄园,它们污浊的蹄子在上帝仆人的灵魂上留下了印迹(*CPW*,1:614)。教皇曾污蔑马丁·路德(Martin Luther)为闯进葡萄园的野猪,弥尔顿则把主教视作羊群中的群狼和葡萄园里的野猪,对查理庇护下的主教做了辛辣的讽刺。

君主制并非必须依赖某一教会体制才能存在,"无主教"并不必然意味着"无国王",堕落的主教制反而加速了君主制的垮台。但主教制毕竟是自基督教传入英格兰以来一直存续的宗教体制,是有着一定生命力的传统,因此在存废问题上应慎重考虑。弥尔顿亦提出,可以按照长老会的规章,给予人民完全的和自由的对主教的选举权(*CPW*,1:600)。这说明,改革主教制,剔除其中的专制和腐败的成分,也许会使其焕发生命力,从而有助于宗教共同体的净化和君主制的变革。

在弥尔顿看来,政教分离是不容忽视的问题,对民族共同体的生存有着决定性的影响。他认为,对国教的改革不只是正统的反天主教行为,并强烈呼吁对精神与临时霸权的严格分离,不论是罗马天主教、希腊正教,还是长老会。对于私人来说,肉欲与精神价值观的共存是复杂的、微妙的和必要的共生现象,但在机构中风险就太大了——政教融合将是毁灭性的。① 所以,必须否定"无主教,无国王"的口号,而把主教制从君主制中剥离乃至废除将是对查理一世专制政权势力的沉重打击。

弥尔顿满怀信心地预言,基督教共同体的建立指日可待,但上帝的敌人求助于大淫妇②的所有巫师(*CPW*,1:615)。在第一次为英国人民声辩的小册子

---

① Thomas Kranidas,"Milton's Of Reformation:The Politics of Vision," ELH 49.2(1982):502.
② 巴比伦的大淫妇(Great Harlot of Babylon)是《启示录》中描述的一位妇女,骑在一只七头野兽背上,是一个寓言式的邪恶人物。它喻指罗马帝国,暗示其必然灭亡的命运,并反映出基督徒对该帝国的仇恨。详见梁工主编:《圣经百科辞典》,沈阳:辽宁人民出版社,2015年,第31页。由于天主教的总部是在罗马,因此清教徒也用巴比伦的大淫妇来喻指天主教。

中,弥尔顿就犀利地抨击道:"教皇和暴君同样都是由上帝指派的,设立教皇就是为了惩罚教会。"①天主教这个巴比伦的娼妓,在英格兰遗留的主教制造就了诸多巫师一般的主教,但基督将通过圣灵动员虔诚的清教徒,终结以查理一世为首的专制政权。那些以主教为首的反对改革者,以及那些最卑鄙、最沮丧、最被践踏的人,将被抛入地狱,忍受疯狂的、野兽般的暴政的折磨(CPW,1:617)。弥尔顿对反对宗教改革的主教发出了最严厉的诅咒。

在对主教制与君主制的共存关系进行解构后,弥尔顿还对英格兰宗教史中殉道的主教做了翻案式的评判。

三、无爱,无殉道——对英格兰主教殉道史的祛魅

弥尔顿揭露了现代主教制的堕落,斥责主教制与王权不可分离的谬论。同时,他还回溯历史,对某些殉道的主教的行为做了颠覆性的评价。"在批驳'无主教,无国王'的口号时,弥尔顿还必须对英格兰主教的殉道史进行祛魅。"②

《殉道史》(The Book of Martyrs,1563)由16世纪的英格兰新教徒约翰·福克斯(John Foxe)创作。他从新教的角度,讲述了从使徒时代到16世纪基督教历史上的殉道者的事迹,侧重点是从14世纪到玛丽一世掌权时期英国新教徒的殉道历程。福克斯认为,清洁英国国教,去除其中的天主教仪式、组织、传统和教义的强烈愿望源自14世纪的威克利夫。③《殉道史》对塑造英国人的精神所起的作用仅次于《圣经》。④ 被称为"血腥玛丽"的玛丽女王,绞死和烧死了约300位反对天主教的新教徒。对英勇就义的主教托马斯·克莱默(Thomas Cranmer)、休·拉蒂默(Hugh Latimer)、尼古拉斯·里德利(Nicholas Ridley)等人,弥尔顿却不愿将他们视为殉道者。在《关于宗教改革》中,他尽力去证实教父们作为教义导师是不可信的。⑤ 当然,这些殉道者为了信仰与真理而献身的

---

① 约翰·弥尔顿:《英国人弥尔顿为英国人民声辩,驳斥克劳底斯·撒尔美夏斯的"为英王声辩"》,见约翰·弥尔顿:《为英国人民声辩》,何宁译,北京:商务印书馆,1958年,第91页。

② Thomas Kranidas,"Milton's Of Reformation:The Politics of Vision," ELH 49.2(1982):502.

③ Robert F. Duvall, "Time, Place, Persons: The Background for Milton's Of Reformation," Studies in English Literature,1500 – 1900 7.1 (1967):108.

④ 布鲁斯·雪莱:《基督教会史》,刘平译,北京:北京大学出版社,2004年,第333页。

⑤ Don M. Wolfe,Introduction to Vol. 1 of CPW,8 Vols. ,ed. Don M. Wolfe et al. ,New Haven,CT:Yale University Press,1953 – 1982,110.

壮举的确令人敬仰。他们为了新教在英国的扎根与发展做出了不可磨灭的贡献,但他们殉道并不是为了主教制。弥尔顿认为不是主教制给信徒带来了神圣、坚韧的殉道意识,殉道行为也不能造就良好的主教制,但主教制却引领善良而虔诚的人们穿越大敌①的诱惑以及现世的网罗,走向了很多应受谴责的、可耻的行为(CPW,1:536)。他抨击主教制使那些最博学的、貌似虔诚的牧师们变坏、怠惰,并显出一副死气沉沉的样子。以前的殉道行为以及现在的主教制都被扭曲而变得畸形。

圣公会主教为上帝而死,其实是为宗教改革。"在描述早于这些死亡的政治事件时,弥尔顿正在抨击的不只是强有力的宣传,也是明显受操控的殉道史";他的任务是揭破这神话。② 福克斯和其他新教辩护士在他们的著作中有明显的偏见,力图使人相信玛丽是个迫害狂。但玛丽时期的许多殉道者在亨利八世治下也会被视作再洗礼派或罗拉德派③的异端分子而罹于火刑。④ 在伊丽莎白一世统治时期,也有约200名天主教徒遭到迫害。由此可见,主教既有可能成为殉道的烈士,也会迫害乃至处死其他教派的信徒,比如清教徒、天主教徒等。弥尔顿力图消除殉道史中对殉道主教的过度美化,并从清教徒的立场出发对主教制的形象进行颠覆。那些与王室同流合污、逼迫其他教派信徒的主教根本称不上基督的传道者,而是撒旦的帮凶和专制者的走卒;他们擅长的是从精神上麻醉人民,并让人民忍受已经堕落的君主制。

殉道者为了基督教信仰而献身,自然值得称颂,但在清教徒看来,这种牺牲应该体现出爱的光焰,这爱来自对基督救恩福音的坚信。对此,圣保罗说得很透彻:"我若将所有的周济穷人,又舍己身叫人焚烧,却没有爱,仍然与我无益。爱是恒久忍耐,又有恩慈;爱是不嫉妒,爱是不自夸,不张狂……"(林前13:3-4)上帝与基督皆为爱的化身,殉道者敢于自我牺牲,自然是出于对圣父及圣子的信仰,以及对神圣之爱的渴求。但如果他们只有对上帝的爱,却缺乏对邻人的爱、对信徒的爱,那么他们的爱也就不是真正的爱,因为基督已经告诫过:"我怎样爱你们,你们也要怎样相爱。你们若有彼此相爱的心,众人因此就认出你们

---

① 指撒旦。
② Thomas Kranidas,"Milton's Of Reformation:The Politics of Vision," ELH 49.2(1982):503.
③ 罗拉德派(Lollards)指中世纪晚期英格兰早期改教家威克利夫的追随者。
④ 肯尼思·O. 摩根主编:《牛津英国通史》,王觉非等译,北京:商务印书馆,1993年,第280页。

是我的门徒了。"(约13:34-35)同时,如果殉道者以为凭借自己的善工即可得到神佑,则是本末倒置。倘若主教为了对信徒的爱而走上断头台或火刑柱,却对基督的救世恩典缺少敬畏,甚至忘记了自己罪人的地位,以至于自骄自矜,以为凭着自己的殉道即可洗清罪名,并飞升天堂,那么,这种殉道将不但不能消除罪孽,反而使他们罪上加罪,并越来越远离救赎的恩典。

弥尔顿批评殉道者,并非否定他们在维护新教方面所做出的功绩;他的真实意图是抨击对专制的查理政府俯首帖耳的主教势力,其代表人物就是后来被送上断头台的劳德大主教。他对历史的翻案,目的在于对现实的指摘。17世纪上半叶斯图亚特王室的绝对主义理念给君主制涂抹上了专制独裁色彩,而詹姆斯一世又把主教制视为与君主制共存亡的体制,受此影响,主教制也相应地对王室更为曲意逢迎。使弥尔顿痛心疾首的正是"受到威胁的王国的阳刚气节,以及主教制使这个好战民族变得柔弱的威胁"[1]。

弥尔顿的立场当然不是无懈可击的。正如威尔·托马斯·黑尔(Will Thomas Hale)所指出的,弥尔顿虽然对主教们不公但没有不诚实,全体主教因为几个人的过错而被牵连,弥尔顿主要的失误在于他没有把他们看作独立的个体。[2] 综合地审视他诸多的小册子作品,可以说,弥尔顿自己就是个矛盾混合体,而那些他所褒扬的或者抨击的对象的形象其实也是矛盾重重的。因此,在作者自我界定的过程中,"弥尔顿同时制造和破坏了他自己的形象以及那些他所操纵的形象"[3]。受政治局势影响的宗教形势的复杂多变性决定了他在宗教领域站位的变化,而他所抨击的对象在不同的时代或环境中可能会有完全不同的表现或声誉。比如,曾经被弥尔顿等清教徒批驳得声名狼藉的主教制,在光荣革命时期却发挥了力挽狂澜的正面作用,最终使得以詹姆斯二世为首的专制势力被迫逃亡国外,这为君主立宪制的建立扫清了障碍。弥尔顿对主教制的否定是特定历史时期的产物,也是在与专制势力进行斗争时不得不采取的举措,虽然有些偏颇和激进,但却有利于以清教为主导的宗教势力的精神凝聚和以议会为主导的革命派的团结一致。正是通过英国清教革命和光荣革命的激浊扬清,正本清源,宗教共同体才最终顺利完成了第二次宗教改革(与专制君权的脱

---

[1] Thomas Kranidas, "Milton's Of Reformation: The Politics of Vision," ELH 49.2(1982):509.
[2] Don M. Wolfe and William Alfred, Preface to Of Reformation, in CPW, 1:515.
[3] Ronald W. Cooley, "Iconoclasm and Self-Definition in Milton's 'Of Reformation'," Religion & Literature 23.1 (1991):24.

离使得主教制重新焕发了生机,不再是鸣鼓而攻之的对象,因此这也算是一次成功的改革)。

第二节 《教会统治的理由》对主教制的批驳

在弥尔顿的五部反主教制小册子中,《教会统治的理由》(1642)是其中的第四部,篇幅最长,也产生了不小的反响。这部作品针对的是1641年出版的一部小册子,即《几篇短文,由不同的博学之士撰写,涉及古代和现代教会的统治》(*Certain Briefe Treatises, Written by Diverse Learned Men, Concerning the Ancient and Moderne Government of the Church*)。后者由八位主教的文章合编而成,主教兰斯洛特·安德鲁斯(Lancelot Andrewes)和阿马大主教詹姆斯·厄舍(James Ussher)在各自的著作中声称,主教主导的教会起源于《旧约》中亚伦和他儿子们的统治,以及《新约》中12名使徒的统治。[①] 弥尔顿主要针对此二人的观点予以批驳。

与论敌一样,弥尔顿也从《圣经》中汲取神赐的教诲和启示。在撰写此书时,一本打开的《圣经》放在面前,他从中摘取了将近1200条引文,还不算那些虽然没有明确引用但有经文痕迹的内容。[②] 弥尔顿与他的主教对手们都从《圣经》中引经据典,以支撑自己的观点,并反驳对方的论辩。引用《圣经》成为最得力的辩论手段,双方的笔战都运用了这一利器,但最终却得出了相对立的结论。

弥尔顿在创作反主教制的小册子之前,就已在其他作品中表达过类似的观点,比如挽诗《利西达斯》("Lycidas",1637)就被很多研究者认为是他最初的、颇具影响力的反主教制宣言。[③]

清教徒与国教会的主教们同宗同源,同属基督教新教共同体,但在这特定的历史阶段,双方却水火不容,剑拔弩张。共同体在排斥天主教的同时,又面临内部的分裂。查理一世对主教制进行了变更,建立了由主教主导的教会统治系

[①] See The Reason of Church-Government, Preface and Notes by Ralph A. Haug, in CPW,1:738.

[②] See The Reason of Church-Government, Preface and Notes by Ralph A. Haug, in CPW,1:739-740.

[③] Elizabeth Sauer, "Milton and Caroline Church Government," The Yearbook of English Studies 44, Caroline Literature (2014):200.

统,主教承担了更多的专制功能,却减少了传道、牧养的工作。① 这种畸变使共同体的精神纽带变得松弛,从而削弱了共同体的团结。肯尼思·芬彻姆(Kenneth Fincham)指出,詹姆斯一世时期的教会所强调的一致性,让位给训诫——基于千篇一律的仪式和圣餐形式。② 劳德的主教们通过等级制来操控教会事务,引起改革的教会的反对。③ 国教的仪式派专注于虚浮的礼仪,忘记了信仰的核心在于对上帝之道的正确领悟和实践。这种强制的对仪式的重视、对《圣经》教义的忽略,对于信徒而言有误导作用。主教制因此堕落为专制者的工具,成为压制思想、阻遏福音传播的体制。信仰迷失必然导致共同体精神涣散,不再和谐有序。查理一世与劳德大主教在宗教事务上的合谋,意味着政教的界限模糊,以及政治对宗教的干涉或曰败坏,从而引起了共同体的动荡不安。这一切都是因为查理的一夫专制(personal rule)④,以及阿民念主义(Arminianism)⑤和劳德主义(Laudianism)⑥等的影响。⑦

《教会统治的理由》写于清教徒与国教斗争的白热化阶段。彼时,劳德大主教已于1640年被弹劾,并被囚禁在伦敦塔;在1641年12月,13个主教因叛国罪被逮捕,并被监禁;国王则于1642年初被迫逃离伦敦。主教们失去了政治上的靠山和宗教上的头领,群龙无首,士气低落。该著把论敌的观点与《圣经》经文,以及共同体内部的宗教形势结合起来,进行逻辑鲜明、有理有据的论辩。克

---

① Elizabeth Sauer, "Milton and Caroline Church Government," The Yearbook of English Studies 44, Caroline Literature (2014):198.

② Elizabeth Sauer, "Milton and Caroline Church Government," The Yearbook of English Studies 44, Caroline Literature (2014):198-199.

③ Elizabeth Sauer, "Milton and Caroline Church Government," The Yearbook of English Studies 44, Caroline Literature (2014):199.

④ 也指无国会统治。

⑤ 阿民念主义,或译为亚米念主义,是基督教新教神学的一派,由荷兰神学家雅各布斯·阿民念(Jacobus Arminius,1560—1609;有时也译为亚米念、阿米念、阿明尼乌、阿米纽斯)提出,影响了后代的福音思想。阿民念的信徒撰写了一篇名为《抗辩》(Defense)的文献,提出他们针对加尔文主义的五点反对立场。阿民念主义反对加尔文的绝对命定论,并认为人的自由意志是与上帝的主权相容的。

⑥ 劳德主义是17世纪早期在英国国教内部的一场改革运动,由大主教劳德和他的支持者们推出。它排斥赞成自由意志的加尔文主义所支持的命定论,由此也否定了让所有人获得拯救的可能性。

⑦ Elizabeth Sauer, "Milton and Caroline Church Government," The Yearbook of English Studies 44, Caroline Literature (2014):206.

里斯托弗·蒂尔莫斯(Christopher Tilmouth)指出,《教会统治的理由》极为非凡地深化了早期清教徒讨论的话题,即"一个强调训诫的共同体如何运行以便体现出所有信徒的新教神职"①。戈登·坎贝尔(Gordon Campbell)总结道:"《教会统治的理由》很不舒适地处于英格兰清教主义变化不休的各种头等大事中。它完成了弥尔顿对主教制基于早期教会的论点的批判。"②早期的反主教制小册子反映了弥尔顿对复古主义思想的摒弃。他认为:主教制辩护者通过对文本的使用,使过去的一切参与到宗教改革的事业中;复古主义是对宗教改革的阻碍。③

《教会统治的理由》从诸多角度剖析主教制的弊端,其中还穿插了一部分离题内容,畅谈作者本人在诗歌尤其是史诗方面雄心勃勃的创作规划,颇为引人关注。

一、主教制与长老制的对立

17世纪40年代,英格兰国教会的体制应该继续采用主教制,还是对主教制进行局部改革而不予废除,或是更换为长老制或其他形式,是摆在英格兰人民面前的一个重大抉择,也是英格兰第二次宗教改革运动要解决的一个核心问题。它决定着宗教共同体的发展走向,以及民族共同体现代转型的成功与否。弥尔顿极力要维护的观点是:"教会统治是在《圣经》中确定的,其他说法则是不真实的。"(CPW,1:756)即《圣经》经文决定着教会体制的形式。

主教制是基督教中最古老的制度。按照这一制度,教会中最高的权威为主教(bishop,或译为监督)。在主教之下,设有司铎(priest 或 elder)④和执事(deacon,或译为助祭),形成以主教为首的教阶制度。教会按地域划分教区(diocese),教区的主教主管区内一切行政和教务工作。在主教制里,司铎、执事,以及其他人都是协助者而已,最终决定者是主教。主教制强调权柄与顺

---

① Elizabeth Sauer,"Milton and Caroline Church Government," The Yearbook of English Studies 44, Caroline Literature (2014):211.
② Gordon Campbell and Thomas N. Corns, John Milton: Life, Work, and Thought, New York: Oxford University Press, 2008, 148.
③ David Weil Baker, "'Dealt with at His Owne Weapon':Anti-Antiquarianism in Milton's Prelacy Tracts," Studies in Philology 106.2 (Spring 2009):209.
④ 或译为长老、司祭、神父。圣公会牧师一般称为 vicar。

服,如果比拟为政治体制的话,有点像君主制。英国的主教制始于圣奥古斯丁(Saint Aurelius Augustinus)时代,在国教建立后,这一传统仍旧被延续。

长老制(Presbyterian Polity)由约翰·加尔文(John Calvin)所倡导,是改革宗教会的治理模式。它认为教会由信徒群众组成,是一个以议会形式管理地区教会的制度。长老的权力是教会组织成员集体的权力之体现,教会议会依照程序和教律有权监督和制约包括长老在内的一切权柄。各分堂(parish)选出长老,代表该堂出席议会的会议。在堂会中设牧师(pastor)、传道(catechist)、执事(deacon)、长老(presbyter),共同处理教会事务。长老制具有强烈的民主倾向,但采取的是"代议民主",而非"直接民主"形式,也就是说,会员选举长老,由长老代替会员执行各种管理决策事宜。

加尔文的长老制神学构想正是建立在古代教会体制回归的基础之上的。实质上,长老制并非反对主教的权威,也不是将主教和长老对立起来。从方法论上说,加尔文鼓吹教皇制出现以前的体制,乃是要以古代教会的传统为依据来反对教皇体制,并希望教会真正成为以基督为元首,借"议会"来反映人民意愿从而达到民主目的的教会。

弥尔顿指出,基督是教会的元首与丈夫,在他的慈悲与恩典作用下,英格兰既不属于宗主教教区,也不属于主教教区,而是基于牧师秩序——是神佑的使徒们通过教会所建立的秩序——的忠实喂养与训诫(CPW,1:749)。可见,教会体制采取何种形式是次要的,最重要的是这种体制应该服务于信徒的需要,让他们感受到教会在精神上和戒律上的引领作用,尤其是对福音的虔诚传递和播种。教会的统治本应是简单易行的。福音带给人们很多令人羡慕的、神圣的特权,使得教会统治的任务变得容易,因为上帝命令他的福音成为在基督中他的力量和智慧的启示(CPW,1:750)。

教会应通过正确的训导方式来帮助信徒接受福音。人生中最重要的是训诫,人的行动取决于训诫的车轴(CPW,1:751)。《圣经》认为:"人若不知道管理自己的家,焉能照管神的教会呢?"(提前3:5)主教若缺乏理性和智慧,品行低下,是非不分,就会连自己的家庭都难以理顺,更遑论管理教会——劳德与查理所选择的某些主教就是这样的人。因此,弥尔顿警告说,教会如果被置于主教制这架马车上,将会摇晃颠簸,甚至倾覆。基督如果是教会的丈夫,肯定期待一位纯洁无瑕的处女,并关爱有加,使她变得越发健康和美丽(CPW,1:755),但主教却使教会变得腐败污秽,他们甚至违背基督的训诫,堕落为王权的附庸。

弥尔顿指出,安德鲁斯和厄舍主张教会统治由律法来规范,这将是危险的和不值得的。教会统治是在上帝的话语中所规定的,这是第一和最大的理由(CPW,1:761)。主教制和长老制哪一个是由这一理由支持的呢? 弥尔顿自然倾力支持长老制。① 不完善的和含糊的律法制度,不能赋予福音完整而荣耀的管理以作为规章制度。主教在福音中没有可靠的基础,他们自己的罪过已经表明了:撒旦是第一位主教天使,他和人类始祖亚当一起,由于超出他们等级的渴望,而痛苦地被降级(CPW,1:762)。主教制是堕落的体制,因为它违背上帝与基督的旨意,通过败坏福音而背叛了基督,就像撒旦反叛上帝一样。主教由此被贬低为撒旦一派的党徒。

安德鲁斯等主教认为,主教制起源于亚伦(Aaron)②和他的儿子们,其主要部分取自《旧约》中上帝制定的模式,还有一部分来自对使徒所推行的模式的模仿。他们力图为主教制的神授权力进行辩护,就像查理一世为君权神授(divine right of kings)辩护一样。弥尔顿反驳说,福音是律法的终结和完成,人们的自由也摆脱了律法的束缚,因此,强者怎么会模仿弱者,自由人怎么会追随被俘者(CPW,1:763)? 主教制不把自己的根基树立于福音中,却依附于已经被福音所废除的律法。律法钳制信徒,使他们成为罪的奴隶,而福音则解放了罪人,赋予他们真正的基督徒的自由。主教制将把福音的内在力量和纯洁转化为律法的外在属世性(carnality),陷入不能复原的迷信,让救世的圣约落空(CPW,1:766)。亚伦的模式不能被模仿,因他和儿子们在成为祭司之前就是部落的首领,所以他们不是被选出来的,而是承袭的(CPW,1:767)。弥尔顿不赞同亚伦的模式,因其并非基于选举。同时,亚伦既为部落首领,也是祭司,这是政教合一的模式,不利于共同体的良性运行。在亚伦的时代,基督尚未道成肉身,他的王国仍旧遥遥无期。亚伦不是国王,并非基督的原型,扫罗才是犹太人的第一位国王。弥尔顿指出,基督祭司身份的和解职责已经完成,因此,律法和祭司职位一起消亡,而国王的权力则不再支撑任何原型。主教们一贯主张的国王与祭司的联系必须切断,因为祭司的原型已被基督的降临给取消了(CPW,1:771)。

---

① 但仅仅几年后,弥尔顿就推翻了他之前的论断,并意识到"新长老只不过是大写的老主教"。见 CPW,1:762,n.2。

② 亚伦是《圣经》中的人物,是摩西的兄长,曾协助摩西率领以色列人出埃及。他是以色列人的第一位祭司长,亦是祭司职位的创始人。他的四个儿子后来也都成了祭司。

弥尔顿否定了主教制辩护者的复古主义思想，推翻了主教权力来自上帝授权的观点，并驳斥主教制与君主制不可分离的谬论。显而易见，主教制的根基并不在律法中，也不在福音里。

通过对经文的诠释，弥尔顿否定了主教制起源于亚伦模式的论断。由于主教制依附于王室而变得腐败，已经难以承担起牧养信徒的职责，因而弥尔顿诉诸更有民主特色的长老制，力图使信徒摆脱政教合一所带来的专制之轭。按《圣经·彼得前书》(5:2-3)的说法，长老的职责是"务要牧养在你们中间神的群羊，按着神旨意照管他们。不是出于勉强，乃是出于甘心；也不是因为贪财，乃是出于乐意；也不是辖制所托付你们的，乃是作群羊的榜样"。长老作为教会的领导层，应遵守基督的训诫，致力于宣讲福音、教化信徒，并像牧人一样保护羊群。弥尔顿在《论宗教改革》中也把长老视作真正的"使徒主教"，认为他们代表着早期教会的辉煌。①

但弥尔顿并非完全支持结构严格的长老制模式，他心仪的教会是公理制（Congregational Polity）②和独立派形式。③ 这表明真正的教会体制应该致力于维持和谐共处、民主平等的状态，并保护宗教共同体的精神自由和纯正信仰。长老或牧者应该履行神圣的职责，从精神和仪式上引导信徒，从而强化宗教共同体的向心力，而主教制则起着相反的作用，以致共同体变得离心离德。

二、主教制对教会分裂的加剧

主教制维护者安德鲁斯认为，为了阻止教会分裂加剧，主教应被高举到长老之上。弥尔顿反驳道，救主和他的使徒们早就预测并预先警告过教会分裂的现象（CPW,1:779）："你们以为我来，是叫地上太平吗？我告诉你们：不是，乃是叫人纷争。从今以后，一家五个人将要纷争：三个人和两个人相争，两个人和三个人相争。"（路12:51-52）保罗告诫罗马教会的信众："弟兄们，那些离间你们，叫你们跌倒，背乎所学之道的人，我劝你们要留意躲避他们。因为这样的人

---

① Elizabeth Sauer, "Milton and Caroline Church Government," The Yearbook of English Studies 44, Caroline Literature (2014):208.
② 公理制，又称会众制，为基督教教会体制，主张每个教会的会众都是自治的，并与当地的其他教会会众在信仰上结合在一起。
③ Elizabeth Sauer, "Milton and Caroline Church Government," The Yearbook of English Studies 44, Caroline Literature (2014):212.

不服侍我们的主基督,只服侍自己的肚腹,用花言巧语诱惑那些老实人的心。"(罗16:17-19)基督本人的门户里也有分裂:在关于禁食的问题上,他自己的使徒和施洗者约翰的门徒之间也有分歧。"约翰的门徒和法利赛人禁食。他们来问耶稣说:'约翰的门徒和法利赛人的门徒禁食,你的门徒倒不禁食,这是为什么呢?'耶稣对他们说:'新郎和陪伴之人同在的时候,陪伴之人岂能禁食呢?新郎还同在,他们不能禁食。但日子将到,新郎要离开他们,那日他们就要禁食……'"(可2:18-20)与虚伪、假装虔诚的法利赛人不同,基督的教义总是那么质朴无华,没有虚饰浮泛之物。伪教徒难以接受这信实的真理,并力图通过各种手段予以污蔑、打压。基督教会的建立将会引起先前教会的不满与逼迫,但这也是基督教共同体建立之初必经的磨难。《马太福音》第13章中基督谈到一个隐喻:稗子和麦子混种在一起,意味着天国之子和恶者之子混杂在一起。撒旦处心积虑地要把他的徒子和徒孙混入各个时代的教会中,不断地制造分裂与内斗,以分裂基督教会。主教制在初期就受到了撒旦的毒害,他撒入教会中的"稗子"犹大,利欲熏心,为了30枚银圆竟出卖了救主。在17世纪的英格兰国教会中也不乏稗子似的主教,弥尔顿等清教徒竭力要把这些无用的甚至有害的稗子从麦子中剔除出去,以净化共同体。

主教们认为主教制是阻止分裂的良方,这是无稽之谈。弥尔顿没有发现主教们控诉教会分裂或派系斗争,他们反而与派系斗争就像戴着婚戒结合了一样,并且从不分离。他们其实给教会带来了永劫不复、无从和解的分裂和叛教行为,因为对于教皇,这位罗马的敌基督的抬举出自主教们(CPW,1:782)。教会的和平美好并不止步于一两个王国的无分裂的领地,而应该由所有改革的基督教国家的合作协商来提供:所有的冲突可以因为一位大主教或新教教皇的最终宣布而终止(CPW,1:783)。这意味着,如果所有的教会在主教制基础上联合起来,将不可避免地产生一位新教教皇。教皇制的复活虽然可能带来短暂的和平,但长远看,它不可能阻止分裂,相反,它本身就是共同体的分裂。查理一世这位有天主教倾向的英格兰"教皇"与劳德大主教等人,的确成为这一时期英国分裂的始作俑者,他们引爆的宗教冲突加剧成为政治与军事冲突;同属新教共同体的国教徒、长老会教徒、独立派清教徒兄弟阋墙,自相冲突,充分验证了基督给世界带来纷争的预言。但基督降世的真正目的不是制造纷争,而是为世人赎罪,使其洗心革面,坚定信仰,并最终把再生的新人纳入一个神圣共同体;撒旦万难容忍福音对他的统治的威胁,所以才耸动不信者,挑起纷争,以阻遏福音的传播。以查理一世为偶像的主教们正是撒旦的工具。

主教还善于给反对者贴上标签,加以诽谤。基督曾被骂作魔鬼别卜(太10:25),主教一伙的人也曾把改教家蔑称为罗拉德派、胡斯派(Hussites)①、家庭主义教成员(Familists)②和亚当派(Adamites)③(CPW,1:788)。主教们党同伐异,对反对者既进行逼迫,同时也极力予以抹黑和污名化。他们名义上是在阻止分裂,其实是阻挠所有预防分裂的途径(CPW,1:789)。

攀附王权的主教们追求的并不是一个和谐有序的宗教共同体,而是一个以国王和大主教为首的、等级森严的、机械的聚合体。主教们登上一个持续升高的金字塔,假装正在完善教会的统一,其实这个金字塔充满欲求并蜕化为野心,而不是圆满或统一(CPW,1:790)。金字塔隐喻了以权力为主导的、没有持久凝聚力的构架,宗教共同体则是以上帝与基督为核心的、以福音与爱来联结信徒的稳固的同心圆结构。因此,主教们应该被强迫解散、拆解其金字塔构架;这不是统一的力量,而是最分化的、最有分裂性的形式(CPW,1:790)。弥尔顿告诫信徒,最及时的阻止分裂的手段是充分地、强有力地宣扬福音,使之遍及整个国家(CPW,1:791)。匍匐在王权之下的主教绝不会为了共同体做出无私牺牲,就像基督那样。在公元前362年,有预言说罗马只有牺牲它最宝贵的财富才能被拯救。高贵的罗马青年马库斯·库尔提乌斯(Marcus Curtius)因此毅然跳入了地震在城市广场裂开的一个深渊。弥尔顿说主教们永远也不会为了教会和国家而纵身一跃,消失不见。他们甚至还要拆解教会和谐的无缝内衣——基督临死前穿的衣服,被理解为象征着教会宣言的专一性(CPW,1:792-793)。主教制是分裂与骚动的一个源头,1639—1640年的两次主教战争就是最好的证明——查理一世企图让长老会统治下的苏格兰转向主教制。这种压制信仰自由的做法导致了战争,让同属一个国王统治的英格兰和苏格兰兄弟失和、大打出手,从而危及共同体的完整。主教制对天主教的倾向更是以新教为主要信仰的英国人民万难接受的;为了维护共同体的纯正信仰,为了宗教改革的顺利完

---

① 胡斯派为15世纪早期捷克宗教改革运动派,因其发动者约翰·胡斯(John Huss)而得名。他们受威克利夫的影响,进行宗教改革。他们把反天主教与争取民族解放结合在一起:反对德意志封建主和天主教会的压迫剥削。

② 家庭主义教是16、17世纪一个神秘的基督教宗派,创建者为德国人亨利·尼古拉斯(Henry Nicholis)。

③ 亚当派是公元2—4世纪盛行于北非的一个早期基督教派别,后被天主教视为异端。

成,他们愿意付出一切代价——"就算打内战也比重回罗马教要好"①。

三、主教制对福音的抗拒

主教制不只造成了教会的分裂,而且还阻碍了福音的传播。对福音的坚信是共同体的精神支柱,主教制对福音的抗拒是在信仰层面上对共同体的颠覆,因此同样被弥尔顿予以痛斥。弥尔顿从三个方面总结了主教制对福音的理由和目的的抗拒。

首先,在外在形式上,主教制不是教会管理,而是教会暴政,并且仇视基督福音传道的目的和理由(CPW,1:823 - 824)。主教和国王分别代表的宗教势力和政治势力互相勾结,欺压人民,并以严刑峻法逼迫正直的清教徒。罗马天主教的腐败导致了宗教改革运动的兴起。天主教教士盘剥信徒,积聚了巨大的财富,在道德上同样腐化堕落;教皇则勾结封建君主,打压改革的教派,甚至屠杀手无寸铁的新教徒。查理一世虽然无意在英国恢复天主教信仰,但却与天主教势力关系密切——不论是教皇,还是爱尔兰天主教,当然也包括信天主教的王后。诸多主教在这个大是大非的信仰问题上,却与国王站到一起,使得天主教的专制流毒不断侵害新教共同体的有机性与凝聚力。

国王宠信的劳德大主教同样倾向于天主教,并带头阻挠宗教改革事业的展开和福音的传播。他在阿民念派的亚杜兰洞②中藏起所有不同意宗教改革方案的教士,把他们引为盟友,并"逐渐在教会里放入不喜悦真正更正教③信仰的酵"④;他致力于对福音和真信仰的破坏,并把分裂的酵母混入共同体的精神世界,以便使信徒迷失在虚假教义中,并放弃对福音的追求。清教徒作家通过小册子作品,宣讲基督的福音和真理,劳德却"禁止许多敬虔的牧师发声,阻碍传播神的道,却对亵渎和无知之事呵护有加"⑤。

---

① J. C. 莱尔:《旧日光辉:英国宗教改革人物志》,维真译,北京:九州出版社,2015 年,第 297 页。
② 即《圣经》中提到的大卫曾藏身的洞穴。
③ 新教(Protestantism)又称"更正教""抗罗宗""抗议宗"。
④ J. C. 莱尔:《旧日光辉:英国宗教改革人物志》,维真译,北京:九州出版社,2015 年,第 266 页。
⑤ J. C. 莱尔:《旧日光辉:英国宗教改革人物志》,维真译,北京:九州出版社,2015 年,第 282 页。

其次,主教制的仪式、仪轨违背福音的理由和目的(*CPW*,1:826)。主教制痴迷于形式主义与迷信,漠视真信仰,就像圣保罗所警告的:"我只怕你们的心或偏于邪,失去那向基督所存纯一清洁的心……"(林后11:3)弥尔顿斥责主教们:我们诉诸《圣经》时,他们诉诸传统的拙劣书卷;他们毫不羞耻地抛弃了基督的永恒命令,造成1600年的扭曲的邪恶状态。福音强大的软弱抛弃了人的思维的软弱的强大,如《哥林多后书》(12:9)所说的:"我的恩典够你用的,因为我的能力是在人的软弱上显得完全。"(*CPW*,1:827)强大的福音为了拯救信徒而变得软弱,主教们却忽略了这一点,以他们软弱的手段来对待福音,用各种属世的、浮华的形式来遮蔽福音。所以,弥尔顿质问他们为什么把这些金子、这些长袍和白法衣置于福音之上?是因为愧疚于初次的犯罪,而遮盖它的裸体吗?这暗示了福音像堕落前的亚当、夏娃一样,纯净质朴,无须遮蔽,主教则是教会中戴面具的人,因为他们腐败肮脏,不敢以真面目示人。基督用他正义的袍子包裹裸露的我们,主教们却用被污染的仪式的衣服(*CPW*,1:828)。弥尔顿把赎罪的洁净衣服与"虚假"宗教的污秽外衣进行对比。① 这种假模假式的仪式并不能激发基督徒的信仰,反而玷污了共同体的纯净与良知,并使信徒远离福音。

新皈依的基督徒在抛弃律法的束缚之前,被称作"在基督里为婴孩的"(林前3:1)。这些信徒的信仰尚不稳固,"就要爱慕那纯净的灵奶,像才生的婴孩爱慕奶一样,叫你们因此渐长,以致得救"(彼前2:2)。只有领会了基督的圣灵所传递的真道,这些婴孩般的教徒才能摆脱律法的桎梏,趋近完人。"直等到我们众人在真道上同归于一,认识神的儿子,得以长大成人,满有基督长成的身量……"(弗4:13)信徒只有达到了信仰上的归一,才能凝聚为一个归一的共同体。但主教却扭曲了基督的真道,像歪嘴的和尚念歪了经一样,对福音进行曲解,并用具有天主教色彩的仪式污染福音。他们污秽的仪式弄脏了圣殿——"使他们的门槛挨近我的门槛,他们的门框挨近我的门框。他们与我中间仅隔一墙,并且行可憎的事,玷污了我的圣名,所以我发怒灭绝他们"(结43:8)。主教们的仪式挨近上帝的仪式,用亵渎的、不虔诚的食指使洗礼无效(*CPW*,1:829)。主教以高傲压服卑微,以强大压服软弱,以世俗小聪明反对教义的纯洁。他们世俗的仪式其实是对福音的亵渎。

---

① John N. King,"The Bishop's Stinking Foot:Milton and Antiprelatical Satire," Reformation 7.1 (2002):192.

最后，主教制司法权对抗福音和国家的理由和目的（CPW,1:830）。长期以来，清教徒认为国王和主教们一直在破坏古老的普通法传统，目的是减少人民的自由，不断扩大和集中国王的权力。① 星室法庭由亨利七世创立，成员由枢密院官员、主教和高级法官组成，是一个政治机构。高级委员会法庭设立于伊丽莎白一世时期，专门管理宗教事宜。这些法庭直接受国王操纵，成为其专制工具，并掌握越来越多的权力，对政治上、宗教上的反对者，比如对反对主教制的清教徒，皆采取残酷的刑罚手段。劳德大主教掌握着教会的管理权，实行恐怖统治，使整个国家都处在严密的监控之下。② 这些机构表面上是为了维持宗教与政治秩序，确保教义与福音的正确传播，实则主要是为专制者和敌基督服务；其所作所为损害了福音——非但不能使信徒领受福音，反而逼迫传播福音的真信徒。长期议会成立后，王党势力受挫，这两个法庭失去了庇护，遂于1641年被废除。被迫害的清教圣徒威廉·普林（William Pullin）、约翰·巴斯特威克（John Bastwick）和约翰·伯顿（John Burton）也在同一年获释。劳德曾经对他们处以每人5000镑的高额罚金、终身监禁和骇人听闻的割耳刑。③ 弥尔顿对此做出了毫不留情的评论：主教制比敌基督本人都更反基督教（CPW,1:850）。

在小册子的结尾，弥尔顿把福音视作基督暗藏的大能，就像《启示录》（Revelation,6:2）中骑在白马上、戴着冠冕、身佩弓箭的英雄，胜了又要胜，并通过拯救灵魂，使人们顺从基督。但如果像主教制那样，通过世俗力量的教条强迫这英雄去展示不可抵制的力量，他将使用这种世俗强力，通过奴态的、盲目的迷信来降伏人的灵魂（CPW,1:850）。主教制使得英雄般的福音堕落为庸俗的、追求肉欲的迷信；这种假福音不但不能拯救灵魂，反而促使其堕落。主教就像《启示录》中贩卖灵魂的邪恶城市巴比伦的商人一样，会出售人们的身体、妻儿、自由、议会等所有的一切，并用锥子穿刺人们的耳朵以使其永远服侍主人，就像《出埃及记》中上帝的律法所规定的那样（CPW,1:851）。《圣经》中提到，有两个妓女争夺一个男孩，都说孩子是自己的。所罗门王建议把孩子劈成两半，一人一半。

---

① 道格拉斯·F. 凯利：《自由的崛起：16—18世纪，加尔文主义和五个政府的形成》，王怡、李玉臻译，南昌：江西人民出版社，2008年，第116页。
② 托马斯·麦考莱：《麦考莱英国史》（第一卷），周旭、刘学谦译，北京：时代出版传媒股份有限公司，2013年，第61页。
③ J. C. 莱尔：《旧日光辉：英国宗教改革人物志》，维真译，北京：九州出版社，2015年，第279页。

一个妓女同意这方案,但孩子真正的母亲却不忍孩子被杀,宁愿放弃,所罗门由此判断她才是真正的母亲(王上,3:16-28)。主教就像假母亲一样,宁可毁灭福音,也不愿把福音给予真信徒。

在清教徒与主教制支持者的宗教斗争中,双方都是基督徒且都信奉新教,分歧之处在于教会统治的方法。[1] 1641年底,议会派的领袖约翰·皮姆(John Pym)和约翰·汉普顿(John Hampden)推出《特别抗议书》(*Grand Remonstrance*),放弃了进行宗教改革的过激要求,主张限制但不废除主教权力,而保守派,或曰"主教派",对此则坚决抵制。[2] 抗议书在议会投票中获得通过后,感觉权力受到威胁的国王于1642年1月4日带领士兵来到下议院,妄图逮捕以皮姆为首的5位议员——这是历史上从未有过的事件。[3] 这一暴行导致了伦敦民怨沸腾,国王在恐慌中逃离伦敦,内战的大幕随后被拉开。如果说国王的专制行径是内战的主因,那么,关于主教制的论战就是导火索。

按《圣经·创世纪》的记载,邪恶之城所多玛如果有10个义人,即可获得拯救,主教制却连一件好事也无从发现。因此,弥尔顿认为,应该把惩罚的力量倾倒在这个渎神的、压迫性的统治方式上,把颠覆的死海压在它身上[4],这样它就永远也不可能再主导教会的统治,再继续做阻挠宗教改革的绊脚石。

不过,弥尔顿曾为之激烈争论的教会体制问题,在当今时代已乏人关注;没人在乎教会该由长老还是主教统治,但有些现象仍勾起人的兴趣,比如一种被鼓吹的体制出乎弥尔顿意料地自甘堕落了,新长老比旧主教更为不堪。[5] 这种戏剧性的变化仍旧值得研究,对共同体的构建或完善亦具有不容忽视的警示作用。

---

[1] 温斯顿·丘吉尔:《英语民族史(卷二):新世界》,李超、胡家珍译,北京:新华出版社,2017年,第148页。

[2] 温斯顿·丘吉尔:《英语民族史(卷二):新世界》,李超、胡家珍译,北京:新华出版社,2017年,第154页

[3] 在此之前,没有任何一个国王去过下议院。详见温斯顿·丘吉尔:《英语民族史(卷二):新世界》,李超、胡家珍译,北京:新华出版社,2017年,第156页。

[4] 根据传统的说法,古时的邪恶城市所多玛和蛾摩拉就位于现在的死海底部。见 *CPW*,1:861,n.64。

[5] The Reason of Church-Government, Preface and Notes by Ralph A. Haug, in *CPW*,1:737.

第三节 《基督诞生之晨》中基督的三重角色与神圣共同体

弥尔顿曾在书信中透露说,在1629年某个清晨,"圣诞诗"几乎像幻象一样降临到他身上,黎明时的第一束光给了他这首诗。①《基督诞生之晨》在弥尔顿的早期诗歌中占有非凡地位,是一位初出茅庐的诗人的杰作。它表明弥尔顿是他的那个时代最有学问的诗人,即便他才21岁,就谱写了这首令人震惊的、早熟的诗歌。② A. N. 威尔逊(A. N. Wilson)称这首诗是"弥尔顿生命中的转折点。因为在这之后,他意识到他是一位伟大的诗人"③。阿瑟·巴克(Arthur Barker)等学者认为:"在欢庆基督诞生时,弥尔顿欢庆他自己化身为一个诗人。"④弥尔顿是在1629年圣诞节清晨写这首诗的,但穿越到了第一个圣诞节的清晨。⑤ 虽然预示了一位伟大的基督教诗人的诞生,但这首诗直到1645年才发表于他的《诗集》(Poems)中。

在"圣诞颂诗"中,弥尔顿的宗教思想和神学理念已初见端倪,研究者对此最为关注,并聚焦于其中的圣诞、道成肉身、救赎、最后审判等主题。颂诗也反映了一位激进的新教诗人的破坏偶像主义。⑥但理查德·道格拉斯·乔丹(Richard Douglas Jordan)认为,其中没有一个能单独算作主题,这些都是一个过程的一部分;上帝使自己与人和解的这个过程才是诗歌的主题。⑦巴克认为这首颂诗包含三个进程,每个进程由一个重大主题和一个结尾控制:颂歌第1—8

---

① Beverley Sherry, "Milton's 'Mystic Nativity'," Milton Quarterly 17.4(December 1983):111.

② Donald Swanson and John Mulryan, "Milton's 'On the Morning of Christ's Nativity': The Virgilian and Biblical Matrices," Milton Quarterly 23.2 (May 1989):64.

③ Qtd. in David Quint, "Expectation and Prematurity in Milton's 'Nativity Ode'," Modern Philology 97.2 (November 1999):216, n. 45.

④ Qtd. in William Shullenberger, "Christ as Metaphor: Figural Instruction in Milton's Nativity Ode," Notre Dame English Journal 14.1 (Winter 1981):41.

⑤ T. K. Meier, "Milton's 'Nativity Ode': Sectarian Discord," The Modern Language Review 65.1 (January 1970):9.

⑥ Anton Vander Zee, "Milton's Mary: Suspending Song in the Nativity Ode," Modern Philology 108.3 (February 2011):377.

⑦ Richard Douglas Jordan, "The Movement of the 'Nativity Ode'," South Atlantic Bulletin 38.4 (November 1973):34.

诗节描述了"举世和平"的开启,这创造了一个超自然宁静和期待的背景;第9—17诗节描述了"天使合唱团"——其天堂音乐把诗歌的临时区域扩展到时间的开始和尽头——的突现和效应;第18—26诗节描述了异教神祇因"婴儿上帝"的降临而遭到驱逐;在最后的第27诗节中,新生的基督降临后,诗歌在高涨的和平情绪中结束。[1] 威廉·沙伦伯格(William Shullenberger)指出,弥尔顿对宗教起源的思考时间很长,其最早的成果在于"圣诞颂诗",在其中他把自己想象为第一位基督教诗人。[2] 总之,该诗反映了弥尔顿宏伟的宗教改革理想、为神圣共同体正本清源的雄心,以及对某些重要神学观念的重新思考。研究者们的成果富有创意,但有时也各持己见,不乏争端,说明年轻诗人的这首诗有着超出他年龄的复杂性和深度。颂诗讲述了基督所扮演的三重角色,以及各个角色在共同体构建方面所发挥的重大作用。

一、弥赛亚的诞生与黄金时代的恢复

英格兰文艺复兴时期出现了大量圣诞诗,但这些或者是浅显的圣诞颂诗,或者是阐释圣诞的机智的、诙谐的诗篇,只有弥尔顿的圣诞颂诗有观念性、象征性、启示性和神秘性,堪称"神秘圣诞"。其中,观念性指的是它对道成肉身的意义的阐释,启示性意味着与维吉尔(Virgil)的弥赛亚牧歌一样的方式。[3] 它也具有《启示录》的象征性,神秘性则体现在基督的诞生对撒旦及异教神祇的打击上。

弥尔顿的弥赛亚颂诗汲取了异教的牧歌与基督教的启示预言的成分,抒发了回归基督教式苦修和朴素的黄金时代的期盼。"圣诞颂诗"包括序歌和颂歌两部分,分别有4个和27个诗节。序歌的第一诗节开门见山地歌颂圣子的诞生:

就在这一月,这幸福的黎明,
天上永生王的儿子降诞尘境,

---

[1] Qtd. in William Shullenberger, "Christ as Metaphor: Figural Instruction in Milton's Nativity Ode," Notre Dame English Journal 14.1 (Winter 1981):49.

[2] William Shullenberger, "Christ as Metaphor: Figural Instruction in Milton's Nativity Ode," Notre Dame English Journal 14.1 (Winter 1981):41.

[3] Beverley Sherry, "Milton's 'Mystic Nativity'," Milton Quarterly 17.4 (December 1983):110. 维吉尔的《第四牧歌》因其对救世主降临的预言而被称为弥赛亚牧歌。

>   为初嫁的处女,童贞的母亲所生,
>   给我们从天上带来伟大的救拯;
>   神圣的先哲们曾经这样歌吟,
>   说他必将我们救出可怕的极刑,
>   同他父亲为我们创造持久的和平。①

圣子降临人世,其使命就是救赎世人,把他们从天谴中拯救出来,从此生活在永恒的和平中。因为这"新生的神嗣",天使团唱出了妙不可言的仙乐,它象征着黄金时代的复归,如诗中所言,如果这圣歌永存心间,我们就能回到原始的黄金时代。(《颂歌》,第14节)

唐纳德·斯旺森(Donald Swanson)和约翰·马里安(John Mulryan)指出,在《基督诞生之晨》中,弥尔顿期望一位神圣人士的诞生会引发一个斯多葛式黄金时代的回归,同时也拓展了维吉尔的《第四牧歌》("Eclogue Ⅳ")和《圣经·启示录》之间的一系列平行主题,这两部作品对生育神圣婴孩的处女的歌颂是"基督诞生颂诗"的出发点。② 在《第四牧歌》中,维吉尔歌颂一个孩子的诞生,认为这必定促成黄金时代的降临,并使世界免除恐惧,重享和平。

>   在他生时,黑铁时代就已经终停,
>   在整个世界又出现了黄金的新人。
>   ……
>   在你的领导下,我们的罪恶的残余痕迹
>   都要消除,大地从长期的恐怖获得解脱,
>   他将过神的生活,英雄们和天神他都会看见,
>   他自己也将要被人看见在他们中间,
>   他要统治着祖先圣德所致太平的世界。③

同时,维吉尔也把这孩子视为上帝之子:"时间就要到了,走向伟大的荣誉/

---

① 约翰·弥尔顿:《圣诞清晨歌》,见约翰·弥尔顿:《弥尔顿诗选》,朱维之译,北京:人民文学出版社,1998年,第17页。以下的引文将随文标出《序歌》或《颂歌》以及节数,不再另注。

② Donald Swanson and John Mulryan, "Milton's 'On the Morning of Christ's Nativity': The Virgilian and Biblical Matrices," Milton Quarterly 23.2 (May 1989):59.

③ 维吉尔:《牧歌》,杨宪益译,上海:上海人民出版社,2015年,第39、41页。

天神的骄子啊,你,上帝的苗裔……"①当然,由于诗人仍处于异教时代,这里的神自然不是基督教的上帝,但这并不妨碍后世的基督教学者把诗中的孩子视作基督教版本的弥赛亚。既然维吉尔能在但丁的炼狱中修炼,以便消除异教的影响,蜕变为基督教圣徒,并荣升天堂,那么他的理念也能通过改造而被纳入基督教体系,而基督教的建立乃至发展壮大从来就少不了对古典时代文化养分的汲取。

维吉尔夸耀自己的救世主牧歌无人能比,即使是潘神(Pan)也不行,"甚至山神以阿卡狄②为评判和我竞赛/就是山神以阿卡狄为评判也要失败"③。在《第二牧歌》("Eclogue II")中,维吉尔认为潘照顾一切羊群和牧羊人,这使得异教的山神潘具有了和基督一样的身份。斯旺森和马里安认为,维吉尔在《牧歌》(Eclogues)中把潘描述为牧羊人和羊群的守护者,马克罗比乌斯④的《农神节》(Saturnalia)把潘等同于太阳,埃德蒙·斯宾塞(Edmund Spenser)则在《牧人月历》(The Shephearde's Calender)中把潘与基督等同起来,故此,弥尔顿也把潘与基督联系起来,把两者都视作牧羊人和新的太阳。⑤ 在"圣诞颂诗"中,基督的诞生同样具有浓厚的田园气息。在颂歌第1节中,因客栈已住满客人,刚出生的圣婴只能用粗布裹着,躺在粗糙的马槽中——基督出生的环境正与他牧羊人的身份相匹配。在第8节中,牧羊人做梦都未曾料到,基督教"大能的牧神会惠然降落/到他们中间跟他们同过牧羊生活"(《颂歌》,第8节)。基督被认为是代替潘神出世的,象征着古代希腊宗教就此消亡,并由基督教取而代之(《颂歌》,第8节,注1)。潘是异教的黄金时代的象征,基督则象征着基督教神圣共同体的创立,并预示了基督教黄金时代的恢复。

弥尔顿的弥赛亚书写兼具维吉尔异教文本的启示性,以及约翰《启示录》的观念性与象征性。《启示录》第12章中的大异象描述了圣母生育圣子,并被撒

---

① 维吉尔:《牧歌》,杨宪益译,上海:上海人民出版社,2015年,第43页。
② 阿卡狄(Arcadia),一般译为阿卡狄亚,位于希腊南部的牧区,相传是山神潘的居地,在古希腊及罗马诗歌中被誉为世外桃源。
③ 同①。
④ 安布罗修斯·特奥罗修斯·马克罗比乌斯(Ambrosius Theodosius Macrobius)是5世纪早期罗马的一位著名作家。
⑤ Donald Swanson and John Mulryan, "Milton's 'On the Morning of Christ's Nativity': The Virgilian and Biblical Matrices," Milton Quarterly 23.2 (May 1989):63-64.

旦追杀的过程。但在最后审判到来的时刻,撒旦这条老龙就要大难临头了。弥尔顿形象地描述道:他将"含恨看他的帝国垮台/竖起战栗的鳞甲,把蜷曲的尾巴乱摔"(《颂歌》,第18节)。在《启示录》第17章中,众王和巴比伦淫妇"与羔羊争战,羔羊必胜过他们,因为羔羊是万主之主,万王之王。同着羔羊的,就是蒙召、被选、有忠心的,也必得胜"。基督既是信徒的牧羊人,也是上帝的羔羊,他要把虔诚的基督徒组成一个神圣共同体,共同消灭敌基督的团伙。地上的君王与该淫妇行淫,却目睹了她的毁灭。君王们自己的残暴统治必将毁于一旦,以查理一世为代表的斯图亚特王朝就是鲜明的例子。黄金时代应许在审判日①——撒旦与其帮凶的黑暗帝国的消亡意味着基督教黄金时代的恢复,那将是一个新天新地,是从天而降的圣城新耶路撒冷(New Jerusalem)。这一新黄金时代与亚当和夏娃二人所享有的旧黄金时代有很大不同,因为它是由新生的真正虔诚的信徒组成的。

在《第四牧歌》结尾,维吉尔想象救世主降临后神圣、欢快的一幕:"开始笑吧,孩子,要不以笑容对你双亲/就不配与天神同餐,与神女同寝。"②这暗示了神话里著名的半神英雄赫拉克勒斯(Heracles)的故事。他在人世完成了12件非凡的重任,终于跻身天神的行列,并以女神希贝(Hebe)为妻。弥尔顿的"清教徒圣婴"③同样"在天真的微笑中卧躺"(《颂歌》,第16节),他将是一位伟大的赫拉克勒斯式英雄,但承担的救世伟业却远非大力神所能比。基督在升天后,同样与圣父同餐,而教会则是他的新娘。

在T. K. 迈耶(T. K. Meier)看来,序歌部分的诗节,整体是新教的,然而多少缓和了颂歌中的清教严厉性;弥尔顿在基督诞生时主要关注的是强化第一戒律的字面意义。④ 在《出埃及记》(20:3-4)中,上帝通过摩西向百姓申明他的第一条也是最重要的戒律:"除了我以外,你不可有别的神。不可为自己雕刻偶像;也不可作什么形像仿佛上天、下地和地底下、水中的百物。"在序歌中,叙述

---

① T. K. Meier, "Milton's 'Nativity Ode': Sectarian Discord," The Modern Language Review 65.1 (January 1970):7.
② 维吉尔:《牧歌》,杨宪益译,上海:上海人民出版社,2015年,第45页。
③ T. K. Meier, "Milton's 'Nativity Ode': Sectarian Discord," The Modern Language Review 65.1 (January 1970):10.
④ T. K. Meier, "Milton's 'Nativity Ode': Sectarian Discord," The Modern Language Review 65.1 (January 1970):9,10.

人表达了对上帝的虔诚信仰、对他的救赎计划的歌颂,以及对弥赛亚自我牺牲精神的由衷赞美,情感深厚真挚,意境宏阔超卓。在《马太福音》(22:37-38)中,耶稣对法利赛人说:"你要尽心、尽性、尽意,爱主你的神。这是戒命中的第一,且是最大的。"法利赛人爱主但不识主,甚至蓄意谋害耶稣;相反,弥尔顿把基督视作道成肉身的上帝,是肩负拯救世人、重建黄金时代重任的弥赛亚,因此对襁褓中的圣婴极尽赞美之能事。弥尔顿不是赞美国王的荣耀,而是赞美荣耀的国王①,在他心目中,基督就是具有无上荣耀的万王之王。

斯旺森和马里安侧重于基督的献身精神,认为"弥尔顿心上惦记的不是总体上的弥赛亚预言,而是一首具体的救赎之歌"②。由于原罪的缘故,大自然也成为戴罪之地;为了迎接圣婴的诞生,"大地只能用委婉的语言/请求温厚的苍天/撒下纯洁的雪片,遮盖她的丑脸"(《颂歌》,第2节)。雪象征救赎与宽恕,如《以赛亚书》(1:18)中上帝所应许的,"你们的罪虽像朱红,必变成雪白;虽红如丹颜,必白如羊毛"③。原初的大自然并不肮脏,只是由于人类冒犯天条,它才受到原罪的污染。弥赛亚的降临,将清洗信徒的罪愆,并洁净大自然。天地万物将重新焕发生机,为和平与和谐的黄金时代的降临做好准备。黄金时代也意味着由再生信徒所组成的、纯净的神圣共同体的构建。

二、和平王子的统治与神人的和解

基督也是一位和平王子,并将作为中保来促成神人的和解。道成肉身的弥赛亚在人间开始了真理的统治,并在正义和慈爱的协助下,导向全面的、和平的统治。④ 约翰·肖克罗斯(John Shawcross)富有创意地描述道:降临人世的上帝的三个女儿,即真理、正义和慈爱,共同组成了上帝的第四个女儿,即和平。⑤ 自原罪之后,人与上帝的关系就破裂了,上帝视人类为大逆不道、冒犯天条的罪

---

① Howard Dobin,"Milton's Nativity Ode:'O What a Mask Was There'," Milton Quarterly 17.3 (October 1983):71.

② Donald Swanson and John Mulryan,"Milton's 'On the Morning of Christ's Nativity':The Virgilian and Biblical Matrices," Milton Quarterly 23.2 (May 1989):61.

③ Anton Vander Zee,"Milton's Mary:Suspending Song in the Nativity Ode," Modern Philology 108.3 (February 2011):385.

④ Beverley Sherry,"Milton's 'Mystic Nativity'," Milton Quarterly 17.4 (December 1983):114.

⑤ John Milton,The Complete Poetry of John Milton,ed. John T. Shawcross ,New York:Doubleday,1971,65,n. 9.

人,使其处于永恒的诅咒之下,并时不时地予以规训与惩戒。人类与上帝失和,人类彼此失和,天堂与尘世亦失去和谐关系,而弥赛亚将调解上帝与人类的关系,使天与地和谐相处,并改善人际关系。和平如同和谐,和平如同光,和平就是上帝与人的和谐。①

在序歌的开头,叙述人预言圣婴"同他父亲为我们创造持久的和平",因为基督就是神人之间的中保,担负着使上帝与人和解的重任。为了消解上帝对犯罪的人类的怒气,基督放弃了在天堂的辉煌荣耀的地位,光临贫寒的、卑陋的穷人家庭,如诗中所言,"离弃那长明不夜的殿堂/甘以必朽的肉体作为阴暗的住房"(《序歌》,第2节)。为了救赎人类,基督甘愿自我倒空,做出神性放弃(kenosis)之举。② 上帝的精神存在于圣母或人类肉身之屋③,这一点在基督身上显露无遗。基督没有生在权贵豪宅,享受钟鸣鼎食的生活,襁褓中的他甚至连客栈的客房都无从居住,只能选择"世俗泥土的昏暗房屋"——躺在马厩的马槽里,这意味着汇聚了真理、正义和慈爱三大美德的弥赛亚要从最底层的民众开始他的和平统治。在圣婴诞生后,叙述人向天上的诗神缪斯吁求——献上颂诗给这神圣的婴孩。天使合唱团将为和平王子唱响赞美诗。

因为基督的诞生,临时的和平被扩展到地球。④ 在颂歌第3节中,温顺的"和平"头戴象征和平的橄榄叶做成的翠冠,从上天轻柔飞下。它是上帝的先驱,用鸽子的翅膀划开云层,并"挥动桃金娘木的短梃/遍击山海陆地,击出普世的和平"。在《创世纪》第8章中,鸽子给方舟上的诺亚衔回绿色的橄榄叶子,表示洪水已经消退。橄榄叶由此代表了人与自然的和谐,鸽子与橄榄叶也成为和平的象征。鸽子的意象亦暗示了基督洗礼时鸽子的降临。⑤

和平王子的诞生使天下充满了祥和的氛围,列国不闻杀伐声——"普天之下不见战云/杀声消弭,金革不闻/高高地挂起闲置的长矛和巨盾"(《颂歌》,第

---

① Beverley Sherry,"Milton's 'Mystic Nativity'," Milton Quarterly 17.4 (December 1983):114.

② William Shullenberger,"Christ as Metaphor:Figural Instruction in Milton's Nativity Ode," Notre Dame English Journal 14.1 (Winter 1981):41.

③ William Shullenberger,"Christ as Metaphor:Figural Instruction in Milton's Nativity Ode," Notre Dame English Journal 14.1 (Winter 1981):46.

④ T. K. Meier,"Milton's 'Nativity Ode':Sectarian Discord," The Modern Language Review 65.1 (January 1970):7.

⑤ John Milton,The Complete Poetry of John Milton,ed. John T. Shawcross,New York:Doubleday,1971,60,n. 31.

4节)。列国偃旗息鼓以迎接和平王子的降临,各国君主也在震惊中静坐。"这时候光明的王子/开始在地上作和平的统治。"(《颂歌》,第5节)为了迎接和平王子,大自然在深夜中陷入了寂静;风儿变得平静,海洋停止了怒号,神翠鸟(halcyon)在驯服的波涛上繁殖后代。①

自从人类堕落后,天与地的和谐就长期被破坏了,直到基督诞生后才出现了转机。在颂歌部分,上帝与人类的和解尤其体现在音乐中。第9—17节描述了天使合唱团的赞歌,营造了和平的氛围。伯利恒野地里的牧羊人在圣婴诞生后,听到了来自天使的美妙的音乐——绝非凡间的乐师所能弹奏,这使他们充满了幸福、喜乐;天空不愿失去这种欢乐,用千万遍的回响来延长每一个天堂节拍。在《路加福音》第2章中,天使告知牧羊人救主诞生的喜讯,牧羊人随即进城去看望圣婴,并赞美上帝的安排。"圣诞颂诗"则增加了音乐的成分,以烘托和平、欢快的气氛。

大自然在听到如此美轮美奂的天堂音乐后,意识到她的职责已履行,她的统治已告完成。在道成肉身的过程中,自然与神性及人性的融合已经实现了。被罪污染的大自然的统治被和平王子的统治所取代,音乐一般的和谐氛围把整个天堂与尘世更欢快地结合在一起。在第11节中,第一等天使撒拉弗与第二等天使基路伯等天使队伍奏着庄严、嘹亮的乐曲,欢迎新生的圣婴。这美妙的音乐从未演奏过,只在创世纪之时,上帝创造宇宙的时候才震响在天地间。叙述人企求九重天一起奏响乐器,让人类也一饱耳福。银铃般的音乐运行在旋律优美的时间中②,"鼓动霄汉间的风琴,形成钧天的和鸣/让你回环九叠的乐歌/与天使们所弹唱的交响曲相调和"(《颂歌》,第13节)。在《失乐园》第3卷中,当圣子甘愿道成肉身为人类赎罪并得到上帝的夸赞后,众天使也用黄金的竖琴奏出了美妙动听的交响曲,"他们的圣歌,挑醒高度的欢喜/那乐歌中没有噪音,

---

① 神翠鸟(halcyon)是希腊神话中的一种鸟,传说当它飞过海洋时,暴风雨就会平息。在冬至日,它在漂浮在海面上的巢里繁殖。神翠鸟和鸽子一样,也成为基督的象征,如《失乐园》第1卷开头的比喻所表达的,"您从太初便存在,张开巨大的翅膀/像鸽子一样孵伏那洪荒,使它怀孕"(1.19-22)。详见约翰·弥尔顿:《失乐园》,朱维之译,南京:译林出版社,2016年,第3页。以下的引文将随文标出著作名、卷数和行数,不再另注。在专门论述《失乐园》的章节中,引文注解时只标出卷数和行数。如译文行数与英文行数不一致,将以后者为准。

② 毕达哥拉斯认为只有纯洁无罪的人才能听到这种银铃般的音乐。见 John Milton, The Complete Poetry of John Milton, ed. John T. Shawcross, New York: Doubleday, 1971, 68, n.26。

没有不谐之声/只有美妙的和声,构成天上的仙乐"(3.369-371)。在"圣诞颂诗"中,叙述人抒发了美好的愿望,把天使音乐与黄金时代联系起来。

> 如果这神圣的天籁,
> 永远包围我们想象的心怀,
> 时间便能倒溯,回到原始的黄金时代;
> 尘世间污秽的虚荣事业,
> 马上就枯萎,死绝,
> 腐朽的罪恶也将从尘土中消灭;
> 地狱也会自行云散烟消,
> 把她阴暗的洞府留交天光照射的明朝。(《颂歌》,第14节)

来自天堂的天使合唱具有如此大的威力,竟能让世界重归和平的、美好的黄金时代,世间将再无争斗、倾轧与不平等,再也没有撒旦帝国所制造的不和谐音符。上帝是他的子民和平中的奖赏,但他应许的和平安全的居住地是永久性的,永远属于新耶路撒冷。[①] 新耶路撒冷也就是诗歌中所向往的黄金时代。和平就是至善,新耶路撒冷这座拥有至善的城市的目的是"在永生中和平"或"在和平中永生"[②]。在和平王子的统治下,新耶路撒冷将是一个和谐团结的神圣共同体,是滕尼斯所谓的精神共同体,是"真正的人的和最高形式的共同体"[③],或者说是由上帝主导的、真正的圣徒的和最高形式的共同体。

在第15节中出现的彩虹象征了上帝与人立的约,体现了上帝的慈爱。象征着慈爱的圣子将带着神圣的光芒高居中天,拨云见日。天堂就像举行盛大宴席一样,广开高高的天宫门户,迎接义人的到来。

但普天同庆、永享和平的时刻还没有到来。在第16节中,天使交响曲的欢快音调戛然而止,因为命运之神断言,恢复黄金时代的时机尚未成熟。叙述人想象着末日审判时的幻景:霹雳般的号角震撼着地狱,骇人的巨响就像在西奈山上帝传授十诫给摩西时地动山摇的声音一样。天使合唱团的和平乐曲在第16、17节被未来可怕的巨响所取代,和平王子在末日审判时变成了铁面判官,在

[①] 奥古斯丁:《上帝之城》(下),王晓朝译,北京:人民出版社,2018年,第695、696页。
[②] 奥古斯丁:《上帝之城》(下),王晓朝译,北京:人民出版社,2018年,第807页。
[③] 斐迪南·滕尼斯:《共同体与社会:纯粹社会学的基本概念》,林荣远译,北京:北京大学出版社,2010年,第53页。

生命簿上判定生者与死者的命运。贝弗利·谢里(Beverley Sherry)评论道:"它不只是一首颂诗或文学赞美诗;一位诗人——先知正在发言,展露一个巨大的秘密,而且,像《利西达斯》一样,'圣诞颂诗'超出了它的体裁,跃升为预言。"①

和谐之音向霹雳巨响的突变也影射了英格兰宗教共同体的内部冲突。弥尔顿的音乐比喻暗示了那个时期令人不安的意识形态分裂——在气焰正盛的劳德的主教制和坚持不懈地抵抗的清教集团之间,前者的高教会(High Church)政策有着危险的、对罗马天主教的响应。②叙述人对黄金时代的渴盼、对污浊尘世的厌弃正反映了对专制、腐败的国教会的反感。诗歌的主要主题是人类的和平——在过去、现在和将来——处于被获取的过程中,这是一个永久的朝向救赎的运动。③基督是和平王子,向基督的归信就是向和平的趋近,也意味着上帝与人的和解。

在沙伦伯格看来,文艺复兴时期"巨大的存在之链"的本体论层级结构是由基督在一个与上帝关系的垂直刻度上创造和安排的;基督是有序的大千世界的"对等原则",这意味着基督就是相似性,他组织象征物的游戏,使对有形和无形事物的认识变得可能。④基督对信徒一视同仁,尤其偏爱穷人、儿童等弱势群体,从而使他们依靠精神上的对等原则而心心相印。道成肉身的基督就是上帝的类比,他通过对人性的贴近而联通人性与神性,揭示神人之间的相似性,使信徒坚定信心,并凭借象征与隐喻等手段使他们悟解神旨。他就像一个"巨大的存在纽带"一样,把他们维系成一个神圣共同体,并赋予秩序与和平。"一切事物的和平在于秩序的稳定,秩序是平等与不平等事物的配置,使每一事物有其恰当的位置。"⑤基督是至善的化身,也是秩序的象征,正是在他的感召与规训下,神圣共同体才能获得和平与稳定。

第一次降临的基督所创建的神圣共同体,只有在经历与反动势力的角逐,

---

① Beverley Sherry, "Milton's 'Mystic Nativity'," Milton Quarterly 17.4 (December 1983):115.
② Anton Vander Zee, "Milton's Mary:Suspending Song in the Nativity Ode," Modern Philology 108.3 (February 2011):376.
③ Richard Douglas Jordan, "The Movement of the 'Nativity Ode'," South Atlantic Bulletin 38.4 (November 1973):38.
④ William Shullenberger, "Christ as Metaphor:Figural Instruction in Milton's Nativity Ode," Notre Dame English Journal 14.1 (Winter 1981):53,58,n. 33.
⑤ 奥古斯丁:《上帝之城》(下),王晓朝译,北京:人民出版社,2018年,第811页。

并以真理与正义挫败谬误与邪恶后,才能迎来永久和平的、不再被喧嚣声干扰的天使合唱。乔丹总结道:在壮阔的上升与坠落、好与坏、光与暗的分隔后,留下来的只有稳定与秩序。牧羊人听到的音乐和异教神祇的放逐预示了世界的终结以及上帝与人的最终和解。① 颂歌的第 18—26 节即聚焦于真理祭司对撒旦帝国的颠覆以及对各种偶像与鬼怪的斥逐。

三、真理祭司对异教神祇的驱逐

为了黄金时代的恢复和永久和平的获得,那些污染人间信仰与精神的崇拜物必须被清除。在颂歌第 15 节中,真理、正义和慈爱并肩回到人间,她们是上帝的三个女儿,代表了神圣三位一体的三个位格(person)。② 圣子虽然更多地与慈爱联系起来,但由于三位一体的不可分割性,他同样也被视作真理的化身。戴维·昆特(David Quint)把基督称作"真理祭司",并进而认为:"'圣诞颂诗'期待从新生的基督那里获得真理的统治,以便永久取代并驱逐早期异教的谬误;另外,它期待把犯罪的自然和人类恢复到他们原初的纯洁状态。"③赫拉克勒斯曾在摇篮里扼杀了大蛇,但真正的赫拉克勒斯实际上是在睡眠中,只凭他的诞生就扼杀了撒旦一伙。④ 基督所恢复的纯洁的黄金时代是由真理所统治的,是一个真理王国和真理共同体,它与谬误是绝不相容的,而异教神祇就是谬误的一个源头。崇拜偶像的谬误王国是没有坚韧精神纽带的机械聚合体。

当然,尚为婴儿的基督还没有开始真理的统治。他要经历险象环生的传道和创建教会的历程,并把自己祭献在"痛苦的十字架上";他将再度复活,并在预定的时间,吹响审判号角——到那时,真理王国才会真正建立起来。在颂歌的第 17、18 节,弥尔顿展示了一幅末日审判时的幻景,并描述了撒旦帝国的覆灭。

上帝在西奈山向摩西颁布十诫时,山上有雷轰、闪电、火焰和浓烟,而在末日审判时,同样有恐怖的铿锵巨响、升腾的焰火,二次降临的基督将开始真理的

---

① Richard Douglas Jordan,"The Movement of the 'Nativity Ode'," South Atlantic Bulletin 38.4 (November 1973):38.

② John Milton,The Complete Poetry of John Milton,ed. John T. Shawcross,New York:Doubleday,1971,60,n. 31.

③ David Quint,"Expectation and Prematurity in Milton's 'Nativity Ode'," Modern Philology 97.2 (November 1999):195 – 196.

④ Beverley Sherry,"Milton's 'Mystic Nativity'," Milton Quarterly 17.4 (December 1983):113.

审判。撒旦从亚当手里篡夺的权力被夺回,他苦心经营的谬误王国将分崩离析,亚当后裔将恢复真理祭司领导下的黄金时代。

弥尔顿把撒旦的灭亡与耶稣的诞生联系起来。在《启示录》第12章中,上帝的王国是通过在基督降生时对撒旦仆从的征服而创立的。《第四牧歌》似乎也预言了撒旦的覆灭,"蛇虺将都死亡,不再有骗人的毒草"①;撒旦传播的谬误就是骗人的毒草,是对真理的污染和毒害。基督的道成肉身标志着龙和他的王国的灭亡,该王国之前在这些已被击败的异教神灵的伪装下曾支配世界。② 撒旦是各种邪神妖魔的总头目。作为邪恶的化身与象征,他操控诸多妖魔和偶像为害人间,使他们篡改真理、传播谬误和迷信以毒害愚昧的信徒,使他们分不清真理和谬误、真神和假神,并在谬误的蛊惑下干出恐怖、荒谬之举。迦南人和腓尼基人崇拜邪神摩洛,把小孩烧死祭献给他——这位吃小孩的魔鬼在《失乐园》中被称作"恐怖国王"。基督诞生后,希律王为了杀害这位未来的弥赛亚,就像吃人的摩洛一样,屠杀了伯利恒城里及周围地区所有两岁以下的男婴。又一次因为一位"恐怖国王"的缘故,无辜的婴儿被杀戮——恐怖仪式重演。③ 希律是被撒旦传播的谬误毒害的国王,是撒旦用以对抗真理祭司的工具。

随着基督这真理祭司的诞生,一切巫术、谎言、神谕都现了原形,失去了市场。在颂诗的高潮阶段,异教神祇被基督的活的神谕所取代。④ 甚至阿波罗——最有名的异教太阳神,他的德尔菲神庙,也丧失了说神谕的能力,那些举行怪诞仪式的罗马祭司们哑口无言、黯然神伤。家神、早夭者及暴死者的幽魂发出哀鸣;冰冷的大理石流汗,预言凶兆的来临;每一种奇异的精灵都放弃了他惯常的席位。第19—21节聚焦于古希腊罗马多神教中的神灵,预言基督的诞生将会对他们的神力进行祛魅,并使诸神不复存在。

第22—25节主要叙述圣婴的诞生对中东地区异教神祇的致命打击。这些神包括:腓尼基人崇拜的太阳神昆珥、牧群神巴力;非利士人(Philistine)信仰的

---

① 维吉尔:《牧歌》,杨宪益译,上海:上海人民出版社,2015年,第17页。

② Donald Swanson and John Mulryan, "Milton's 'On the Morning of Christ's Nativity': The Virgilian and Biblical Matrices," Milton Quarterly 23.2 (May 1989):64.

③ Stephen M. Buhler, "Preventing Wizards:The Magi in Milton's Nativity Ode," The Journal of English and Germanic Philology 96.1 (January 1997):47.

④ William Shullenberger, "Christ as Metaphor:Figural Instruction in Milton's Nativity Ode," Notre Dame English Journal 14.1 (Winter 1981):41.

半鱼半人神大衮;腓尼基人的女神亚斯他录;利比亚人长有胡须和羊角的神哈蒙;闪米特人的神摩洛;埃及人的神奥西里斯、爱西、荷鲁斯、神犬阿努比;最后又加上了希腊神话中长有百头的怪物堤丰,他是诸多怪物、猛兽的父亲。这些被崇拜的假神或偶像,常常以非正义、谬误与仇恨的观念来毒害人们的精神,而在遇到真神时,就会原形毕露,一败涂地。《撒母耳记(上)》(Samuel I)第5章写道,上帝的约柜被非利士人掳去,放到他们的大衮神庙里,大衮的塑像两次仆倒在上帝面前,摔得破碎不堪。故而,弥尔顿在颂诗中嘲讽道,昆珥、巴力与两次被损坏的大衮,抛弃了晦暗的神庙,无处存身。虽然上帝的约柜被掳去,他的神力却不会被剥夺;在面对居于约柜中的真神时,假神狼狈不堪,人们对它的崇拜被削弱,它的崇拜者受到羞辱——既在它自己不神圣的范围内,也波及外在的领域。① 如同大衮一样,其他神魔同样意识到末日即将来临,并狼狈逃窜。

在第三进程中,那些被挫败的主要神祇都自称是太阳神,比如希腊人的神阿波罗、腓尼基人的神昆珥,以及埃及人的神荷鲁斯、奥西里斯,等等。但在圣婴这个更大的太阳面前,他们都黯然失色,露出了假太阳的原形;自然界的旧太阳也因为新太阳的诞生而羞愧难当,迟迟不敢露面,"似因他较弱的火焰,/已经不适用于这个更光亮的新世界"(《颂歌》,第7节)。群星也被单独的一颗星代替。

真理祭司的诞生是要"从世界躯体中清除恶魔的侵染"②。谢里指出基督诞生的神秘性的原因:其一在于撒旦的失败,主意象是崩溃与退缩的奇景,伪神们神秘地缩小、消退,使自我缺席;没有冲突,只有大规模的紧缩;很神秘地,基督进入世界让邪恶的势力减退、收缩,这是神秘的、没有冲突的毁灭。③ 其二,基督的诞生不只驱逐了犹太人自古居住地域的神祇,也包括邻近地区如埃及、罗马等地的精灵;在时间上也纵横古今,慑服各个时期的异教神灵。

迈耶认为,基督的临在清除了异教神的存在,并宣示了慈爱;"圣歌"有革命性精神,取代旧神的是对未来黄金时代、基督的临在和抽象品质"慈爱"的存在

---

① Michael Lieb, Theological Milton: Deity, Discourse and Heresy in the Miltonic Canon, Pittsburgh: Duquesne University Press, 2006, 207.

② William Shullenberger, "Christ as Metaphor: Figural Instruction in Milton's Nativity Ode," Notre Dame English Journal 14.1 (Winter 1981): 51.

③ Beverley Sherry, "Milton's 'Mystic Nativity'," Milton Quarterly 17.4 (December 1983): 112.

的许诺。① 基督是真理祭司,也是慈爱的化身;真理与慈爱不可分割,没有慈爱的真理其实就是谬误。崇拜大衮的非利士人不乏残暴之举,迦南人和腓尼基人对摩洛的献祭竟然需要把儿童活活烧死,可见这些偶像与伪神并不能传播慈爱的精神,更遑论真理。以他们为中心所形成的信仰团体绝无可能成为一个和谐团结的神圣共同体。

很多异教神具有动物的形象,比如荷鲁斯是隼,奥西里斯是公牛,堤丰是蛇。它们只是垂死的、具身的(embodied)神祇;这些肉体的神是偶像而非真神②,就像圣保罗在《罗马书》(1:23)中所说的,那些不虔不义之人"将不能朽坏之神的荣耀变为偶像,仿佛必朽坏的人和飞禽、走兽、昆虫的样式"。不过,在"圣诞颂诗"中,异教神祇并非都一无是处。潘,这位异教神祇,被用来代表基督,这使得对异教神的困扰不再那么猛烈了。③ 刘立辉亦认为,该诗歌颂了耶稣基督对异教神的胜利,但给予该诗灵感的诗神是天上的缪斯,是已经皈依基督教的诗神——古典传统和基督教传统在此被紧密地结合起来。④

基督对异教神的胜利的观念在中世纪和文艺复兴作家中是常被书写的主题。但在"圣诞颂诗"的最后一部分,谬误却去而复返,再次潜入;被废黜的伪神又被带回来了,正如他们被驱逐时那样。⑤ 在第26节中,地狱里鬼影幢幢,坟地里幽魂潜隐。诗歌中异教逆流的回潮正是现实的写照。在此诗创作时期,异教宗教的偶像崇拜残余进入迷信的天主教的基督教中,甚至进入英格兰改革教会的基督教中;弥尔顿在《十一月五日》(*In Quintum Novembris*)这首诗中已经描述了作为最初的天主教圣礼主义的异教狂热崇拜。⑥ 带有天主教色彩的、与专制王权勾结的主教制阻碍了宗教改革的进程,对宣传真理、弘扬纯正教义的清教徒大肆折磨与摧残;真理祭司的英格兰信徒仍然需要与伪神的盲从者展开斗

---

① T. K. Meier, "Milton's 'Nativity Ode': Sectarian Discord," The Modern Language Review 65.1 (January 1970):7,8.
② David Quint, "Expectation and Prematurity in Milton's 'Nativity Ode'," Modern Philology 97.2 (November 1999):212.
③ T. K. Meier, "Milton's 'Nativity Ode': Sectarian Discord," The Modern Language Review 65.1 (January 1970):8.
④ 刘立辉:《弥尔顿早期诗歌中的神秘主义倾向》,《国外文学》2001年第2期。
⑤ David Quint, "Expectation and Prematurity in Milton's 'Nativity Ode'," Modern Philology 97.2 (November 1999):213.
⑥ 同⑤。

争。昆特独具慧眼地分析道:"基督的诞生既代表了道成肉身,伴随着对异教谬误的驱除,也代表了宗教改革,伴随着对天主教迷信与偶像崇拜的排斥,它可能描述了一个更深远的'对宗教改革本身的改革'。"[1]基督的诞生不是一次性地驱逐了异教神祇,而是持续地发挥着传播真理的作用,以协助信徒对抗伪神的侵扰。弥尔顿颂扬基督的诞生,其实也是希望推动英格兰宗教改革运动的深入发展,并让敌基督像大衮一样,仆倒在被上帝精神所灌注的清教徒面前。有天主教倾向的斯图亚特王朝在诗人心目中与那些异教神祇一样,也是应该被驱逐的对象。

"圣诞颂诗"歌颂真理对谬误的胜利——基督这位真理祭司的诞生将驱逐异教神祇,消除异教谬误;更重要的是,弥赛亚将构建他的新型教会以及神圣共同体,并带给世界持久的和平。异教妖怪被贬谪到地狱,但偶像崇拜者仍然存在;无序和不和谐仍然统治着世界,只有在最后预示着审判的"恐怖的铿锵声"响起后,人们的极乐才是完整的,真正的"和平的统治"与和谐才能占得上风。[2] 天使合唱团的赞歌才能一劳永逸地消除异教神祇不和谐的嘈杂声的干扰。

《基督诞生之晨》糅合了基督教传统、异教的古希腊罗马传统,以及对英格兰第二次宗教改革运动的预言式考量。在颂诗中,基督扮演了三重角色:弥赛亚、和平王子与真理祭司。作品呼应了《第四牧歌》和《启示录》对救世主的书写与想象,体现出弥赛亚情结以及对黄金时代的渴盼,并赞美基督牺牲自我、拯救罪人的壮举。基督也是和平王子,将要在尘世开始和平的统治,而天使合唱团的和谐音乐也象征了圣婴带给世人的临时和平。不过,为了恢复失去的乐园,建立永久和平的新耶路撒冷,真理祭司还要摧毁撒旦帝国,并驱逐象征非正义与谬误的异教神祇。颂诗通过对襁褓中的清教徒圣婴的歌颂,表达了对和平与秩序的渴盼,以及对英格兰神圣共同体正本清源的改革愿望。弥尔顿的歌咏也加入了天使的合唱中[3];诗歌中的和谐曲调象征了备受期盼的和平安宁、秩序

---

[1] David Quint,"Expectation and Prematurity in Milton's 'Nativity Ode'," Modern Philology 97.2 (November 1999):214.

[2] Howard Dobin,"Milton's Nativity Ode:'O What a Mask Was There'," Milton Quarterly 17.3 (October 1983):78.

[3] David Quint,"Expectation and Prematurity in Milton's 'Nativity Ode'," Modern Philology 97.2 (November 1999):215.

良好的神圣共同体,不和谐的音律则暗示了宗教共同体中的派系冲突,并预示了不久之后的清教徒革命(Puritan Revolution)。

第四节 《论出版自由》中信仰共同体的构建

《论出版自由》是弥尔顿的散文作品中最负盛名的。在形式上它是一篇古典式的演说,发言对象是议会议员,但它是"不用嘴说的演说辞"①。它的直接目的是废除许可制(licensing),获取"不需许可就能出版的自由"②。作为第一部专门论述出版自由的著作,这本小册子意义非凡。在某种意义上,它已成为一份伦敦城市文献③,但其影响现在已经辐射到世界各地。

弥尔顿认为审查制度(censorship)妨碍了思想与言论自由,应该彻底废除,但这并不意味着他完全支持无障碍表达的观念。维护革命的原则是必要的,必须对出版的有害书籍进行审慎检查。④ 有害之作无益于心智的培育,对那些尚不成熟的心灵来说甚至还有毒害作用。

这一小册子虽聚焦于政治学范畴内的出版自由问题,但论辩却主要基于对教会历史、体制、信仰等维度的谱系研究,故而,诸多学者从宗教视角对其进行探讨。欧内斯特·瑟卢克(Ernest Sirluck)指出,《论出版自由》这部文献处于两种尽管互相依赖却截然不同的观念——出版自由与信仰自由的历史中。⑤ 道格拉斯·布什(Douglas Bush)认为,这本小册子原本是关于独立派和长老会之间有关信仰自由的论争,但抨击的目标却偏离到了长老会所把持的议会为控制出版事业而恢复文字检查的法令。⑥ 这也说明了出版自由与信仰自由的密不可分。迈克尔·怀尔丁(Michael Wilding)则把该书视作反主教制这一行动的延

---

① 马克·帕蒂森:《弥尔顿传略》,金发燊、颜俊华译,北京:生活·读书·新知三联书店,1992年,第93页。

② Ernest Sirluck, Introduction to Vol. 2 of CPW,163.

③ Thomas Kranidas, "Polarity and Structure in Milton's 'Areopagitica,'" English Literary Renaissance 14.2 (Spring 1984):184.

④ 道格拉斯·布什:《评弥尔顿的小册子》,冯国忠译,见殷宝书编:《弥尔顿评论集》,上海:上海译文出版社,1992年,第396页。

⑤ Ernest Sirluck, Introduction to Vol. 2 of CPW,158.

⑥ 同④。

续,并认为弥尔顿的策略是把出版物的许可和控制呈现为一种从罗马教会输入的非英格兰的行动。① 托马斯·克拉尼达斯(Thomas Kranidas)同样指出,弥尔顿把英国人和希腊人归为一类,把英国和罗马对立起来;压制和欺骗的语言是拉丁语,真理和自由的语言是希腊语 – 英语。② 盖内尔·格尔兹 – 罗宾逊(Genelle Gertz-Robinson)亦认为弥尔顿的目的是揭露许可制的异国的、天主教的根源,给英国的主教们贴上一个天主教的标签,并把议会与宗教裁判所③联系到一起。④ 可见,弥尔顿在宣传他的出版自由理念时,也把当时的宗教斗争纳入辩论中,这正是清教革命在意识形态领域斗争的体现。异教的古希腊、古罗马和基督教的人文主义传统是弥尔顿立论的立足点和出发点,如特瑞·伊格尔顿(Terry Eagleton)所言,要变成一种真正意义上的大众的力量,精英主义的文化实在需要采取宗教的道理。⑤

弥尔顿最初创作的五部反主教制小册子反映了对教会的教权主义与等级制的反对,不久之后创作的《论出版自由》也是对这些观点的承继与拓展。主教制对信仰共同体造成了严重破坏,不过这一体制在清教徒长期的反抗下已然式微,取而代之的长老会虽然做出了很多革新之举,共同体的凝聚力渐增,但主教制的流毒却没有彻底肃清,甚至渗透到新的体制中,对共同体继续进行精神上的操控——对书籍的管控就是鲜明的体现。为消除许可制的毒害,打破其对思想的桎梏,弥尔顿创作了这本小册子,对长老会成员居多的议会慷慨陈词,但他所力图影响的对象表面上是议会议员,其实更重要的是议会所代表的广大人民,尤其是以清教徒为核心所组成的信仰共同体。下文将从宗教视角出发,剖

---

① Michael Wilding, "Milton's Areopagitica: Liberty for the Sects," Prose Studies: History, Theory, Criticism 9.2 (1986):8.

② Thomas Kranidas, "Polarity and Structure in Milton's 'Areopagitica'," English Literary Renaissance 14.2 (Spring 1984):177 – 178.

③ 宗教裁判所(Inquisition),或称异端裁判所,是天主教的一种宗教法庭。在宗教裁判所成立之前,异端通常由主教进行调查,再由世俗法庭予以制裁。到1231年,根据天主教会教皇格列高利九世的决定,由道明会设立宗教裁判所。此法庭是负责侦查、审判和裁决异端的法庭,曾监禁和处死异见分子。宗教裁判所的发展主要经历了三个阶段:①中世纪宗教裁判所;②西班牙宗教裁判所,隶属于西班牙王室,成立于1478年;③罗马宗教裁判所,成立于1542年。从20世纪开始,宗教裁判所被改组为信理部。

④ Genelle Gertz-Robinson, "Still Martyred after All These Years: Generational Suffering in Milton's Areopagitica," ELH 70.4 (Winter 2003):964.

⑤ 特瑞·伊格尔顿:《文化的观念》,方杰译,南京:南京大学出版社,2003年,第80页。

析小册子中所包含的许可制与天主教的渊源、许可制对教派并立的影响,以及真理凝聚与信仰共同体的构建等方面的论题。

一、许可制的天主教起源

古典异教时代对于书籍没有任何控制手段,除了惩罚某些作者——其作品宣扬无神论或含有亵渎、诽谤的内容,或者压制被谴责的出版物。在基督教会的早期,大体来说是没有审查的。异教作者的作品在公元 400 年以前,是未被禁止的。① 罗马帝国皈依天主教后,教皇权力逐渐增加,到公元 800 年以后,对阅读和出版自由开始压制。天主教宗教裁判所的审查官成为"书籍杀手",他们审查的对象无所不包,甚至可以审查撒旦。②

自印刷术于 1476 年被引入英格兰后,历代国王就开始颁布法令控制印刷物的出版。在亨利八世时期,书籍的出版必须得到主教教区牧师的许可,并且许可出版的书上要标明审查人和出版商的名字。③ 在 1556 年,玛丽女王政府制定了《星室法庭法令》(Star Chamber Decree),授权英国出版同业公会(Stationer's Company)④实施对书籍的控制;在 1586 年,伊丽莎白女王政府的《星室法庭法令》把坎特伯雷大主教和伦敦主教任命为所有书籍的许可证发放者。对书籍审查的顶峰是查理一世在 1637 年 7 月 11 日颁布的《星室法庭法令》。主教劳德对持有不同宗教与政治观念的清教徒作者处以各种酷刑,从 1630 年起,多位作者被处以罚款、监禁,以及割鼻、截耳、脸上刻字等惨无人道的刑罚。⑤ 长期议会掌权后,废除了星室法庭,铲除宗教出版检查制度,并释放了被关押的清教徒。但在 1643 年,当权的长老议会宣布恢复出版审查制度,颁布《议会所集合的贵族与议员的一项法令》,对书籍的检查依旧进行,但实施者是 20 个许可员,而

---

① Thomas Kranidas, "Polarity and Structure in Milton's 'Areopagitica,'" English Literary Renaissance 14.2 (Spring 1984):179.

② 同①。

③ Ernest Sirluck, Introduction to Vol. 2 of CPW, 159.

④ 英国出版同业公会是成立于 1403 年的出版机构。1557 年,玛丽女王颁布特许状,将公会改造为皇家特许出版公司。所有需要印刷出版的书籍都要在该公会登记,并交由公会成员发行,其主要目的是借机对著作内容进行审查,禁止出版发行违反宗教教义或政治立场不同的著作。

⑤ Michael Wilding, "Milton's Areopagitica: Liberty for the Sects," Prose Studies: History, Theory, Criticism 9.2 (1986):10.

不再是大主教或伦敦主教了；任何著作只有经许可员批准后才能印行，否则不得面世。该法令可以说与1637年的敕令极为相似。在过去，被禁的是长老会的书籍，从此以后，被禁的变成了天主教和国教的著作。① 该法令是弥尔顿写作此书的直接诱因。1649年的共和国议会推出了相似的法令，正是根据这一法令，弥尔顿担任《政治快报》(Mercurius Politicus)杂志的许可员，直到1651年。②

许可制是天主教的发明，是特伦托会议(Council of Trent)③的产物，是对宗教裁判所彻底的、全面的本土化的模仿，以及对劳德体制的模仿，因此长期议会重新推出许可法令，是对所有国民的侮辱。④ 对于威斯敏斯特会议(Westminster Assembly)⑤以及它所代表的长老会群体，弥尔顿此书持敌视态度。⑥ 当然，这一会议形象与事实相差很多，因弥尔顿的论辩中不乏过激观点。弥尔顿首要的批判目标是伊拉斯图派⑦，他指的是长老会——他们在议会中有庞大的势力，对教会也形成威压。只有分化长老会多数派，才能废除许可制。⑧ 主教重视对等级制的强化，因此把许可制引入英国；反主教制的长期议会最初曾废除许可制，但后来又重新制定该制度，正体现出对天主教腐朽传统的延续。

虽然大力抨击许可制，但直到1644年，弥尔顿出版的散文作品还没有被登记过或得到过许可，《论出版自由》同样如此。这本书上没有出版商的名字，时至今日仍旧不为人知；只有在标题页上用斜体的大写字母标明作者名字。出版

---

① 马克·帕蒂森：《弥尔顿传略》，金发燊、颜俊华译，北京：生活·读书·新知三联书店，1992年，第91页。

② Ernest Sirluck, Introduction to Vol. 2 of CPW, 163.

③ 特伦托会议指1545—1563年罗马教廷于意大利的特伦托城召开的大公会议。这次会议是天主教反改教运动的产物，目的在于抗衡马丁·路德的宗教改革所带来的冲击。

④ Ernest Sirluck, Introduction to Vol. 2 of CPW, 173.

⑤ 威斯敏斯特会议指1643—1652年举行的英格兰宗教会议。为重组英国国教，并制定统一的教义和教会管理制度，长期议会从1643年7月1日开始在威斯敏斯特教堂召开宗教会议，有30名律师(其中20人来自下院，10人来自上院)、121名教士出席，大多数成员为长老派信徒，只有少数属于独立派和主教派。

⑥ Ernest Sirluck, Introduction to Vol. 2 of CPW, 174.

⑦ 托马斯·伊拉斯图(Thomas Erastus, 1524—1583)，瑞士神学家。他提出国家全能论(Erastianism)，主张在宗教事务方面国家应该凌驾于教会之上。

⑧ Ernest Sirluck, Introduction to Vol. 2 of CPW, 176.

商和书商想方设法躲避检查。① 1644年8月,英格兰出版同业公会向议会请愿,要求更加严格地执行出版法令,并指名道姓地提及弥尔顿,将其作为逾越者的例子。②

审查制被揭露为罗马劳德腐败集团中最恶劣分子的谋划。③ 弥尔顿呈现了两种类型的审查制度:一种是希腊的、共和制罗马的和英格兰的,与强大、自由的共和国联系起来;第二种是高压的、令人惧怕和不可理喻的,是罗马帝国的、中世纪的、天主教的和西班牙的,与腐败的、不可理喻和令人惧怕的暴政联系起来。④ 劳德一派的做法与第二种完全相符。弥尔顿暗示了英格兰的智识父母是希腊,不是罗马,尤其是罗马帝国⑤,正如他在书中所提及的"希腊古老高贵的人文主义文化"⑥,而在罗马共和国时期,那些发表讽刺言论的作者并没有被禁言或追究。

弥尔顿从教会史以及政治学等角度出发,分析了许可制的起源和审查制度的目的。罗马天主教的教皇是许可制的始作俑者,其领导下的主教则是帮凶。英格兰的国王、大主教和长老会虽然制定了不同形式的许可制,但根源还是天主教会。崇尚自由的英格兰民族不是产生许可制的合适土壤,即便是奴隶社会时期的古希腊和古罗马也不能容忍许可制,而随着中世纪封建社会的到来,许可制也相伴而生。中世纪的降临催生了许可制,而天主教的堕落,尤其是教皇的专制倾向,是许可制产生的主因。英格兰议会中的长老会议员重拾许可制,说明他们也想模仿天主教的宗教审判所,打压其他教派的异见,并与以国王为代表的专制势力同流合污,以达到控制教会的目的,这将导致对真理的抛弃和对信仰共同体的割裂。

---

① Michael Wilding, "Milton's Areopagitica: Liberty for the Sects," Prose Studies: History, Theory, Criticism 9.2 (1986):27.

② William Haller, "Before Areopagitica," PMLA 42.4 (December 1927):899.

③ Thomas Kranidas, "Polarity and Structure in Milton's 'Areopagitica'," English Literary Renaissance 14.2 (Spring 1984):181.

④ Thomas Kranidas, "Polarity and Structure in Milton's 'Areopagitica'," English Literary Renaissance 14.2 (Spring 1984):182.

⑤ 同④。

⑥ 弥尔顿:《论出版自由》,吴之椿译,北京:商务印书馆,1958年,第3页。以下的引文将随文标出该著的简称《出版》和页码,不再另注。

通过阅读和写作的过程,书籍容许人们在信仰过程中不断进步。① 基督教最阴险的敌人——东罗马帝国的皇帝、叛教者尤利安,禁止基督徒研究外教学术,结果导致信徒们几乎陷入无知状态(《出版》,15)。这说明基于信仰所实施的书籍审查是一种反智行为,会导致国民智力的整体衰退。正是看穿了长老会的图谋,弥尔顿在揭露许可制的天主教起源的同时,也为教派发声——鼓吹教派容忍并为教派激进言论辩护。

二、教派并存——"兄弟般的差异"

天主教的许可制未能阻止教会的分裂。在它施行了数个世纪后,宗教改革运动勃然兴起,新教不断发展壮大,教派层出不穷。弥尔顿认为,如果为了防止教派兴起而施行许可制,那实在是不学无术之举。许多教派甚至把书籍当作障碍予以抛弃。它们凭借其他手段就能长久传承,并保持纯洁的教义。教会分裂并不是因为书——在福音书和使徒书信等著作面世之前,基督教就已传遍了亚洲(《出版》,29)。可见,以许可制来禁止出版其他教派持有异议的书籍,并妄想以此打压教派的发展,维持一个千篇一律的信仰共同体,这将是枉费心机。弥尔顿批判的也是乌托邦幻景,因为乌托邦尽力避免冲突,却寻求千篇一律。②

教派并存、共同发展对于维持信仰共同体的活力不可或缺。教会一定程度上的分裂考验的是一个神圣国家的再生能力、对意识形态冲突与摩擦的抑制能力,以及在这些冲突和摩擦基础上的兴旺能力。③ 正常的教会存在着统一与分裂的似非而是的混合,而不应该是铁板一块的统一模式。宗教会议中的长老会对异端感到恐惧;他们深信,凡是与他们自己的行为方式不同的,尤其是威胁到他们的声望与权威的任何一切,都是异端邪说。④ 当主教们在查理一世的支持下权势熏天时,他们禁止长老会等教派宣教,镇压清教徒作者的自由思想,但在长老制取代主教制变成主导体制后,其成员与主教一样,同样打压与其对立的

---

① David Ainsworth, Milton and the Spiritual Reader: Reading and Religion in Seventeenth-Century England, New York: Routledge, 2008, 32.

② David Loewenstein, "Areopagitica and the Dynamics of History," Studies in English Literature, 1500 – 1900 28.1, The English Renaissance (Winter 1988): 82 – 83.

③ David Loewenstein, "Areopagitica and the Dynamics of History," Studies in English Literature, 1500 – 1900 28.1, The English Renaissance (Winter 1988): 89.

④ William Haller, "Before Areopagitica," PMLA 42.4 (December 1927): 879.

教派,并禁止发表观念不同的作品。主教的许可制的危害性相对较小,但长老会的许可制却覆盖更大的范围,对学术造成了更大危害,并严重破坏不同教派的良性发展。弥尔顿谴责长老会对学术进行暴君式的统治,他们和主教在名义上和实质上都是一丘之貉,长老甚至要成为"书籍大教区"的大主教(《出版》,38)。这样的话,长老会和曾经逼迫清教徒的劳德大主教等人就没有什么区别了。

许可制力图通过禁止不同思想的发表来抑制其他教派的发展,但这却极有可能产生相反的效果。弥尔顿认为,许可制非但不能抑制教派,反而会促使它们产生并拥有声誉,所以它其实是教派的乳母(《出版》,39)。他又认为,许可制是真理的后母。这是显而易见的,因为许可制会把真理破坏得面目全非。

弥尔顿的下述观点颇具胆识:"一个人在信仰真理时是可能成为异教徒的。"(《出版》,40)这话完全可以用在改教家身上;他们正是因为对天主教所宣扬的教义产生了怀疑,才通过"唯独《圣经》"的信仰策略,独立自主地寻求《圣经》中的真理,并最终创立了天主教主要的对头——新教。改革的教徒们勇于打破常规,对教义做出独有的阐释,这促使更多教派产生,从而使得新教进一步繁荣昌盛。

弥尔顿把许可制与反宗教改革联系起来,认为许可制是教皇借基督之名拟定并实行的阴谋,希望借此消灭宗教改革之光(《出版》,43)。清教徒革命时期的长老会重新开始对书籍的审查,相当于继承了教皇的衣钵,妄图破坏英格兰第二次宗教改革运动。

"活跃的意识形态冲突与对立催生激进的改革。"[1]英格兰民族正是因为有非凡的创造精神和辩论才能,才成为欧洲第一个吹响宗教改革号角的民族;要不是主教的迫害,威克利夫则将成为新教派和新教义的创立者。主教的反动使得英格兰的学术一落千丈,宗教界也相应地萎靡不振。随着清教革命的到来,英格兰宗教界甩脱颓风,又开始了一个教派活跃和人心思变的时期,"甚至要把宗教改革本身再来一个改革"(《出版》,47)。英格兰人不应该害怕教派,否则他们将贻误上帝在伦敦城激起的追求知识与领悟的热情(《出版》,47)。

独立派和很多教派赞成容忍争端,主教制却不能容忍教派并立。因而,弥

---

[1] David Loewenstein,"Areopagitica and the Dynamics of History," Studies in English Literature,1500 – 1900 28.1,The English Renaissance (Winter 1988):77.

尔顿主张斩断这种主教的传统,不同教派应该互相忍让。甚至在建造上帝的圣殿时,所用的每一块石头也不可能结合成一个天衣无缝的整体,因此形态的完美就在于许多适度的变化和兄弟般的差异(《出版》,47-48)。[1] 教会就像上帝的圣殿一样,同样基于多样性,即它应该容忍众多有差异的教派的并存;它们有区别,但分歧不大,这样才能构成一个协调的、和而不同的信仰共同体。有些神性较浅的信徒可能会忧虑——这些分化的教派将解构信仰共同体。这种担心是多余的,因为这些教派虽然存在差异,它们却有共同的信仰,都对上帝与基督的教导深信不疑;它们都反对崇拜偶像的天主教,崇信路德与加尔文等改教家的思想。弥尔顿与同时代开明的清教徒一样,主张宗教宽容,但宽容的对象是新教体系内的各个教派,它们有"谐和的差异,甚至是无关紧要的差异"(《出版》,56),天主教派的、教皇制的、亵渎的和迷信的作品等则是不能容忍的。主教和长老会成员经常抱怨教派分立,把所有在他们纲领中找不到的东西一律压制下去;弥尔顿把他们视作捣乱的人、破坏团结的人,这些人是给信仰共同体制造分裂的不和谐分子。那20个许可员都是横行霸道的统治者,他们的寡头政治给人民带来心灵饥荒(《出版》,51)。这种心灵饥荒源自言论自由和宗教自由的缺失;各个教派受到压制,教会因为缺乏不同的声音而变得万马齐暗、死气沉沉。教派之间不是兄弟般的差异,而是怀疑与敌对,共同体的不稳定因素暗流涌动,使得共同体逐渐产生裂痕并最终走向分裂。

  弥尔顿抨击天主教的虚伪礼仪,认为天主教神父穿的不是纯真的法衣,而是白色的纯亚麻法衣。长老会在抛弃了白色法衣后,穿上了加尔文派的黑袍,但在他们同样祭出许可制这一法宝来压制其他教派后,黑袍和白色法衣又有什么区别呢?形式的、外部的差异无关紧要,非本质性的分歧导致的教派分立也不影响大局,但许可制导致的真理的分裂却是致命的——它将会动摇共同体的根基,会促使教会突然退化(《出版》,55)。忽略许可制对真理的破坏,强求"一个僵硬的外表形式"时,英格兰将会"再度陷入一种粗暴地强奉国教的呆滞状态,就好像是草木禾秸毫无生气地被挤压和冻结在一起,而形成一个死的结合一样"(《出版》,55)。就像主教强奉国教一样,长老会也要强力推行自己的体制。许可制不能阻止新教派的产生,反而由于其所制造的真理的混乱,使得教

---

[1] 原文为brotherly dissimilitues(CPW,2:555),在中译本中被译为"亲近的差异";笔者根据语境,译为"兄弟般的差异"。

派泛滥成灾,教派之间的分裂也愈益严重。

从更高的层面上来说,基督教本身也体现了教会的分裂。因基督教是在犹太教的基础上产生的,而正是犹太教中保守分子的不容忍,才导致基督和使徒们在传教过程中付出了巨大代价。对于英格兰新教各教派来说,应采取不偏不倚的无差别性的原则,绝不能以许可制破坏基督徒的自由,但这种自由仍然是一种相对的自由。怀尔丁即认为,从最直接的一面来说,在当时的语境中,该书旨在为各教派的激进观点争取言论自由,但并非抽象意义上的绝对自由。[1] 唐海江也指出,弥尔顿所谈的出版自由,是清教徒的自由,是非民主主义的自由。[2] 这种有限的自由也符合当时清教革命和宗教斗争形势的需要。

在《出版》的结尾,弥尔顿为各种教派做了令人难忘的辩护。他和同时代的激进改革家们都敢于诠释"道"中的革命意义[3],为教派并立和真理辩护。在1644年的冲突中,弥尔顿作为一个坚定的、虔诚的反对者出现了。他反对的不只是主教,而是整个教士体制、国教,甚至是任何固定的教会制度。[4] 他在某种意义上已经被培养为一个公共思想的领袖,反对思想的专制,这一专制把他从教会"驱离"[5]。他期冀一个虔敬的国家和神圣的民族、一个兼具包容性和多样性的新教的信仰共同体,其中也体现出千禧年主义(Millenarianism)[6]的追求,但只有在对遗失的真理的寻觅和凝结的基础上,才能实现对信仰共同体的构建。

三、真理的凝结与信仰共同体的构建

许可制不只是破坏了教派间兄弟般的和谐,还使得真理进一步碎片化。许可制的主要作用只是破坏学术、窒息真理(《出版》,5),如果予以撤销,将更符合真理、学术和国家的利益(《出版》,3)。在弥尔顿看来,书籍并不是没有生命

---

[1] Michael Wilding, "Milton's Areopagitica: Liberty for the Sects," Prose Studies: History, Theory, Criticism 9.2 (1986):31.

[2] 唐海江:《弥尔顿出版自由思想的局限性剖析》,《国际新闻界》2004年第3期。

[3] David Loewenstein, "Areopagitica and the Dynamics of History," Studies in English Literature, 1500–1900 28.1, The English Renaissance (Winter 1988):82.

[4] William Haller, "Before Areopagitica," PMLA 42.4 (December 1927):880.

[5] William Haller, "Before Areopagitica," PMLA 42.4 (December 1927):898.

[6] 千禧年主义是某些基督教派的一种信念,认为地球上将出现一个黄金时代或乐园,基督将在那时统治一千年,这先于最后审判以及未来永恒的国度。该信念源自《启示录》第20章前5节的表述。

的东西。相反,它饱含着生命力,有很强的繁殖能力。书籍承载着杰出人士的心血和思想的精华,是真理的容器。这真理就像希腊神话中的龙齿一样[1],在合适的土壤中就会生根发芽,萌生出无数的真理武士。真理武士类似于革命的清教圣徒[2];这些武士组成了一个再生的共同体。如果毁灭书籍中的生命,杀死真理,就相当于犯下杀人罪,甚至杀死的还是一位殉道士,而对于整个出版界来说,就相当于一场大屠杀(《出版》,6)。因此,对一本书的扼杀就意味着不是杀死了一位真理武士,而是无数的真理武士。在许可制的操控下,宣扬真理的书籍将不能出版,传播谬误的著作反倒大行其道,并进一步挤压真理的生存空间。数量减少的真武士不但不能清除假武士,反而受制于假武士,那么底比斯城或曰信仰共同体的建立必然成为泡影。弥尔顿还以意大利为例:由于宗教法庭和许可制的存在,他们的学术陷入了奴役的状态,近年来除了谄媚阿谀之词,没有写出过其他东西(《出版》,36)。"真理的瓶子就不能再流油了。"(《出版》,39)

英格兰民族具有追求真理的恒久传统,并且掌握了极为丰富的真理。英格兰人像参孙一样[3],勇于为真理牺牲。真理虽然是从内部流出,但需要信徒不断地经受考验与磨炼。[4] 由于原罪的缘故,"所有人类读者都是堕落的"[5],人类都是戴罪之身、不洁之体。"我们带到世界上来的不是纯洁,而是污秽。使我们纯化的是考验,而考验则是通过对立物达到的。"(《出版》,19)许可制意图通过禁止有异见的、有争议的书籍来打造一个纯化的阅读环境,就像无菌空间一样,这完全是不现实的、有悖常理的。有争议的真理通过不断的辩论而费尽心力地被结合到一起,与已达成共识的真理看上去极为相似。[6] 达成共识的真理本身就

---

[1] 希腊神话中的英雄卡德摩斯经过恶战杀死毒龙,在女神雅典娜的指示下,拔下龙齿,如农夫播种一样,将龙齿埋在地下,从中长出很多武士。他们互相厮杀,最后仅存的5个最强者帮助卡德摩斯建立了底比斯城。

[2] David Loewenstein, "Areopagitica and the Dynamics of History," Studies in English Literature, 1500 – 1900 28.1, The English Renaissance (Winter 1988):84.

[3] Thomas Kranidas, "Polarity and Structure in Milton's 'Areopagitica'," English Literary Renaissance 14.2 (Spring 1984):187.

[4] David Ainsworth, Milton and the Spiritual Reader: Reading and Religion in Seventeenth-Century England, New York: Routledge, 2008, 18.

[5] David Ainsworth, Milton and the Spiritual Reader: Reading and Religion in Seventeenth-Century England, New York: Routledge, 2008, 17.

[6] David Ainsworth, Milton and the Spiritual Reader: Reading and Religion in Seventeenth-Century England, New York: Routledge, 2008, 27.

是从有争议的真理发展而来的;真理没有过争议,也就不成其为真理,而达成共识的真理也要不断地接受质疑和考验。

真理是上帝永恒的拥有物,书籍是上帝用来给有资质的读者传递真理的一种手段,但书籍并不包含或体现真理,因为它是有缺陷的中介,是悬浮在时间中的真理的重组过程中的一个环节。① 读者只有通过有争议的阅读过程——创作者则要通过有争议的写作过程才能发现真理。《出版》中的真理模式和书本的关系仿佛上帝的恩典和人类活动之间的关系。② 人不是凭自己的行为获得上帝的恩典,而是通过努力和行动来进入恩典,即因信称义,正如人类通过书籍来领会上帝的真理一样。不过,人类只能掌握部分真理。按弥尔顿的说法,只有基督回归后,阅读才能完整地重建真理。仪式不能创造基督,就像书籍不能创造真理——不能通过书籍组成真理的身体。真理身体的再生代表了个体信徒的再生和信仰共同体的再造。③

堕落的人类能力有限,不可能理解完整的真理,因而,争议在真理重建过程中从不会缺席,堕落的学者更加剧了争议。弥尔顿区分了两种学者:一种是浑身铜臭的假学者;另一种是富于自由精神和天才的真学者,他们不为金钱和其他目的,只为上帝和真理服务。"好的作者通过其写作表达他们的信仰,为更大的、在尘世重建真理与教会的进程作出贡献。"④对真学者著作的管制就是一种最大的不快和污辱(《出版》,31)。许可员是铁锈式的人物(《出版》,34),将把书中的真理腐蚀掉,这对整个信仰共同体都是一种侮辱和损害。许可制因为对阅读的胁迫和对真理的钳制而成为邪恶之物。可以说,与邪恶的斗争就是阅读与阐释的斗争,同时也克服了读者带入这个世界的"不纯洁"⑤。

在非利士人统治时期,以色列没有一个铁匠,一切锄、犁、斧、铲等金属农具

---

① David Ainsworth, Milton and the Spiritual Reader: Reading and Religion in Seventeenth-Century England, New York: Routledge, 2008, 21, 22.

② David Ainsworth, Milton and the Spiritual Reader: Reading and Religion in Seventeenth-Century England, New York: Routledge, 2008, 27.

③ David Ainsworth, Milton and the Spiritual Reader: Reading and Religion in Seventeenth-Century England, New York: Routledge, 2008, 28.

④ David Ainsworth, Milton and the Spiritual Reader: Reading and Religion in Seventeenth-Century England, New York: Routledge, 2008, 30.

⑤ David Ainsworth, Milton and the Spiritual Reader: Reading and Religion in Seventeenth-Century England, New York: Routledge, 2008, 16.

都要送到非利士人那里去磨快。通过这个典故,弥尔顿极为形象地描述了许可制的危害,"如果不许人们自己磨快斧头和犁刀而必须从四面八方赶到二十个许可制的铸造厂中去磨,那就和非利士人所加上的奴役制没有两样了"(《出版》,35)。他把 20 个许可员比作 20 个铸造厂,把作品比作斧头和犁刀,以此揭露许可制的荒谬和专制,而许可员就像非利士人一样,妄图剥夺人民争取自由的武器,这是对作者的独立人格、自由思想,以及神授真理的扭曲和摧残。

在使徒时代之后兴起的一个骗子群体①把真理肢解,就像埃及神话中的赛特把奥西里斯切碎一样②,并将其四处抛撒。寻求真理者,就像奥西里斯的妻子伊西斯一样,上下求索,希望能把真理碎片全部找齐,并拼凑复原。但在基督再次降临之前,真理不可能全部找到。只有基督才能使真理重新凝结,并将其铸造为永生不死的美妙而完善的形象(《出版》,44)。基督再造的真理具有永恒而强大的生命力,并有助于造就同样永恒而牢固的信仰共同体。许可制却阻挠对真理碎片的寻觅;许可员封杀了图书,相当于戕害创造者的生命和真理的活力,阻遏真理的接合与共同体的组建。"我们勇于压制而怯于恢复真理被习俗奴役的各部分,因而说明我们对真理发生分裂是不在乎的。然而这却是最厉害的分裂。"(《出版》,55)

掌握了一定知识的、虔诚的读者自会扩大阅读面和搜索范围,通过已知的真理来寻觅未知的真理。由于真理的身体是本质相同而且比例相称的,因而,将找到的真理填补到真理身上去,就能造成教会中最美满的和谐(《出版》,45),即打造最和谐的宗教共同体。

《出版》与反主教制这一行动密切相关,由此可被视为英格兰第二次宗教改革运动的产物。它揭露许可制的天主教根源,以及其与主教制和专制势力的内在联系;抨击长老会对其他教派的打压、对教派分裂的加剧,以及对异见的封杀;鼓励对真理碎片的寻觅,以实现真理的不断凝结和对信仰共同体的构建。许可制阻挠了最有价值的东西——真理的失而复得,是愚化和奴化人民的拙劣手段,是对文化和学术的压制与侵害。但许可制只能封杀图书,却不能阻止读

---

① 原文为 race,中译本译为"民族",但考察历史背景发现,似乎没有哪个民族符合弥尔顿的所指,所以笔者译为"群体"。该群体应该指的是以教皇为首的天主教会。

② 埃及神话中的神奥西里斯被其兄弟塞特杀害,尸体被切成 14 块扔进尼罗河。奥西里斯的妻子伊西斯设法找到了所有的尸块(唯缺了下体),并把它们拼凑起来,使奥西里斯得以复活,并做了冥王。

者从其他渠道获得知识和信息,因此这一法令将是徒劳无益的。

  弥尔顿等独立派作者对许可制的抨击没有改变长期议会的立法,相反,议会在1647年和1648年的法令中对许可制依旧加以强化。虽然这本小册子没有取得期望的效果,但它的宗教意义与政治意义却是非凡的。弥尔顿对宗教自由与出版自由的呼吁即便没有立即打动长老会议员们,但却给他们及以后的当权者们指明了对教派分立所应持有的容忍、开明的心态,以及对异端观点所应秉持的宽容与开放的理念,这将极大地有助于信仰共同体的组建。他呼吁对真理碎片的求索,而他的著作同样包含了真理的碎片,并在越来越多的读者的心里生根发芽,促使他们转变为真理斗士。

  宗教共同体的改革与政治共同体的构建具有唇齿互依的关系,因此,下一章将聚焦于弥尔顿在英国革命高潮阶段系列作品中的政治思想。

第二章 君主制与政治共同体

在研究弥尔顿的共同体思想时,君主制是一个绕不过去的话题。作为英国传统的一部分,君主制在保守主义的英国具有异乎寻常的影响力。弥尔顿对君主制表现出了复杂的心态,但对专制的查理一世和助纣为虐的保皇党人则进行了毫不妥协的斗争。

弥尔顿的四部著作——《国王与官吏的职权》(*The Tenure of Kings and Magistrates*,1649,后文简称为《职权》)、《偶像破坏者》(1649)、《声辩》(1651)和《再声辩》(1654)被称为"弑君小册子集"(regicide tracts),因它们都是为处死国王查理一世的行为做辩护的。其中,《职权》是最激进的一部。但议会对英王查理一世的处决,应被定义为"弑暴君"而非"弑君"。由于查理一世的倒行逆施,君主已蜕变为共同体构建过程中离心力的源头。笔者立足于政治学与社会学理论,探究小册子中所反映的王朝从君主制向变态政体(deviant regime)堕落的根由,以及这种堕落背后折射出的三种对立,即君权神授与君权民授、本质意志与任性意志,以及对契约的遵守与破坏,并试图总结弥尔顿对君主制与弑暴君行为的深度思考,以及这种考量对共同体构建的重大意义。论战性小册子《偶像破坏者》抨击的对象是保皇派人士创作的《国王的圣像》(*Eikon Basilike*,1649)。《偶像破坏者》崇奉耶稣与理性,具有逻各斯中心主义的特色,而"国王之书"则具有偶像中心主义(Iconocentrism)非理性、敌基督和虚假的本质,尤其体现在它对议会与天主教的态度上。弥尔顿强调议会是理性的化身和人民意志的代表,并从历史和文学视角揭露了"国王之书"对议会的污蔑和抹黑,以及查理妄图以个人理性取代公共理性和法律的野心,把书中的查理呈现为"纸牛犊"——新型的文字偶像。天主教则是王党借以与议会抗衡的宗教势力与精神工具。弥尔顿揭露了查理夫妇在宗教层面上表现出的偶像中心主义的本质,并号召清教徒们捣毁查理具有天主教特色的精神巴别塔。他为政治共同体的想象注入了极具说服力的理性成分。

本章的第三节聚焦于弥尔顿四首成熟期的十四行诗,即第 15、16、17 和 18 首,并结合他的其他作品,解读诗歌中所描述的共同体理想人物的形象。他的十四行诗通过对这些人物的赞颂,折射出政治激进思想和基督教人文主义观念。这四首诗中的主角兼具智慧和道德,为读者树立了共同体成员所应达到的标尺。第四节重点探讨小册子《声辩》中蜜蜂的政治文化象征意义,蜜蜂王国与共和制、君主制的关系,以及蜜蜂王国的解构与共同体的建构等论题。通过借鉴古典时代的传统以及英国革命派人士的书写,弥尔顿给蜜蜂隐喻增添了厚重的文化象征意义。他揭露了法国反动学者克劳底斯·撒尔美夏斯(Claudius Salmasius)所鼓吹的蜜蜂王国虚假、欺骗的本质,并期盼原初的、纯正的蜂巢共和国的建立。他揭穿了查理一世假蜂王的面具,并对其堕落的蜜蜂王国予以解构,而取代它的则是由上帝所主导的神圣共同体。

第一节 《国王与官吏的职权》中对弑君行为的辩护与共同体构建

1649 年,大约在查理一世被处决后半个月之内,《职权》由出版商马修·西蒙斯(Matthew Simons)出版。[①] 该书第二版全名是《国王与官吏的职权:倘若一般官员漠然置之或拒绝追责暴君或邪恶的国王,并在应有的定罪之后拒绝废黜并予处死,那么任何有权力的人都应代行其事,此举被证明是合法的,也在所有的时代被坚守……》(*The Tenure of Kings and Magistrates: Proving That It Is Lawful, and Hath Been Held So Through All Ages, for Any, Who Have the Power, to Call to Account a Tyrant or Wicked King, and after Due Conviction, to Depose and Put Him to*

---

① 对于出版日期,约翰·肖克罗斯(John Shawcross)有不同看法,他认为弥尔顿在稍早于 1649 年 1 月 29 日的某个时间点出版该书似乎是合乎逻辑的,早于国王被杀的 1 月 30 日。See John T. Shawcross, "Milton's 'Tenure of Kings and Magistrates': Date of Composition, Editions, and Issues," The Papers of the Bibliographical Society of America 60 (First Quarter 1966): 3.

Death If the Ordinay Magistrate Have Neglected or Denied to Do It…）。① 在《职权》的前言中，威廉·克里根（William Kerrigan）等编者认为，从政治角度来说，这部小册子是弥尔顿最激进的作品，是对 1649 年查理一世死后不久出版的匿名作品《国王的圣像》的反驳。直到 19 世纪，英国的编辑们才开始把这本小册子收入弥尔顿的选集中，但在序言开头即进行道歉，并对读者进行敲打："对这个精心写就的、邪恶的题目的阐明已经足够阻止任何人浪费时间去熟读这本著作。"（Essential，269）然而，在克里根等人看来，弥尔顿整个"邪恶的"议论都依赖于一个命题："所有人都是依乎天理地生而自由的。"（Essential，270）自由与暴政是绝难相容的。

在小册子中，弥尔顿从历史、宗教、民族等维度出发，为议会派的弑暴君行为辩护，并对君主制、暴政、共和制等政体发表独到见解。布什认为，弥尔顿在这部作品中"谴责对暴君的肤浅同情，坚持君权来自人民和人民有权反抗暴君的原则"②。马修·诺伊菲尔德（Matthew Neufeld）从类型学角度出发，认为弥尔顿使用了《圣经》的、古典的和民族历史的弑君类型来告诫读者把国王看作一个暴君，并把那个阶段看作建立一个神圣的英格兰共和国的天赐良机。③ 威廉·沃克（William Walker）提出了审慎的看法："弥尔顿对人民和议会的批评并不意味着他抛弃原则上的人民和议会的统治；他对君主制的批评也不意味着他抛弃原则上的君主制。"④他进而指出，弥尔顿是第一位提出"共和排他主义"——共和制是唯一合法的统治形式的欧洲政治作家，这一主义最初出现在《职权》中。⑤ 马丁·泽尔采尼斯（Martin Dzelzainis）也认为，弥尔顿不但对君主制问题

---

① John Milton，The Tenure of Kings and Magistrates，in The Essential Prose of John Milton，ed. William Kerrigan，John Rumrich and Stephen M. Fallon，New York：Modern Library，2007，269. 笔者研究的是《职权》的第二版。以下的引文将随文标出该选集的简称 Essential 和页码，不再另注。

② 道格拉斯·布什：《评弥尔顿的小册子》，冯国忠译，见殷宝书编：《弥尔顿评论集》，上海：上海译文出版社，1992 年，第 397 页。

③ Matthew Neufeld，"Doing without Precedent：Applied Typology and the Execution of Charles I in Milton's 'Tenure of Kings and Magistrates'，" The Sixteenth Century Journal 38.2（2007）：329.

④ William Walker，"Antiformalism，Antimonarchism，and Republicanism in Milton's 'Regicide Tracts'，" Modern Philology 108.4（May 2011）：528.

⑤ William Walker，"Antiformalism，Antimonarchism，and Republicanism in Milton's 'Regicide Tracts'，" Modern Philology 108.4（May 2011）：519.

持模棱两可的态度,对宪政形式也相当淡漠。① 从以上评论可以看出,学者们对弥尔顿小册子中的主要观点基本赞同(他们中似乎没有人与19世纪的保皇党编辑们站在一起),支持他对查理一世的评价与定位,以及对弑暴君行为的辩护,但也指出了他对君主制所持的保守态度。笔者拟从政治学与社会学等视角出发,把弥尔顿对君主制以及弑暴君行为的思考与共同体构建结合起来进行解读。

《职权》在弥尔顿的小册子中不算热门,但英美学者的相关研究并不少见。在中国,这部作品的境遇却极为尴尬——不曾有人翻译过,研究成果也只有一部,即吴化刚的硕士论文《弥尔顿的"反抗权"理论——〈论国王与官吏的职权〉研究》。该文分析了小册子中带有清教色彩的"反抗权"理论。②

弥尔顿在君主制问题上的矛盾心理也从一个侧面反映了在早期近代英格兰,君主制这一古老政体在政治共同体发展过程中的尴尬地位。

君主制是一种未完全发育也不能完全发育的政体类型,其成员难以成为真正自由的公民,大部分人缺乏自主意识,是仰人鼻息的臣民。君主处于王国中心,维系这种构架的是等级制,而非具有永恒价值的、真理性的信仰或理念,从而缺少共同体所具有的那种有机联结,只能成为机械的聚合体,如滕尼斯所描述的与共同体相对立的社会。从君主制起始到光荣革命前的英格兰历代王朝,正是绝佳的例子。在那个漫长时期,王室力图使自己成为王国的精神支柱,成为臣民敬仰的核心。然而等级制度的森严、对权力的任性滥用,使得臣民与君主的精神和谐、心灵沟通时常遇到阻碍,甚至陷入停滞;当重大冲突爆发时,有机性被机械性取代,王朝聚合体就会面临崩溃的危机。《职权》已经表明,君主制从产生伊始,就有着天然的缺陷,而在查理一世时期,这种缺陷导致的危机达到了顶峰。

一、查理一世王朝向变态政体的堕落及其对共同体的背离

按照《圣经》的表述,君主的产生违背了上帝的旨意。在《撒母耳记(上)》

---

① Qtd. in William Walker, "Antiformalism, Antimonarchism, and Republicanism in Milton's 'Regicide Tracts'," Modern Philology 108.4 (May 2011):507.

② 吴化刚:《弥尔顿的"反抗权"理论:〈论国王与官吏的职权〉研究》,西南政法大学硕士学位论文,2013年。

第8章中,以色列人要求上帝给他们指定一位国王①,上帝极为不满,但还是满足了其要求,不过也警告他们,君主会对臣民进行奴役和压迫。这是基督教传统中君主制的起源。英国革命时期的君权神授论支持者就以此为依据,认为君主制是一种神授的体制,君主制伴随着扫罗成为君主而出现,由上帝直接授权。② 对同样的经文,革命派则给出了相反的解读。弥尔顿认为,上帝作为最高的行政官员,号召人们趋向改良的共和国的自由与蓬勃事业;上帝对以色列人感到愤怒,因为他们抛弃了上帝和他的政体形式去选择一位国王,而英国人抛弃了国王,使上帝成为唯一的领袖和最高长官,这符合上帝的古老政体(Essential,295)。作为弥尔顿欣赏的类型,上帝的古老政体近似于共和制,其中没有国王的位置;这一理想政体是一个神圣共同体,上帝是元首和精神领袖。但由于以色列在列王时代之后就长期处于各个帝国的侵占与统治之下,丧失了领土主权和独立稳定的发展空间,因而,无从使上帝中意的政体形式得以恢复并发展成熟,只能在其他不同的地域与种族中去探究理想政体的政治理念与操作模式。

异教的古希腊时期的政治学思想成为弥尔顿政体观最重要的来源。在《政治学》(Politics)中,亚里士多德把政体分为正宗政体(genuine regime)和变态政体。前者包含三种类型:君主政体、贵族政体和共和政体。后者也分为三种:僭主(tyrant)③政体、寡头政体和平民政体。后三种与前三种相对立。④ "凡照顾到公共利益的各种政体就都是正当或正宗的政体;而那些只照顾统治者们的利益的政体就都是错误的政体或正宗政体的变态(偏离)。这类变态政体都是专制的(他们以主人管理其奴仆那种方式施行统治)。"⑤这种视臣民为奴仆的政体与共同体的宗旨是背道而驰的。正宗政体是相对理想的形式,但总体上看,君主制逊色于共和制和贵族制。

查理一世虽然是合法君主,然而,他就像非利士人一样,唯利是图,缺乏信

---

① 以色列在当时处于士师时代,各个部落的头领为士师,没有总的类似于国王的首领。
② 陈西军:《论神圣的权利:笛福的君权神授与自然法政治思想:兼论与洛克〈政府论〉的异同》,《外国文学评论》2016年第1期。
③ 僭主,是古希腊独有的统治者称号,是指通过政变或其他非法手段夺取政权的独裁者。起初,"僭主"是中性词,但后来逐渐产生了贬义,并演变为暴君的意思。
④ 亚里士多德:《政治学》,吴寿彭译,北京:商务印书馆,2017年,第136-137页。
⑤ 亚里士多德:《政治学》,吴寿彭译,北京:商务印书馆,2017年,第135页。

用,时常为了王室的利益而损害公共利益,并动辄解散议会;他与议会及人民的矛盾激化到内战即将爆发的程度,给英国带来了巨大危害。在这种情况下,以查理一世为首的正宗政体由于只照顾统治者们自身的利益,已堕落为变态政体,即从君主政体退化为僭主政体(tyranny)。

英国君主制的这一堕落并非偶然,因为君主制在正宗政体中本属于劣等的类型。[①] 亚里士多德认为,古代各邦一般都通行王制,王制(君主政体)之所以适于古代,是由于那时贤哲稀少,而且各邦都地少人稀。[②] 在早期近代英格兰,尤其在17世纪初,其发展水平在欧洲已处于领先地位,人口众多,且民主意识源远流长,根深蒂固,政治、经济、文化、宗教等领域群贤荟萃,一人统治(one-man rule)的政体(亚氏所谓的一长制),尤其是暴政形式已远远不能适应英格兰发展水平的要求,因此,君主政体在欧洲乃至全世界范围内封建国家坚硬的链条上发生断裂也就不足为奇了,英格兰成为世界上第一个依法公开审判并处死国王的国家也是合乎情理的了。王朝聚合体发生裂变的同时,宗教共同体同样经历着洗牌的过程,民族共同体则从肤浅的想象走向了成熟的规划。

王朝为何被视为单体的组合或聚合体而非共同体？查理一世为何蜕变成共同体离心力的来源？弥尔顿的论述中有哪些观点有助于政治共同体的构建？为解答这些问题,拟从三组对立面出发对《职权》进行分析:君权神授与君权民授、本质意志与任性意志,以及对契约的遵守与破坏。

二、君权神授、君权民授与共同体构建

在人类的早期,君主并非自然而然存在的,而是在特定地域群居的民众达到一定规模和相应的发展水平后,为汇聚民力,凝聚人心,以利于族群生存的需要而产生的,说明君主和官吏的权力是派生的(Essential,278),而非自生的。

国王和官员的权力不论在过去还是在现在都源自人民。《圣经》中的记载已经证明君主的产生是以色列人向上帝请求的结果。既然人民有权选择君主,那么人民同样有权废黜君主。王冠和权杖并不代表高贵和荣耀。职权只是由

[①] 亚里士多德认为,"物多者比较不易腐败。大泽水多则不朽,小池水少则易朽";好人集体比起一个好人较不易于腐败,所以贵族政体的好人集体的统治胜过君主制的一个好人的统治。详见亚里士多德:《政治学》,吴寿彭译,北京:商务印书馆,2017年,第167页。他的观点对后世议会制与共和制的形成具有重大指导意义,对弥尔顿的政体观也有决定性的影响。

[②] 亚里士多德:《政治学》,吴寿彭译,北京:商务印书馆,2017年,第168页。

上帝暂时托付于国王的,这职权取之于民,也应用之于民,如查尔斯·拉森(Charles Larson)所强调的:"弥尔顿这本小册子的政治理念的核心是强调公民始终是政治权力的存储地。"[①]

承认君权神授还是君权民授是区分暴君和明君的一个重要尺度,也决定了从王国角度来想象共同体的可能性。共同体可以被想象为一个圆圈,圈内是众多爱自由、有信仰的个体,而拥抱这个圆圈的是仁善的上帝。这个巨大的构架不是静止的,它依赖于人与上帝、人与人之间爱和服务的动态的交换。[②] 个体通过自己的奉献,以及与他者的互动,就能融入这个神圣的圆圈,亦即地上的上帝王国。这个神圣共同体的构成要素是自由平等的个体,官员不分职务高低亦是如此——他们的权力来自全体民众,必须以权力服务民众。利益的分配是通过全民协商进行的,不会因为分配不公而造成互相排斥,使个体之间产生罅隙。圆周代表了维系这一有机共同体的神圣力量和坚定信仰,有着强大的向心力和凝聚力。与之相反,在暴君主导的王朝聚合体中,持有君权神授思想的暴君把自己想象为王国的中心,其他个体按身份尊卑、地位高低由内向外排列。权力不是用来为全体国民谋福利的,相反,君臣竭力把自身利益最大化。带有贪欲的权力就像稀释剂一样,不断地稀释臣民之间的凝聚力,君主遂成为离心力的源头。拥抱这个同心圆周的就绝不是上帝,而只能是撒旦了。这个构架绝无可能构成神圣的共同体,只能堕落为短暂的、虚浮的社会,一个危机四伏的、机械的聚合体或各自为营的单体。

共同体是由好人组成的,好人热爱自由(Essential,272),这是一种理性的自由,能使人合理地利用权力,也能理智地限制官员的权力。王朝聚合体中则充斥着坏人,他们"热爱的不是自由而是放纵(license)",尤其在暴君统治下,这种放纵——对自由的滥用——得到了最大的纵容(Essential,272)。放纵意味着对秩序和公正的排斥,以及对私人利益的最大化,所以坏人争取权利时,常表现出贪婪、荒诞的一面,但对滥用权力的官员(包括君主)却极度宽容,因为坏人最主要的特征之一就是奴性,奴性使得他们坚信君权神授、君权不能被剥夺,对于官

---

① Charles Larson, "Milton and 'N. T.': An Analogue to The Tenure of Kings and Magistrates," Milton Quarterly 9.4 (December 1975):108.

② 此处参考了纳尔多的构思。在其设计的共同体圆圈中,居于中心的是弥尔顿十四行诗中的主要人物。See Anna K. Nardo, Milton's Sonnets and the Ideal Community, Lincoln & London:University of Nebraska Press,1979,18.

员以权谋私、攫取利益则熟视无睹。放纵与奴性并行不悖,且互相纵容;放纵在滥用自由的同时也消解了自由,自由因为被扭曲而变成了反自由或缺席的自由,这使得放纵也带上了奴性的色彩,而奴性本身就是对自由的放弃,也意味着对君主、官员的放纵。由此看来,自由和放纵就是区分好人和坏人,以及公民和奴隶的一个标准,也是区分共同体和聚合体的一个圭臬。

一个民族自诩是自由的,却没有权力开除或革除任何高级或低级的长官,甚至用可笑的、粉饰的自由在幻想中自娱,这样的民族其实是处于暴政和奴役之下,而这种权力是所有自由的根源和源头(Essential,295)。选择君主的目的是保护国家与人民的利益,人民的利益应该先于君主的利益,如果颠倒了的话,那就违背了选择君主的初衷。生而自由的人民有自由和权力选择或抛弃,以及扣押或废黜君主,即便他不是暴君(Essential,280)。弥尔顿在这里发出了振聋发聩的民主呼声,认为君主即便达不到暴君的程度,人民也有权力依法对其施行惩罚。在恺撒还没有成为暴君时,马尔库斯·尤利乌斯·布鲁图斯(Marcus Junius Brutus)等人就刺杀了他,固然有失公正,但如果有成熟的机制,在恺撒以权谋私时,及时加以遏制与惩罚,那么悲剧也就可以避免了。弥尔顿和克伦威尔等议会派人士相当于英格兰的布鲁图斯,面对已堕落为暴君的查理一世,他们没有采取暗杀等激进手段,而是依靠军队与法律来达到惩治暴君的目的,从而避免了引起更大的动荡。

持有君权神授思想的君主认为自己只对上帝负责即可,这是对法律和传统的颠覆,是本末倒置的观点。君主的职权完全来自上帝对民众的授权,而非对君主一人的授权,民众只是把上帝赋予的权力暂时托付给君主,前提是君主必须用权力造就人民的福祉,否则,人民完全可以收回由上帝赋予的权力,君主则恢复其平民之身,并因为其渎职行为而接受相应的处罚。在罗马人从英格兰撤走后,大约从446年开始,英格兰人民就开始有权力选举、废黜甚至处死国王,而所有时代的教会,不论是原初的、天主教的、新教的,都有权力谴责国王甚至开除其教籍(Essential,287)。由此证明不论是俗界还是教会都有这种制衡、抗衡君主权力的传统。

英格兰和外国的历史都表明,贵族也不是世袭的,而是信赖与职责的称号(Essential,286)。与国王一样,贵族的权力同样来自人民,同样是用来为人民谋取福利的,而不是为了满足一己之私利的。弥尔顿具有坚定的共和思想,论战的矛头直指国王和所有的官吏。

《职权》以雄辩的言论表明了君权由民所授,人民是权威的源泉。君权民授的思想有助于共同体的构建,而君权神授的观念则使得君主制退化为变态政体,君主堕落为暴君,王朝聚合体趋于解体。君权民授与君权神授思想的对立也蕴含了本质意志与任性意志的抵牾。人民对权力的理性掌控体现出本质意志,但只有拥有自由意识的公民才能展示这种有机的、整一的意志。

三、任性意志影响下的长老会对共同体的解构

滕尼斯把人的意志分为本质意志与任性意志。本质意志是生命的统一的原则,体现为现实的或者自然的统一;任性意志是思维本身的产物,意味着思想的或者人为的统一。① 共同体奠基于本质意志之上,而君主政体则为任性意志所主导,至于君主制的对立面——变态政体中的僭主政体,可以说是被任性意志中最劣等的意志所主宰。②

暴政所体现的劣等意志在《职权》中有鲜明的体现。坏人的言行中没有对"共同本质的直接的肯定"③,即对那些来自天性的或传统中的美德的认可。坏人缺乏良知,因此对暴君并不反感,同时因为其奴性反而为暴君所喜。坏人在意志上呈现出不稳定性和摇摆性,见风使舵,随波逐流,因为他们总是欲求越来越多的福利,从而就牺牲了自己的一部分自由,亦即理性的自由,把自己变成了自己的奴隶。弥尔顿毫不留情地揭批坏人——有时候因为羞耻,或者当涉及他们自己的不满,尤其是关乎金钱的时候,他们似乎是好的爱国者,站在良善事业一边,然而当其他意志坚定的人士准备进一步消除人民的灾难和摆脱奴役地位,并铲除暴政时,这些坏人却蜕变为以前原则的背叛者,并污蔑正义的行为为不忠之举和祸害(Essential, 272 – 273)。弥尔顿在此映射的正是长老会教徒——议会派曾经的战友。长老会曾是革命的坚定力量,但在国王兵败被俘,

---

① 斐迪南·滕尼斯:《共同体与社会:纯粹社会学的基本概念》,林荣远译,北京:北京大学出版社,2010 年,第 117 页。该书的译者把原文中的 Kürwille 译为"选择意志",但该词的英文翻译为 arbitrary will。See "Ferdinand Tonnies," https://en.wikipedia.org/wiki/Ferdinand_T?nnies [2017 – 11 – 11]. 故笔者改译为"任性意志"。

② 腾尼斯认为,官僚主义是社会的最坏的形式。详见斐迪南·滕尼斯:《共同体与社会:纯粹社会学的基本概念》,林荣远译,北京:北京大学出版社,2010 年,第 272 页。作为最坏的政体,僭政体现出最多的官僚主义的特征。

③ 斐迪南·滕尼斯:《共同体与社会——纯粹社会学的基本概念》,林荣远译,北京:北京大学出版社,2010 年,第 144 页。

经审判并被处决的过程中,他们却出尔反尔,与保皇党结成了新的联盟,企图颠覆革命成果。任性意志中的利己主义思想在长老会成员身上体现得非常明显——为了自身利益,他们时而与独立派站在一起反对保皇党,时而与保皇党结盟对抗独立派,并最终与暴君同流合污,堕落为共同体中的解构分子。英格兰历史上缺乏一个独立发挥作用的长老制教会,因此也就顽固地拒绝了"外来"的长老会、长老会大会这一套体系。① 这种拒绝表明了共同体的本质意志的一种形态——习惯——的作用。英格兰人长久形成的这种内在的借鉴先例、依傍习惯的特性使得长老制在英格兰难成气候。这种不相容与长老会在本质意志与任性意志之间的摇摆也有很大关系。

弥尔顿质疑道,长老会现在强烈谴责对国王的废黜,但在过去正是他们废黜了国王,在过去的 7 年内战时期,他们完全打破了效忠的誓言,通过建立没有国王的议会公开放弃对最高权力的誓言(Essential,290)。国王与臣民是关联物,他们之间是王室权威和臣服的关系,当臣民解除了这种关系,也就消除了另一个关联物的势力。长老会在 7 年中消除了国王的权威和他们的臣服,因而除掉、毁灭了另一个关联物,即国王(Essential,291)。在查理一世的意识中,任性意志常常压倒本质意志——精于算计、追逐名利的行为不时越过良知与理性的防线。悟性被认为是任性意志的最高表现,良知则是本质意志的最富有才智的表现②,然而,如果没有良知的指引,悟性极易使人误入歧途,甚至堕入万劫不复之地。国王与臣民的权威与臣服的关系决定了王国的机械聚合体性质;这种关系就像任性意志一样,不是自然的、内在生成的,体现的是思想的、人为的统一。即便臣民有种族、信仰、地缘、血缘、语言上的联系,但如果没有独立的本质意志,那么他们也只能构成一个机械的聚合体。他们就是亚里士多德所指摘的那类人,"凡自己缺乏理智,仅能感应别人的理智的,就可以成为而且确实成为别人的财产(用品),这种人就天然是奴隶",但奴隶与动物还是有区别的,他能感应主人的理智。③ 奴隶也有悟性,但这种悟性只是用来更好地服务于主人,却与良知和自由绝缘。在这种由奴隶构成的政体中,人人都奴性十足,完全没有自

---

① 道格拉斯·F. 凯利博士:《自由的崛起:16—18 世纪,加尔文主义和五个政府的形成》,王怡、李玉臻译,南昌:江西人民出版社,2008 年,第 141—142 页。
② 斐迪南·滕尼斯:《共同体与社会——纯粹社会学的基本概念》,林荣远译,北京:北京大学出版社,2010 年,第 140 页。
③ 亚里士多德:《政治学》,吴寿彭译,北京:商务印书馆,2017 年,第 15 页。

己基于本质意志的理性思考能力,共同体的有机性将从何谈起?

弥尔顿分析道:长老会在革命之初打破了臣服于国王的誓言,改为遵守议会的权威,宣誓效忠议会与人民。他们不只废黜了国王,还进而宣布他为违法者,挑战他的权势如同对待外国人、法律的背叛者和国家的敌人。塞萨尔·卡蒂克(Cesare Cuttica)巧妙地把英国革命比作一场戏,长老会演出了前4幕,独立派则续演了悲剧性的第5、6幕;前者在王权的根基下埋设地雷,后者则在暴政的地基下埋雷;学生比老师演得更好,独立派完成了由长老会启动的一项工作。① 长老会为杀掉国王作出了那么巨大的贡献,但有理性的人都会清楚,敌对和臣服是两个直接的、明确的对立物(Essential,291)。以前的长老会具有鲜明的、纯正的本质意志,他们以敌对取代了臣服,勇敢地反抗暴君,而他们后来突然又从敌对转回到臣服,就的确是自甘堕落了。弥尔顿以富有说服力的辩证手法揭露了长老会左右摇摆的政治立场,尤其是对王权的轻佻和模棱两可的态度。

长老会曾是革命的主导力量,但这种左右摇摆的任性意志决定了他们在共同体建设过程中难以担当大任,英国革命的后续发展进程也证明了这一点。被任性意志挟制的查理一世已经堕落为共同体离心力的源头,只有掐断这个源头,才能使国民重新凝聚起来。

四、对契约的破坏所导致的共同体纽带的断裂

在抛弃本质意志、迷失于任性意志之后,查理一世不顾信用,轻易地撕毁契约就很容易理解了,因为膨胀的任性意志会导致君主丧失底线,不择手段地攫取公共利益。

维系共同体的要素除了君权民授观念(在共和体制中应是主权在民)和本质意志外,对契约的遵守也是不可或缺的,因为"人与人之间的纽带逐步取代那些渊源于家庭的优先权和义务的相互的形式:这个纽带不是别的,正是契约"②。契约对维持君主与臣民之间的关系更是不可或缺的——弥尔顿引用乔治·布坎南(George Buchanan)的观点加以阐明:"王权不是别的,就是国王与人民之间

---

① Cesare Cuttica, "The English Regicide and Patriarchalism: Representing Commonwealth Ideology and Practice in the Early 1650s," Renaissance and Reformation 36.2(Spring 2013):147.

② 斐迪南·滕尼斯:《共同体与社会:纯粹社会学的基本概念》,林荣远译,北京:北京大学出版社,2010年,第205页。

的一个共同的契约或协议。"(Essential,289)对契约的遵守体现出人的理性与本质意志,也是王国的立国之本。

契约是当事人双方之间的一个约定,关乎双方的权利与义务。信用是契约得以履行的保障,没有信用,就没有契约。对契约的遵守体现出良好的道德水准,而破坏契约将会失信于人,导致关系的破裂甚至恶化。君主作为国家的象征、道德风尚的引领者,倘若缺乏诚信,轻易破坏契约,将会丧失臣民的信赖,进而失去其统治的正当性和合法性,王国将出现诸多不稳定因素,甚至内战、王朝被颠覆等危机。

君主在加冕时曾发誓遵守契约,致力于国家与人民的福祉,但在统治过程中,一旦破坏盟誓,打着对上帝负责的幌子以权谋私,忘掉对臣民的责任,他的统治就只能堕落为最恶劣的暴政,而人民也将如法炮制,抛弃他们对君主的盟誓。王国将会在背离共同体的道路上越走越远。

亨利·萨姆纳·梅因(Henry Sumner Maine)认为进步社会的运动是一种从地位走向契约的运动①,这一深邃见解正可以用来描述早期近代英国社会的进步。君主的地位逐渐降低,权力不断地被削减,与之形成对照的是人民、议会与君主,或者是人民与混合政府②越来越强化的契约关系。契约虽然不是法律,但在影响力上却并不小于法律,在某些情况下甚至大于法律。来自宗教、政治等领域的契约带有神圣的、正义的力量,能激发民众的本质意志,和对自由、平等等天赋权利的追求。

共同体内部可能存在着现实的不平等,然而这种不平等有一定的界限,如果超过这个界限,那么"共同体作为差异的统一体的本质被取消了"③,共同体

---

① 斐迪南·滕尼斯:《共同体与社会:纯粹社会学的基本概念》,林荣远译,北京:北京大学出版社,2010年,第206页。

② 泽拉·芬克(Zera Fink)认为,弥尔顿宣称最好的政府是混合的,而且所有事实上最好的政府永远不可能是别的什么样子。Qtd. in William Walker, "Antiformalism, Antimonarchism, and Republicanism in Milton's 'Regicide Tracts'," Modern Philology 108.4 (May 2011):531. 混合政府与混合宪法有着密不可分的关系。在《偶像破坏者》中,弥尔顿强调英格兰从历史上最早的阶段开始,就受制于混合宪法,意味着"统治是由君主和代表性议会所分担,在其中君主的权力受议会和公民法制约与限制。"See William Walker, "Antiformalism, Antimonarchism, and Republicanism in Milton's 'Regicide Tracts'," Modern Philology 108.4 (May 2011):529.

③ 斐迪南·滕尼斯:《共同体与社会:纯粹社会学的基本概念》,林荣远译,北京:北京大学出版社,2010年,第58页。

将退化为一个各自为政、遍布裂痕的聚合体。社会分层超出了一定界限之后，人民也从公民或臣民降格为奴隶。查理一世在其统治过程中越来越倒行逆施，使得不平等程度大大超出了传统和现实的规约，尤其是《大宪章》(Magna Carta)等规章对君主权力的约束，以及议会对君主在政治权力、经济利益上的限制。这些规章是君主与人民之间的契约，也是维系君主与人民之间关系的必要手段。当君主破坏了这些契约，也就破坏了对维系共同体至关重要的内在纽带。

为了满足自己的贪欲，查理一世妄图随意加税以捞取钱财，但却屡屡受到议会的反对。在解散了两届议会后，国王与第三届议会在1628年达成了协议。议会同意给予他补助金，而国王也批准了《权利请愿书》(Petition Pact of Rights)，并强调了《大宪章》的原则和内容。仅仅三周后，国王就抛弃了契约。此后，在1643年制定的《庄严同盟与圣约》(Solemn League and Covenant)是一个意图保持议会权力的协定，它的第三项条款要求君主的个人安全和权威得到维护，而议会寻求公民权(civil rights)和真正宗教的建立。弥尔顿认为，为这些契约所发的誓言是英格兰臣民与国王之间最直接的纽带，然而因为国王的专制，这些誓言被打破并变成空话，无可否认的是，国王从那一刻起就实际上被完全废黜了，臣民也不再被认为是他的臣民了(Essential,291)。是国王自己切断了把人民团结到他身边的纽带；在他眼中，自己的利益高于人民的利益，这一看法使君主制堕落为变态政体中的僭主政体，而且是僭主政体中最劣等的。[①] 托马斯·麦考莱(Thomas Macaulay)的观点颇有见地："如果他(查理一世)能够遵守承诺，不违背他们的契约，那么之后一系列灾难就不会发生。"[②]纽带的切断，使王国失去了维系，君主变成了一种解构力量，是反共同体的离心力的主要来源。

[①] 亚里士多德把僭主政体又分成三种。第一种是某些野蛮民族(非希腊民族)所尊崇的拥有绝对权力的专制君主。第二种是在古希腊城邦中一度存在的类似君主的所谓民选总裁。这两种都是半王半僭的制度，其建制既出于民意，其为政也遵循法治，但统治者的意志具有最高权威，显示出主奴的情调。第三种就是真正僭政的典型，也是绝对君主政体、"全权君主"的反面形式，只考虑君主的利益，完全忽视人民的利益。详见亚里士多德：《政治学》，吴寿彭译，北京：商务印书馆，2017年，第206页。

[②] 托马斯·麦考莱：《麦考莱英国史》(第一卷)，周旭、刘学谦译，合肥：安徽人民出版社，2013年，第59页。

通过对《圣经》经文的诠释,弥尔顿强调了王国和官职是人的制度,但都是来自上帝的,正如《罗马书》(13:1)所言,"因为没有权柄不是出于神的"(Essential,281),所以君主应牢记与上帝的契约,以对上帝忠诚、对人民尽责的态度,用权力服务于国家与人民。如果他忘记了上帝赋予他权力的初衷,破坏与上帝制定的契约,那么人民将惩罚这毁约者,并收回权力。犹太人自古即有弑暴君的传统。根据《士师记》(The Book of Judges)第3章的记载,犹太人曾被摩押人奴役,犹太勇士以笏凭一己之力杀了摩押王伊矶伦,这是较早的个体弑暴君的例子。伊矶伦是被犹太人刺杀的外国暴君,似乎难以为处决查理一世的行为进行辩护。然而弥尔顿毫不客气地指出,如果一位君主破坏了所有的契约与誓言——他与人民之间的纽带与联合——那么,他与一位异国的国王或敌人有什么区别呢(Essential,283)?查理一世作为英国国王,被如此多的为人民的福祉而确立的契约、德行与荣耀所约束,却蔑视所有的法律和议会——能够维持人民对君主的服从的东西(Essential,283)。正是因为查理一世贪图私利而置契约于不顾,才挑起了保皇党与议会派的战争,并造成成千上万虔诚基督徒与善良臣民的无辜死亡。虽然保皇党指责说,查理一世的审判不应由军队主导(他们甚至认为任何机构对查理一世的审判都是非法的),但刚·富樫(Go Togashi)认为,弥尔顿的作品已经表明,查理和议会的权力都是派生的,人民可以在合适的时候合法地收回这权力,因此,军队——尽管是私人团体——也能够合法地收回该权力。[1] 对破坏契约但无法援引先例予以公开审判的暴君,只能采取一种反传统的方式进行处置,才能为那些死难者讨回公道,并警示以后的君主。在查理一世被弑后,从当时到后世都有大量的保皇分子和保守派人士为其叫屈喊冤。但当君主因破坏契约而成为离间王国、解构共同体的主要力量的时候,弑暴君就必然成为最正当、最有理性的行为。

君权民授思想、本质意志和对契约的遵守是维持共同体良性运行的核心要素,是凝聚所有个体的纽带。相反,君权神授思想、任性意志的膨胀和对契约的破坏将会导致一个机械的、碎片化的聚合体。由于成为王国离间力量的源头,

---

[1] Go Togashi, "Milton and the Presbyterian Opposition, 1649 – 1650: The Engagement Controversy and 'The Tenure of Kings and Magistrates', Second Edition (1649)," Milton Quarterly 39.2 (May 2005):60.

查理一世被送上了断头台。但他在走向刑场时表现得极其平静、坚毅、大度①，如同曾经在伊丽莎白一世时期被处决的、同样对王朝构成致命威胁的苏格兰女王玛丽。虽然在内心深处抵触审判的结果，对于君权神授思想仍不愿放弃，但查理一世无奈地接受了由军队所操控的法律的处罚，这种姿态不自觉地传达出对英国传统与习惯的认同、对法律的认同，这种认同有助于王国裂痕的消弭，以及共同体意识的培育。在《职权》中，弥尔顿尽管为处决查理一世的行为极力辩护，但对君主制这一正宗政体本身并没有完全否定，正是因为他意识到英国这一古老的体制即便落后于时代，却仍然蕴含着有利于共同体构建的成分。②

第二节 《偶像破坏者》:逻各斯中心主义与偶像中心主义

佩雷兹·扎戈林(Perez Zagorin)认为，偶像破坏(iconoclasm)是"象征性的

---

① 历史学家对查理一世临刑时的表现褒扬有加，但对其总体上的评价则两极分化，说明对君主的评价有可能成为一个莫衷一是的难题。休谟称赞查理在面对死亡时极其平静、镇定、和蔼可亲，并认为"他的美德远远超过恶德，或者毋宁说不完美"。详见大卫·休谟《英国史V:斯图亚特王朝》，刘仲敬译，长春:吉林出版集团有限责任公司，2013年，第428—430页。丘吉尔颂扬国王查理一世不啻一个忠诚的保皇派人士，认为他临刑时态度镇定、面带微笑、从容赴死，甚至吹捧道:"他不完全是英国自由的捍卫者，甚至不完全是国教的捍卫者，不过他终究是为了英国的自由和教会献身的。"详见温斯顿·丘吉尔《英语民族史(卷二):新世界》，李超、胡家珍译，北京:新华出版社，2017年，第188—190页。麦考莱认为，查理临死前体现出"一个勇敢的绅士应有的精神以及一个忏悔的基督教徒的隐忍和谦恭"，但同时，麦考莱也像弥尔顿一样痛斥道:"查理一世不仅是最寡廉鲜耻，也是最不幸的伪君子，从来没有一个政治家为自己的谎言和诡计留下这么多无可辩驳的证据。"详见托马斯·麦考莱《麦考莱英国史》(第一卷)，周旭、刘学谦译，北京:时代出版传媒股份有限公司，2013年，第86—87页。麦考莱从辉格党立场出发，评价丝毫不留情面，也体现出苏格兰民族的阳刚特性。查理一世的行为虽有可取之处，但他的诸多祸国殃民之举很容易让人把他和暴君画上等号。

② 帕特里克·科林森(Patrick Collinson)提出了君主共和国的概念。详见龚蓉《"作为历史研究的文学研究":修正主义、后修正主义与莎士比亚历史剧》，《外国文学评论》2017年第3期。君主共和国中的君主拥有实权，如同伊丽莎白女王那样，但其权力受到议会的制约。这种共和国所包含的民主成分正是弥尔顿所欣赏的，但握有实权的世袭的君主却是个不易掌控的因素，因君主的任性意志极易突破本质意志的约束，其产生的破坏力常会给共同体以重创。在君主立宪制建立之后的王国中，君主虽然依旧存在，并且是世袭的，但只拥有象征性权力。

暴力"的举动——言语攻击的行为，以及对流行的社会规范有意的违背和颠倒——意图毁灭统治性的人物或机构的神圣性和威望。① 这一定义侧重于言语角度的偶像破坏，其实它还包括对实物如雕像、画像等的毁坏。

《偶像破坏者》②就是一部从言语角度进行偶像破坏的力作。这是弥尔顿最长的也是最经久不衰的革命性论战著作，是他在17世纪40年代末最具偶像破坏意义的小册子。它是对英王查理一世关于内战的日记——回忆录《国王的圣像》中的主要观点的逐一反驳，每一章都与该书的一章对应，有时引用，但大多数时候是对国王的观点进行阐释——两书提供了关于查理与议会之间战争的相互抵触的叙述。③ 两者均含28章。

《国王的圣像》是由长老会牧师约翰·高登（John Gauden）基于查理自己的笔记创作的，反思了国王从事端起始到1647年被关押在卡里斯布鲁克城堡这一时期的经历；把查理呈现为一个殉道者，在凶暴、善变的议会派手中经受了可怕的痛苦折磨。④ 仅在1649年的英国，《国王的圣像》的英文版就印刷了35次，引起了读者的巨大关注，在宣传上获得了非同凡响的成功，是紧随国王的处决之后出版的保皇党宣传物中影响最大的。⑤

与《国王的圣像》这部反映忠君思想和偶像崇拜倾向的作品相比较，弥尔顿充满革命思想的、反皇的《偶像破坏者》却受到冷遇，没有引起类似的轰动效应；在当时只印了3次，还都是受资助的。这部作品是应议会要求创作的，但弥尔顿并非全然以宣传为目的，他瞄准的不是缺乏判断力的庸众，而是"给精选的读

---

① Qtd. in David Loewenstein, "'Casting Down Imaginations': Milton as Iconoclast," Criticism 31.3 (1989):257.

② 在公元8世纪20年代早期，也是"前偶像破坏"时期，eikônoklastês这个希腊词第一次出现在一位康斯坦丁堡太监主教的信中。iconoclasta这个词在1420年左右突然在英国出现。只有到了克伦威尔的时代，iconoclast这个词才首次出现在英国，而弥尔顿和贵格会的乔治·福克斯（George Fox）在作品的题目中却用了希腊术语。See Jan N. Bremmer, "Iconoclast, Iconoclastic, and Iconoclasm: Notes Towards a Genealogy," Church History and Religious Culture 88.1 (2008):8,10,12.

③ James Egan, "Oratory and Animadversion: Rhetorical Signatures in Milton's Pamphlets of 1649," A Journal of the History of Rhetoric 27.2 (Spring 2009):207.

④ David Loewenstein, "'Casting Down Imaginations': Milton as Iconoclast," Criticism 31.3 (1989):255-256.

⑤ Scott Cohen, "Counterfeiting and the Economics of Kingship in Milton's Eikonoklastes," Studies in English Literature, 1500-1900 50.1 (Winter 2010):159.

者提供工具来抵制查理的宣传"①,尤其是那些被误导的读者。

  为何有时候人民或读者不愿接受先进的、理性的观念？洛温斯坦认为,这有时不是因为审查制度,而是因为他们缺乏批判性眼光。②戴维·安斯沃思(David Ainsworth)也认为,"读者应诘问偶像(形象),而不是不加批判地接受他们",然而他们却对《国王的圣像》有一种情感诉求,即提供以自由为代价的、令人宽慰的对稳定的局势的恢复。③ 克莱·丹尼尔(Clay Daniel)揭露了"国王之书"的伪装和欺骗性:"在战场上失利后,查理像机会主义者一般,出现在小册子交锋的战场上,给他的保皇主义戴上了一个圣徒的面具,擅长引人注目的辩论和花言巧语。"④"他的书是虚假的。他的祈祷是剽窃的。"⑤琼·S. 贝内特(Joan S. Bennett)同样戳穿了"国王之书"的伪饰,认为在这部保皇党作品中,打动人们的不是任何逻辑说理或真实历史的力量,而是一位虚构人物,有着长于煽情、口齿伶俐的魅力。⑥ 理查德·赫尔格森(Richard Helgerson)深挖"国王之书"的致命缺陷:"倘若说查理擅长暴君的戏剧性和偶像的神秘化的伎俩,他缺乏的则是逻各斯中心主义者清晰有力地进行理性思维的能力。"⑦"国王之书"充斥着非理性的谎言和虚假,却打动了无数读者,一方面是因为偶像善于包装自己,另一方面也是因为读者缺乏理性思维能力,难以分辨偶像与逻各斯。

  "逻各斯"这个异教时代的词在基督教时代生发了新的含义。圣奥古斯丁认为,希腊词 logos 在拉丁语中既指 reason(理性),也指 word(道),"逻各斯"亦

---

  ① David Ainsworth,"Spiritual Reading in Milton's Eikonoklastes," Studies in English Literature,1500 – 1900 45. 1,The English Renaissance (Winter 2005):158.

  ② David Loewenstein,"'Casting Down Imaginations':Milton as Iconoclast," Criticism 31. 3 (1989):266.

  ③ David Ainsworth,"Spiritual Reading in Milton's Eikonoklastes," Studies in English Literature,1500 – 1900 45. 1,The English Renaissance (Winter 2005):157 – 158.

  ④ Clay Daniel,"Eikonoklastes and the Miltonic King," South Central Review15. 2 (Summer 1998):39.

  ⑤ Scott Cohen,"Counterfeiting and the Economics of Kingship in Milton's Eikonoklastes," Studies in English Literature,1500 – 1900 50. 1 (Winter 2010):165.

  ⑥ Joan S. Bennett,"God, Satan, and King Charles:Milton's Royal Portraits," PMLA 92. 3 (May 1977):441.

  ⑦ Richard Helgerson,"Milton Reads the King's Book:Print,Performance,and the Making of a Bourgeois Idol," Criticism 29. 1 (Winter 1987):12.

第二章　君主制与政治共同体

指耶稣。①伯特兰·阿瑟·威廉·罗素（Bertrand Arthur William Russell）也认为基督徒把耶稣等同于 logos（道）。可见，逻各斯与耶稣之间存在等同关系，而"理性"与"道"则是 logos 的不同译名。亚里士多德又把理性与非理性进行了区别。"灵魂里面有一种成分是理性的，有一种成分是非理性的"，非理性部分包含动物的嗜欲部分。"……理性的灵魂或者心灵则是神圣的、非个人的。……非理性的灵魂把我们区分开来；而有理性的灵魂则把我们结合起来。……就人有理性而论，他们便分享着神圣的东西，而神圣的东西才是不朽的。"②理性由于与耶稣的关联而体现出神性，理性的灵魂由于理性的联结作用则体现出有机性，这有利于共同体的构建。逻各斯中心主义基于耶稣逻各斯；毕达哥拉斯和柏拉图是逻各斯的创立者，而圣奥古斯丁提供了富于启发性的构想。③ 理性作为人的一种智能，是认识真理的手段，并在宗教层面上体现出神性，逻各斯中心主义则糅合了理性的本义和宗教意义，它立足于耶稣、理性、逻各斯等核心人物或概念，与其相对立的偶像中心主义则体现出非理性、偶像崇拜等特点，其崇拜的是敌基督这样充满撒旦的灵、与基督敌对或假冒基督的角色，而像查理一世这种受崇拜的偶像可以被视作敌基督的典型代表。《偶像破坏者》反映出鲜明的逻各斯中心主义与偶像中心主义的对立，理性则是弥尔顿尤为倚重的辩论武器。偶像中心主义与理性隔绝，逻各斯中心主义则奠基于理性之上，二者的角逐也决定了议会乃至共同体的命运。下文将从政治与宗教视角剖析该书中所反映的两种主义的对立。

---

① Qtd. in Ake Bergvall,"Formal and Verbal Logocentrism in Augustine and Spenser," Studies in Philology 93.3（Summer 1996）:251.

② 罗素：《西方哲学史》（上），何兆武、李约瑟译，北京：商务印书馆，1963 年，第 223、224 页。

③ Ake Bergvall,"Formal and Verbal Logocentrism in Augustine and Spenser," Studies in Philology 93.3（Summer 1996）:251. 阿克·伯格沃尔（Ake Bergvall）对逻各斯中心主义的诠释源自 S. K. 亨宁格（S. K. Heninger, Jr.）对雅克·德里达（Jacques Derrida）的同一术语的挪用。见 Ake Bergvall,"Formal and Verbal Logocentrism in Augustine and Spenser," Studies in Philology 93.3（Summer 1996）:251,n. 2。这里的逻各斯中心主义与德里达的同名术语已经有了本质的不同，它抛弃了解构主义的解读，回归到传统的阐释。

一、政治层面上逻各斯中心主义与偶像中心主义的对立

"暴君的目标是用依赖任性权力的统治来代替依赖理性法律的统治。"[①]查理一世在世时就企图用非理性的专制统治来慑服理性思维与制度,死后的他又出现在印刷物中,被塑造成一个艺术化的偶像,继续攻击逻各斯与理性,以谋求暴政的延续。

查理一世活着时不乏拥趸,死后还吸引了生前都不敢想象的庞大的崇拜者群体,他之所以能够成为一个新型的偶像——"文字偶像"[②],正是得益于以《国王的圣像》为代表的众多小册子对他的追捧与美化。在《国王的圣像》这部小册子中,查理从暴君成功转型为一个基督教殉教者、一个完美的偶像,其诀窍在于——就像弥尔顿指明的——国王制造了关于自我的奇观,把暴政转换为艺术(CPW,3:344)。

这一皇家文本通过历史虚构和文学美化的手段,把查理包装成一个贤明君主、一个无辜的受迫害者,从而塑造了一个多重造假的偶像。弥尔顿针锋相对,通过发挥"历史阐释和文学创作的力量,重塑了那个偶像"[③]。他的解构把偶像的伪装剥落,露出了非理性、虚伪、龌龊的内核。

由于议会在权力架构中发挥着无可替代的巨大作用,是阻止国王滥用权力、遏制偶像崇拜邪风的最主要的行政机构,因此"国王之书"的造假工程就由抹黑议会入手,并在第 1 章中声称,国王召开最后一届议会,不是因为其他人的劝告或他本人的事件的必要性,而是出自他自己的选择和意向。针对这种歪曲事实的谎言,弥尔顿在《偶像破坏者》的第 1 章开头先引用对方的言论,然后予以批驳。他指出,朝臣及主教们是国王最宠幸的人,他们关系密切,共商国是,那么国王的指令如何能和这些人脱开干系?他们对国王揣摩心意、曲意逢迎。国王视议会为绊脚石,这些人就总是对抗和反驳议会,甚至希望国王永远不再需要议会(CPW,3:350 - 351)。国王可能料想到"如果除了议会没有什么能拯

[①] Joan S. Bennett,"God,Satan,and King Charles:Milton's Royal Portraits," PMLA 92. 3 (May 1977):451.

[②] Richard Helgerson,"Milton Reads the King's Book:Print,Performance,and the Making of a Bourgeois Idol," Criticism 29. 1 (Winter 1987):9.

[③] David Loewenstein,"'Casting Down Imaginations':Milton as Iconoclast," Criticism 31. 3 (1989):254.

救人民,那么这必然成为他失败的原因。"(CPW,3:353)国王表面上敬畏上帝,其实他畏惧议会和人民更甚于上帝(CPW,3:434),说明他既不是虔诚的信徒,而且还与议会和人民为敌。他抽刀对抗臣民,杀戮成千上万的人,他们却仍然愚蠢地崇拜他(CPW,3:435)。而谁是内战的发起者呢?保皇党史学家和弥尔顿一样,都认为国王对议会多次无理智的、猝然的解散是导致内战爆发的首要原因(CPW,3:447,n.1)。弥尔顿从历史的角度说明,只要脱离议会的羁绊,查理一世就会受其心腹与王后的怂恿,肆意行恶。他是保皇党愚众崇拜的偶像,可以被视作撒旦、巴力、大衮、魔洛、巴比伦的大淫妇等这些邪神妖人中的一员。[①] 他是偶像中心主义者膜拜的对象,但也受他们摆布,甚至死后还要被这些人利用,在书中被树立为一个偶像,继续为他们的利益摇旗呐喊,同时也成为偶像破坏者所攻击的一个死靶子。

偶像中心主义者之所以要攻击议会,是因为议会是理性的化身,是浓缩了人民的理性与意志的一个代表机构。国王决意"建立一个他自己的任性的政府;而且整个不列颠都要被一个人的良知、判断与理性所捆绑与桎梏"(CPW,3:359)。这样一个任性的暴君,声称受所谓的他的理性、判断和良知所指引,尽管这理性、判断和良知从来没有变得这样败坏(CPW,3:359)。理性已变成意志错乱的假理性,判断和良知成为虚假与恶意的代名词。

弥尔顿认为"理性是最好的仲裁者,而且其自身就是法律的法律"(CPW,3:403),但理性有公共理性与私人理性之分。法律即为公共理性,是议会制定的理性,而"英格兰法律充其量只是议会的理性"(CPW,3:451-452)。国王承认除了法律他没有权力君临天下,他靠法律治理人民,但国王却拒绝通过议会制定的法律,而用他自己的私人理性横加干涉,而私人理性根本就不是法律(CPW,3:360)。理性是主宰人类的认识思维和实践活动的个别主体事物,法律是具体的社会规范。弥尔顿用类比的方法把理性视作法律,强调了理性对人的意志与行为的约束作用。作为逻各斯兼理性化身的耶稣传播的内容有很多是基于自然法的法律、法规,这也阐明了理性与法律的内在联系。

与弥尔顿同处一个时代的托马斯·霍布斯(Thomas Hobbes)也认为"法律

---

① 在《失乐园》中,弥尔顿讽刺世人不辨善恶,"把魔鬼尊为神明/于是他们便以各种不同的名号/各种不同的偶像传遍异教世界",并列举了撒旦手下各色妖魔鬼怪,他们横行世界、作恶多端,但由于善于伪装,反倒成为众多崇拜者的偶像。详见《失乐园》,1.374-505。

决不能违反理性",但并不是任何平民的理性都会被接受为理性,只有"人造的人——国家的理性和命令"才构成法律。① 国家是由代表者代表的,英格兰的代表者就是议会,即霍布斯所谓的"主权会议"②。英格兰表面上是君主制国家,但实际上实行的是混合政体;国王是主权者,但其权利受制于议会——即便查理一世在执政期间频频解散议会,也无法彻底根除这一传统。律师们认为,"英格兰法律"是理性的核心,而国王否定的声音从来不是任何法律,而是荒谬且无理性的习惯(*CPW*,3:409)。弥尔顿反复强调议会高于国王。"议会应该支配国王,而非他支配议会。"(*CPW*,3:444)议会就是国王的母亲(*CPW*,3:467)。没有议会,就没有国王、法律、公民誓言和宗教(*CPW*,3:530)。"国王有两个上级,即法律和议会","他和上议院的贵族们只代表他们自己,下议院是整个王国"(*CPW*,3:415)。由于议会是人民选出的代表,代表了人民的理性和意志,因此,对抗议会,就是与人民为敌,与公共理性和法律为敌。

"国王之书"的非理性还体现在其写作手法上。"国王之书"中有些祈祷内容一字不差地剽窃自向一个异教神祈祷的异教虚构作品,即菲利普·锡德尼(Philip Sidney)的《阿卡狄亚》(*Arcadia*),一部浮华的求爱诗歌(*CPW*,3:363)。"国王之书"从锡德尼的诗篇里拾取牙慧,向上帝祈祷,简直是侮辱上帝。查理一世就像舞台上的一位演员,拥有自我包装、自我美化的手段,擅长暴君的戏剧性表演。亚里士多德在《政治学》中列举了暴君的12种诡辩术,弥尔顿认为其中心机最深的就是装出一副虔诚的样子(*CPW*,3:361)。可见,在"国王之书"中理性是缺失的,其作者是一位造假高手,既随意编造历史,也剽窃文学作品中的内容,因此弥尔顿毫不客气地把查理一世呈现为骗子,即便"国王之书"不是他独立完成。锡德尼及莎士比亚等人,本身是伟大的文学家,然而在宗教和政治方面,也自有其不容忽视的历史局限性,他们的作品与偶像中心主义难以做到泾渭分明,也会被其熏染。

《偶像破坏者》在探讨斯特拉福德伯爵的死亡时③,同样揭露了国王对议会

---

① 霍布斯:《利维坦》,黎思复、黎廷弼译,北京:商务印书馆,1985年,第209—210页。
② 霍布斯:《利维坦》,黎思复、黎廷弼译,北京:商务印书馆,1985年,第209页。
③ 1641年5月,英国议会弹劾了国王的宠臣斯特拉福德伯爵,并下令将其处以死刑,罪名是谋划依靠爱尔兰天主教军队镇压议会,反对新教。查理一世不得不在死亡判决书上签字,以便从暴动的伦敦民众手中保住斯特拉福德家人的性命。

的极端仇视。查理签了法案,以叛国罪(treason)判处伯爵死刑。① 弥尔顿一针见血地指出,查理这样做良心难安,但不是因为伯爵没有犯叛国罪,而是因为查理知道他自己是主犯,伯爵只是从犯而已,但查理并不考虑对国家的叛卖,只关注那些不利于他自己的事(*CPW*,3:371)。查理的良知是多变的、一闪即逝的(*CPW*,3:371)。没有理性的制约,良知将堕落为恶意,偶尔闪现的良知并不能改变堕落的状态;不可饶恕的罪恶必须靠持续的作恶来掩盖,良知未泯这一说法对国王来说是不恰当的。查理那扭曲、敷衍的良知使他在1642年这一年中又先后控告6位议员犯有叛国罪,但按法律规定,国王不应该担任弹劾程序的控告人(*CPW*,3:375,n.19)。真正犯有叛国罪的不是别人,正是查理本人。大量证据表明,他和王后多次与爱尔兰、法国、西班牙等外国势力或公开或隐秘地进行联络、合作,以达到颠覆议会的目的。

这位叛卖国家的君主却被那些偶像中心主义者神化、颂扬。霍布斯认为,对于犹太人来说,偶像崇拜是"外邦人教义的遗迹"②。这说明偶像崇拜这一传统来自外邦人,然而有些犹太人受外邦人思想的影响,也以金属、石头或木头等物制造偶像并予以崇拜,而"以敬神之道敬拜这些东西在圣经中称之为偶像崇拜和背叛上帝"③。崇拜形象或偶像,意味着认为它们具有与上帝一样的能力。高登把查理一世塑造为耶稣式的人物(*CPW*,3:405),赋予死后的查理神一般的能力;议会则被视为魔鬼(*CPW*,3:405)。就像福音书里受撒旦考验的耶稣一样,国王让人们走上圣殿的尖顶,他们将会被唆使而把他摔下来,像撒旦对待耶稣那样,然而,弥尔顿认为,这根本不是圣殿的尖顶,而是尼布甲尼撒——那位迫害以色列人的巴比伦国王——王宫的尖顶(*CPW*,3:405)。"国王之书"吹捧查理戴着一顶荆棘王冠(Crown of Thorns),就像救主一样(*CPW*,3:417)。查理的荆棘王冠在他的同情者心目中可能是最受欢迎的,把他比作耶稣的象征(*CPW*,3:417,n.23)。然而弥尔顿颠覆了这一象征物,认为查理首先应该戴上的是一顶铅制王冠(*CPW*,3:418),铅可能用来暗示查理易于弯曲、没有主见、反复无常的性格。他与耶稣完全没有可比性,与撒旦(比如《失乐园》中的撒旦)相比也落在下风。他坚持个人利益至上,并动辄指责限制他滥用权力的议会缺

---

① 根据法律标准,对斯特拉福德的判决永远是有疑问的。见*CPW*,3:371,n.1。
② 霍布斯:《利维坦》,黎思复、黎廷弼译,北京:商务印书馆,1985年,第525页。
③ 同②。

乏理性;擅长两面三刀、嫁祸于人的他的确非常适合戴上一顶铅制王冠。摩西时代的犹太人曾铸造金牛犊予以敬拜,弥尔顿时代的查理与高登则借助印刷技术制造了纸牛犊——一个文字偶像——来魅惑愚众,这个偶像称得上是"实质偶像"和"幻象偶像"的结合①——文字取代了金、石、土、木等物成为新的实质性材料,而文字中所塑造的是虚幻的形象,正是这两者的结合打造了一个与以往不同的新型偶像,并取得了轰动性的传播效应。

弥尔顿对理性及议会的阐释与霍布斯的理性主义政治观同中有异。霍布斯反对君权神授说,以对契约的履行程度来验证君主的权力的正当性,这契合弥尔顿的观点。但霍布斯主张主权者,即君主,拥有绝对权威,则是持有古典时代宪法思想的弥尔顿断然不能接受的。② 弥尔顿的理性政治观糅合了对历史与现实的考量,强调对君主权威的削弱,而理性被拟人化为议会,成为制衡君主的最得力的国家机器。这种体现了逻各斯中心主义的政治思想在当时发挥了重大作用,巩固了革命成果,但它也有局限性,比如在复辟时期,偶像中心主义影响下的骑士议会就与弥尔顿的构想有明显的差距。

二、宗教层面上逻各斯中心主义与偶像中心主义的对立

议会代表着理性,是套在偶像中心主义者身上的枷锁,因此他们急欲除之而后快,而天主教则是他们借以与议会抗衡的宗教势力与精神武器。偶像崇拜、戏剧性、天主教互相关联,也与查理一世的暴政相联系。③ "国王之书"中的查理是偶像中心主义者膜拜的对象,但他生前同样也是一个偶像崇拜者。亚当、参孙、大卫王因为对夏娃、大利拉、乌利亚的妻子等异性的崇拜而干犯天条,犯下重罪。查理则崇拜王后亨利埃塔·玛丽亚(Henrietta Maria),一位来自法国的天主教公主,并时常向别人赞美她的品德。弥尔顿用对照的手法进行讽刺:她是多么好的一个妻子啊,对他来说;她又是多么坏的一个臣民啊,这无可争议(CPW,3:419)。弥尔顿把巧取豪夺的查理比作《圣经》中被王后蛊惑的以

---

① 实质偶像是用实际物质制作的偶像,幻象偶像是制作者大脑中某些虚幻的存在对象。详见霍布斯《利维坦》,黎思复、黎廷弼译,北京:商务印书馆,1985年,第528—529页。
② 霍布斯的相关理论详见陈思贤:《西洋政治思想史·近代英国篇》,长春:吉林出版集团有限责任公司,2008年,第34—35页。
③ Richard Helgerson, "Milton Reads the King's Book:Print,Performance,and the Making of a Bourgeois Idol," Criticism 29.1 (Winter 1987):11–12.

色列暴君亚哈王(*CPW*,3:353),后者觊觎拿伯的葡萄园,因此王后耶洗别设计让人谋杀了拿伯,夺得了葡萄园。亚哈正是"受了王后耶洗别的耸动……行了最可憎恶的事,信从偶像"(王上21)。无独有偶的是,前四位斯图亚特国王都娶了国外的天主教配偶。①

　　以克伦威尔、弥尔顿等为代表的清教徒就像逻各斯中心主义者一样,理性统辖着他们的行为。新教徒致力于内部的净化,即从内部将残存的天主教的"迷信"、礼仪、法衣和礼拜仪式清除掉,并确立一套与《圣经》精神相一致的戒律,以约束较大的社会团体。② 这些特征鲜明地体现于议会派清教徒尤其是独立派身上。《圣经》精神是与理性相契合的,上帝是理性的化身,而"理性上帝是一种至高无上的宇宙秩序,天理与权力的象征"③。查理对天主教的依附就是对理性上帝的背叛,而清教徒则在理性上帝的指引下,反抗天主教以及具有天主教特征的国教,以使共同体复归理性之路,并建立新秩序。

　　英国革命也被称作清教革命,清教徒斗争的主要对象除了以查理一世为首的暴政外,也包括天主教,而暴政与天主教互相勾结,并展示出很多共性。在英格兰近代早期,人们对天主教不能容忍有两个基本原因。首先,很多新教徒认为天主教腐败、迷信、崇拜偶像,在最坏的情况下,服务于魔鬼的需要,并包含了敌对基督的力量。其次是天主教在国内和国际上都被视作政治上的威胁。④ 吉伯里把天主教等同于巴比伦的大淫妇:"在清教徒的思维模式中,沉迷于肉欲是精神腐败的标志,而被娼妓吸引标志着被巴比伦的大淫妇——天主教——吸

---

① 前四位斯图亚特国王为詹姆斯一世、查理一世、查理二世、詹姆斯二世。由于斯图亚特王室的天主教背景,以新教徒为主的英格兰民众经常质疑君主的宗教倾向,令国家的不稳定因素增加不少。所以,英格兰议会于1701年通过了王位继承法,使得斯图亚特家族成千上万的天主教男嗣无权继承王位,自此,该王室对英国的统治正式终结。

② 玛戈·托德:《基督教人文主义与清教徒社会秩序》,刘榜离、崔红兵、郭新保译,北京:中国社会科学出版社,2011年,第25页。

③ 肖四新:《理想人格的企盼:一种对〈失乐园〉的阐释》,《湖北三峡学院学报》2000年第1期。

④ Arthor F. Marotti, "The Intolerability of English Catholicism," in Writing and Religion in England, 1558 – 1689: Studies in Community-Making and Cultural Memory, ed. Roger D. Sell and Anthony W. Johnson, Farnham, England; Burlington, VT: Ashgate, 2009, 48 – 49.

引。"①清教徒抨击天主教的肉体崇拜思想,对肉欲的痴迷使很多天主教徒丧失了理性,崇拜能满足欲望的各种人造物,并以之取代上帝在他们心目中的位置,从而堕落为崇拜肉体的偶像中心主义者。查理虽然不是天主教徒,却与天主教关系密切。他提供物资和培训,支持爱尔兰天主教徒与苏格兰新教徒作战,并力图用他们来控制所有的新教徒,以对抗议会,而驱动力就来自他对天主教的倾向和王后对他的压服(CPW,3:473-475)。他甚至在一本书中被称作英格兰教皇(CPW,3:572)。②为了巩固王位,他置国家安危于不顾,与国外的天主教势力勾结,妄图推翻议会的理性统治,以建立一个由偶像中心主义者组成的傀儡议会。在与天主教徒王后的关系中,他同样表现出偶像中心主义者的特征,如非理性、崇拜肉体等。

弥尔顿抨击查理发动战争,更多的是为了天主教徒的利益,而非新教徒的利益(CPW,3:420)。这种倒行逆施也导致查理与他的祖国苏格兰多次发生战争。③查理把粗鲁和野蛮归咎于英格兰议会,把所有的美德归功于他的妻子;为了一个妇人,他竟然贬低、诽谤王国伟大的议会。在这样一个女人气的、惧内的政府统治下是多么令人感到羞辱和有害啊(CPW,3:421)!信仰上的叛教行为和生理上的肉体崇拜,导致查理站到了人民的对立面,而对于国家和人民的代表者——议会,他竟然视其为"最大的敌人"(CPW,3:426)。弥尔顿把查理比作罗马皇帝卡利古拉——这位暴君希望全体罗马人民只有一个脖子,以便他一击之下即可切断(CPW,3:579)。可以说,在查理身上,合并了宗教形式的偶像崇拜和世俗形式的偶像崇拜,即天主教对敌基督的崇拜和世俗的肉体崇拜。敌基督自命为神,不承认耶稣,自然拒斥逻各斯和理性,这一特点在生前的查理和作为文字偶像的死后的查理身上都有所体现,而天主教徒王后玛丽亚则变成了巴

---

① Achsah Guibbory, Ceremony and Community from Herbert to Milton: Literature, Religion, and Cultural Conflict in Seventeenth-Century England, New York: Cambridge University Press, 1998,151.

② 这本书即《英格兰教皇,或一场对话,在其中英格兰王室和罗马教廷之间最近的秘密情报被部分发现》(*The English Pope, or a Discourse Wherein the Late Mystical Intelligence Betwixt the Court of England, and the Court of Rome is in Part Discovered*)(July 1,1643),其中提到,查理,尤其是他的王后玛丽亚,与罗马教廷大使及其他特使谋划在英格兰恢复天主教,劳德大主教等国教高级人士也参与其中。一位威尼斯人的著作《教皇的使节》(*The Popes Nuntio*)证实天主教对英格兰的教会和大学的渗透。见 CPW,3:572-573,n.12。

③ 此处指1639年和1640年的两次主教战争。

比伦的大淫妇的隐喻。

弥尔顿揭露了查理在宗教层面上表现出的偶像中心主义者的本质。《圣经·创世纪》中的宁录是犹太人的第一个暴君,他的王国的开端就是巴别塔;弥尔顿把查理比作宁录,并号召圣徒们捣毁查理的主教们的巴别塔,这是一座精神巴别塔(*CPW*,3:599),象征着封建专制和天主教,对王国与人民的利益构成巨大威胁,只有予以捣毁,才能击退天主教势力的侵扰与蛊惑,构建以理性为圭臬的宗教共同体。

弥尔顿戳穿了"国王之书"中这个金玉其外、败絮其中的偶像的伪装,然而这还远远不够,因为更重要的是培育有批判性眼光的理性读者——共同体的中流砥柱。在弥尔顿的书出版的时候,大部分读者是与死去的国王站到一起的,但这些读者并非铁板一块,并非都是与理性全然隔绝的。在小册子最后一章,即第28章的结尾,弥尔顿区分了"国王之书"所面对的四类读者:意志坚定、忠贞不屈的智者;有良知、有见识的基督徒;反复无常、非理性、迷恋形象的乌合之众(image-doting rabble),这是一群轻信的、不幸的人,被导向奴役的境地,并被暴政的动人说辞所蛊惑;暂时被误导的人,有着无恶意的无知(ignorance without malice),或不致命的错误,可以寻求天恩与谆谆教导以进行反思,并变得清醒(*CPW*,3:601)。"国王之书"对第一、二类读者是无效的,对于第三类读者来说,则极受欢迎,因为他们就像安斯沃斯所分析的那样,欢迎撒旦党,崇拜独裁者,对正式的阅读无兴趣[1],第四类读者则是它极力要拉拢的。

弥尔顿的读者对象并不是"迷恋形象的乌合之众",他是为那些"被误导的"人们而写,长老会教徒即属于被领导者误导的读者。[2] 弥尔顿的书与"国王之书"一样,最需要争取的都是第四类人,即被误导的读者群。对于那些理性的、有批判性眼光的、能抵制偶像中心主义的读者来说,即便没有类似于弥尔顿的小册子的读物来引导他们,他们也不会被"国王之书"所蛊惑,因为他们对偶像崇拜有免疫力。那些被误导的读者良知未泯,但理性处于蛰伏状态,因此需要以弥尔顿为代表的文化精英的启蒙。

安德森认为,在欧洲近代早期,有几个积极因素促使新的共同体成为可想

---

[1] David Ainsworth,"Spiritual Reading in Milton's Eikonoklastes," Studies in English Literature,1500 – 1900 45.1,The English Renaissance (Winter 2005):161.

[2] David Ainsworth,"Spiritual Reading in Milton's Eikonoklastes," Studies in English Literature,1500 – 1900 45.1,The English Renaissance (Winter 2005):162.

象的,其中一个关键因素就是印刷资本主义,正是这些印刷品所联结的"读者同胞们"形成了民族想象共同体的胚胎。① 吊诡的是,"国王之书"得益于先进的印刷技术而率先拼凑了一个庞大的偶像中心主义者的读者"共同体",当然,由于它的偶像崇拜色彩,这只能是一个伪共同体。

滕尼斯区分了三种共同体,即血缘共同体、地缘共同体和精神共同体,第三种可以被理解为基于心灵生活的相互关系,而法律则是共同体成员真正的和基本的意志②,是维持这种关系的保障。如果君主凌驾于法律之上,也就破坏了法律所代表的理性以及本质意志,使得共同体只能靠血缘和地缘这种低层次的、不稳定的手段来维持。弥尔顿虽然经常痛斥那些偶像中心主义者为"乌合之众"和"群众长蛇阵"③,但这些人也是民族共同体的成员——即便是反动的、有分离倾向的成员;只有彻底破坏他们的偶像,让他们无偶像可以崇拜,其中有些人的理智才有可能恢复,并最终融入理性的精神共同体之中。查理这个纸牛犊——文字偶像的非理性、反逻各斯的本质如果没有被揭穿的话,英格兰就会始终处于偶像崇拜的阴影中。

查理与玛丽亚的婚姻也说明,身体的结合并不直接促成共同体的形成,最重要的是共同的、理性的习惯,涉及精神、信仰、习俗等维度,而且家庭共同体只有在与民族或宗教共同体在主要观念上的共性多于差异的时候才是有机的。查理的家庭共同体背离了大的共同体的宗旨与目标,所以才堕落为一个不运作的④机械聚合体,并最终随着他的死亡而解体。

诚如洛温斯坦所言,历史可以被想象为一个偶像破坏过程,弥尔顿就是他的革命时代中主要的文学层面上的偶像破坏者⑤,他的散文和诗歌便是明证。《偶像破坏者》就像书名所明示的一样,是对偶像中心主义者掷出的最直接的投

---

① 本尼迪克特·安德森:《想象的共同体:民族主义的起源与散布》,吴叡人译,上海:上海世纪出版集团,2011年,第42—43页。

② 斐迪南·滕尼斯:《共同体与社会:纯粹社会学的基本概念》,林荣远译,北京:商务印书馆,1999年,第53、59页。

③ 关于"群众长蛇阵"这一表达,详见弥尔顿《复乐园》,金发燊译,桂林:广西师范大学出版社,2004年,第420—421页。

④ 法国哲学家南希提出"不运作的共同体"这一概念。详见殷企平《共同体》,见金莉、李铁主编:《西方文论关键词》(第二卷),北京:外语教学与研究出版社,2017年,第174页。

⑤ David Loewenstein, "'Casting Down Imaginations': Milton as Iconoclast," Criticism 31.3 (1989):261,253.

枪。它反映出鲜明的逻各斯中心主义与偶像中心主义、理性与非理性、基督与敌基督的对立。"国王之书"中的查理表现出非理性的偶像崇拜、戏剧性和虚假等特色,具有典型的偶像中心主义特征,天主教也助纣为虐,与人民和议会为敌。弥尔顿揭露了文字偶像的虚假,雄辩地宣称议会与法律是理性的化身,是对付暴政与天主教最有效的手段。英格兰从绝对君主制向君主立宪制转型的过程,其实就是从偶像中心主义向逻各斯中心主义转化的过程,弥尔顿的作品加快了这个理性时代的降临。他用批判性眼光来唤醒那些被误导的读者,为以理性为内核的逻各斯共同体的建立打下了坚实的群众基础。

第三节 弥尔顿十四行诗中的共同体理想人物

弥尔顿的十四行诗大约创作于1628年到1658年。威廉·麦卡锡(William McCarthy)把弥尔顿的十四行诗分成三类,即青年诗(第1—6首)、成熟期诗(第7—18首)、退隐诗(第19—23首)[1],其中第7首和第19首是分隔点或转折点。[2] 弥尔顿没有采纳威廉·莎士比亚(William Shakespeare)或斯宾塞的十四行诗格式,而是严格遵循彼特拉克的十四行诗样式。[3] 这些作品表达了他诗歌上的崇高理想、政治上的高度爱国精神、生活上的光明磊落和全心全意为上帝服务的虔诚,最后一点表明了他信仰方面的真正核心。[4] 华兹华斯在十四行诗《勿轻视十四行诗》("Scorn not the Sonnet")中颂扬道:在弥尔顿手中,"十四行诗成了号角"。弥尔顿的多首十四行诗的确反映了一个政治激进分子和基督教人文主义者的进步思想——尤其体现在他对共同体理想人物的赞颂中。

弥尔顿十四行诗的一个重要主题就是赞美那些德行完善的仁人志士,这也是一个研究热点。麦卡锡认为,弥尔顿的成熟期诗,即第7—18首,表明一位诗人在文艺复兴时期被孕育出来以服务上帝。在这些诗歌中,"诗人认为他自己

---

[1] 关于弥尔顿的23首十四行诗的排序,英美学界已经有约定俗成的做法。朱维之在翻译这些诗歌时,没有完全采纳既定的编号。笔者在分析时,依旧按照既定的编号,以避免混淆。
[2] William McCarthy, "The Continuity of Milton's Sonnets," PMLA 92.1(January 1977):96.
[3] 约翰·贝里:《评弥尔顿的短诗》,李广成译,见殷宝书编:《弥尔顿评论集》,上海:上海译文出版社,1992年,第199页。
[4] 约翰·贝里:《评弥尔顿的短诗》,李广成译,见殷宝书编:《弥尔顿评论集》,上海:上海译文出版社,1992年,第198页。

是他的共同体的代言人和良心,他的任务是通过给共同体诠释和阐明它的理想人物来激发他的共同体投入救赎行动中"[1]。在第 11、19 首诗中,弥尔顿本人作为主角出现在诗中——他的意图并非在于歌颂自己,但他所体现的完美德行足以让读者把他视为理想人物。贾内尔·米勒(Janel Mueller)则基于亚里士多德的《诗学》以及之后的相关诗学理论,研究弥尔顿十四行诗中的政治诗所追求的得体(decorum)品性,并探讨了诗歌、哲学与历史的区别。[2] 亚里士多德认为,公民应该既做高贵的事情,也做有用的事情,这指涉了智慧和美德的个体和公众的角度。[3] 马尔库斯·图利乌斯·西塞罗(Marcus Tullius Cicero)颇具逻辑性地指出:"得体的事物在道德上就是正确的,在道德上正确的就是得体的。"[4]得体和道德上的正确分别体现出智慧和美德。弥尔顿十四行诗中的主角都是兼具智慧和美德的理想人物,而非奸诈邪恶之徒。后者即便出现在诗中,也是为了反衬理想人物的美德。

下文将聚焦于弥尔顿的四首成熟期十四行诗,即第 15 首《赠科切斯特围攻中的费尔法克斯将军》("On the Lord General Fairfax at the Siege of Colchester")、第 16 首《给克伦威尔将军》("To the Lord General Cromwell")、第 17 首《赠小亨利·范恩爵士》("To Sir Henry Vane the Younger")和第 18 首《最近在皮德蒙特的屠杀》("On the Late Massacre in Piedmont"),并结合弥尔顿的其他作品,来分析这几首诗中所呈现的兼具智慧和美德的共同体理想人物的形象。

一、费尔法克斯:从公共欺诈的耻辱中洁净公众信念

弥尔顿的第 15—17 首十四行诗常被视为英雄十四行诗。[5] 库尔特·施吕

---

[1] William McCarthy,"The Continuity of Milton's Sonnets," PMLA 92.1(January 1977):100.

[2] Janel Mueller,"The Mastery of Decorum:Politics as Poetry in Milton's Sonnets," Critical Inquiry 13.3,Politics and Poetic Value (Spring 1987):475 - 508.

[3] Janel Mueller,"The Mastery of Decorum:Politics as Poetry in Milton's Sonnets," Critical Inquiry 13.3,Politics and Poetic Value (Spring 1987):481 - 482.

[4] Janel Mueller,"The Mastery of Decorum:Politics as Poetry in Milton's Sonnets," Critical Inquiry 13.3,Politics and Poetic Value (Spring 1987):483.

[5] Anna K. Nardo,Milton's Sonnets and the Ideal Community,Lincoln and London:University of Nebraska Press,1979,124;Kurt Schlueter,"Milton's Heroical Sonnets," Studies in English Literature,1500 - 1900 35.1,The English Renaissance (Winter 1995):124.

特(Kurt Schlueter)从古典时代祈祷赞美诗(prayer hymn)的角度解析英雄十四行诗。[1] 他把英雄分为两种,即崇高的模仿模式的英雄和神话模式的英雄,而赫拉克勒斯就是第二种英雄的典范。[2] 弥尔顿把这些人物提升到神话英雄的地位可以提醒读者,这些诗歌中的政治行为原则只有通过跨界到超自然的努力才能被维护。[3] 第15首《赠科切斯特围攻中的费尔法克斯将军》中的托马斯·费尔法克斯(Thomas Fairfax)正是一位赫拉克勒斯式的英雄和共同体理想人物,体现出智慧与美德的良好结合。

米勒把这三首诗看作政治十四行诗,认为它们具有特别的政治意义,都涉及在公共领域中权力的实施,但这三首都是指向个体的。[4] 诗中的主角,既是智慧与美德兼备的英雄,也是担任公职的政治人物,因此这三首都是英雄和政治十四行诗。

费尔法克斯是英格兰赫赫有名的军事家,但缺乏政治远见。他曾镇压过长老派和平等派。在1648年,他不赞成由士兵整肃议会,并拒绝担任委员会委员判决查理一世死刑。在国王被处决后不久,因不满克伦威尔独裁专断,并抗议入侵苏格兰,费氏于1650年突然退隐到乡村庄园,从此很少参与共和国的政治事务。1658年,他重返军界协助乔治·蒙克(George Monck)将军恢复议会的权威。后来作为议会议员之一,他到海牙邀请查理一世的儿子,即查理二世,回到英格兰复辟君主制,但对上台后的查理二世侮辱克伦威尔遗体的做法不满,此后完全退出政治舞台。可见,费尔法克斯虽然曾是一位坚定的革命者,但其思想上也有保守的一面,体现出共和主义、君主主义、人文主义等观念的融合。

弥尔顿此诗写于1648年,那时的费氏还没有表现出过多的思想上的冲突与矛盾,当然弥尔顿本人的思想也并不总是一以贯之的,他也是个矛盾混合体,这种现象在革命时期较为常见。弥尔顿与费尔法克斯估计颇有交往,虽然二人

---

[1] Kurt Schlueter, "Milton's Heroical Sonnets," Studies in English Literature, 1500 – 1900 35.1, The English Renaissance (Winter 1995):124.

[2] Kurt Schlueter, "Milton's Heroical Sonnets," Studies in English Literature, 1500 – 1900 35.1, The English Renaissance (Winter 1995):127.

[3] Kurt Schlueter, "Milton's Heroical Sonnets," Studies in English Literature, 1500 – 1900 35.1, The English Renaissance (Winter 1995):135.

[4] Janel Mueller, "The Mastery of Decorum: Politics as Poetry in Milton's Sonnets," Critical Inquiry 13.3, Politics and Poetic Value (Spring 1987):498.

并不是很熟悉。

彼特拉克体,或曰意大利体十四行诗,都是由两部分组成的,即前8行(octave)和后6行(sestet)。弥尔顿诗作的前8行较严格地遵守彼特拉克体的格式,但后6行常打破惯例,比如使用cddcee或cddcdc的押韵格式,或把前8行的思想与节奏不间断地带进后面的6行诗节①,前8行的思想与主题在后6行中也常进行强化或改变。在第15首诗的前8行中,弥尔顿颂扬费尔法克斯的显赫战功,认为他的威名吓坏了远近各国的封建君主,使他们生活在惶恐不安中。然而新的叛乱却此起彼伏,就像希腊神话中的水蛇海德拉(Hydra)②一样。费氏被比作新时代的赫拉克勒斯——弥尔顿希望他能平息叛乱、清除腐败,像清洗海德拉的勒拿沼泽一样,使共同体变得整洁、健康。在第15首诗的虚构陈述中,弥尔顿"用——习惯代表共同体与超自然力量对话的——诗人-祭司的口音讲述"③。同时,弥尔顿也谴责了苏格兰人的出尔反尔,主要指他们与王党的勾结。

费尔法克斯曾于17岁时去荷兰学习军事艺术,并展现出极高的军事才能。内战爆发后他加入议会派,并担任约克郡骑兵司令。由于在1642开始的内战中指挥有方,屡次获胜,因而于1645年2月被任命为新模范军总司令,在他的组织和训练下,这支部队英勇善战,威名远扬,而克伦威尔则任副总司令辅佐他。费氏在1645年6月14日的纳斯比战役中英勇顽强,奋不顾身,击退敌人的进攻,并与克伦威尔等人并肩作战,最终打败查理一世和鲁珀特亲王指挥的王军,取得重大胜利,国王的势力遭到毁灭性打击,从此一蹶不振。

议会军能取得内战中的重大胜利并最终推翻王党的统治,首先得益于对议会军的改组,而这真实地折射出议会中两大政治派别的斗争。在内战开始阶段,议会派在各个方面都占有绝对优势,但在前两年,议会军却屡屡失利。从政

---

① 陈敬玺:《论弥尔顿的政治十四行诗:兼论弥尔顿对英语十四行诗的贡献》,《西北大学学报》(哲学社会科学版)2018年第2期。

② 海德拉是希腊神话中的多头巨蛇,是怪物堤丰(Typhon)和女首蛇身怪爱克特娜(Echidina)交配所生,住在勒拿湖(Lake Lerna)——被认为是地狱的一个入口。天后赫拉交给赫拉克勒斯的第二项艰巨任务就是杀死海德拉。海德拉的血液和呼出的气息都有毒,并且有很多头,即便砍掉也会再生。赫拉克勒斯设法杀死了蛇怪。

③ Kurt Schlueter, "Milton's Heroical Sonnets," Studies in English Literature, 1500 – 1900 35.1, The English Renaissance (Winter 1995):129.

治角度来看，失利的主要原因是主导议会的长老派不愿与国王彻底决裂，经常动摇妥协。他们无意推翻王权，只是想通过战争迫使国王妥协和让步。议会军总司令等人消极怠战，屡次错失良机，从而导致国王的军队常常反败为胜。1644 年 11 月，克伦威尔向议会作了改组军队的报告。对此问题，议会产生了纷争：长老派议员倾向于那些妥协的将领，独立派议员则与克伦威尔等意志坚定的革命派站到一起。独立派议员的强烈要求得到了各界人民的声援，在此压力下，议会被迫决定改组作战不力的军队。1644 年 12 月，下院首先通过《自抑法》(Self-denying Ordinance)，规定议会议员不得担任军职。1645 年 1 月，下院又通过了《新模范军法案》(New Model Army Act)，决定组建一支人数为 2.2 万的新模范军，由此，英国成立了历史上第一支正规军，这为内战的最终胜利奠定了基础。当弥尔顿赞扬费氏"你那坚强不拔的性格永远带来胜利"[1]时，他仿佛也在话中有话地对左右摇摆的长老会议员进行讽刺。在本诗中，对于同样动摇不定的苏格兰人，弥尔顿也毫不客气地予以痛斥，认为他们口是心非，暗中破坏联盟。查理一世图谋通过与苏格兰人合作以重登王位，因此，保皇党和长老派联合起来，发动了第二次内战。不过战争过程很短暂，英格兰和苏格兰等地的所有势力都反对克伦威尔的铁甲军，但克氏率军打败了一切敌人。虽然后世的丘吉尔抨击这场胜利，认为英格兰的一切美好图景被破坏，政体演变为军事独裁[2]，弥尔顿却对克氏的战功极为赞赏。

外在的战争固然艰难、残酷，内心的战争却远甚于此。在此诗的后 6 行，弥尔顿极力主张外在战争的唯一目标是保证共同体与个体的自由和安全，随后个体必须发动所有战争中最艰难的——内心的战争。[3] 在他看来，外在的战争只能引起持续不断的冲突；只有维护好真理与正义，打赢内心的战争，才能保持长治久安。若不清除政府与教会中的贪污腐败和巧取豪夺，就难以获得内心战争的胜利。正如纳尔多所言，弥尔顿在此诗中谴责议会的腐败与"公共欺诈"，以

---

[1] 约翰·弥尔顿：《弥尔顿诗选》，朱维之译，北京：人民文学出版社，1998 年，第 151 页。以下的引文将随文标出该著的简称《诗选》和页码，不再另注。

[2] 温斯顿·丘吉尔：《英语民族史（卷二）：新世界》，李超、胡家珍译，北京：新华出版社，2017 年，第 186 页。

[3] Anna K. Nardo, Milton's Sonnets and the Ideal Community, Lincoln and London: University of Nebraska Press, 1979, 114.

及长老会对教会多重牧师职位的贪求。① 他希望费尔法克斯能树立良好的道德准则,成为贪腐官场中的一股清流,以洁净公众信念,清除公共欺诈的精神毒害。不过,善良耿直的费氏是有独立原则的人。因为反对对查理一世的处决,他与克伦威尔等人产生了罅隙,后来又因对克氏的专权不满而隐居田园,这使得他难以持续公开地展示德行良好的理想人物形象。西塞罗认为,不论是在和平还是在战争中,美德最宽泛地取决于始终如一的选择与行为——代表了一个精心构建的公正共同体的鲜明的人类价值观——的得体。② 费氏是兼具智慧和美德的理想人物,并体现出贯穿始终的言行上的得体,是共同体良好风尚的树立者。虽然他后来有支持查理二世复辟的举动,但那是对英国古老的君主制传统的认同,而不是出于个体利益的考虑。

在表达完对费氏的赞赏后,弥尔顿又转向另一位共同体理想人物——克伦威尔,以继续展示智慧和美德完美结合的模范人物形象,以及"人类个体良心的神圣与不可侵犯"③。在诗歌中,克氏与费氏的形象既有相似之处,也有互补性。

二、克伦威尔:从世俗的锁链中解救良心的自由

在1648年底,铁甲军控制了议会,准备对国王进行审判,但一些议员提出了异议。托马斯·普莱德(Thomas Pride)上校带领士兵逮捕了41名赞成国王复位的议员,并将其他赞成者以及长老会议员赶出了议会,还有其他很多议员都自动离开了——这就是所谓的普莱德清洗。上议院已经被废除,议会的500多名议员中,有300多人无法进入议会,剩下的200多名议员组成的长期议会即为"残缺议会"。由于不满争吵不休的状况,不久克伦威尔又解散了残缺议会。随后,克氏成立了一个由他个人提名的议员组成的议会,但双方的矛盾照样层出不穷,使得他又一次解散了议会。在需要税收的时候,他不得不重新召集议会,但议会就像曾经不断地与查理一世作对那样,也频频反对克氏的某些政策,即便在他成为护国公之后也照样如此。在克氏权力鼎盛时期,议会始终

---

① Anna K. Nardo, Milton's Sonnets and the Ideal Community, Lincoln and London: University of Nebraska Press, 1979, 115.

② Janel Mueller, "The Mastery of Decorum: Politics as Poetry in Milton's Sonnets," Critical Inquiry 13.3, Politics and Poetic Value (Spring 1987): 501.

③ Kurt Schlueter, "Milton's Heroical Sonnets," Studies in English Literature, 1500 - 1900 35.1, The English Renaissance (Winter 1995): 135.

没有屈服于他①,这与查理一世时期如出一辙。

如何应对这种混乱的政治局势？弥尔顿依赖的是义人而不是议会；在费氏退隐后,他寻求另一位义人克伦威尔来舞动"世俗之剑"②。弥尔顿与克伦威尔以及第17首诗中所歌颂的小亨利·范恩(Henry Vane the Younger)都私交甚多,非常熟悉。他期望克氏能带头反对君主专制,并阻止苏格兰长老会制重回英格兰。克氏被视为一位救世主,以及基督的代理人,如诗中所言,"领导人们/冲向和平和真理,开拓出你那光荣的路线/你可夸的、光荣的命运,接踵而来"(《诗选》,153)。

克伦威尔出身于亨廷顿郡的新贵族家庭,1628年进入议会,1641年参与起草《大抗议书》(Grand Remonstrance)。内战一爆发,他就组织了一支骑兵队,加入议会军。1642年底,在克伦威尔的组织下,诺福克、萨福克、剑桥、埃塞克斯和赫里福德等东部五郡组成"东部联盟",共同对付王军。随后,林肯郡和亨廷顿郡也加入该联盟。

到1643年6月,东部联盟军达到1.2万人,由曼彻斯特任司令,克伦威尔任副司令兼骑兵司令。这支军队纪律严明,英勇善战,逐步发展为议会军的主力。当其他议会军屡遭败绩的时候,东部联盟军却连战皆捷。在1644年,东部联盟军与其他议会军协同作战,取得马斯顿荒原战役的胜利,王军遭到重大失败,议会军扭转了不断失利的战局,掌握了战争主动权。克伦威尔具有高超的军事指挥才能和钢铁般的意志,对议会军的不断胜利发挥了主导作用。后来议会被迫改组军队时,就以东部联盟军为基础,并参照克伦威尔的"铁骑军"模式,新模范军由此成为议会派最具战斗力的武装。

第16首诗创作于1652年。在诗中的前8行,弥尔顿对克伦威尔极尽赞美之能事,称誉他的丰功伟绩,尤其是在达文河、顿巴和伍斯特等地对苏格兰军队的三场胜利。诗歌的后6行,则像第15首诗一样,同样把焦点转向了政坛与教会的新的敌人。残缺议会曾成立由14人组成的国家宗教委员会,其中的一些成员在1652年提出了改组英格兰教会的多条议案,有的议案提议由国家宗教委员会监督对牧师的遴选、规范和资助,精神事务由此将屈从于世俗的干预。

---

① 温斯顿·丘吉尔:《英语民族史(卷二):新世界》,李超、胡家珍译,北京:新华出版社,2017年,第212页。

② Anna K. Nardo, Milton's Sonnets and the Ideal Community, Lincoln and London: University of Nebraska Press, 1979, 115–116.

这些缺乏智慧与美德的委员企图攫取更多利益,并压制其他教派的发展,这导致的后果将是——"想把我们的灵魂扣上世俗的锁链"(《诗选》,154)。弥尔顿对这些牧师的提议难以容忍,这是他写作此诗的直接动因。世俗事务与宗教事务绝不应搅和在一起,牧师的报酬只能来自会众自愿的捐款,而不该由国家来支付;要坚持政教分离的原则,以拯救自由的良知,并保护人们的心灵。[1] 为了维持道德行为的自由,弥尔顿认为在教会中不应有过度的或不合理的供给或索求补偿的行为。[2] 他把这些新的敌人比作听命于金钱、甘愿被雇佣和使唤的群狼,经常为了私利而与旧的敌人妥协并受其利用。在《利西达斯》中,弥尔顿曾把罗马天主教会的神职人员比作"鬼鬼祟祟的残酷的狼/每天偷食羊群"(《诗选》,111)。但丁也曾讽刺道:"一切牧场上都有穿着牧人衣服的贪婪的狼。"[3] 这些巧取豪夺的教士是教会内部乃至共同体肌体里的破坏性力量,争权夺利,并压迫那些正直的、虔诚的教徒,他们的破坏性之大甚至抵消了或者超过了战场上获胜的收益。

在第11首十四行诗《论诽谤——针对我新近完成的几篇论著》("On the Detraction Which Followed upon My Writing Certain Treatises")中,弥尔顿把反对者比作动物,如毒蛇和癞蛤蟆等,体现出其狠毒以及令人反感的兽性,这与他在第15首诗中的水蛇隐喻如出一辙。人被称作政治动物,是因为人能区分对错,并通过言说表达自己的认知[4],但那些缺乏德行的人只能被视作政治猛兽或政治糊涂虫,而非政治动物。在第11首诗中,弥尔顿抨击了那些缺乏交际能力和道德判断素养的人,并拒绝与这些靠本能反应的低等动物共处于一个共同体,但有时他只能把这些动物看作人,因为只有人类才能导致这些政治错误。[5] 此处他纠结于一个悖论:既把他们视作丧失理智的、非人类的低等动物,又不得不把他们看作思维混沌的人。可见,共同体并非全是义人的组合,其中也羼杂着

---

[1] 陈敬玺:《论弥尔顿的政治十四行诗:兼论弥尔顿对英语十四行诗的贡献》,《西北大学学报》(哲学社会科学版)2018年第2期。

[2] See John Milton, The Complete Poetry of John Milton, ed. John T. Shawcross, New York: Doubleday, 1971, 229, n. 3.

[3] 但丁:《神曲·天国篇》,田德望译,北京:人民文学出版社,2002年,第166页。

[4] Janel Mueller, "The Mastery of Decorum: Politics as Poetry in Milton's Sonnets," Critical Inquiry 13.3, Politics and Poetic Value (Spring 1987): 486.

[5] Janel Mueller, "The Mastery of Decorum: Politics as Poetry in Milton's Sonnets," Critical Inquiry 13.3, Politics and Poetic Value (Spring 1987): 487.

愚人与恶人,而理想人物的职责就是教化愚人,清除恶人。

目睹良心与自由被这些混入羊圈的狼肆意践踏,弥尔顿忍不住大声疾呼:"请从这些狼蹄下面,救起良心的自由。"(《诗选》,154)在他心目中,克氏就是智慧与美德双全的理想人物,既能在战场上克敌制胜,也能在和平阵线上战胜自私贪婪的内部破坏性势力。克氏如同费尔法克斯一样,都是赫拉克勒斯式的英雄人物,以及与恶势力不共戴天的义人。

克伦威尔并没有受宗教委员会中某些成员的蛊惑,而是致力于政教分离,并维护宗教自由。他排除宗教偏见,拥护宗教容忍政策,比如,在时隔数百年之后,他又一次接纳犹太人进入英格兰。他极少实施真正的宗教迫害,甚至对天主教徒也是如此。[①] 克氏的宗教政策打碎了某些牧师力图施加的世俗枷锁,保障了良心的自由,从而为和平阵线的奏捷打下坚实基础,共同体也因此避免了在精神领域的分裂。但在克氏担任护国公时期,英国国内矛盾冲突频仍,原因是护国公政体这一异质性体制与英格兰政治传统不够兼容。作为弥尔顿标举的共同体理想人物,克氏的政治举措并不能保障共同体的完整与和谐。他于1658年去世后,旧英格兰的"圣徒统治"也随之消亡了。[②] 在克氏尚在世的时候,弥尔顿已经觉察到他的统治中存在的矛盾一面,因而又从另一位政治人物——亨利·范恩身上寻求他所期冀的共同体理想人物的品质。

三、范恩:以两种剑来维护和平

弥尔顿希望克伦威尔能卫护自由的良心,并确保对圣公会的国教地位的废除,但在1652年年中,这两个问题都露出疲态,而克氏的优柔寡断使两者均陷入僵局。[③] 弥尔顿的第17首十四行诗也创作于1652年,但稍晚于第16首。第17首诗是对第15、16两首诗主题的补充和完善。

范恩爵士是一位共和主义的主导者。范恩曾去北美担任马萨诸塞殖民地的总督,回国后长期担任议会议员。他是英国的国务委员,也是国务院于1649

[①] 温斯顿·丘吉尔:《英语民族史(卷二):新世界》,李超、胡家珍译,北京:新华出版社,2017年,第212页。

[②] 布鲁斯·雪莱:《基督教会史》,刘平译,北京:北京大学出版社,2004年,第339页。圣徒统治(hagiocracy),指国家、共同体等由虔诚的圣徒统治。

[③] Janel Mueller,"The Mastery of Decorum:Politics as Poetry in Milton's Sonnets," Critical Inquiry 13.3,Politics and Poetic Value (Spring 1987):505.

年成立的外国联盟委员会的主要成员;曾说服国务院与荷兰开战,体现出他的远见卓识。他与担任外文秘书的弥尔顿共事多年。1662年,范恩被复辟的查理二世杀害。

在革命的高潮阶段,范恩表现出一个清教徒激进分子的坚定不移,但也有得体、审慎的一面。在王党彻底失败、国王被捕之后,长期议会并不想与国王彻底决裂。1648年12月,下院最终以129票赞成、83票反对,通过了议会提出的改造查理一世政府的议案。按照这一决议,国王可以复位,议会与国王之间长期的僵局貌似可以破解。君主制似乎可以延续,只是王权要受到限制。克伦威尔和范恩实际上投了反对票,但议会军第二次开进伦敦,占领了议会,并在普莱德清洗后,成立了残缺议会。范恩暂时辞去了议会议员和海军大臣的公职,并直言自己无论是对国王还是对革命政府都持批评态度。范恩展示出鲜明的共和主义思想和清教精神,对后来的美国革命也产生了很大影响。

范恩是融合了政治美德与智慧的共同体理想人物,因而同样成为弥尔顿颂扬的对象。在弥尔顿的三首英雄十四行诗中,最后一首补充了前两首。纳尔多认为,费尔法克斯和克伦威尔这两位理想人物是赫拉克勒斯式英雄,但第15、16首致力于劝说武士成为政治家,第17首却描述了一位指导战争的政治家——这是在通过谈判"维持和平"的努力失败之后。范恩依靠长袍而不是武器来击退共同体的敌人[①],如诗中所颂扬的:

> 小文[②]年纪轻轻,运筹帷幄却老练,
> 胜过当年曾执掌政权的罗马元老,
> 那时不是武装将领而是穿长袍的阁僚,
> 驱逐了伊庇鲁斯的莽王和非洲的强悍。(《诗选》,155)

弥尔顿赞颂范恩在与荷兰的战争中的谋略。荷兰在当时被称作联合省,是航海和贸易强国。为了打击荷兰的海上霸主地位,英格兰于1651年制定了《航海条例》(*The Navigation Acts*),从而引发了次年的第一次英荷战争。范恩并不热衷于战争,但在荷兰来势不善之时,他打消了和平谈判的念头。伊庇鲁斯人

---

① Anna K. Nardo, Milton's Sonnets and the Ideal Community, Lincoln and London: University of Nebraska Press, 1979, 124.

② 指范恩。

和迦太基人曾先后入侵罗马,罗马人采取了正确的战略方针,使敌人不得不撤退。西塞罗称金钱是战争的神经,马基雅维利则把武装力量比作钢铁肌腱。此诗中的第8行提到战争的两大神经中枢——钢铁与黄金,正是对西塞罗和马基雅维利军事观点的融汇,同时也暗示了范恩作为防务委员会成员以及海军财务主管所履行的职责。[1] 他在战争期间有效地掌控物资与财政,为胜利打下了坚实的基础。

除了在战争方面的韬略之外,范恩在共同体治理方面也拥有卓越的政治美德和智慧。弥尔顿称赞范恩能清楚地了解精神权力与世俗权力各自的意义,以及那些割裂这些权力的因素,而能做到这一点的人极为罕见。范恩还敏锐地觉察到精神之剑与世俗之剑的限度,因而,弥尔顿颂扬道:"宗教也靠你的铁腕而避免了威胁/因此你被称为她的支柱,她的长子。"(《诗选》,156)范恩赞同广泛的宗教容忍政策,但反对宗教委员会宣传信仰的提案,可见他很有分寸地意识到精神权力和世俗权力的界限,同时也审慎地对这两种权力予以区分,以做到政教分离,避免互相干扰。范恩和费尔法克斯、克伦威尔一样,在应付来势汹汹的外部敌人的同时,还要面对共同体的内部敌人或新的敌人:"财政腐败的'贪婪与掠夺',以及由国家支持的宗教的'世俗锁链'和'雇佣的群狼'。"[2] 但与中途退隐的费尔法克斯以及优柔寡断的克伦威尔不同,范恩始终没有放弃自己的共同体理想,在政治与宗教领域持之以恒地展示自己良好的美德与智慧,在为共同体服务方面树立了一以贯之的理想人物形象。

对这三位共同体理想人物,麦卡锡做了精辟的比较。他认为,费尔法克斯和克伦威尔具有已经明示的做好事的能力,而且一直为好事奔忙,不论是出于什么意图。但在当时,做好事意味着划清界限:把真理和正义从暴力中解放;清除公共欺诈带给公众信念的羞辱;观察到和平带来的胜利的知名度不低于战争所带来的。亨利·范恩就是能划清界限的人,并坚定地意识到两种剑之间的界限。[3] 朱塞平娜·亚科诺·洛博(Giuseppina Iacono Lobo)从写作时机和诗歌功能等角度区分了关于范恩和克伦威尔的两首诗,并认为弥尔顿从克氏这位首领

---

[1] John Milton, The Complete Poetry of John Milton, ed. John T. Shawcross, New York: Doubleday, 1971, 230, n. 4.

[2] Anna K. Nardo, Milton's Sonnets and the Ideal Community, Lincoln and London: University of Nebraska Press, 1979, 124.

[3] William McCarthy, "The Continuity of Milton's Sonnets," PMLA 92.1 (January 1977): 102.

那里比从一部容忍主义小册子[①]那里期待获得的更多。[②]

作为公共良心的声音,诗人认同他的共同体理想人物,包括亨利·范恩和阿尔卑斯山圣徒等人,但这种认同要求他常常反对共同体,并反过来受到共同体的迫害,因为尽管共同体创造了理想人物,但最司空见惯的事就是共同体抛弃并迫害那些理想人物。[③]范恩在内政和外交方面为共同体做出了非凡贡献,在宗教事务方面也颇具眼光,但在复辟之后,却被共同体抛弃,并被保皇党处死。弥尔顿本人也堪称德才兼备的共同体理想人物,为革命事业呕心沥血,甚至累瞎了双眼;在复辟之后,同样受到保皇党的折磨与虐待。但共同体的内部敌人虽然暂时占据上风,真理和正义却不会永久被钳制;不久之后,共同体的义人们再度从暴力中解救了真理和正义,打败了群狼,并扫除了公共欺诈。不过,在写这首诗的时候,弥尔顿并没有料到,在范恩反对克氏于1653年对残缺议会的解散后,二人的关系就彻底决裂了。再联想到之前费尔法克斯与克氏的抵牾,可以说,共同体理想人物并非都完美无缺——他们有时也难以避免历史或个体的局限性。但这种理想人物之间的碰撞也展现了处于转型阶段的共同体的活力和有机性;只有通过不断地产生矛盾和解决矛盾的过程,以及不断地扬弃与变革的行动,共同体才能得以持续发展壮大。

弥尔顿在创作了对三位共同体理想人物的赞歌后,又转向一个共同体理想人物团体——韦尔多派(Waldensians)教徒。

四、韦尔多派[④]教徒:从罪恶中制造善良

创作于1655年的第18首十四行诗《最近在皮德蒙特的屠杀》被有些学者

[①] 弥尔顿关于范恩的十四行诗,是对后者的一部小册子表达的敬意,即 Zeal Examined, or, A Discourse for Liberty of Conscience (1652)。见 Giuseppina Iacono Lobo, "John Milton, Oliver Cromwell, and the Cause of Conscience," Studies in Philology 112.4 (Fall 2015):792。

[②] Giuseppina Iacono Lobo, "John Milton, Oliver Cromwell, and the Cause of Conscience," Studies in Philology 112.4 (Fall 2015):792.

[③] William McCarthy, "The Continuity of Milton's Sonnets," PMLA 92.1 (January 1977):102.

[④] 韦尔多派是大约从中世纪兴起的基督教派。该派可能是由法国里昂一位名叫皮埃尔·韦尔多(Pierre Valdo)的富商所创建的。在1175年左右,他归信基督,并舍弃家财,效法基督的榜样,过着贫穷的传道生活。他把拉丁文的《新约》翻译为家乡话,这成为他布道的基础。该派在教义上接近加尔文的归正宗,以上帝的圣言为信仰和生活的唯一准则。它被当时的罗马天主教会视为异端,因此受到迫害。现在它被新教视为宗教改革的先声。

视作最崇高、最有激情的诗歌,甚至可能是英语文学中最伟大的。[①] 韦尔多派是一个新教派别,曾屡受天主教的迫害。1655年,在意大利北部阿尔卑斯山区的村庄发生了天主教军队对韦尔多派教徒的屠杀。该地属于皮德蒙特地区,由萨伏伊公爵统治。他的母亲克里斯汀·德·梅迪奇(Christine de Medici)是查理一世的妻子玛丽亚的姐姐,她们都是天主教徒,并强烈反对新教。萨伏伊联合法国军队和爱尔兰士兵,对皮德蒙特的韦尔多派教徒进行了惨绝人寰的杀戮,并实施了各种暴行——砍掉人的四肢;实施性暴力;把儿童穿刺在篱笆上;把母亲、婴儿的脖子与脚腕捆到一起,然后推下悬崖;甚至是吃人。[②] 弥尔顿哀悼这些上帝的绵羊:"他们是您的羊群,就在他们古老的羊圈里/被那皮德蒙特人的血手所屠杀/连母亲带婴孩一起摔下悬崖峭壁。"(《诗选》,141)在得知屠杀的消息后,克伦威尔万分震惊。他筹集款项帮助幸存者,并写信把相关情况告知欧洲诸多国家,对施暴者施加压力。这一惨案使弥尔顿意识到:"不宽容是理想共同体的敌人,并导致了暴行和分裂,而非统一。"[③]像克伦威尔一样,他也呼吁欧洲新教国家团结起来,救助这些被迫害的信徒,同时发展更多的虔信者,以建成一个更大的神圣共同体。

弥尔顿歌颂这些虔诚的信徒,认为他们是新教共同体的理想人物。早在宗教改革正式开始之前,韦尔多派就已遵守上帝纯正、古老的真理,而愚众却被腐朽的教规所束缚,崇拜偶像而不自知。愚众就像耶利米(Jeremiah)所抨击的顽梗之人:"他们向木头说:'你是我的父。'/向石头说:'你是生我的。'/他们以背向我/不以面向我/及至遭遇患难的时候却说:/'起来拯救我们!'"(耶2:27)这些人中包括愚顽不化的制造皮德蒙特惨案的天主教徒,他们崇拜偶像,远离真神,从而做出滥杀无辜真信徒的暴行。韦尔多派教徒为真理所作出的牺牲绝不会白费:"这些牺牲者的骨灰飞扬,鲜血淋漓/像种子一般撒播在全意大利的田野。"(《诗选》,141)鲜血和骨灰变成种子,这一意象暗示了《圣经》中耶稣所讲的寓言:有一个撒种的,把种子撒在路旁,在土浅石头地上,或在荆棘里,这几种

[①] Kester Svendsen, "Milton's Sonnet on the Massacre in Piedmont," The Shakespeare Association Bulletin 20.4 (October 1945):147,155,n. 2.

[②] Anna K. Nardo, Milton's Sonnets and the Ideal Community, Lincoln and London:University of Nebraska Press,1979,128.

[③] Anna K. Nardo, Milton's Sonnets and the Ideal Community, Lincoln and London:University of Nebraska Press,1979,130.

情况下种子都长不大,就不结实;只有落在好土里的种子,才发生长大,结实有数十倍,甚至一百倍(可4:3-9)。此处的撒种人喻指的就是耶稣。他传的道就像播的种子一样,只有在虔诚的信徒心里才能生根发芽,使其成为有信仰的人,并通过繁衍生息,把道传播到四方,而那些愚人与伪教徒却心田枯竭,无从培育信仰的种子,只能任其枯萎。种子的意象也令人联想到希腊神话中有关腓尼基王子卡德摩斯(Cadmus)的传说:他杀掉了一条龙,并在田地里种下龙牙;地里随即长出许多武士,他们自相残杀,直到最后5人;这些武士和卡德摩斯一起建立了底比斯城。韦尔多派信徒的牺牲同样也会催生更多的新教英雄。韦尔多派是兼有道德与智慧的理想人物,能敏锐地领悟耶稣的教义,而那些屠杀者虽然名义上也是基督教会的信徒,但却与基督的真道隔绝,从而堕落为敌基督的帮凶。皮德蒙特屠杀中牺牲者的鲜血和骨灰——象征了他们对耶稣真道的坚守和阐释——像结实众多的种子一样,把丰盛的教义发扬光大。生者和死者组成了一个超越死亡和时间的共同体,或者说,在语言中死者的再生和重新统一把读者、诗人和殉道者联结到一个不受时间影响的、无限的共同体中。①

惨案的罪魁祸首,在弥尔顿看来,就是戴三重冠②的暴君——天主教教皇。在诗中,弥尔顿并置了善良共同体和邪恶共同体各自的象征物:羊圈,代表了自愿的和统一的宗教共同体;教皇法冠,代表内在于一个金字塔式等级制的束缚与不团结。③ 新教共同体是平等、公正、和谐的统一体,体现出非等级制秩序;羊圈中的羊恪守真道、互助协作,英国新教徒对欧洲大陆被迫害的胡格诺派(Huguenots)和韦尔多派的救助就是鲜明的例子。天主教共同体则强调等级制,教皇高高在上,与主教们一起统治着下层教民,教皇职位甚至成为被争夺的对象。统治者标榜自己是广大羊群的牧羊人,但实际上就像披着牧羊人衣裳的群狼一样,欺压那些善良、软弱的教民,对那些不从其教条、自主寻求真道的信徒,则视

---

① Anna K. Nardo, Milton's Sonnets and the Ideal Community, Lincoln and London: University of Nebraska Press, 1979, 132.

② 三重冠象征教皇是天主教会最高领袖。教皇自称是基督在世上的代表,而他又是梵蒂冈罗马教廷的首脑,有最高的立法、司法和行政权,所以皇冠为三重。在1978年8月26日上任的教皇若望·保禄一世(John Paul I)以"耗资巨大"为由终止了以三重冠为教宗礼冠的加冕礼习俗,以一个简单的就职典礼宣告了他开始行使教皇的权力。

③ Anna K. Nardo, Milton's Sonnets and the Ideal Community, Lincoln and London: University of Nebraska Press, 1979, 135.

之为异端分子,并痛下杀手。弥尔顿把教皇的残酷统治视为巴比伦的灾难,希望善良的羊群能早日脱离磨难。由于《圣经》背景,巴比伦人总是令人联想到偶像崇拜、异教奢侈、反宗教和权力滥用,它也预示了不能避免的腐朽与毁灭。①在历史上,巴比伦人曾经侵略犹太人的国家,并把他们掳掠到首都巴比伦城,这是犹太人不堪回首的一段惨痛经历。天主教军队就像残暴的巴比伦人一样对韦尔多派教徒大开杀戒,即便他们同属基督的教会,这暴露了其残酷无情的豺狼本性。

在第18首诗的开头,弥尔顿为这些被屠宰的羊群向上帝祈求:"复仇吧,主啊,您那些被屠杀的圣裔/在寒冷的阿尔卑斯群山上,白骨随处抛弃。"在结尾时他祝愿道:"愿这些早就遵循您的道路的善良羊群/能脱离巴比伦的灾难,繁殖百倍的后裔。"(《诗选》,142)凯斯特·斯文德森(Kester Svendsen)把这首诗分成三部分,并认为第一部分中的上帝是复仇的上帝、《旧约》中的耶和华;第三部分中的上帝却是一位新约上帝、非暴力的和给予安慰的基督教上帝,能够恶中造善。② 新约上帝化身为基督,通过牺牲自己,给罪人带来救赎的希望。韦尔多派由再生的虔诚教徒组成,是领会了基督救世福音的信徒;作为为真理献身的共同体理想人物,他们必会得到上帝的擢拔,早日进入天上乐园,其后裔也会大量繁殖,远多于敌基督的帮凶。敌基督的势力滥杀无辜,制造罪恶,必会受到上帝的惩罚。上帝还要从罪恶中制造善良,使韦尔多派教徒像迭遭患难的义人约伯一样,得到好的回报,对这一点,麦卡锡总结得极为精辟——从桎梏中救赎是弥尔顿公共十四行诗的主题。③

在此诗的前8行,弥尔顿叙述了韦尔多派教徒惨遭屠戮的悲剧,控诉皮德蒙特人的罪行。在后6行,他描述了这些圣徒的牺牲所造成的影响:他们的哀哭回荡在山谷中,并因山谷的震荡而上传到天堂,暴行的彰显不但令上帝震怒,也将使天下正义的信徒同仇敌忾;他们的被害不会吓退虔诚的信徒,反而坚定了更多人的信仰,神圣共同体必会更加壮大、团结。弥尔顿以浓墨重彩的文学语言,对新近发生的这一宗教迫害惨剧做了极有感染力的叙述,虽然激情充溢,

---

① Kester Svendsen, "Milton's Sonnet on the Massacre in Piedmont," The Shakespeare Association Bulletin 20.4 (October 1945):151.

② Kester Svendsen, "Milton's Sonnet on the Massacre in Piedmont," The Shakespeare Association Bulletin 20.4 (October 1945):149.

③ William McCarthy, "The Continuity of Milton's Sonnets," PMLA 92.1(January 1977):106.

悲愤交加,但并没有情绪失控,从而避免了诗情的破坏、情理的失调、情节的失真,如米勒所评论的,这种政治诗不但没有扭曲历史事实,甚至还有可能塑造之——如果它把这种呈现置于迫在眉睫的选择中,而在那紧要关头,事件和人物正在发展演化过程中。① 的确,弥尔顿的这首诗撷取了整个事件中最具震撼力的,也是最关键的几个节点,并像用放大镜放大了一样,对这些场景进行逼真的叙述;有的描写虽然有几分物质层面的夸张,但在精神层面上却毫无违和感;插入的历史、神话、《圣经》典故也都极为贴合地服务于对殉道者超凡入圣的精神历程的描述。

这四首诗中的主角展示了各具特色的共同体理想人物形象。前两首中的费尔法克斯和克伦威尔是赫拉克勒斯式智勇双全的英雄人物,第3首中的范恩是深有韬略的治国能臣,第4首中的韦尔多派教徒则是为追求真理而英勇殉道的新教先驱。韦尔多派教徒虽然并非英格兰人,却因为和前三者拥有共同的信仰而同属新教共同体。前三者所共同反对的斯图亚特专制王朝始终具有天主教倾向,而韦尔多派也反对与《圣经》相抵触的天主教教规和仪式,这一点同样把他们联系起来。克伦威尔在死后还被复辟势力掘墓暴尸,并斩首示众,范恩则被处死——和韦尔多派一样,他们都因追求真理、反抗专制势力而作出了重大牺牲。即便是曾经支持查理二世复辟的费尔法克斯,也始终反对统治者的专制行径。他们都是拥有智慧和道德的共同体典范人物,达到了共同体理想人物的标准。当然,由于历史局限与时代背景的影响,他们在某个时期或某些方面会暴露出自身的不足甚至缺陷,但从精神和信仰层面上来说,这些义人展现了理想人物的形象,因为他们具有始终如一的对神圣共同体的献身精神、对信仰的忠贞不渝和对真理的追求。

第四节 《为英国人民声辩》中的蜜蜂王国

在查理一世被弑后,撒尔美夏斯创作了《为英王声辩》(*Defensio Regia pro Carolo I*,1649)。从根本上来说,其目的是号召欧洲的国王们团结起来,对抗新

---

① Janel Mueller,"The Mastery of Decorum:Politics as Poetry in Milton's Sonnets," *Critical Inquiry* 13.3,Politics and Poetic Value (Spring 1987):507.

生的英格兰共和国,并让流亡的查理王子登上王位。① 据说撒氏因这本书获得了报酬,但唐·M. 沃尔夫(Don M. Wolfe)认为,没有证据显示查理支付了100英镑用于这本书的写作和出版。② 与弥尔顿不同,撒氏在著作上没有写上名字,显得底气不足。他对英格兰历史、宪政进程以及英国革命的具体发展过程并不很熟悉,这导致他的著作缺乏说服力。撒氏虽然是新教徒,却反对共和制,并甘愿为专制君主站台。他把革命者贬低为异端分子,认为他们虽然废黜了一位国王,但却任命了40位暴君,即国务院的委员。他声称国王们高于法律,高于臣民的意志。③ 弥尔顿认为,对于撒氏的某些谬论,即便是英格兰最狂热的保皇分子也不会认同;撒氏的极端言论可能代表了法国保皇党,而非英格兰保皇党。④ 弥尔顿还讽刺查理一世的儿子在国内找不到一个能干的保皇党写手,只能求助于一个法国作者来为他的事业辩护。

《声辩》这本小册子,目的在于痛批撒氏的谬论,尤其是对君权神授的古老迷信。这本书使弥尔顿第一次名扬西欧各国。⑤ 弥尔顿批评东方民族容易接受奴隶制,尤其是犹太人和叙利亚人,但最好的希伯来作者却用最强烈的言辞否定暴政。⑥ 作为英格兰最好的作者之一,他同样用最强烈的文字谴责暴政。他的弑君小册子集强化了英格兰乃至世界范围内的反专制主义文学传统;他称得上是最激进群体中的一员。弥尔顿具有强烈的为共同体服务的革命激情和参与意识:"如果自由十分沉寂,而奴役制度却大放厥词;假如暴君能够找到辩护者,而力量强大足以征服暴君的人却找不到,那么自然法则和法律就遭殃了。"⑦

英格兰的革命派与保皇党在小册子大战中使出浑身解数互相攻击,甚至使

---

① Don M. Wolfe, Introduction to A Defence of the People of England, in CPW, 4:101.《为英国人民声辩》原文为拉丁文,由唐纳德·C. 麦肯齐(Donald C. Mackenzie)翻译为英文,序言与注解由威廉·J. 格雷斯(William J. Grace)撰写。

② Don M. Wolfe, Introduction to A Defence of the People of England, in CPW, 4:102.

③ Don M. Wolfe, Introduction to A Defence of the People of England, in CPW, 4:105.

④ Don M. Wolfe, Introduction to A Defence of the People of England, in CPW, 4:106.

⑤ Leo Miller, "In defence of Milton's 'Pro Populo Anglicano Defensio'," Renaissance Studies 4.3 (September 1990):300.

⑥ Don M. Wolfe, Introduction to A Defence of the People of England, in CPW, 4:110.

⑦ 约翰·弥尔顿:《英国人弥尔顿为英国人民声辩,驳斥克劳底斯·撒尔美夏斯的"为英王声辩"》,见《为英国人民声辩》,何宁译,北京:商务印书馆,1958年,第6页。以下的引文将随文标出该著的简称《声辩》和页码,不再另注。

用动物隐喻作为论辩工具,尤其是蜜蜂。在英国革命背景下,有关蜜蜂的文学作品层出不穷,数量惊人。① "在 17 世纪,蜜蜂成为一个文化象征,代表了君主制、被统治者的认可、天主教,以及女性统治的威胁。"②卡伦·L. 爱德华兹(Karen L. Edwards)诙谐地评论道:"保皇党蜜蜂和共和派蚂蚁被征召加入了 17 世纪中叶的意识形态战争。"③撒尔美夏斯就把查理的王朝比喻为理想的蜜蜂王国。在弥尔顿的小册子及诗歌作品中,蜜蜂也是频频出现的意象,并带着鲜明的政治意识形态色彩。通过《失乐园》中的蜜蜂明喻,弥尔顿对天堂的、神圣的和家长式君主制,以及魔鬼的、自利式的君主制进行了区分。④ 尼科尔·A. 雅各布斯(Nicole A. Jacobs)通过对《偶像破坏者》和《失乐园》的蜂巢意象的研究,认为弥尔顿既为论辩文和诗歌对于英格兰全体公民的显著贡献,也为等级制对于史诗的重要性,构造了一个隐喻。⑤ 在《声辩》中,这一隐喻同样发挥了重要作用。下文将重点探讨小册子中蜜蜂的政治文化象征意义,蜜蜂王国与君主制、共和制的关系,以及蜜蜂王国的解构与共同体的建构等论题。

一、作为政治文化象征的蜜蜂

蜜蜂这一小小的昆虫,自古希腊时期开始,就成为一个政治符号,被涂上了浓厚的政治色彩。蜜蜂被运用到政治思想史中,在其象征符号中,融合了古代的回忆和中世纪的暗喻,以及某些关于强化国家和人民主权的绝对现代的计划,糅合了君主制、共和制、帝国制、贵族制等的特性,包含最优等和最劣等的制度;蜂巢就是一所政治学校,为人提供无穷的灵感。⑥ 蜜蜂是政治学校的优秀毕

---

① 皮埃尔-亨利·达瓦佑、弗朗索瓦·达瓦佑:《蜜蜂与哲人》,蒙田译,深圳:海天出版社,2017 年,第 147 页。

② Nicole A. Jacobs, "John Milton's Beehive, from Polemic to Epic," Studies in Philology 112.4 (Fall 2015):816.

③ Qtd. in Nicole A. Jacobs, "John Milton's Beehive, from Polemic to Epic," Studies in Philology 112.4 (Fall 2015):800.

④ Nicole A. Jacobs, "John Milton's Beehive, from Polemic to Epic," Studies in Philology 112.4 (Fall 2015):812.

⑤ 同③。

⑥ 皮埃尔-亨利·达瓦佑、弗朗索瓦·达瓦佑:《蜜蜂与哲人》,蒙田译,深圳:海天出版社,2017 年,第 135-136 页。

业生,给人类树立了良好的政治精神与服务意识。蜜蜂具有公民意识,是有政治性的昆虫;蜜蜂的蜂巢运行良好,而人类的城邦中虽然有更高的技艺和程序,但一旦对人的才能运用不当,就会面临困境。① 人类需要向蜂巢这一政治学校学习,学会如何有效地构建一个和谐一致的政治共同体。盖乌斯·普林尼·塞孔都斯(Gaius Plinius Secundus)称许道:"蜜蜂天性勤劳,完成既定任务,拥有一个政治社会,有独特的顾问和共同的首领,更奇妙的是,它们还拥有一种道德价值。"② 人类虽然自古就拥有政治体制,并不懈地寻求理想的政府模式,但由于缺乏恒定的道德价值观,因而时常导致伦常纲纪的败坏乃至政治共同体的混乱乃至崩溃。要想预防类似祸患的发生,人类有必要借鉴蜂巢的治理模式。

在《农事诗》(Georgics)第四卷中,维吉尔专门描述了蜂巢和养蜂场景,篇幅长达 600 行。他赞颂道:小小的蜜蜂社会拥有的诸多系统值得高度尊重,它的带头者心胸远大,习俗、性格、纷争都是得当的,它的名誉绝不卑微。③ 维吉尔模仿了荷马史诗中的蜜蜂明喻,对蜜蜂的有序、勤劳以及建筑方面的能力给予了极大关注。④ 在维吉尔看来,蜂巢就是世界和谐的象征。这些蜜蜂的生存环境象征着人类的理想家园,而维吉尔的意图是以描写意大利农村淳朴之风来配合屋大维崇古复礼、整饬罗马风气的政策,从而使得农事与政治,以及田园礼赞和罗马理想得到有机的结合与和谐的统一。⑤ 蜂巢是个小小的蜜蜂王国,它的社会和家庭结构、习俗和劳作、政治和领导阶层、蜜蜂武士的英雄美德,都被加以美化,由此《农事诗》树立了史诗风格与风采。⑥ 蜂巢具有混合政府的特点,由一个具有巨大威望的首脑领导,贵族制度(由工蜂组成的元老院)和民主制度

---

① 皮埃尔-亨利·达瓦佑、弗朗索瓦·达瓦佑:《蜜蜂与哲人》,蒙田译,深圳:海天出版社,2017 年,第 32、34 页。
② 皮埃尔-亨利·达瓦佑、弗朗索瓦·达瓦佑:《蜜蜂与哲人》,蒙田译,深圳:海天出版社,2017 年,第 56 页。
③ Virgil, Georgics, Tans. Peter Fallon, Oxford: Oxford University Press, 2006, 73.
④ Davis P. Harding, "Milton's Bee-Simile," The Journal of English and Germanic Philology 60.4, Milton Studies in Honor of Harris Francis Fletcher (October 1961): 665.
⑤ 何欣:《农事诗(节选)》, https://www.kekeshici.com/shige/waiguoshige/38670.html [2019-11-10].
⑥ Davis P. Harding, "Milton's Bee-Simile," The Journal of English and Germanic Philology 60.4, Milton Studies in Honor of Harris Francis Fletcher (October 1961): 666.

(由雄蜂等平民阶层组成)依然存在,这是拥有一个首领的共和国。[①] 这堪称不受专制意识侵扰的君主共和国。在维吉尔笔下,蜜蜂社会如同一个井然有序、和谐统一的王国,或者说有着天然精神纽带的共同体。

弥尔顿参考了荷马(Homer)与维吉尔等古典作家的蜜蜂描述与象征意义,但注入了新的内容。对古人的理想蜂巢模式、该模式中体现的哲理进程的满足感,以及诗意的自然理论,他没有抛弃,而是使其复杂化。[②] 在弥尔顿的作品中,蜜蜂的文化负载意义发生了改变,蜜蜂隐喻有时被增添了负面的、贬抑的色彩——读者感受到的不是蜂蜜的香甜,而是像目睹蜂针一般的畏惧与不快。在《失乐园》第一卷中,那些刚被抛落到地狱的堕落天使们在万魔殿召开盛大的魔鬼会议。天使人数众多,挤得水泄不通,大厅里充斥着翅膀摩擦声,只见他们:

> 好像春天里的蜜蜂,当日轮
> 和金牛宫并驾齐驱的时节,
> 在窝边放出一群群的幼蜂,
> 在新鲜芳香的花露之间飞舞,
> 或者在它们草建的城郭,
> 新抹香蜜的光滑的板上
> 来去徘徊而商谈他们的国事。
> 那聚集在空中的天使也是
> 这样拥挤,密密稠稠。(《失乐园》,1:768-776)

首领们身形未变,但其余的大多数天使身躯都大大缩小,难怪被诗人描述为熙熙攘攘的蜂群。撒旦和其他高级天使们就像体型更大的蜂王和雄蜂们一样,居于等级制的上层。但弥尔顿的蜜蜂在上帝面前是弱小无助的,就像维吉尔的蜜蜂在养蜂人面前一样[③];上帝这位养蜂人始终监控着撒旦的蜜蜂王国。荷兰的加尔文教徒菲利普·范·马尼克斯(Philipp van Marnix)在其《天主教的

---

① 皮埃尔-亨利·达瓦佑、弗朗索瓦·达瓦佑:《蜜蜂与哲人》,蒙田译,深圳:海天出版社,2017年,第58—59页。

② Cristopher Hollingsworth, Poetics of the Hive: Insect Metaphor in Literature, Iowa City: University of Iowa Press, 2001, 32.

③ Davis P. Harding, "Milton's Bee-Simile," The Journal of English and Germanic Philology 60.4, Milton Studies in Honor of Harris Francis Fletcher (October 1961):669.

蜂巢》(Beehive of the Holy Roman Church,1569)一书中把天主教比作一个蜂巢,并讽刺道:这蜂巢中的蜜蜂毫无道德可言,不择手段地掠夺他人的花蜜,它们不能生产蜂蜜(福音书),而是酿造泥浆,送给无知而闭塞的信众;蜜蜂已经与魔鬼缔约了。[1] 蜜蜂被卷入了宗教意识形态的冲突中,成为新教徒抨击旧教的工具;它成了一个具有特殊时代特征的宗教符号,被添加了负面的象征意义。

蜜蜂是高度社会化的昆虫,不同种类的蜜蜂在职能上有明确的分工。伯纳德·曼德维尔(Bernard Mandeville)认为,大自然设计一些动物就是为了构成社会,蜜蜂就是其中最明显的例子。但如果没有上帝的维系,社会便无法存在下去,同样,社会也需要人类的智慧支持。因此,社会必须依赖相互的契约或强者加诸弱者的使其忍耐的力量。[2] 这说明社会与国家的存续既需要信仰的维系,也需要互助合作的共同体意识。他还质疑道:"第一个派出蜂群的那个蜜蜂社会,其蜂蜡与蜂蜜的质量会远逊于其所有后代所生产的呢?""在蜜蜂当中,难道不可能曾经有过形式不同于现在各个蜂群都服从的政府吗?"[3]他认为自然之作都是高度完美的,而人的技艺之作则残缺不全,在最初都是简陋低劣的。最初的蜜蜂社会具有天赋般的精巧完美,但因为人类的堕落而受到牵连,变得不再那么完善。人类的政府形式远逊于蜜蜂社会;五花八门的政体并行于世,哪种是最好的、哪种是劣等的,有时不易达成共识,这常引起纷纭论争,甚至使人们大动干戈。

在《为英王声辩》中,撒尔美夏斯为查理一世的王国辩护,并对其进行美化与粉饰。弥尔顿斥责道:"奴隶候选人"撒尔美夏斯炮制了一个蜜蜂共和国,其中的国王享有不受限制的权力,却不滥用权力(《声辩》,40 – 41),俨然一个贤良明君,但现实中的查理有蜂王的自律吗?撒尔美夏斯宣称蜜蜂对蜂王的尊重是专制君主制值得人类模仿的神圣范例,这同样是不合逻辑的荒唐论调。查理的蜜蜂王国给蜜蜂这一文化符号增添了新的具有时代特色的元素,是对传统的改写。如果说古典的蜜蜂王国具有共和制的特点,那么查理的王国则颠覆了这

---

[1] 皮埃尔–亨利·达瓦佑、弗朗索瓦·达瓦佑:《蜜蜂与哲人》,蒙田译,深圳:海天出版社,2017年,第120—121、119页。

[2] 伯纳德·曼德维尔:《蜜蜂的寓言》(第二卷),肖聿译,北京:商务印书馆,2016年,第178页。

[3] 同[2]。

一模式,体现出专制君主制的特点。

二、君主制、共和制与查理的蜜蜂王国

维吉尔的蜜蜂王国以蜂王为首,工蜂与雄蜂辅助,各有不同的分工;各种角色各司其职,为王国的建设齐心协力,并没有因级别的不同而产生倾轧现象,因而各群体之间并无不和谐现象的存在。作为王国所在地的蜂巢的政体既是君主制,也是贵族制;在蜂王的权威统治下,每一等级的蜜蜂都一丝不苟地遵守自然等级制度,依照等级的高低发挥自己的作用。① 与之相反,查理的蜜蜂王国体现出明显的专制主义等级制特色。他这只蜂王滥用权力,在专制的邪路上越走越远,而他手下的雄蜂们,比如主教之流,在人民工蜂的供养下,不专注于在精神领域正确引领信徒的事业,却与世俗专制势力合流,共同欺压良善的民众,这自然引起了具有强烈自由意识和共和精神的清教徒工蜂们的反抗。

在散文创作的早期,弥尔顿反对主教制,但并不排斥君主制。在英国革命即将开始时,他仍旧是保皇党,但对任性统治却流露出担心。② 在 1642 年,当查理一世撤到牛津以后,议会与议会军仍旧以国王的名义行动,说明他们并不希望打破传统,即便该传统已难以为继。③ 这说明了英格兰政治体制与君主制传统的难舍难分。杰西 – F. 麦克(Jesse-F. Mack)亦认为,在 1640 年的时候,弥尔顿是一个温和的君主制拥护者;到 1649 年时,他维护共和国,不过对原则性的君主制并不反感。④ 然而,弥尔顿认同的是君权受到限制的正宗君主制,而不是专制主义君主制或僭主制。在《偶像破坏者》和《声辩》中,弥尔顿开始表现出越来越多地对一切君主的反感;在《偶像破坏者》中,弥尔顿认为基督教重视自由与平等,国王们却憎恨它们,因此基督教与权力不受限制的君主是不相容的。⑤ 查理一世虽然是新教徒,但他的所作所为与基督教的根本原则是相违背

---

① 皮埃尔 – 亨利·达瓦佑、弗朗索瓦·达瓦佑:《蜜蜂与哲人》,蒙田译,深圳:海天出版社,2017 年,第 143 页。

② Don M. Wolfe, "Milton's Conception of the Ruler," Studies in Philology 33.2 (April 1936):254.

③ Don M. Wolfe, Introduction to A Defence of the People of England, in CPW, 4:107.

④ Jesse-F. Mack, "The Evolution of Milton's Political Thinking," The Sewanee Review 30.2 (April 1922):194.

⑤ Don M. Wolfe, "Milton's Conception of the Ruler," Studies in Philology 33.2 (April 1936):254,255.

的;与专制腐败的天主教的藕断丝连表明他实质上是个敌基督,同时也是正宗君主制的破坏者。

撒尔美夏斯竟然认为,国王只对上帝负责,因此可以为所欲为,不受法律约束。对此谬论,弥尔顿感到震惊——想不到还有这种奴颜婢膝的人,竟把暴君的滔天罪行说成是国王的权利,就连保皇党魁首都会视这种言论为蛇蝎(《声辩》,33)。撒氏援引维吉尔的诗歌,企图证明亚洲地区的东方君主是以绝对的权威进行统治的,群氓对君主极度敬重。弥尔顿认为这些蜜蜂一样的群氓虽然尊敬国王,但在维吉尔的诗中,他们还是依靠庄严的法律生活,他们的国王并没有不受法律的约束(《声辩》,40)。撒氏认为,这些群氓拥有以蜂王为首的蜜蜂共和国,然而这蜂王却不受法律管制,这种国家如何称得上是共和国?这其实是亚里士多德所谓的绝对君主政体,君主可以任性而为地治理国家,但这种王国极为罕见,因为"它是不公平、违反常情和彻头彻尾的专制国家"(《声辩》,41)。弥尔顿把服从于君主统治的群氓比作蜜蜂,如同地狱中那些追随撒旦的堕落天使,可见对于他而言,蜜蜂是被贬抑的群体,甚至体现出奴性;在《复乐园》中,他还把群氓蔑称为随波逐流并带有恶意的长蛇阵。弥尔顿区分了君主作风和王权:君主的专制作风和专横的权力并非王权,王权是指国王保障自由、促进公共福利的合法权力和权威(《声辩》,42)。王权是正面的、能增加公共利益的权力,君主作风则是负面的,对人民利益有害。在《圣经》中,上帝就曾警告过这种君主作风的危害,但以色列人还是顽梗地要求上帝给他们立一个王。因此,以色列人就成为奴隶,直到他们从巴比伦回来以后,才重新恢复原来的共和制(《声辩》,47)。撒尔美夏斯所鼓吹的并不是真正的王权,而是对王权的滥用,体现了任性的君主作风。

弥尔顿剥夺了查理的国王身份,认为暴君并非真正的国王,而是伪国王,是国王的面具(《声辩》,9)。蜂王应该是最优秀、最有德行的,但查理不是真正的蜂王,反倒像一个窃据王位的胡蜂,或者说由蜂王退化为胡蜂。胡蜂是蜜蜂的大敌,会攻击蜂巢,捕杀蜜蜂,掠夺蜂蜜,甚至让蜜蜂逃群,从而导致蜂巢的解体。查理这只胡蜂是王国最大的隐患。公元2世纪时,罗马帝国哲学家皇帝马尔库斯·奥列里乌斯(Marcus Aurelius)在他的作品中承认,真正的主人是法律而不是他自己,上层人士是依靠客居在人民的屋子里生活的(《声辩》,53 – 54)。也可以说蜂王是寄居在蜂巢里的,蜂巢共和国真正的主人是蜜蜂,而不是蜂王,同时蜂王必须始终是拥有美德的领袖。麦克断然指出,"自然"规定智者应该管理愚人,而不是恶人统治善人;治国者按照自然法行动。因此,在《声辩》中,弥尔顿的思想已经发展到共和主义,而且是最完全的共和主义。① 弥尔顿对政体的变更有理性的、清醒的认识,认为"我们的政体是我们这一时代的纷争所能容许的政体,这不是理想的形式,而是互相倾轧的恶徒能容忍的形式";如果为了保卫国家、避免惨痛经历的再度发生而完全废除国王与上议院,这种行为是完全合乎正义的(《声辩》,14)。可见,共和制虽然不是理想的政体,但尚在各派的容忍限度之内,并起到了平衡各种势力——包括针锋相对的势力——的作用。国王自甘堕落严重破坏了王国的平衡与和谐,民众对共和制的期盼便应运而生。

针对撒氏攻击革命派对查理一世的审判没有法律依据,弥尔顿反驳道:议会依据的就是上帝和自然法所指定的法律,一切为了共和国的安全而做的事情就是合理合法的(《声辩》,15)。自然法就是上帝的法,体现在《圣经》里,遵守自然法就能实现由理性所控制的和谐状态;查理的专制自私行径破坏了自然法所带来的和谐,他的蜂巢中的一些人与魔鬼结盟,其后果只能是发生争斗与倾轧。人民的君主就是耶和华,摩西仿佛是君主耶和华的传译者(《声辩》,59)。由他的观点可以看出,真正的君主是上帝,人间的君主或领袖没有至高无上的权力,他们只是替上帝统治,代行其事,但上帝赋予其权力,是让他们为人民谋福利的,而不是骑在人民头上作威作福,巧取豪夺。

摩西奉上帝之命建立了由70个长老组成的犹太公会,它是立法议会和最高法庭,是一种原始的以上帝为精神领袖的共和制形式,是上帝最中意的神圣共和国模式。弗拉维奥·约瑟夫斯(Flavius Josephus)把尊崇上帝为唯一统治者的希伯来共和国称为神权国家(《声辩》,62)。以色列的士师撒母耳(Samuel)违背上帝命令,立扫罗为以色列第一任国王之后,犹太公会仍然具有审判国王的至高权力——这一最高立法机构一直延续到第二圣殿被毁之后。据此,弥尔顿认为,《旧约》虽然规定了某种奴隶制,却又把上帝的子民从国王的苛政之下解放出来。君主制在此被等同于奴隶制,但君主的权力却是受到制约的;而《新约》的福音书被弥尔顿视作天国的自由宣言,是给国王和暴君戴上的更有力的紧箍咒。他称颂基督出生在暴君治下,服役在暴君治下,死在暴君治下,但为我

---

① Jesse-F. Mack, "The Evolution of Milton's Political Thinking," The Sewanee Review 30.2 (April 1922):194.

们换取了一切合法的自由;在没有办法的时候,基督让我们服从奴隶制,而在有可能的时候,他允许我们为自由而战(《声辩》,65-66)。基督具有彻底的平等意识与博爱精神,尤其珍视贫贱者的身份与价值。在他的王权观念中,上帝的权威远远超过世俗国王,而信徒也绝非帝王的奴仆。"基督对于王权的意见是一切国王所不欢迎的"(《声辩》,67-68)。除了缴纳税款外,他从未向王权低过头——基督赞成的是神圣共和国形式,而非世俗君主制。在基督看来,越是地位最高的人,越要做人民的仆人,弥尔顿由此总结道:"在基督徒中要么就没有国王,要有国王就得是人民的仆人。假如他要做一个十足的皇上,他就不能同时又是基督徒。"(《声辩》,71)因而,基督教与专制君主是不相容的——它接受的是仆人型国王。犹太教、古典时代、基督教都持有国王尤其是暴君应该被制衡甚至惩罚的观点,正是诸如此类的政治思想奠定了共和传统的基调。

沃克言简意赅地总结道:共和派指的是那些否定君主制、赞同宪法——该宪法提倡由人民选举无国王的政府——的人士。弥尔顿属于共和派,但在1649—1654年的主要政治小册子中并不否定君主制。[①] 在这个阶段,他可以被视作一个不反对君主制的共和派成员。沃克进一步分析道:弥尔顿"用'共和国'指称一个由自由个体组成的服从统治的整个社会。这种意义上的共和国与君主制是完全相容的:国王能够而且必须公正地治理共和国"。他反对的不是君主制,而是世袭君主制。[②] 昆廷·斯金纳(Quentin Skinner)则极力排斥君主制,共和派认为"共同体的共同福祉在君主制形式的统治下永远不能得到满意的保障"[③]。在弥尔顿看来,以色列人向上帝请求赐予国王似乎是偶像崇拜,因为这种国王让人们神化他;服从这种超乎一切法律之上的尘世之主,就相当于崇拜一个异教的神明,而这种神一般缺乏理性,并常常充满了兽性(《声辩》,61)。可见,弥尔顿反对的是凌驾于法律之上的世袭的国王,崇奉这种王就像崇拜偶像、异教神一样,是十诫中所警示的最严重的罪行。

弥尔顿赞赏古老的英格兰君主共和国(monarchical commonwealth),并认为

[①] William Walker, "Antiformalism, Antimonarchism, and Republicanism in Milton's 'Regicide Tracts'," Modern Philology 108.4 (May 2011):507,508.

[②] William Walker, "Antiformalism, Antimonarchism, and Republicanism in Milton's 'Regicide Tracts'," Modern Philology 108.4 (May 2011):518.

[③] Qtd. in William Walker, "Antiformalism, Antimonarchism, and Republicanism in Milton's 'Regicide Tracts'," Modern Philology 108.4 (May 2011):507.

对查理·斯图亚特(Charles Stuart)的处决完全符合该共和国的原则与价值观。① 但国王被杀后,克伦威尔与议会之间依旧矛盾不断。因此,在《声辩》中,弥尔顿也承认残缺议会和国务院实行的无国王的统治远远达不到理想的程度。②

撒尔美夏斯认为,蜜蜂也有王,群氓(蜜蜂)都有共和国;对此,弥尔顿嘲讽说,蜜蜂都属于缪斯女神,它们憎恨并要驳倒撒氏这样的屎壳郎(《声辩》,123)。蜜蜂从事令人喜爱的采集蜂蜜的行为,而屎壳郎却干着令人反胃的制造粪球的活动。撒氏也与劳作的蜜蜂形成对比——他等同于雄蜂,靠着其他工蜂的产出来活命。③ 撒氏名义上鼓吹蜜蜂共和国,其实是打着共和的旗号反对共和,用专制君主来摧毁共和。蜜蜂在遇到入侵者时,常奋不顾身与之决斗,体现出果敢与阳刚之气。撒氏却像个柔弱女子一样,为被处决的专制君主哽咽流涕,因此,弥尔顿讥讽他是"撒尔美茜小姐",兜售连夜赶制的假泪水。这种假泪水与革命者的阳刚气节相比显得极为猥琐。

戴维·里德(David Reid)颇有创意地指出,对于英国的激进派和保守派来说,天堂都是一个专制君主国;清教徒对尘世君主的抵制是基于对天堂君主的专制统治的顺从。弥尔顿在《失乐园》中即认为,自由依赖于对上帝的专制王权的顺从。④ 由于上帝是真理与正义的化身,因此他的专制是理性的、向善的、无私的,而国王的专制则是任性的、恶性的、自私的——两种专制的本质是完全相反的。弥尔顿宣传称,"我们只遵奉上帝为领导人"(《声辩》,4),而圣子的王权可以被认为是一种皇家共和制,或者说基督教共和制。⑤

弥尔顿基于对共和制与君主制等政体的考量,对撒氏有关蜜蜂王国的谬论进行批驳,呼吁回归到真正的共和体制。在此基础上,他进一步揭穿了查理的蜜蜂王国的专制本性。

---

① William Walker, "Antiformalism, Antimonarchism, and Republicanism in Milton's 'Regicide Tracts'," Modern Philology 108.4 (May 2011):532.

② William Walker, "Antiformalism, Antimonarchism, and Republicanism in Milton's 'Regicide Tracts'," Modern Philology 108.4 (May 2011):525.

③ Estelle Haan, "Defensio Prima and the Latin Poets," in The Oxford Handbook of Milton, ed. Nicholas McDowell and Nigel Smith, Oxford: Oxford University Press, 2009, 293.

④ David Reid, "Milton's Royalism," Milton Quarterly 37.1 (March 2003):31,32.

⑤ David Reid, "Milton's Royalism," Milton Quarterly 37.1 (March 2003):33,35.

三、对查理的蜜蜂王国的解构与共同体的建构

在《声辩》中,弥尔顿揭露了查理专制残暴的本性,对其堕落的蜜蜂王国进行了解构,以建构由上帝主导的纯正的蜂巢共和国和神圣共同体。

自然蜂巢中的所有蜜蜂,无论是优秀的蜂王和工蜂,还是劣等的、懒惰而无用的雄蜂,都与整体保持和谐。① 蜂巢是由无私、克己、忠诚、协作的个体组成的,具有共同体的属性和要素,同时也呈现了一个自然界中理想的、完美的共和国的典范。"通过神圣王权和世俗民众、贵族和庶民、上与下的有机统一,蜂巢提供了一个真正的共和国应有的面貌。"②查尔斯·巴特勒(Charles Butler)也认为,蜜蜂可以说拥有一个共和国,因为它们所做的一切都是共有的,没有任何私有动机;它们为所有蜂工作,为所有蜂守望,为所有蜂战斗。③ 曼德维尔的观点颇具逻辑性:即将结成一个共同体的动物,首先必须是可以被治理的动物;驯服的动物只是被动地做着自己不喜欢的事,而可治理的动物则情愿为了治理者而竭尽全力,学会把自己受到的奴役理解为对自己有益的事情,并情愿为其他动物劳作。④ 英格兰的革命派称得上是可治理的动物,他们心甘情愿地为了议会去斗争;议会是他们的治理者,也是人民的代表,因此他们其实是为了人民而加入革命中。他们最大的榜样就是基督——基督在人世同样受到奴役,但却甘愿为罪人赎罪,期望他们由此获得拯救。维系革命者的纽带正是基督所传的道。正如葡萄需要发酵才能获得葡萄酒性,社会的构成同样需要相当于发酵作用的东西才能获得社会性,但单粒葡萄或单个的人都不能完成发酵的过程。⑤ 基督的道就是发酵剂,使得革命者团结起来,构成一个牢固的共同体,共同对抗查理

---

① 皮埃尔-亨利·达瓦佑、弗朗索瓦·达瓦佑:《蜜蜂与哲人》,蒙田译,深圳:海天出版社,2017年,第143页。

② 皮埃尔-亨利·达瓦佑、弗朗索瓦·达瓦佑:《蜜蜂与哲人》,蒙田译,深圳:海天出版社,2017年,第145页。

③ Charles Butler, The Feminine Monarchie, or the Historie of Bees, Oxford, 1609, C. 1, B, https://books. google. com/books? id = f5tbAAAAMAAJ&printsec = frontcover&hl = zh-CN#v = onepage&q&f = false[2019-12-24].

④ 伯纳德·曼德维尔:《蜜蜂的寓言》(第二卷),肖聿译,北京:商务印书馆,2016年,第176页。

⑤ 伯纳德·曼德维尔:《蜜蜂的寓言》(第二卷),肖聿译,北京:商务印书馆,2016年,第180页。

的蜜蜂王国聚合体——革命者期待的一个未来的、纯正的蜂巢共和国。

国王是次于上帝的唯一主宰,如果听从上帝的公正原则,便可确保蜂巢共和国神秘身躯的和谐统一,为此,国王,如同蜂王,是有别于暴君的,他要尊重每个个体在政治群体中的合适地位,而在他变得专制武断并突破权力的限制时,就应该用贵族制度进行弥补。[1] 贵族制的古代形式就是元老院、犹太公会等,中世纪以后的形式就是议会。在弥尔顿的诸多小册子中,议会都被视作抗衡被扭曲的君主制的最大手段。议会制约国王的功能同样得以强调——被称为"国王的议会"或"国王的缰绳"(《声辩》,179)。在英格兰历代王朝中,议会是君主绕不开、踢不走的一个绊脚石。但查理却因为议会对他滥用权力行为的制约而屡次解散议会,就像威胁要解散元老院的尼禄[2]一样。英格兰古老的议会传统是查理难以打破的,议会和法律是人民在查理头顶所悬的两把利剑。瑟卢克认为,为了反对查理的君权神授观,《声辩》论及了一个世俗的社会理论——从次要的自然法(民政事务中的指导原则)发展到下院多数派的至尊地位。为了维护共和国政府的权力,它从某些宗教观念中推导出了下院少数派的至尊地位。[3] 不论是议会的多数派还是由独立派组成的少数派,都享有最高权力,可以对查理的专制行为进行遏制,并审判其罪行。

雅各布斯认为:"弥尔顿式蜂巢被当作神圣的等级制所遭受的物质腐化的象征,是难以避免的在尘世或在地狱复制天堂设计的失败之举。"[4]不论是查理的蜜蜂王国,还是撒旦的幽冥王国,都是对古典时期的蜂巢共和国模式的颠覆;这些王国的森严的等级制和统治者专制自私的行为,都是对理想范式的背离。查理的蜜蜂社会反映了君主统治的社会,一只明显身居高位的蜜蜂领导着一个成千上万的工蜂构成的等级结构;王后玛丽亚则是一只蜂后,她的天主教信仰极大地影响了查理的蜜蜂君主制。[5] 天主教蜜蜂是新教徒创造并予以抨击的意

---

[1] 皮埃尔-亨利·达瓦佑、弗朗索瓦·达瓦佑:《蜜蜂与哲人》,蒙田译,深圳:海天出版社,2017年,第144页。

[2] 尼禄(公元37—68年),罗马皇帝(公元54-68年在位),是一位残暴、奢靡的暴君。

[3] Ernest Sirluck, "Milton's Political Thought: The First Cycle," Modern Philology 61.3, Seventeenth-Century Essays in Honor of George Williamson (February 1964):219.

[4] Nicole A. Jacobs, "John Milton's Beehive, from Polemic to Epic," Studies in Philology 112.4 (Fall 2015):798.

[5] Nicole A. Jacobs, "John Milton's Beehive, from Polemic to Epic," Studies in Philology 112.4 (Fall 2015):804,805.

象,而弥尔顿"加入对天主教蜜蜂长达一个世纪的批判中,并稍加修改,把其也作为对君主制的谴责"①。长老会牧师高登在他撰写的吹捧查理的《国王的圣像》一书中,用了一句老生常谈的话——"在蜘蛛吮毒的地方蜜蜂采蜜",夸赞保皇党是勤劳采蜜的蜜蜂,谴责革命党是吸取毒液的蜘蛛;弥尔顿针锋相对地批驳查理的蜜蜂是不完善的、有残缺的采集者,而蜘蛛其实是更有辨别力的批评者。② 蜜蜂和屎壳郎仿佛加入了保皇党,蜘蛛与蚂蚁则属议会派——各种昆虫受征召卷入共和与专制的斗争中,并被赋予了不同的身份与象征意义。

蜂王有螫针,但只用来刺杀其他蜂巢中的蜂王;而查理这只蜂王,掌握着部分武力,但他不是用以打击敌对国家的国王,却主要用来对付自己的国民和议会。英国中世纪法律家亨利·布莱克顿(Henry Bracton)认为:"行恶的权力是魔鬼的权力而不是上帝的权力。如果国王为非作恶,他就成了魔鬼的仆人。"(《声辩》,190)查理这只蜂王已被魔鬼收买,妄图把蜂巢变成魔鬼的领地。弥尔顿抨击查理缺乏正气;沉湎于声色犬马之中,并长期荒废国政;为了王室的奢靡享乐,浪费国库的巨额公款和财富(《声辩》,220)。这些昏君作风证明他不是合格的蜂王,而是蜜蜂利益的劫掠者。撒尔美夏斯妄图把查理洗白为一个洁身自好的蜂王,但这一企图完全落空——他和查理倒像是屎壳郎和胡蜂的搭配。

在宗教领域,查理这只蜂王也越权涉足——政教不分败坏了政治与宗教的良性运行。主教们是教会的敌人和暴君,国王本应远离他们,却与之勾结到一起,做了他们的奴隶(《声辩》,27)。当议会准备废除主教制时,国王却否决了这一法案,并因此悍然向议会发动战争。政教不分,给基督徒带来了自相残杀的后果。因为查理及王后的原因,主教制与天主教之间关系暧昧。弥尔顿抨击天主教是"披着宗教外衣的主教专制政体,它违反了基督本人的戒律而掠夺了许多世俗的权力"(《声辩》,16)。查理却强迫人民恢复天主教的仪式和迷信,并迫害神职人员的精神与良心。弥尔顿认为,对于人民的自由和宗教的安全,国王直到生命终结时都是极其敌视的。查理不死,英格兰教会和国家自由就将始终面临灭顶之灾。如果让查理复位,所获得的全部胜利果实将会丧失,正直的议员们定会受到报复。

---

① Nicole A. Jacobs, "John Milton's Beehive, from Polemic to Epic," Studies in Philology 112.4 (Fall 2015):807.

② Nicole A. Jacobs, "John Milton's Beehive, from Polemic to Epic," Studies in Philology 112.4 (Fall 2015):802.

古代以色列人向上帝请求立一个王,这是人类在原罪之后又新犯的一个重罪,是人类继续堕落的标志。因此,"政府是人类堕落而产生的腐败的必然结果"①,尤其是君主制政府,但君主制尚属正宗政体,僭主制则是彻底堕落的变态政体——查理政府就是最典型的例子。弥尔顿指出,上帝让犹太人背离了神权共和国,而拥立了国王,这是对他们的顽梗的惩罚。② 自然法也是上帝的法,但自然法中没有国王的位置;上帝把权力赋予人民或者作为人民代表的议会,国王被排除在外。

在《声辩》中,军队被视为睿智的、有美德的少数派,并遵守自然法,因而代表了人民。③ 保皇党指责说,查理被审判,并被判处死刑,这是非法的。审判他的法庭虽然只有60位法官,弥尔顿却认为他们代表了或者等于整个国家。沃尔夫合乎逻辑地指出,虽然没有新教国家公开处死国王的先例,但弥尔顿运用普世正义原则,得出了查理该死的结论。④ 大卫·休谟(David Hume)极为睿智地建议,行政长官"无法用美德取代恶德,以此来医治一切恶德。最常见的情况是,他只能用一种恶德去医治另一种恶德,而在这种情况下,他应当选择对社会危害最小的恶德"⑤。议会采取非常规手段判处查理死刑,就是用代价最小的恶德来医治危害国家的恶德,因为以美德来善待查理已经没有效果,犹豫延宕只能给国家带来更多的灾难。

"代表了人民的长老会政府是天生的奴隶,而人民在本性上是奴隶,并不想获得废除王权、处决暴君的自由,因此没有必要理会他们,但不能禁止那些勇敢的、热爱自由的少数人掌握自由。"⑥正是少数正义的独立派议员经过审判把查理送上了断头台。在经历了内战的痛苦后,多少光明的先行者对人类的"不可

---

① William J. Grace, "Milton, Salmasius, and the Natural Law," Journal of the History of Ideas 24.3 (July-September 1963):328.

② William J. Grace, "Milton, Salmasius, and the Natural Law," Journal of the History of Ideas 24.3 (July-September 1963):330.

③ William J. Grace, "Milton, Salmasius, and the Natural Law," Journal of the History of Ideas 24.3 (July-September 1963):333.

④ Don M. Wolfe, "Milton's Conception of the Ruler," Studies in Philology 33.2 (April 1936):258.

⑤ 伯纳德·曼德维尔:《蜜蜂的寓言》(第一卷),肖聿译,北京:商务印书馆,2016年,译者序言第 iii 页。

⑥ 同④。

教导性"几乎感到绝望。① 这种不可教导性源自以长老会为代表的群体的奴性；他们崇拜偶像，以至于对查理带给国家的深重灾难选择性遗忘。长老会教士是敌基督的代理人②，因为他们背离了基督传播的真理。罗伯特·费尔莫(Robert Filmer)爵士③从父权制的角度攻击弥尔顿，认为国王就是臣民的父亲，父亲永远也不会抛弃子女，也不会自私自利——企图推翻共和人士把君主制等同于暴政的看法。④ 他罔顾查理这位残暴的"父亲"带给英格兰的重重灾难，无视无数英格兰"子女"死于内战的事实。他和撒尔美夏斯都可被贴上父权制专制主义者(patriarchalist absolutist)⑤的标签；他们想用父权制教条来洗白查理的企图只能落空。长老派和保皇党中的部分成员都因崇拜偶像而表现出不可教导性。

弥尔顿贬斥查理是"愚顽贪婪、残暴不仁的人，他欺压良民、征战无已，烧杀掳掠，并曾屠戮无数臣民"(《声辩》，63)。查理曾召集爱尔兰军队进攻英格兰，在阿尔斯特地区就有近20万英格兰人被杀(《声辩》，126)。⑥ 即便数字不准确，但查理引发了内战却是不争的事实。在《士师记》中，以色列人曾因利未人的妾被同属一个民族的便雅悯人强奸致死，而号召其他支派出动40万大军复仇，导致该支派几乎灭绝，因此英格兰人完全有理由处决查理——他导致了英格兰蜂巢大量无辜蜜蜂的死亡。查理给英国带来了七年毁灭性的战乱，让国家

---

① Jesse-F Mack, "The Evolution of Milton's Political Thinking," The Sewanee Review 30.2(April 1922):205.

② David Loewenstein, Representing Revolution in Milton and His Contemporaries: Religion, Politics, and Polemics in Radical Puritanism, Cambridge: Cambridge University Press, 2001, 179.

③ 罗伯特·费尔莫是英国资产阶级革命时期重要的保皇派思想家，曾著书对霍布斯、弥尔顿等人进行攻击。

④ Cesare Cuttica, "The English Regicide and Patriarchalism: Representing Commonwealth Ideology and Practice in the Early 1650s," Renaissance and Reformation 36.2(Spring 2013):149.

⑤ Cesare Cuttica, "The English Regicide and Patriarchalism: Representing Commonwealth Ideology and Practice in the Early 1650s," Renaissance and Reformation 36.2(Spring 2013):151.

⑥ 此数字与实际被害人数有极大出入。1641年，爱尔兰北方的天主教徒杀了近3000名新教徒，叛乱者宣传这是在查理一世的指挥下行动的，并伪造了证明文件。详见肯尼思·O.摩根主编《牛津英国通史》，王觉非等译，北京：商务印书馆，1993年，第337页。这些谣言导致弥尔顿得出查理指挥了这次叛乱的论断。格雷斯则认为，弥尔顿夸大了死亡数字；根据费迪南多·华纳(Ferdinando Warner)的说法，实际被杀人数可能是4000人，另有8000多人可能死于虐待。见 CPW, 4:430, n.29。

变成了一个"黑暗的疫区"(《声辩》,81)。沃尔夫比较了查理和克伦威尔这两位曾先后领导英格兰的元首:查理是一个低劣的人,既不睿智也不公正无私;克伦威尔虽然是独裁者,但却从人民的利益出发,所以弥尔顿把他看作上帝的工具。[1] "正如蜂巢需要有养蜂人,需要一个高尚的意图,罗马也需要一个睿智甚至是神圣的奥古斯都去强制它忠实于自我。"[2]同样,英格兰也需要一个富于政治、军事才能和新教伦理的养蜂人把国民团结起来,让蜂巢运行良好。

在查理这个蜂王被处死后,英格兰蜂巢陷入了混乱之中。克伦威尔推出护国公体制,力图恢复国家秩序,但他和议会之间的频繁冲突仿佛是查理和议会之间剧情的重演。在他死后,他儿子理查德·克伦威尔(Richard Cromwell)有过短暂的不成功的统治。之后,英格兰迎来了新的蜂王,但新蜂王同样专制,就像旧蜂王那样。只有等到光荣革命爆发后,红脸威廉——这位古典型蜂王的上位才使得英格兰蜂巢真正恢复了和平与秩序,以君主为首的混合政体才得以实现,但从那之后的君主就只能是个象征性元首了。这说明尘世真正的"养蜂人"不是某个领导个体,而是作为贵族制支柱的议会。弥尔顿认为,英格兰的政体是复合的王国,而不是纯王室的王国,这种模式不止在英格兰,在其他国家也几乎全都一样(《声辩》,173)。该模式契合于亚里士多德的混合政体思想。弥尔顿还强调说,古代文献中从未宣称"英国政府是一种纯粹的君主政体"(《声辩》,203)。弥尔顿解构了查理的蜜蜂王国,期望构建理想的蜂巢共和国和想象的共同体,其中的元首像自然界的蜂王一样,享有崇高的声望和象征性的最高权力。

借鉴古典时代的传统以及英国革命派的观点,弥尔顿在小册子中给蜜蜂隐喻增添了生动有力的文化象征意义。他揭露了撒尔美夏斯的蜜蜂王国的虚假、欺骗的本质,呼吁原初的、纯正的蜂巢共和国的回归。那些被撒氏的蜜蜂王国谬论蛊惑并执迷不悟的人——正如曼德维尔所言,是驯服的动物,而不是可治理的动物——无法构建共同体。弥尔顿揭露了天主教的迷信与偶像崇拜邪风,以唤醒那些被误导的蜜蜂。正如在该书末尾他所强调的,这些材料"不但为英国人民的这次事件作了充分的辩护,使他们的荣誉流芳百世,同时这本书还彻

---

[1] Don M. Wolfe, "Milton's Conception of the Ruler," Studies in Philology 33. 2 (April 1936):265.

[2] 皮埃尔-亨利·达瓦佑、弗朗索瓦·达瓦佑:《蜜蜂与哲人》,蒙田译,深圳:海天出版社,2017年,第61—62页。

底地解放了那些对自己的权利一直一无所知并受到了假宗教招牌所蒙骗的许多人。唯有那些自愿并应当受到奴役的人才是例外"(《声辩》,237)。通过对查理滥用权力的专制行径的剖析,弥尔顿揭穿了他的假蜂王的面具,以及对王国和正宗君主制的颠覆性破坏作用。查理的蜜蜂王国的崩溃,预示着奠基于混合政体的蜂巢共和国与政治共同体的建立指日可待。

第三章 共和、自由理念与民族共同体

本章聚焦于三部小册子和一部悲剧中所隐含的民族共同体想象。

《声辩》呼吁蜂巢共和国的建立,同时也体现出强烈的民族意识。弥尔顿歌颂英格兰人民超前的政治意识,谴责专制君主对人民政治权力的侵害与剥夺,以及由此导致的民族奴化与分裂。他真正推崇的人民是正义的少数人——民族中的核心群体,并为他们的权力摇旗呐喊。小册子传达了先进的政治精神和共和理念,强化了英格兰人民的政治认同与民族认同,并有助于新型的、具有强烈政治性的民族共同体的构建。

《再声辩》的抨击对象是保皇党的著作《王族向上天控诉英国的弑君者》(*The Cry of the Royal Blood to Heaven Against the English Parricides*)。作者之一流氓文人亚历山大·莫尔对英格兰革命派进行污蔑与诽谤,弥尔顿则进行了寸步不让的批驳,并为英格兰人民、克伦威尔以及他本人进行辩护。他的辩护体现出超前的民族主义意识,使英格兰人民的民族认同与政治认同达到了新的高度。英格兰民族也被呈现为一个道德地理,成为理想型民族的典范。

《建设自由共和国的简易办法》(*The Readie & Easie Way to Establish a Free Commonwealth*,后文中简称为《办法》)被认为是弥尔顿所有小册子中最具共和色彩的。在王政复辟甚嚣尘上的关头,弥尔顿甘冒风险创作此书,目的是希望人民自由选举的议员能够挽救危机中的自由共和国。他祭起了自由这一利器来对抗保皇派、保卫共和国。君主制对自由已经构成了极大威胁,并进而危及以自由为根基的民族共同体。公民自由是民族共同体的立身之本。只有人民掌握了公民权并创建一个自由共和国,英格兰人才有资格被称为一个完整的民族。他的自由观极大地助推了民族共同体的良性发展。

在悲剧《斗士参孙》中,参孙是一位光明之子(Child of Light),隶属于一个以信仰为纽带的有机共同体,而他的两任妻子则是黑暗之子(Child of Darkness),来自一个以偶像崇拜为特征的腐败民族。具有讽刺意味的是,光明之子屡屡被黑暗之子所诱惑,而以色列人则长期被非利士人所奴役。共同体的有机性之所以被压抑,正是因为偶像崇拜者"甘受奴役"的心态使其与上帝隔绝,从而切断了个体间的内在联结。参孙最终变成一个偶像破坏者,打破了各种形式的偶像崇拜,他的壮举激活了上帝的教义,激发了颓废的民族共同体,他们由此抛弃了奴役心态,重拾自由精神。

第一节 《为英国人民声辩》中的政治认同、民族认同与共同体

在1649年3月,弥尔顿开始在共和国政府中担任外文秘书一职,这很快就使他投身于一项艰巨的任务——在欧洲惊骇的各国面前,为英格兰的弑君之举进行辩护。在创作了《职权》《偶像破坏者》等书之后,左眼近乎失明的弥尔顿又勇挑重担,完成了《声辩》这本小册子,目的在于驳斥撒尔美夏斯的《为英王声辩》。撒氏是当时顶尖的古典学人,被认为其成就仅次于荷兰的大学者雨果·格劳秀斯(Hugo Grotius)。为了写这本书,弥尔顿耗尽了自己剩余的视力。撒氏的书总共12章,弥尔顿的《声辩》的章数也一样,以便逐章对其进行批驳,这是他惯用的小册子论战策略。撒氏受查理二世的委托,公然为被处决的英王查理一世和专制政体辩护,并对英国革命和议会派进行污蔑抹黑。撒氏在被弥尔顿批驳得体无完肤、一败涂地之后,竟于1653年羞愧而死。弥尔顿把这本书的撰写誉为"全欧闻名的崇高任务",表明在他的心目中,与专制君主及其帮凶进行斗争是崇高正义的事业。这一著作也强化了英格兰人民的民族意识与政治意识。

这本书的政治思想是学者研究的焦点。麦克认为,在此书被创作之时,君主制已经变得违背自然法了,弥尔顿因为与《国王的圣像》和撒氏的斗争而成为

一个最完全的共和主义者。① 威廉·J. 格雷斯(William J. Grace)同样从自然法角度研究此书,但他指出了弥尔顿思想中的短板——只依赖好人统治是不够的,更重要的是像詹姆斯·哈林顿②(James Harrington)所主张的那样,统治的完善在于权力、利益的平衡,好人不如好秩序重要。③ 在弥尔顿的散文著作中,这本书虽颇享盛名,但相对于《论出版自由》《偶像破坏者》等书来说,研究成果不多;在中国,专门研究此书的论著更为罕见。该书的写作风格与他的其他散文著作有明显不同,弥尔顿经常冷嘲热讽甚至破口大骂,骂人的俗词和俚语滚滚而出,给读者酣畅淋漓的感觉,但沃尔夫却评论说弥尔顿使用大量骂人的绰号对著作的说服力有最具破坏性的副作用。④ 弥尔顿该书在结构上要和对方著作一致,观点上要逐一进行批驳,导致内容常有雷同之处,逻辑脉络也不够清晰。当然,瑕不掩瑜。经典的魅力之一则在于它挖掘不尽的、对历代都适用的现实性上。在民族意识日益高涨、共同体理念深入人心的今天,这本书也或隐或显地作出了回应,这进一步彰显了它的政治意义。

弥尔顿作品中所隐含的民族认同与共同体构建相结合的思想已经引起了论者的注意。虽然伊利·凯杜里(Elie Kedourie)认为"民族主义是一个在19世纪初的欧洲被发明出来的信条"⑤,但在克伦威尔和弥尔顿的时代,民族主义意识形态已经偶露苗头了。⑥ 在都铎王朝时期,英格兰人民已经体现出较强的民族意识,以伊丽莎白女王为代表的君主共和国政体有助于凝聚英格兰人的民族认同。其后的斯图亚特王朝专制集权意识却不断增强,查理一世的所作所为尤其阻遏了民族意识的发展与政治思想的进步。在他统治的前期,英格兰的众多臣民对国家产生认同乃是通过对查理一世的崇拜,然而,这种政治意识显然无助于英格兰民族认同的提高,因为对专制君主的膜拜和对君主制政体的尊崇是不可相提并论的,这种膜拜是基于盲目的偶像崇拜,而非理性的政治认同。在

---

① Jesse-F. Mack, "The Evolution of Milton's Political Thinking," The Sewanee Review 30.2 (April 1922):200.

② 詹姆斯·哈林顿是17世纪英国资产阶级革命时期的政治思想家。他反对君主制以及复辟运动。《大洋国》(Oceana)是他的主要著作。

③ William J. Grace, "Milton, Salmasius, and the Natural Law," Journal of the History of Ideas 24.3 (July-September 1963):336.

④ Don M. Wolfe, Introduction to A Defence of the People of England, in CPW, 4:114.

⑤ 安东尼·D. 史密斯:《民族认同》,王娟译,南京:译林出版社,2018年,第89页。

⑥ 安东尼·D. 史密斯:《民族认同》,王娟译,南京:译林出版社,2018年,第91页。

查理被弑后的一段时间里,这种崇拜达到了高潮,说明英格兰人有时表现得像个"未成年的民族"(《声辩》,341),从而使共同体有陷入让-吕克·南希(Jean-Luc Nancy)所谓的"不运作的共同体"[①]的危险。弥尔顿受议会之托著书批驳撒氏,从某种意义上说,是为了去除英格兰民族身上幼稚与怯懦的成分,并通过激发其内蕴的政治意识与民族情感,让共同体重新焕发活力。

弥尔顿与撒氏为之辩护的对象有着君民之别、朝野之分,一为人民,一为英王,但两人都诉诸英格兰人的民族情感,力图通过获取人民的支持来占领舆论高地。两人对人民这一概念的理解虽有重叠之处,却有着本质的不同。弥尔顿的人民观投射出何种政治意识?这种政治意识又会产生怎样的政治民族并服务于民族认同以及政治共同体的构建?下文将从政治学与民族主义理论等视角出发予以解答。

一、人民、公民与正义的少数人

人民这一概念在西方古已有之,是各种政治话语中最常见的术语之一,但它的外延与内涵却并不因为高频词的地位而日渐清晰,相反,在不同时代、不同文化、不同阶级中,以及在不同作者笔下,这个与意识形态关系密切的词常具有不同的甚至对立的含义,从而引发了思维的混乱和身份认同的困惑。

人民的定义常与权利和法律联系起来,并与"公民"这个词有密切联系。阿尔诺·博斯特(Arno Borst)认为,"人民"指的是一群愿意遵守一套共同律法的人群,因此,人民是历史与政治的产物,而非自然形成的群体。[②] 亚里士多德没有定义人民,但解释了公民的含义,即有权参加议事和审判职能的人。[③] 他把国家视为公民,也是自由人的联合团体,而奴隶则被排除在外,在某些政体比如贵族政体中,甚至劳动阶层也被排除在公民范畴之外。两人都把人民/公民定义为守法的或者有权参政议政的群体,而非笼统的、不加甄别的乌合之众。

撒尔美夏斯即把人民视为无甄别的群体。在他看来,人民包括除国王以外的任何人,是君主统治的臣民,但在弥尔顿看来,人民组成了一个精英阶层,人

---

① 殷企平:《共同体》,见金莉、李铁主编:《西方文论关键词》(第二卷),北京:外语教学与研究出版社,2017年,第174页。

② 埃里克·J. 霍布斯鲍姆:《民族与民族主义》,李金梅译,上海:上海世纪出版集团,2006年,第57页。

③ 亚里士多德:《政治学》,吴寿彭译,北京:商务印书馆,2017年,第116页。

民是更好的、再生的部分,并遵从上帝的意志。① 再生的人指的是在亚当堕落后,那些在精神上重生的或皈依基督教的人。弥尔顿贬低上流社会和底层群众,唯独推重中产阶级,认为"在这些人中最聪明和最能干的人将不断地被发现出来"(《声辩》,169)。撒氏对人民的定义则是笼统的、没有任何限定的群体,只需知道他们是臣服于君主的、一人之下的官民混合体即可。

真正的人民应该具有政治权利、法律意识,能够分辨黑白善恶,而非混淆是非,盲从愚忠之徒。弥尔顿心目中的人民是正义的少数派,而他在本书中最根本的创意就是对少数派权力的坚持。② 他的"人民"概念近似于亚里士多德对"公民"的定义。这个"正义的少数派"指的就是那些立场坚定、不与王党沆瀣一气的正直的清教徒,包括议会中的独立派议员、模范军官兵和理性的平民,多来自中产阶级,他们是公民中的翘楚。弥尔顿赞赏普通士兵,抨击妥协的长老会议员:"我们的士兵所作的判断比我们的议员还要高明。他们用武力拯救了国家,而议员们却用他们的表决权几乎把国家毁灭了。"(《声辩》,26)他把英格兰民族中的普通人也抬举到极高的地位:"其他国家只有英雄豪杰的人物才完成的事业,在我们这儿一般群众就能够做出来了。"(《声辩》,30)

撒氏攻击正义的英格兰人民为"平民的渣滓",弥尔顿对此予以痛斥,并为他们正名——只要他们遵循一个原则,即确信自己生在世上不是为了国王,而是为了上帝和祖国,就远比撒尔美夏斯这种御用文人更有学识,更为贤明,更为正直,他们是不识字的饱学之士(《声辩》,30)。有学识并不代表有见识,文人并不意味着有更高的公民意识;像撒氏这种文人,毫无原则地为暴君叫屈喊冤,真可谓"奴隶的渣滓",是比奴隶还下贱的败类。

公民意识武装下的人民追求自由,抗拒专制统治。他们所期盼的是一个自由与民主的共和国,但"渴望自由而善用自由的只是大智大勇的少数,其余绝大部分人都宁愿有一个公正的君主"(《声辩》,35)。这少数的公民是国民中的精英,是正义的少数派,他们具有彻底的公民意识,与专制王权不共戴天,但国民中的大多数还是不愿放弃君主制。然而,接受君主制不等于容忍暴君。任何民族都不会缺乏这种明显的公民意识,更不用说民主传统、自由观念源远流长的

---

① William J. Grace, "Milton, Salmasius, and the Natural Law," Journal of the History of Ideas 24.3 (July-September 1963):332.

② William J. Grace, "Milton, Salmasius, and the Natural Law," Journal of the History of Ideas 24.3 (July-September 1963):335.

英格兰民族。这些精选的人民渴望的是基于共同权利与法律的自由,但他们并不滥用这种自由,而是充满智慧地使用手中的权力,既不会屈服于强权和暴政,从而自我奴化,也不会践踏法律,以致导向暴民政治。

撒氏的"人民"就像德国社会学家滕尼斯所谓的"社会",因为缺乏有机政治纽带,比如公民意识,而成为一个机械的、松散的群体。弥尔顿所谓的精选的人民、正义的少数派,愿意遵守一套共同律法,有共同的参政议政意识,有对共和、自由的渴望,体现出共同的公民意识,这一牢固的政治纽带把他们紧紧地维系到一起,从而带上了共同体的特征。

这种强调公民权的政治意识有助于民族凝聚力的增加,从而强化民族认同。正义的少数派具有极强的民族认同意识,而那些公民意识较弱的大多数人则漠视民族认同,正如很多学者指出的,"中、下层的民众(如劳工、仆役、农民等)通常都不会对民族认同付出深刻情感,无论是什么样的民族主义,都很难打动他们的心意"[①]。公民权是如何强化英格兰人民的民族认同的? 在这个方面,正义的少数人将发挥何种作用?

二、公民权与民族认同

民族相当于一个扩大的公民团体,因为启蒙思想家把民族定义为"一个在特定的领土内,遵守相同的法律与制度的人群共同体"[②]。安东尼·D. 史密斯(Anthony D. Smith)对这一定义进行了深化与拓展,他认为民族认同的基本特征包括一块历史性的领地、共同的神话与历史记忆、共同的大众性公共文化、适用于全体成员的一般性法律权利与义务、统一的经济体系,并且成员可以在领土范围内流动。[③] 这些特征也正是一个民族的要素,把它们综合起来就形成了对民族这一概念的更深刻、更全面的定义。

启蒙思想家与史密斯等人对民族的定义都强调了对相同的法律与制度的遵守,其中包含了相应的权利与义务,说明民族并不只是依赖于领土、族裔、血缘、历史、语言、宗教等地域和文化因素,政治因素也有决定性影响。如果没有政治权利、法律制度等保障因素,民族将不成其为民族,而只是一个松散的族裔

---

① 埃里克·J. 霍布斯鲍姆:《民族与民族主义》,李金梅译,上海:上海世纪出版集团,2006 年,第 11 页。
② 安东尼·D. 史密斯:《民族认同》,王娟译,南京:译林出版社,2018 年,第 15 页。
③ 安东尼·D. 史密斯:《民族认同》,王娟译,南京:译林出版社,2018 年,第 21 页。

群体,一个以维持生理满足为目的、丧失文化进步可能性的进化迟滞的部落。民族是一个政治实体,它的"最重要的含义,是它在政治上所彰显的意义"①,"无论民族的组成是什么,公民权、大众的普遍参与或选择,都是民族不可或缺的要素"②。欧内斯特·盖尔纳(Ernest Gellner)甚至认为,"政治单位与民族单位是全等的"③。民族代表一种文化和政治的纽带,民族认同"对其成员进行社会化,从而使他们成为'国民'或'公民'"④。

不夸张地说,弥尔顿在《声辩》全书中都在为人民的公民权呼吁,同时也在为民族认同而呐喊,尽管在当时还没有出现这个概念,因为他的政治意识与法律思想有助于英格兰人民变成一个更有凝聚力的政治民族。政治民族最初通常只限于一国境内的一小部分人,亦即权贵精英或贵族士绅,而平民根本没有被列入"政治民族"的范畴⑤,但英格兰正义的少数人却通过他们的革命行动来维护人民的公民权,从而使得政治民族越来越壮大,民族的根基也越发稳固。

通过对《圣经》中上帝旨意的解读,弥尔顿得出一个结论:"所有的民族和人民都可以按自己的意志建立各种形式的政府,而且也可以把它变成自己所希望的形式。"(《声辩》,35)当然,一个民族选择什么政体是该民族的自由,但一个理性的、成熟的民族自然会倾向于人民具有平等权利的政体形式,比如共和体制,而非君主制,尤其是僭主制。

弥尔顿具有民族利益至上的理念——他之所以与专制暴君不共戴天,并不只是因为他的私利会受到损害,更主要的是因为暴君会像瘟疫一样,从内部毁灭一个民族,其发挥的破坏作用甚至比敌对民族还要大,正如他所言:"在政府的幌子下胡作非为的人甚至比公开的敌人还要凶狠。后者容易防备,而前者的狡狯则往往不易发见。"(《声辩》,37)所以,为了民族利益,必须强制国王遵守法律,人民则必须掌握公民权以监督、制约国王。正是在与王党斗争的过程中,

---

① 埃里克·J.霍布斯鲍姆:《民族与民族主义》,李金梅译,上海:上海世纪出版集团,2006年,第17页。
② 埃里克·J.霍布斯鲍姆:《民族与民族主义》,李金梅译,上海:上海世纪出版集团,2006年,第18页。
③ 转引自埃里克·J.霍布斯鲍姆:《民族与民族主义》,李金梅译,上海:上海世纪出版集团,2006年,第9页。
④ 安东尼·D.史密斯:《民族认同》,王娟译,南京:译林出版社,2018年,第24页。
⑤ 埃里克·J.霍布斯鲍姆:《民族与民族主义》,李金梅译,上海:上海世纪出版集团,2006年,第70页。

英格兰人民的公民权利意识得到了加强,民族认同也相应地得以强化。

弥尔顿把英格兰民族与希伯来人、希腊人和罗马人并举,认为这些民族具有一脉相承的政治思想与法律观念,虽然他们都曾有过被迫抛弃共和形式而施行君主制的经历,但从更长远的历史时期来看,共和制占据了上风。他还从历史记载中撷取了大量范例来说明英格兰人是"根据国家成法和祖先常规审讯国王的"(《声辩》,187)。历史上的埃及、波斯等亚非国家却缺乏公民权利意识,极少采取共和形式,群氓像蜜蜂一样组成了松散的蜜蜂王国,但弥尔顿认为他们的国王还是受法律约束的;相反,"奴隶候选人"撒氏却臆造了一个蜜蜂共和国,其中的国王权力不受制约却不欺压百姓(《声辩》,40—41)。这种概念混乱、痴人说梦似的政治观说明了他的昏聩愚蒙。假如国王不受法律约束,可以为所欲为,那么他的权限就会远远超越君权的范围,而人民将沦为最卑贱的奴隶(《声辩》,46)。奴隶是没有公民权的最底层的群体,是最不可能构成一个民族的,所以,专制暴君通过剥夺公民权而制造奴隶,这会最大限度地降低民族认同的程度,从而使得暴君本人成为最危险的国家公敌,并导致整个民族被奴化。

弥尔顿歌颂英格兰人民,因为他们没有向上帝要求一个国王,也没有从上帝手里得到一个国王,他们只是遵循一切民族的法权办事,根据自己的法律指派一个国王(《声辩》,46)。《圣经》中有一些国王是上帝和人民共同指派的,但除此之外其他各国的国王都是由人民单方面指派的,所以人民完全有权力决定这些国王的去留。废黜甚至处决暴君查理一世这个赘瘤毒物,是英格兰民族政治主权的体现,如埃里克·J. 霍布斯鲍姆(Eric J. Hobsbawm)所言,一个民族的政治义务将超越其他公共责任,在非常时期,如战争期间,甚至凌驾于所有责任之上。[1]

爱德华·莫迪默(Edward Mortimer)认为"某种最低程度的共同体是民主实践所必需的"[2],因此英格兰的革命义举若没有共同体的有效运作是绝难成功的。超前的政治意识与果敢的民主探索强化了英格兰民族认同,同时也形塑了一个亘古未见的政治共同体。

---

[1] 埃里克·J. 霍布斯鲍姆:《民族与民族主义》,李金梅译,上海:上海世纪出版集团,2006年,第9页。

[2] 爱德华·莫迪默:《引言》,见爱德华·莫迪默、罗伯特·法恩主编《人民·民族·国家:族性与民族主义的含义》,刘泓、黄海慧译,北京:中央民族大学出版社,2009年,第8页。

三、基于政治认同与民族认同的共同体

共同体并不必然构成民族,但民族却必定构成共同体。由于政治因素的不可或缺,民族在满足某些条件后也等同于政治共同体。在 17 世纪的英格兰,由于特殊的政治、宗教、历史、文化等因素的影响,民族政治共同体的转型既历经磨难也独辟蹊径,同时,由于这是近代早期世界范围内独创性的民主实践,因而也具有划时代的重大意义。

颠覆专制君主的革命行动被涂上了政治民族主义色彩。革命时期的有些激进主义者认为,推翻查理一世意味着开始清除诺曼人入侵带来的政治和社会罪恶,所以他们的宣传品更具英格兰化倾向。在诺曼统治者的直系后裔被废黜后,英格兰可以重获其自由传统,挣脱诺曼贵族及其强加的封建主义桎梏。① 弥尔顿同样流露出民族主义思想,认为查理一世根本没有征服过英格兰,他的祖先也没有被承认为英格兰的征服者,相反,人民已是他的征服者了(《声辩》,159)。

血缘因素在民族共同体的构建过程中发挥的作用不容忽视,但并非决定性的。查理一世所属的斯图亚特家族起源于法国,在诺曼征服之后迁居苏格兰,随后开始统治苏格兰和英格兰。从民族与血缘角度来说,斯图亚特家族在不列颠的确是一个异质性的存在,然而英格兰民族本身即是处在不断的混居、融合、同化的过程中。斯图亚特家族即便不是同质的,从历史-文化共同体的角度来看,也能通过共享的欧洲历史、文化、种族属性而与英格兰民族统一到一起。从宗教共同体的角度来说,斯图亚特家族作为新教徒,也是高度同质的,因此,宗教认同并不难达到,但他们的天主教倾向越来越危及这种认同的持续。然而,彻底颠覆斯图亚特家族的统治的是以查理一世为代表的斯图亚特家族几代君主对政治共同体的玩火自焚式的君主专制作风。

在《声辩》中,弥尔顿并没有在查理一世的家族血统上大做文章,他论战的焦点始终是政治范畴。即便提及查理一世的祖母——在伊丽莎白一世时期被处决的玛丽女王时,弥尔顿同样强调的是她对共同体的政治威胁,而不是她的苏格兰出身。在革命时期,苏格兰与英格兰的关系时好时坏,有时联手对抗保

---

① 安德鲁·桑德斯:《牛津简明英国文学史》(上),谷启楠、韩加明、高万隆译,北京:人民文学出版社,2000 年,第 340 页。

皇党,有时又彼此大打出手,然而,不容否认的是,苏格兰人在关键时刻发挥了重大作用——尤其是在查理一世的势力被击败后,他逃逸到苏格兰,却被苏格兰人押回给议会军(不过英格兰人也支付了40万英镑巨款),并最终导致他命丧断头台。在历史上,苏格兰人常常视英格兰人为侵略者,并与之发生多次战争,但在面对专制暴君时,两个素来不乏冲突对抗的民族却达成了令人诧异的默契——这种政治认同表明了两个民族成熟的政治意识和公民权理念。弥尔顿在书中也多次盛赞苏格兰人的政治觉悟。

民族共同体依赖多种纽带的维系,而政治纽带是其中最重要的。共和传统、自由精神、公民意识是政治纽带得以牢固的核心因素,专制统治、权力滥用、自我奴化则会磨损、扭曲甚至截断这一纽带。古时在国家没有产生之前,人们过着没有法律的生活,只能说是一批彼此互不相关的乌合之众,他们所在的地方还不能称为国家(《声辩》,138),这些人更不能称为民族,政治共同体则更是无稽之谈了,因为它所赖以存在的公民权是建立在共同遵守的法律制度之上的。专制统治企图凌驾于法律之上,甚至退回到没有法律的状态中,其后果将会极其严重,会导致整个民族被奴化,比如,仅仅一个查理就使得"英国民族身上被套上了重重的枷锁"(《声辩》,80)。有些王国的人民由于没有达到较高的民族认同和政治认同高度,缺乏足够的合力来抵抗暴君,只能被其奴役,但英格兰人与他们不同,查理也不是古巴比伦王国实力强大的暴君尼布甲尼撒——英格兰民族的力量比暴君大,所以他们不必苟且偷生,而应该揭竿而起,推翻暴君的统治,以便维护共同体的完整。

共同体的良好运作需要它的成员的和谐共存、共谋发展,而政治共同体的健康发展则尤其取决于人民的权利共享与责任担当。它应该是"一个由平等公民构成的政治共同体",其中包括几个相互关联的过程,比如"从对共同体的消极服从变为积极的政治参与"[①]。新共和主义同样强调,公民权利必须在承担对共同体的责任和义务的前提下才能实现。[②] 整个民族都应在法律与制度的制约下,上至达官贵人,下至贩夫走卒,在政治地位上没有贵贱之分,在公民权方面没有多少之分,如此这个政治共同体自然上下同欲、勠力同心。然而,这种完美

[①] 安东尼·D. 史密斯:《民族认同》,王娟译,南京:译林出版社,2018年,第80页。
[②] 夏晓丽:《论西方公民身份的三重维度:兼评自由主义、新共和主义与社群主义的论争》,《湖北民族学院学报》(哲学社会科学版)2014年第5期。

的政治共同体只是一个想象的共同体、一个非现实的乌托邦。但一个民族只要存在正义的少数人,依托民主传统和合适的政治文化,他们的动员能力就会不断增强,并激活越来越多的消极服从的公民。

但作为上帝对人类的惩罚而设立的职位,君主在政治共同体中是一个不稳定的甚至潜藏着极大危害的因素。当君主以人民为重、以社稷为重的时候,共同体尚能稳定发展,而一旦君主滥用权力,并剥夺人民公民权的时候,共同体就会处于各自为政、严重分化的状态中。人民在国王没有出现以前,力量是团结的,他们选出领导者是为了保障大家的自由、和平和安宁(《声辩》,120),但查理却辜负了人民的期望,把政治共同体分裂为敌对的两派,使得民族认同受到重创,共同体的凝聚力也降到了最低程度。暴君像瘟疫一样危害人民(《声辩》,137),而平等的公民权利意识却像杀毒软件一样,清除民族这个系统中的封建专制病毒,并以其常态化的实时监控和扫描,对病毒防患于未然;这样,共同体的成员才能互助合作,同舟共济,使民族这个有机系统步入良性发展轨道,而无停滞甚至崩溃之虞。

弥尔顿对英格兰民族的超前政治思想资源和民族认同倍感自豪,他说"我们英国人根本不用引用外国人的前例来解释自己的行为。我们有国法可循,我们的国法是世界上最完善的国法。我们有祖先的成例可援;我们的祖先都是伟大而勇敢的,从不屈服于放纵无度的王权,并在忍无可忍时处死了许多国王"(《声辩》,232)。在全书的最后一段,弥尔顿把为人民所做的辩护视为对英格兰民族的贡献,也是对其他任何民族的贡献(《声辩》,237),说明他意欲建立的并不只是一个新型的英格兰民族政治共同体,而是全人类的政治共同体。

英格兰人民在与专制暴君的斗争中强化了民族认同,而弥尔顿以小册子与反动保守的封建专制势力进行的斗争则廓清了阴谋分裂民族、弱化政治意识的邪说妄语,并通过政治民族主义话语团结了正义的力量,强化了英格兰民族的政治精神。在弥尔顿心目中,民族具有至高无上的地位,但正义的少数人是民族中的核心群体,正是在他们的动员下,芸芸众生才开始了对公民的、社会的和政治的权利的争取,并转变为具有公民权利意识的公民,由此才壮大了具有成熟的政治意识的政治民族,为政治共同体的革新做好了精神上和规模上的准备。正是在弥尔顿等正义的少数人的努力之下,17世纪的英格兰才最终成为近代史上最早进行民主转型的民族共同体之一。

第二节 《再为英国人民声辩》中的三重辩护与作为"道德地理"的民族

《声辩》让法国的保皇主义学者撒尔美夏斯名声扫地,随后,弥尔顿又开始迎击一位匿名作者以及法国的流氓文人亚历山大·莫尔。两人合作发表的《王族向上天控诉英国的弑君者》(1652)①,正像撒尔美夏斯的《为英王声辩》一样,为被处决的英王查理一世和专制政体辩护,攻击议会派的革命义举。与撒氏著作的不同之处在于,这本匿名之作还对弥尔顿大肆诽谤,甚至在对方的失明这一点上进行人身攻击。弥尔顿针锋相对地创作了《再声辩》,该书原名为《英国人弥尔顿再为英国人民声辩,驳斥无耻的诽谤性的匿名书"王族向上天控诉英国的弑君者"》(*John Milton Englishman Second Defence of the English People Against the Base Anonymous Libel, Entitled The Cry of the Royal Blood to Heaven, Against the English Parricides*),对莫鲁斯(Morus)②进行了毫不留情的批驳,并为己方进行辩护。"以他的公共声调,具有公民意识的弥尔顿用法律的、宗教的和历史的证据阐明了英格兰弑君行为的合理性。"③评论者们给这本小册子以极高评价。凭借《再声辩》和《论出版自由》,弥尔顿达到了他的散文创作的巅峰(*CPW*,4:538)。两次声辩都发生在流亡的斯图亚特家族和弑君的英格兰共和国之间的斗争时期,弥尔顿随后还发表了《自我声辩》(*Pro Se Defensio*,1655),这个"声辩三部曲"使他名声大噪。④

在《再声辩》中,弥尔顿凭借他汪洋恣肆、激情澎湃的写作风格,为英格兰的革命派进行辩护。他赞美他们的正义之举,但也毫不隐讳地指出了可能存在的

---

① 该书的真实作者是彼得·杜·穆兰(Peter Du Moulin),一位英国国教牧师。他把该书手稿送给撒尔美夏斯,后者又送给亚历山大·莫尔,莫尔经过编写,并加了一篇署名的序言,随后找人予以出版。由于该书作者匿名,弥尔顿就把莫尔作为主要抨击目标。见 *CPW*, 4:542 - 543。《再声辩》原文为拉丁文,由海伦·诺斯(Helen North)译为英文,序言与注解由唐纳德·A.罗伯茨(Donald A. Roberts)撰写。

② 指莫尔。

③ Michele Valerie Ronnick, "The Meaning and Method of Milton's Panegyric of Cromwell in the 'Defensio Pro Populo Anglicano Secunda'," Humanistica Lovaniensia 48 (1999):310.

④ Michele Valerie Ronnick, "The Meaning and Method of Milton's Panegyric of Cromwell in the 'Defensio Pro Populo Anglicano Secunda'," Humanistica Lovaniensia 48 (1999):307 - 308.

危机,并告诫他们谨慎行事,以免重蹈历史覆辙。他理性地超越了党派政治,力求团结最大的可能群体,包括部队军官、议员、全体选民,但排斥护国公政体的反对者。① 他的辩护具有超前的民族主义意识,促进了英格兰人民的民族认同与政治认同,使民族共同体更具凝聚力,政治共同体更为民主化。弥尔顿为英格兰民族共同体辩护,反对斯图亚特家族的支持者,而他对欧洲、亚洲等地读者的发声也是在呼吁一个更大的跨民族政治共同体的创建。

在《再声辩》中,弥尔顿有理有据地驳斥了匿名者的妄言狂语,但这一小册子的主要目的并非抨击对手,而是为己方辩护,主要是英格兰人民、克伦威尔等军政领导和弥尔顿本人,这是一种以守为攻、攻防兼备的辩论策略。他的辩护从事实出发,言辞恳切、合乎情理,因此,在这场小册子大战中取得胜利是意料之中的。弥尔顿在为正义的各方辩护的同时,也良药苦口地告诫他们,在追求共和与自由的道路上应力求避免在历史上曾经出现过的障碍与挫折。

弥尔顿为英格兰人民、克伦威尔和他本人所做的辩护中充满了民族认同与政治认同意识,下文将一一进行解读。

一、英格兰人民——作为道德地理的民族

虽然民族主义学说滥觞于19世纪初,但在欧洲近代早期,一些政治进步、经济发达的国家已经出现了民族主义的萌芽。史密斯把民族主义视为"一种意识形态运动,其目标是为了使一个被其部分成员视为实际或潜在'民族'的人口单元实现和维持自治、统一与认同"②。他列举了其中的四条"核心教义",第二条是"民族是所有政治和社会权力的源泉,对民族的忠诚凌驾于所有其他效忠关系之上",第三条是"人们如果想获得自由和自我实现,就必须认同于某个民族"③。他的观点说明民族和权利、自由、伦理道德这些政治、文化因素之间存在着互相依存、互相促进的密切关系。

一个理想型民族的形成,是从正义的少数人的努力开始的,正是由于这些有着良好人文思想与自由意识的人士的启蒙与动员,才使得民族变成了一个伦理与智识的教习所,那些消极的公民才能培育他们的心智,并逐渐意识到自身

---

① Go Togashi, "Contextualizing Milton's 'Second Defence of the English People': Cromwell and the English Republic, 1649 – 1654," Milton Quarterly 45.4 (December 2011):234.
② 安东尼·D. 史密斯:《民族认同》,王娟译,南京:译林出版社,2018年,第92页。
③ 安东尼·D. 史密斯:《民族认同》,王娟译,南京:译林出版社,2018年,第92—93页。

第三章 共和、自由理念与民族共同体

的权利、自由与义务,民族认同由此达到了较高的程度。同时,民族认同也会使更多的成员社会化,使其成为"国民"或公民。[①] 他们的民族意识和民族情感也随之增强,并且他们在紧要关头挺身而出,为民族共同体的存续与发展勇于付出。英格兰民族正是在克伦威尔、弥尔顿等少数品德高尚人士的努力之下,变成了一个史密斯所谓的"道德地理"以及"神圣的中心"[②]。

弥尔顿在《再声辩》中盛赞英格兰人民,认为这是一个伟大的民族,具有高尚的品德和不畏强权、向往自由的公民意识。自由分为两种,即世俗生活的自由和敬仰上帝的自由,而在争取这两种自由方面,没有一个民族、一个城邦能比英格兰民族所取得的成功更英勇、更伟大。[③] 民族的灵魂即是自由,自由是民族存在的根基,所以弥尔顿认为:"为英吉利人民声辩,也就是为自由本身而辩护。"(《再声辩》,241)他把英格兰民族与正反两方面的范例进行了对比。古希腊人、古罗马人的历史中始终交织着共和与帝制的对抗,在反对暴政、争取公民权利与自由方面他们是全世界的典范,这一传统由此而发轫。与弥尔顿同时代的法兰西人也是国王惧怕的对象。印第安人则处于另一个极端——弥尔顿认为他们是人类中最愚蠢的,因为他们把那些无法驱除的恶魔奉为神明来膜拜。但随着时代的发展,竟然出现了一群连印第安人也不如的人,这些人本来完全有能力驱逐暴君,却不仅不这样做,反而把最无能的暴君奉为神明,让他骑在自己头上,这不啻把人类的败类神明化而毁灭自己(《再声辩》,242-243)。弥尔顿把英格兰革命派与古希腊罗马人及近代的法国人并举,把印第安人则视为崇拜偶像的愚昧民族,但英格兰和其他国家顽固保守的保皇党人连印第安人也不如,竟然崇拜作恶多端且昏庸至极的暴君。英格兰民族中的正义人士不光比当时的其他民族更富于权利与自由意识,而且比起过去的英格兰人也更有荣耀,因为"过去人们常说它是出暴君的地方,此后它就要变为爱国志士的发祥地,而千秋万世永受赞美了"(《再声辩》,243)。

英格兰人追求平等、自由权利,在这个过程中他们能做到克己守法,不滥用权力,如弥尔顿所言:"英吉利人从来没有放纵自己、藐视国法或破坏国法达到

[①] 安东尼·D. 史密斯:《民族认同》,王娟译,南京:译林出版社,2018年,第24页。
[②] 安东尼·D. 史密斯:《民族认同》,王娟译,南京:译林出版社,2018年,第23页。
[③] 约翰·弥尔顿:《英国人弥尔顿再为英国人民声辩,驳斥无耻的诽谤性的匿名书"王族向上天控诉英国的弑君者"》,何宁译,见约翰·弥尔顿《为英国人民声辩》,北京:商务印书馆,1958年,第242页。以下的引文将随文标出该著的简称《再声辩》和页码,不再另注。

无法无天、任意妄为的地步。"(《再声辩》,243)滥用权利,或者凌驾于法律之上,都不会造就理想的公民,因为被滥用的权利相当于没有权利,而没有权利,就不会造就有道德的公民,因为美德的养成依赖一定的权利与义务。如果只有法律,但没有任何共享的权利和义务,没有公民身份以及相应的道德风尚,这样的人民就只能构成一个族裔,而非民族,更不可能构建理想型的民族共同体。

暴君寻求制造最大可能数量的敌人或无价值的公民以对抗议会与人民。暴君通过剥夺人民的公民权而使他们被去社会化,并丧失生存的价值,从而变成无益于民族发展的技术性的动物和功利性的动物。民族将不会成为道德地理,而是退化为一个道德荒漠。暴君像瘟疫一样,以专制病毒腐蚀民众心智,使一个民族退化,而且这种病毒也会传播开来,感染其他民族,使之也变为被奴化的民族。所以,"暴君不仅是我们的敌人,而且是全人类的共同敌人"(《再声辩》,320)。

他告诫英格兰人民:推翻暴政并不意味着永久的自由,因为自由不是武力所能得到或抢走的,只有来自真正美德的自由才能在心灵中立下深固而亲切的根基(《再声辩》,336)。人民并不一定会分享胜利的果实,"虽然你们是战争的胜利者,他们却会把你们当作物品用与处理战利品不同的拍卖方式拍卖给出价最高的人"(《再声辩》,337)。随波逐流、甘受摆布的群氓是民族共同体中没有价值的人,因为"千人一面的公民不需要'轮流'执政或'部分'参与管理,因为他们没有任何属于自己的东西可以对共同体有所裨益"[①]。所以,给予人民以公民权与自由是一个民族的头等大事,这比起任何其他国家大事都要重要。权利和自由意识就是一个理想型民族不可或缺的美德。弥尔顿指出,一个民族是靠美德、勤勉和刻苦劳动来压倒另一个民族的(《再声辩》,337-338),这种美德必然包含了进步的政治意识。有美德的正义人士促进了共同体这一有机体的改良,如弥尔顿所言:"一个民族较健全的部分赶走较腐败的部分的,而你们也正是这样赶走保皇党分子的。"(《再声辩》,338)这表明,理想型民族具有自我净化、自我改进能力。

从弥尔顿的辩护中可以看出,英格兰民族尽管有各种缺陷——比如大量甘受奴役的保皇党人和革命意志摇摆不定的长老会成员的存在——但仍然是一

[①] 玛丽·P. 尼柯尔斯:《苏格拉底与政治共同体:〈王制〉义疏:一场古老的论争》,王双洪译,北京:华夏出版社,2007年,第224—225页。

个标志性的道德风尚的树立者、一个展示良好道德地理的民族,因为它有超前的民族认同和政治认同意识,有对自由的追求,而这一切都是基于少数正义者的引导与动员,他们的努力使得民族共同体在面对暴政时能够团结一致、以正胜邪。克伦威尔和弥尔顿是正义的少数人中的代表,也是《再声辩》着重为之辩护的个体人物。

二、克伦威尔——拯救民族的布鲁图斯

《再声辩》的后三分之一篇幅聚焦于为克伦威尔的辩护,而弥尔顿对克伦威尔护国公政体的态度也成为该书极为引人关注的话题。冨樫给出了一个答案非黑即白的单项选择题:克伦威尔是第二摩西还是恐惧中的暴君?[1] 在弥尔顿的话语中,冨樫觉察到两种声音的存在:一种是激进者的声音,他们把克伦威尔看作最后的希望;另一种是共和派批评者的声音,他们抨击克氏的军事独裁[2],与之相呼应的还有宗教激进派,尤其是第五王国派,两派都攻击克伦威尔是另一位而且是更坏的暴君。[3] 研究者们认为弥尔顿更认同激进者的看法,对克氏持肯定态度。冨樫觉察到,在《再声辩》中,弥尔顿强调,克伦威尔战胜自己是沉静但非常重要的举动;对自己的克制以及宗教和伦理上的正确比战场上的胜利更为珍贵。[4] 米歇尔·瓦莱丽·罗内克(Michele Valerie Ronnick)旁征博引,力图证明弥尔顿在《再声辩》中并没有对克伦威尔护国公政体越来越不抱幻想,但他对古典时期政治文化的熟谙警示他自己也许应该畏惧最坏的结果。[5] 深谙古希腊罗马时期政治冲突的弥尔顿对于专制思想流毒的影响自然不敢掉以轻心。

---

[1] Go Togashi, "Contextualizing Milton's 'Second Defence of the English People': Cromwell and the English Republic, 1649–1654," Milton Quarterly 45.4 (December 2011): 225.

[2] Go Togashi, "Contextualizing Milton's 'Second Defence of the English People': Cromwell and the English Republic, 1649–1654," Milton Quarterly 45.4 (December 2011): 228.

[3] Go Togashi, "Contextualizing Milton's 'Second Defence of the English People': Cromwell and the English Republic, 1649–1654," Milton Quarterly 45.4 (December 2011): 233.

[4] Go Togashi, "Contextualizing Milton's 'Second Defence of the English People': Cromwell and the English Republic, 1649–1654," Milton Quarterly 45.4 (December 2011): 235.

[5] Michele Valerie Ronnick, "The Meaning and Method of Milton's Panegyric of Cromwell in the 'Defensio Pro Populo Anglicano Secunda'," Humanistica Lovaniensia 48 (1999): 315. 布什也认为:"即使在颂扬护国公的时候,这篇文章也证明了弥尔顿这位坚定的共和主义者已经对专制现象感到不安。"详见道格拉斯·布什《评弥尔顿的小册子》,冯国忠译;见殷宝书编《弥尔顿评论集》,上海:上海译文出版社,1992年,第398页。

弥尔顿反驳针对克氏的指控与诽谤,并旗帜鲜明地为之辩护。他赞扬克氏是一位出身高贵、身怀美德、勤谨奉公的君子。他指出,克氏是审慎精明的政治家,并非盲目主张推翻一切君主制,并杀死所有君主,他对苏格兰人、爱尔兰人、长老派也采取了正确的应对措施,从而维护了民族利益,并保障了政治共同体的良性运转。

克氏的军事才华尤其得到了弥尔顿的褒扬,后者认为他不次于古代列国的第一流名将。战争对于英格兰民族意识的培育厥功至伟。史密斯认为,国家政权建设、军事动员和组织化宗教是促成族群认同感的最重要的力量,而其中战争是最重要的,它强化了族群情感和民族意识,提供了一种向心力,并为子孙后代提供神话与记忆。① 克氏领导的针对保皇党以及苏格兰、爱尔兰战争的胜利既保障了民族的生存空间,也挫败了保皇党的阴谋,使政治共同体避免了王政的复辟。克伦威尔被比作卢修斯·朱尼厄斯·布鲁图斯(Lucius Junius Brutus),后者把罗马从暴君塔昆的专制下解放出来并建立了共和国。②

弥尔顿赞美克伦威尔是"公民中最伟大、最光荣的人",尤其值得敬佩的是克氏接受了国父的头衔,而放弃了国王的称号,避免了像有些专制者那样,在征服一个崇拜偶像的民族之后,又把那些被征服的偶像奉为神明(《再声辩》,330–331)。

对于克氏,弥尔顿持崇敬但不盲目崇拜的理性态度,这体现在他始终把民族利益放在首位,把民族的自由置于个人的权利与自由之上。他语带机锋地告诫克氏不要破坏历经千辛万苦才赢得的自由。自由是国家与民族无上的财富,是政治共同体的政治纽带与精神桥梁。人民如果失去了自由,统治者也会丧失自由。"凡是强占他人自由的人,必然首先丧失自己的自由,必然首先成为奴隶",也会给本人招致毁灭性的危险,并破坏全部美德和虔诚的根基(《再声辩》,331–332)。民族的道德地理奠基于个体道德的完善,尤其是那些正义的少数人的品德与秉性。沃尔夫犀利地指出,克伦威尔比起乔治·华盛顿(George Washington)在宗教上更加虔诚,在美德方面则可能远远超出后者,但他缺乏华盛顿的治国才干,没有深谋远虑地选举他人来代替他,以便稳妥地开创

---

① 安东尼·D. 史密斯:《民族认同》,王娟译,南京:译林出版社,2018年,第36—37页。
② Go Togashi, "Contextualizing Milton's 'Second Defence of the English People': Cromwell and the English Republic, 1649–1654," Milton Quarterly 45.4 (December 2011):232.

选举统治者的先例。① 这造成的后果是,在他故去后,护国公体制难以为继,不久即被卷土重来的君主制所取代。可见,个体的美德尽管重要,但对政权的建设却不是决定性的要素。不过,他在政治领域的探索为政治共同体的发展提供了宝贵经验。

除克氏外,弥尔顿还列举了一大批优秀的革命派人士,他们在各个领域功勋卓著,都是捍卫民族自由的斗士。他们全都是拯救国家和民族的布鲁图斯(《再声辩》,338)。他称颂约翰·布拉德肖(John Bradshaw)作为审判国王的首席法官,具有自由的思想和崇高的精神,对暴君永不妥协,"他并不单纯坐在法庭里审判国王,而仿佛一生中的每时每刻都在审判他"(《再声辩》,305)。还有品行高洁的费尔法克斯将军,为了民族利益征战沙场,屡立战功。这些人和克伦威尔、弥尔顿等人一起,共同图绘了英格兰民族的道德地理,推动了政治共同体的发展。

三、弥尔顿——以理性保卫民族

为英格兰人民的弑君之举进行辩护,是"经过祖国的保卫者一致决定和推选而委托给我的为他们作辩护的任务",这使弥尔顿倍感荣耀,认为这是"最高尚最引人瞩目的声辩"(《再声辩》,244)。小册子论战是没有硝烟的战争,虽然没有真刀真枪的战争那样残酷和血腥,但弥尔顿认为,这种方式"危险并不小,而效果却要大得多"(《再声辩》,243)。

真理与正义需要战争的卫护,但同样需要思想与精神的培育与呵护,这样才能"使得到武力保卫的真理也同样地得到理性的保卫",而"唯有理性的保卫才是真正的、合乎人道的"(《再声辩》,244)。弥尔顿在以理性保卫真理的话语中,饱含着对人民、对民族强烈的关爱与认同意识,可以说他用理性保卫的既是真理,也是民族。倘若真理被保皇党的异端邪说击败,民族将会专制肆掠、邪风日盛、人心涣散,从理想型民族共同体变为一盘散沙般的族裔群体。

弥尔顿对民族的理性保卫受到欧洲多国人民的热烈欢迎,这使他感到"在我的会场或讲台周围的不只是一个民族(不管是罗马人也好,希腊人也好),而好像是整个欧洲的人"(《再声辩》,244-245),他也表达了对那些理想型民族

---

① Don M. Wolfe, "Milton's Conception of the Ruler," Studies in Philology 33.2 (April 1936):268.

的赞美,如日耳曼人、法兰克人、西班牙人、荷兰人和意大利人——因为他们对自由的追求和对专制的斗争。他感到非常自豪,"我似乎为每一个民族带来了从前被驱逐流放在外边的自由"(《再声辩》,245)。

弥尔顿对他的小册子的影响力充满信心,对保皇党分子的诽谤与人身攻击嗤之以鼻。为了彻底打消对方的嚣张气焰,并让不明真相的读者明辨是非,他在书中也为自己做了公允的辩护,以做到清者受人敬重,浊者被人唾弃。"不管诽谤传播到哪里,打击诽谤的真理也必须跟到哪里。"(《再声辩》,247)

匿名作者品行恶劣,竟攻击弥尔顿为"一个丑陋、庞大而又瞎了眼的可怕怪物"(《再声辩》,264)。对此人身攻讦,弥尔顿通过有理有据的自我辩护进行回击。他认为自己相貌端正、容光焕发,在外表上并不次于他人;而在失明方面,他列举了历史上一些伟大的人士,如古希腊的政治家替摩利温等,他们双目失明,却追求民主与共和,把城邦或国家从暴君手中解救出来。他们的失明不但不会引起人们的嘲笑,反而让人更加敬佩,因为他们失去的是小我的光明,却换来了民族与国家的大光明。弥尔顿有同样的奉献精神,"我这样做主要是为了拯救共和国,也是为了拯救教会"(《再声辩》,269)。即便医生曾警告他,如果继续写作工作,会导致他的双目完全失明,弥尔顿也毫不畏惧——为了民族,他不惜做出巨大牺牲。莫鲁斯等败类的眼睛是"最下贱的感官","看不到任何善良的或真实的东西"(《再声辩》,270-271)。为了金钱、地位,他们非理性地诋毁英格兰民族的正义事业,力图破坏该民族的凝聚与认同。英格兰民族没有因这种拙劣的勾当而分裂,撒尔美夏斯、莫鲁斯等人反而成为笑柄,甚至受到他们本民族正义人士的唾弃。

在弥尔顿失明之后,共和国的人民和领导者对弥尔顿极尽关怀之能事,给予他极高的荣誉和待遇,在国际上人们也从最初的反对转变为赞美与尊重,瑞典女王就是一个鲜明的例子。"亚里士多德的政治学也要求人们将对自己的爱延及到城邦和同胞。只有这样,政治共同体才能存在"[1],弥尔顿失明之后所得到的极高待遇正是一个绝佳的范例,体现了理想的民族共同体与政治共同体的凝聚力。他对民族的理性保卫换来的是民族对他的人文关怀以及其他民族的共鸣与称誉,这体现的不只是一个民族的共识,也是跨民族的政治认同。

---

[1] 玛丽·P. 尼柯尔斯:《苏格拉底与政治共同体:〈王制〉义疏:一场古老的论争》,王双洪译,北京:华夏出版社,2007年,第214页。

第三章 共和、自由理念与民族共同体

莫鲁斯是个奸诈卑鄙的小人,曾诱奸撒尔美夏斯的使女。弥尔顿用对比的手法进行了绝妙的讽刺:"不但是女方怀了孕,男方也怀下了鬼胎","这个鬼胎突然膨胀起来而产下了一个坏蛋——'王族的控诉'。"(《再声辩》,254,255)莫鲁斯的所作所为与共同体理念背道而驰,尤其体现在家庭观方面。他对撒尔美夏斯的使女始乱终弃,连带对方所生的孩子一并遗弃,这种劣行既破坏了家庭共同体,也对民族及政治共同体产生了分裂作用。在亚里士多德等人看来,"家庭仍是政治共同体不可分割的一部分,它既提醒人们的出身及局限,也培养他们对属于自己的事物的爱,而人一定会将这种爱延及到更大的共同体"[1]。莫鲁斯诱骗他人使女的堕落行径传递的是丑恶,而弥尔顿的洁身自好、对家庭这一社会单位的珍爱也激发了对民族共同体的理性之爱,同时也为民族的道德地理增添了厚重的养分。

身怀文学与论说天赋的弥尔顿与军事奇才及政坛能手克伦威尔构成了英国革命时期的文武双子星座,因此奥斯汀·伍尔里奇(Austin Woolrych)提出了极具想象力的比较,"除了把莎士比亚想象为伊丽莎白女王的国务卿以外,很难设想比服务于英格兰共和国的弥尔顿和克伦威尔的合作更引人注目的搭配了"[2]。以克氏与弥尔顿为代表的正义的少数人是英格兰民族的中坚力量,在面对专制势力的侵犯时,他们动员那些具有较强政治意识的公民,通过艰苦卓绝的斗争,打败了王党分子,使共同体清除了自身的腐败成分,达到更高程度的民族认同与政治认同。

弥尔顿为英格兰人民、克伦威尔和他本人做了严谨公正的辩护,使当时的英格兰民众和欧洲的读者感受到辩护中饱含的正义与自由的心声,并为之心悦诚服,这给了英格兰民族的革命事业强有力的支持。弥尔顿为人民与革命者的辩护彻底驳倒了保皇党人为暴君的辩护,揭露了其诽谤污蔑的本质,从而打击了保皇党的气焰,这使民族共同体的革命行动得到了国内外正义力量的认同,也极大地有助于政治共同体的共和理念的培育。在以后的世代,世界各地的民族共同体也同样会从这种辩护中获取民族认同和政治认同的力量,并以此把民族建设为一个道德地理和神圣的中心。

---

[1] 玛丽·P. 尼柯尔斯:《苏格拉底与政治共同体:〈王制〉义疏:一场古老的论争》,王双洪译,北京:华夏出版社,2007 年,第 214 页。

[2] Qtd. in Michele Valerie Ronnick,"The Meaning and Method of Milton's Panegyric of Cromwell in the 'Defensio Pro Populo Anglicano Secunda'," Humanistica Lovaniensia 48(1999):313.

第三节 《建设自由共和国的简易办法》：对"奄奄一息的自由"的保卫

克伦威尔于1655年成立的军事化护国公政体不受欢迎；他在1658年去世后，继任他的儿子理查德在次年5月被迫下台。随后，《建设自由共和国的简易办法》[①]第一版于1660年2月出版，4月份出版了修改后的第二版。该书被认为是弥尔顿所有小册子中最具共和色彩的。[②] 查理二世于1660年5月复辟后，弥尔顿躲藏起来，但在6月被捕，不过最终设法得到了赦免。

芭芭拉·莱瓦尔斯基（Barbara Lewalski）认为，从克伦威尔在1658年9月死亡，到查理二世在1660年5月复辟的20个月里，英国的政府换了六次，经济状况恶化，清教徒的统治越来越不令人满意，保皇党力量日增。[③] 从1659年开始，弥尔顿就不再担任外文秘书，但仍旧激进地为共和体制呐喊，并鼓吹政教分离和对基督徒的自由的保障。

在1660年复辟之前，国务院就开始压制共和主义或反政府的声音，并逮捕了利夫韦尔·查普曼（Livewell Chapman），一位共和主义出版商，也是《办法》第一版的印刷商。[④] 在这种压力之下，第二版的标题页上就没有标明出版商或书商的名字。

《办法》态度鲜明地反对君主制，支持岌岌可危的共和国。该书是弥尔顿为了保存共和体制所做出的最后努力。[⑤] 小册子的支配性主题是以有力的论据支持自由共和国或民主，并反对君主制；弗兰克·洛维特（Frank Lovett）断言，只有在《办法》中，弥尔顿才断然排斥君主制，视其为"无必要的、累赘的、危险的"，

[①] 约翰·弥尔顿：《建设自由共和国的简易办法》，殷宝书译，北京：商务印书馆，2013年，第10页。以下的引文将随文标出该著的简称《办法》和页码，不再另注。

[②] Frank Lovett, "Milton's Case for a Free Commonwealth," American Journal of Political Science 49.3 (2005):470.

[③] Qtd. in James Egan, "Rhetoric and Poetic in Milton's Polemics of 1659 – 1960," Rhetorica:A Journal of the History of Rhetoric 31.1 (2013):75 – 76.

[④] Robert W. Ayers, "The Editions of Milton's Readie & Easie Way to Establish a Free Commonwealth," The Review of English Studies, New Series, 25.99 (1974):288.

[⑤] James Egan, "Rhetoric and Poetic in Milton's Polemics of 1659 – 1960," Rhetorica:A Journal of the History of Rhetoric 31.1 (2013):76.

是应被废除的。① 在复兴君主主义的大潮中,逆流而上的弥尔顿冒着生命危险,在短短几个月的时间里连续出版了《办法》的第一、二版,目的是希望人民自由选举的议员能够挽救危机中的自由共和国。② 他对旅鼠般的公众(lemming-like public),即盲目从众者,感到极为愤怒。③

  自由是共和主义的核心概念。在公民人文主义者看来,古典共和主义者可以被认为持有下述观点,即自由不仅仅在于限制或干涉的消失,也在于积极地参与政治进程。④ "享受政治自由就是分享美好生活,也可以被理解为积极的公民身份与公民美德"⑤,也包括对腐败的清除等要素。但"没有好的教育,人就没有能力享受自由"⑥。换个角度看,自由又在于"免于主子的任性统治"⑦。斯金纳把共和国与共同体结合起来考虑,"自由国家是一个共同体,其中政治体的行为是由作为一个整体的成员的意志决定的"⑧。在《职权》中,弥尔顿指出,人民废黜最高长官的权力是所有自由的根源和源泉,是一个自由民族的自然的和根本的权力(CPW,3:236-237)。作为人民代表的议会甚至在共和国建立后的有关法案中被称为"英格兰自由的保持者"⑨。

---

① Frank Lovett, "Milton's Case for a Free Commonwealth," American Journal of Political Science 49.3 (2005):474,466.

② Robert W. Ayers, "The Editions of Milton's Readie & Easie Way to Establish a Free Commonwealth," The Review of English Studies, New Series,25.99 (1974):288-289.

③ James Egan, "Rhetoric and Poetic in Milton's Polemics of 1659-1960," Rhetorica: A Journal of the History of Rhetoric 31.1 (2013):106. 旅鼠是群居的小型鼠,在北极附近活动,繁殖速度极快,终年可生殖,使族群数量一年内可增加十倍以上。旅鼠的寿命通常不超过一年。它们有盲目从众的特征,常常不加思考地彼此跟随着从事某种行动。

④ Frank Lovett, "Milton's Case for a Free Commonwealth," American Journal of Political Science 49.3 (2005):470.

⑤ 同④。

⑥ Frank Lovett, "Milton's Case for a Free Commonwealth," American Journal of Political Science 49.3 (2005):471,n.17.

⑦ Frank Lovett, "Milton's Case for a Free Commonwealth," American Journal of Political Science 49.3 (2005):472.

⑧ Qtd. in Frank Lovett, "Milton's Case for a Free Commonwealth," American Journal of Political Science 49.3 (2005):474.

⑨ Robert W. Ayers, "The Editions of Milton's Readie & Easie Way to Establish a Free Commonwealth," The Review of English Studies, New Series,25.99 (1974):287.

在共和国举步维艰、复辟势力甚嚣尘上的紧急关头,弥尔顿祭起了自由这一利器来对抗保皇派、保卫共和国。由于民族与自由的不可分离,他的自由观也极大地助推了民族共同体的良性发展。

一、君主制对自由的剥夺

弥尔顿虽有坚定的共和主义思想,但一度对君主制持保留态度,而在《办法》中,他开始把君主制看作一种有害的政体,是对人民的自由构成威胁的统治。英格兰人民应解脱王政的束缚,他们"要做自由人,他们自己是这种自由的代表"。

犹太人与古希腊罗马人的共和思想对近代早期人文主义思想家的政体观和自由观有决定性的影响。在《撒母耳记(上)》中,以色列人拒绝了上帝给他们安排的共和形式,而要求实行君主制,加尔文斥责了他们的极度愚蠢:"以前,百姓是自由的,他们想要国王来统治他们,他们愿意自己顺服国王,因而放弃了自己宝贵的自由。"[1]英国正义的少数人"服事不了两个敌对的主人,即上帝和国王"(《办法》,10)。国王是自由的破坏者,暴君则是"自由的天然敌人与压迫者"(《办法》,50)。

弥尔顿把自由划分为宗教自由与公民自由(《办法》,7),对应于天上的王国和世俗王国。世俗王国的查理一世破坏宗教自由,"竭力给我们的信仰带来天主教,给我们的自由带来枷锁"(《办法》,8)。詹姆斯二世图谋恢复天主教的举动正是光荣革命的导火索,并最终导致了复辟时期的终结。

弥尔顿赞颂那些自由的保卫者,他们是"为保卫宗教与公民自由而对议会最为忠诚的人民"(《办法》,7),正是靠这些人的拼搏,英格兰才得以推翻专制统治,并建立自由共和国,而这些人就是正义的少数派。在自由面临重大考验的关键时刻,正义的少数人的数量可能变得更少,比如议会议员名额原本为500人,内战开始后,大部分议员逃亡,而在1648年普莱德清洗中的140余名长老会议员之后,议会只剩下50余名独立派议员,正是这个残缺议会处死了国王,并成立了共和国。

对自由持轻浮态度的长老会,只能常常忍受被自由抛弃的下场。在查理一

---

[1] 道格拉斯·F. 凯利:《自由的崛起:16—18世纪,加尔文主义和五个政府的形成》,王怡、李玉臻译,南昌:江西人民出版社,2008年,第27页。

第三章 共和、自由理念与民族共同体

世被俘后,他们想与之妥协,结果被独立派从议会中清洗,而在共和国面临被颠覆的命运时,他们同样背叛了革命事业,向查理二世妥协,并与国教联手促成了王政的复辟。但在复辟之后,他们不见容于国教,又一次被从教会中排挤出去。这样一个视自由为玩物、朝三暮四的教派,在崇尚自由、珍重自由的英格兰,自然难以产生持久的影响。

议会对于国家和民族的存亡兴废至关重要,但议会也并不就是一方净土,议会也是一个名利场,其中鱼龙混杂、正邪交织,因此弥尔顿尖锐地评论说:"在议会里和在城市里一样,大部分人可能是腐败的。"(《办法》,14)但他又强调,分量比数量更靠谱——正义的少数人的分量大于保皇派和动摇者的数量,智慧比愚忠和盲从更有力量。

查理一世根深蒂固的绝对君主制观念注定了他不会给民族带来期盼的自由。在1648年议会与国王商谈的《纽波特条约》(Treaty of Newport)中,议会提出了一系列正当要求,身陷囹圄的国王对这些有利于人民的权力仍然予以削减。比如,议会要求管辖民兵20年,查理只答应10年;议会要求根除主教制并建立统一的长老教派,查理只答应建立长老会制3年。但下院根本不相信查理还有什么正义感或良知,所以最终推翻了他的全部提议,商谈宣告破裂(《办法》,14,注2)。从这一事件可以看出,查理即便身陷囹圄,丧失了个人自由与实施专制统治的权势,却依旧不愿赋予人民以自由,依旧想恢复他的独裁者身份,并继续骑在人民头上作威作福——在他看来,人民的自由是可以讨价还价的琐屑小事。

向查理一世妥协,在弥尔顿看来,是与双手沾满人民鲜血的暴君和解:"我们得有多高的德行,多深的自信,才不至于把大海般的血腥罪恶倾注在自己的头上?"(《办法》,16)

弥尔顿预测,恢复君主制后不久,人们可能就会反悔,因为国王和主教们一定会联合起来打压其他教派,剥夺公民的权益。人民可能要被迫再一次进行已经进行过的战争,再一次忍受已经忍受过的牺牲,但再也不能恢复这么多的自由。当然,反悔是必然的,事实已经证明了一切。弥尔顿具有远见卓识,很多预测都成为现实。但他没有想到,在经历了两位专制君主查理二世和詹姆斯二世之后,英格兰议会主动从荷兰请回了詹姆斯二世的女儿玛丽及其丈夫威廉这两位新教徒来共同统治英国,威廉接受《权利宣言》(Declaration of Rights),承认议

会主权高于君主主权——不流血的革命由此取代了过去那种血腥的革命。[①] 流血的革命赢得的自由有可能会面临动荡不安,而不流血的革命换来的自由却非常稳固。从此之后,英格兰人再未因自由问题而兄弟阋墙,大打出手。

二、共和制对自由的保护

弥尔顿颇有远见地指出,如果实行自由政体,"我们就可以得到永久的安全,不怕企图报复的君王,免受王室的陷害",就可以保住宗教自由和政治自由(《办法》,16－17)。宗教自由,在他看来,是自由的主要方面,这说明在他的心目中,宗教共同体的重要性甚至高过政治共同体。但他又认为政治自由尚未还给人民,这可能暗示克伦威尔护国时期实际上没有民主与自由(《办法》,17,注1),或者说,人民没有被赋予完整的公民权利和自由保障。由自己所选出来的官员统治的人民才能组成一个"自由共和国"[②]。

弥尔顿歌颂护国公政体,认为它完全配得上共和国的称号。自由共和国形式是历代哲人,包括柏拉图、亚里士多德、西塞罗、托马斯·莫尔(Thomas More)等,都赞叹不已的(《办法》,22,注1)。这是"最符合无论人间的、世俗的还是基督教的一切应有的自由和适当的平等的政府"(《办法》,22)。君主制是异教的政体,而共和政府是基督徒应上帝之命而应该建立的政体形式。在考察了古典时期和基督教的政体形式后,弥尔顿极力证明共和国模式是神授的神圣体制,是世间最理想的统治形式。这种政治蓝图一旦得以实现,加尔文所划分的两个王国就可以被改称为世俗的共和国和天上的王国。共和国是对上帝最初的设想的回归,而共和国的领导者议会和上帝则不再像国王和上帝那样是敌对者,而是共同呵护自由的合作者。

在自由共和国里,官职再高的人也会因犯罪而受到惩罚,并且这种处理不会引起任何骚乱,但在君主政体中——弥尔顿警告说——对国王的指摘或惩治将会导致王国与国王同归于尽的巨大危险。国王就好像放在一长列含有数值的数字前的一个没用的大圆圈,一个无价值的大零,但他不光是无价值,反而还

[①] 当然这也是以武力为后盾的——玛丽及威廉夫妇俩带了一万多人的军队杀到英格兰,迫使詹姆斯二世黯然下台,并出逃国外,但途中被截获并送回伦敦。后经威廉同意,詹姆斯二世逃亡法国。

[②] Frank Lovett,"Milton's Case for a Free Commonwealth," American Journal of Political Science 49.3 (2005):472.

会产生负值,成为一个障碍和全国的灾殃(《办法》,26)。没有自由的人民只能屈服于他的暴政,或者奋起反抗,共同体由此会陷入混乱或危机中。

弥尔顿盛赞议会军与人民的表现,认为英格兰民族可以与古典时期的人民相媲美;作为拥有高贵品质的民族,他们应该享有共和国的自由(《办法》,17)。在维护自由方面,宗教共同体和政治共同体固然发挥了力挽狂澜的作用,但它们都奠基在民族共同体之上。

自由共和国的基础和栋梁是议会,议会的主要职责就是保障人民的自由。"只有议会能保证我们为自由人民时,这个议会才算是自由的。"(《办法》,31)"议会不是国王召集的,而是自由之声召集的。"(《办法》,31)弥尔顿认为,主权不是转让给议会,议会只是国家主权的代理机构。主权永远属于人民,人民把主权寄放在议会那里,目的是让议会来保护人民的权利与自由。议员必须由选举产生,当选的议员应该是"自由的保卫者"(《办法》,43)。

议会是国家的根基和柱石,是不能轻易移动的。"移动没有毛病的基石与栋梁是不利于建筑物的安全的。"(《办法》,33)然而议员倘若实行终身制,也会引起抱怨或导致专权腐败。为了预防流弊横生,弥尔顿提出"部分轮换制",即每隔一定的时间应有三分之一议员轮流退出议会,空缺人数通过选举填补。[①]但由于传统导致的思想局限,以及时局的压力,他还是倾向于议员终身制。这种做法虽然避免了议员轮换带来的麻烦,但却破坏了公民自由——人民有自由把那些更年轻、更有活力和能力的德才兼备的人士选入议会。

正是宗教自由和公民自由的存在,共和国和议会才成为"永生的"(《办法》,36)。里吉斯·德布雷(Regis Debray)认为,"我生而为法国人是相当偶然的;然而,毕竟法兰西是永恒的"[②]。但共和国的永恒存在有赖于自由的人民。弥尔顿警告说"国王的死亡常引起许多带有危险性的变动"(《办法》,36);在这种非常时期,王国会引发朝不保夕之虞。共和国却是恒在恒新的;除非有外敌

[①] 弥尔顿有可能参考了哈林顿的构想。在《大洋国》(1656)一书中,哈林顿提出,议员每年年终应有三分之一仍归为被统治者,并在三年内不得连选连任。详见《办法》,35,注1。现在的英国议会中,上院基本是世袭制,下院则每五年举行一次大选。美国国会中,参议院每两年有三分之一的参议员改选,众议院每两年各州须举行一次众议员选举。英美两国议会的选举制度大体上与哈林顿和弥尔顿的构想是一致的。

[②] 本尼迪克特·安德森:《想象的共同体:民族主义的起源与散布》,吴叡人译,上海:上海世纪出版集团,2011年,第11页。

入侵,否则共和国总是长治久安,永葆自由与和平,因为它的核心构架——议会是永生的,这是通过对议员不断地吐故纳新、去弱补强而获得的。议会永生,则共和国永生;议会代表着人民,浓缩了人民的自由,进而代表着民族,所以议会是永生的,民族共同体也相应地是永生的和自由的。

弥尔顿还列举了古犹太人和古典时期的议会模式:犹太人有摩西建立的萨尼德瑞姆70人最高议会;雅典有阿雷乌泊果斯最高议会,斯巴达有长老议会;罗马则有元老院(《办法》,37)。他也吸取了古罗马民主制度的教训,认为如果给人民过多的自由和毫无限制的民主,这种过大的权力就会毁灭他们自己;因此,有人主张除参议院之外,再设立人民议会(《办法》,40-41)。弥尔顿等人的设想虽然较为粗疏,但体现出了极为超前的眼光,这说明对自由的保护固然重要,但如何防止过度的自由破坏共和国的秩序和稳定也不容忽视。

在历史上,通过和国王长期的斗争,议会获得了高于王权的议会主权;尤金·罗森斯托克-赫塞(Eugen Rosenstock-Huessy)认为,议会主权已经逐步替代了君主主权,即便在1660年查理二世复辟时,议会的这一地位也没有动摇过。①

17世纪的君主专制,为近代民族的产生准备了场地,当人们试图对君主制进行改革时,对民族的呼唤可以使国家议会机构作为旧制度与新制度之间的妥协形式使这种改革合法化。② 近代理想民族的产生依赖于议会,而英格兰议会通过建立颇具民主色彩的君主立宪制,进一步推动了民族的成功转型,并使自由得到了良好的保障。

三、民族共同体与自由的不可分离

在王政复辟迫在眉睫、时局阴云密布的时候,弥尔顿依旧为了民族的未来殚精竭虑,为了自由的岌岌可危倍感焦虑。他痛感于民族精神的堕落,以及对专制君主的渴盼:"实在令人惊异的是,自称为爱自由的民族竟能容忍任何人擅自认定他是他们的主人,有统治他们的世袭权利,而在承认这种权利时,这个民族便认定自己是他的仆从、臣属,因而放弃了自己的自由。"(《办法》,28)

---

① 道格拉斯·F. 凯利:《自由的崛起:16—18世纪,加尔文主义和五个政府的形成》,王怡、李玉臻译,南昌:江西人民出版社,2008年,第141页。
② 吉尔·德拉诺瓦:《民族与民族主义》,郑文彬、洪晖译,北京:生活·读书·新知三联书店,2005年,第10页。

第三章 共和、自由理念与民族共同体

如果企望有一个明君贤王来治理民族,这就是把民族的自由和主权完全交给命运去掌握了;明智的民族应该抛弃这种听天由命的念头。弥尔顿认为,君主复辟之后,议会将失去主导权,国务院的人员将由国王选定,"当选的自然都是他的党羽、朝臣、亲信;毫无疑问,这些人在考虑一切问题时将把他们主子的威严与极权尽可能地高高摆在人民的自由之上"(《办法》,48)。人民的自由会受到极大破坏,民族将陷入奴隶的境地。弥尔顿痛心疾首地斥责道:"做奴隶竟有不可言状的快乐吗?戴枷锁竟是妙不可言的幸福吗?"(《办法》,48-49)但重新戴上这种新的"镀金枷锁"(《办法》,52)并不容易,因为要忍受新的压迫和剥削。

一旦复辟后,议会为民权的斗争将变得极为艰难,而保皇党将为王家特权和私人特权而不遗余力,并对议会的安排进行搅局。议会中站在人民那一边的正义的少数人,除了对付国王外,还得应付"国王的两种帮凶:一是僧侣贵族,一是十分可能人数较多的世俗贵族;他们对人民的自由都是毫不关心的"(《办法》,47)。

复辟君主制将使英格兰人民在其他民族面前蒙羞,并同样使英格兰人的后裔蒙羞。因为,保皇党人将会对其他民族大言不惭地说:"你们看叛乱的英国人的下场如何!"他们对革命者的后人则会羞辱道:"你们看你们叛乱的祖先的下场如何!"(《办法》,51)那些自由的保卫者将会被污蔑为民族的叛徒,他们的后代会被称为叛徒的后代,这将是对自由与正义的极大歪曲与抹黑。

弥尔顿有激进的民族主义意识;他甚至认为,"议会"(parliament)一词应该取消,因为其含义是英格兰的征服者诺曼王把贵族和平民召集来进行交谈的意思(《办法》,44)。诸如此类的强烈的民族主义观念将使共同体更加团结,因为"民族是将松散的与原子化的大众改造为有意识和聚合的群体的催化剂"[1]。民族、共同体、共和国,三者相辅相成,一荣俱荣,一损俱损,而自由则是三者都不可或缺的。英格兰民族作为一个近代早期政治上的"先锋社会"[2],对于自由尤为珍重,而"'英国人生而自由'——这一赋予人们独有权利的光荣传统被视

---

[1] 吉尔·德拉诺瓦:《民族与民族主义》,郑文彬、洪晖译,北京:生活·读书·新知三联书店,2005年,第11页。

[2] 汉斯-乌尔里希·维勒:《民族主义:历史、形式、后果》,赵宏译,北京:中国法制出版社,2013年,第21页。

为民族的自由保证"①。

信仰自由是宗教共同体良性运转的保障,公民自由则是民族共同体的立身之本。只有人民掌握了公民权并组成一个自由共和国,英格兰人才有资格建立一个完整的民族,因为民族有时"以追求共和的世俗形式出现"②。选举是公民权的核心成分,甚至是民族和自由的基石,因为"按照公民的标准,一个政治民族建立于由普选所表达出来的自由认可"③。但有很多人不珍惜公民自由,甚至宁愿抛弃公民自由,也要重回君主制的怀抱。这些人就像远古时期的犹太人一样,想回埃及去膜拜"偶像皇后"(《办法》,66)。即便回到埃及意味着在异族统治下仰人鼻息地生活,以及在专制君主法老的掌控之下,但为了那暂时有鱼有肉的生活,他们还是愿意放弃公民自由;而这种自由的丧失,将不但让他们丧失公民资格,甚至会逐渐剥夺民族的生存机会。摩西拒绝了这些甘于为奴的人,挽救了犹太民族,而弥尔顿也试图挽救英格兰民族。

丧失了公民自由的民族也会产生生活方式上的自由放任、毫无节制,并痴迷于奢侈的生活。奢侈将给民族带来无尽的灾难,如弥尔顿所警告的:"我们的民族很快就要在国内和外来的奴役生活中遭到一切惩罚。"(《办法》,66-67)

明知会有大祸临头,但弥尔顿还是毫不畏惧,大胆发声,为这"奄奄一息的自由"(《办法》,68)做最后的努力。他的呼吁必定会鼓舞那些正义的少数人,也会说服一些"顽石般的人","使他们成为复兴自由的战士"(《办法》,68)。作为一个天才作家和知名思想家,弥尔顿的确有着神奇的预测能力。17世纪80年代后期,在詹姆斯二世妄图毁灭英格兰民族的自由力量并恢复天主教的紧要关头,主教们——他们隶属于弥尔顿曾极力鼓吹应予废除的主教制——成为对抗专制势力的主导力量。这些曾被视为专制君主帮凶的"顽石般的人",转化为保卫自由的斗士,这与弥尔顿在世时主教们的表现有天壤之别,却也符合他的预测。这正是英格兰民族特性的体现。英格兰人自古即有追求自由的传统,这种传统有过波折,有过蛰伏,但从未中断;不论是王室成员(如詹姆斯二世的女

---

① 汉斯-乌尔里希·维勒:《民族主义:历史、形式、后果》,赵宏译,北京:中国法制出版社,2013年,第46页。
② 吉尔·德拉诺瓦:《民族与民族主义》,郑文彬、洪晖译,北京:生活·读书·新知三联书店,2005年,第22页。
③ 吉尔·德拉诺瓦:《民族与民族主义》,郑文彬、洪晖译,北京:生活·读书·新知三联书店,2005年,第45页。

儿玛丽及其丈夫威廉)、教会人士(如复辟时期反对詹姆斯二世的《赦免宣言》的七主教),还是农民(如班扬)等人,都是这种自由的存储地,他们会在最紧要的关头为了民族自由挺身而出。

在弥尔顿出版第二版《办法》仅仅大约一个月的时间之后,英格兰即开始了复辟时期。英格兰民族为何这么快就回到了"寄居地埃及"呢?克里斯托弗·希尔(Christopher Hill)认为,在克伦威尔死后,英国只有回到"天生的统治者"(君主)那里,才能摆脱军人统治的循环;国外形势逼人,法国和西班牙可能联合起来支持天主教的复辟,这使很多英格兰人相信,想要加强防卫,回到君主制是最安全的政治策略。① 不过,"君主制复辟是可能的,但重回旧制度则不可想象"②。英格兰人民走了一条曲线挽救自由之路。在当时的形势下,君主制比起军人统治的优势在于,它是根深蒂固的传统的一部分(尽管是传统中不好的部分);通过对这一传统的迂回,自由获得了喘息之机。因军人干政导致的秩序紊乱得以调整后,自由积聚了力量,重新与专制展开了一场不流血的斗争。1660年的弥尔顿所急欲构建的自由共和国在当时还带有一些空想成分,而在时隔28年之后,在各种机缘恰好遇合的千载难逢的时机,理想的自由共和国终于浴火重生了,只不过戴上了一个君主立宪制的面具。奄奄一息的自由终于转危为安,民族共同体由此踏上了长治久安之路。

第四节 偶像破坏者与有机共同体的重建——对《斗士参孙》的解读

弥尔顿的悲剧《斗士参孙》出版于1671年,其时王政已复辟多年,革命正处于低潮,而作者本人也处于悲惨境遇中——由于为革命政府工作过度劳累,他从1652年始就已双目失明,而在复辟时期,保皇派也对他进行迫害,他过着穷苦困顿的生活。《斗士参孙》脱胎于《圣经》的《士师记》,是基于后者中参孙的主要事迹创作的。《士师记》通过叙事展开情节,而《斗士参孙》则是通过对话来表现人物的性格和际遇。在肖明翰看来,它也是按照《圣经》故事的传统来创

---

① 道格拉斯·F. 凯利:《自由的崛起:16—18世纪,加尔文主义和五个政府的形成》,王怡、李玉臻译,南昌:江西人民出版社,2008年,第147—148页。
② 吉尔·德拉诺瓦:《民族与民族主义》,郑文彬、洪晖译,北京:生活·读书·新知三联书店,2005年,第11页。

作的,即以发展人物性格见长。① 悲剧中的参孙是一个典型的弥尔顿式英雄,虽受尽敌人的折磨,但绝不妥协,并最终与敌人同归于尽。

但与弥尔顿不同的是,参孙是一个有着尴尬身份与更为凶险境遇的人物。他既是以色列人的士师和民族英雄,但也是民族死敌非利士人的女婿;曾多次屠杀非利士人,但有时却被本民族排斥甚至出卖。他与民族共同体的关系因此成为一个焦点论题。米兰达·卡诺·内斯勒(Miranda Carno Nesler)认为,剧中的人物面临着身份不确定的焦虑,因此通过创造叙事来稳定个体的和群体的历史,但这些叙事混杂纠缠导致了缺乏具体行动的戏剧性停滞。不过,他敏锐地发现了两个民族不同的共同体方案:以色列人构造目的论叙事——既由精神信仰所强制,也同时对其进行检验;非利士人则沉迷于狂欢喧闹,对感官享受的追求甚至到了循环无已的荒唐程度。② 他对以色列人以信仰为支柱的共同体模式予以肯定,而对非利士人的享乐主义的共同体模式则予以否定。卡罗琳·麦卡利斯特(Caroline McAlister)同样肯定了上帝恩典与共同体创建之间的内在关系,认为"《斗士参孙》这部戏剧着眼的不是交际缺失,而是神秘恩惠的交际。它关注的不是共同体的失败,而是新共同体的形成"③。以色列民族共同体虽然以信仰为支柱,却缘何长期被非利士人奴役?参孙个体的悲剧与共同体的惰性之间有无必然联系?评论家们并没有给出有针对性的解释。

滕尼斯认为,"共同体是持久的和真正的共同生活",是"一种生机勃勃的有机体"④。以色列这个有机共同体的生机之所以被压抑,从参孙身上可以窥一斑而见全豹。参孙是一个——借用美国思想家莱茵霍尔德·尼布尔(Reinhold Niebuhr)的措辞来说——愚蠢的光明之子,他屡屡被黑暗之子诱惑,并最终堕入奴役状态。从有机共同体堕落到伪共同体常常是轻易而迅捷的,然而回归并重建有机共同体之路则漫长而艰难。

---

① 肖明翰:《试论弥尔顿的〈斗士参孙〉》,《外国文学评论》1996 年第 2 期。
② Miranda Carno Nesler, "'What Once I Was, and What Am Now': Narrative and Identity Construction in Samson Agonistes," Journal of Narrative Theory 37.1 (Winter 2007):3 - 4.
③ Qtd. in John T. Shawcross, The Uncertain World of Samson Agonistes, Cambridge: D. S. Brewer, 2001, 85.
④ 斐迪南·滕尼斯:《共同体与社会:纯粹社会学的基本概念》,林荣远译,北京:北京大学出版社,2010 年,第 45 页。

一、愚蠢的光明之子与被奴役的共同体

参孙是一位真正的光明之子,但也是一位愚蠢的光明之子。按照尼布尔的定义,光明之子指那些意欲将自我利益置于更具普世性的法则之下,使之与更具普世性的善相谐洽的人。① 在任何时代,民族共同体的第一要务都是求生存、图发展,而在参孙的时代,以色列人生存的最大威胁是非利士人。在君主制尚未出现的时代,作为以色列一个支派的头领,即士师,参孙首要的职责就是守土护民,而他也不负众望,屡次重创敌人,尽管他总是单打独斗,凭恃一己的神力对抗敌人。② 在公共事务方面,参孙把共同体的利益高置于个体利益之上,体现出普世性的价值观,因此堪称一位尽职尽责的光明之子;然而在私人生活方面,欲望冲昏了头脑,使其屡屡陷入黑暗之子——敌方美色的温柔陷阱,私欲抹杀了他的共同体意识,使其堕落为一个愚蠢的光明之子。光明之子之所以愚蠢,不仅仅是因为他们低估了黑暗之子的自我利益的力量,他们也低估了这一力量在自己身上的显示。③

参孙因为女色的诱惑,置上帝的警告于不顾,把自己神力的秘密来源告知了第二任妻子大利拉,即他的盖世神力来自他的发绺。如果说参孙娶第一任妻子,那位非利士人的亭拿女子,是他与共同体疏离的开端(虽然他认为这是上帝的安排,但这却违背了上帝规定的不得娶异族女子的禁令),那么这一秘密的泄露则标志着他与共同体的关系已然发生了质变,因为他公然抗逆上帝的旨意,把维系着民族安危的大秘密轻易吐露。参孙因私欲而置公共利益于不顾,破坏了宗教共同体应共同遵守的来自上帝的戒规,从而使得个体与共同体的关系从"有机"趋向"僵化",从"互联"变成了"失联"。不论是在《士师记》还是在《斗士参孙》中,都把他与异教徒女子的结合归因于上帝。当然,对于这种关系中所

---

① 莱茵霍尔德·尼布尔:《光明之子与黑暗之子》,赵秀福译,北京:北京大学出版社,2011年,第9页。与光明之子相反的是黑暗之子,即不承认自己的意志和利益之外存在任何规律的人。

② 吴献章甚至认为,在《士师记》中,以色列男人的素质似乎一代不如一代。到了参孙这一代,以色列男人简直已经丧失领导能力。详见吴献章《从〈士师记〉的文学特征和神学蕴涵看女性角色》,《圣经文学研究》2007年第1期。

③ 莱茵霍尔德·尼布尔:《光明之子与黑暗之子》,赵秀福译,北京:北京大学出版社,2011年,第12页。

潜藏的危险，上帝早已了然于心；这正是上帝对他所拣选的光明之子的考验。但参孙的初试并不及格。

倘若说上帝的教义像网络一样沟通以色列民族的心灵，那么参孙与亭拿女子以及大利拉充斥着诱惑与蒙骗的家庭共同体则使他疏远了上帝，他与民族共同体也只剩下血缘、语言等维度的机械的联系，那最重要的标志着他是"我们的一员"的信仰维度的联系则处于被割裂的状态。

在《圣经》中，因违背上帝旨意而使得个体或共同体失去生机的类比不胜枚举，很典型的就是罗得妻子的例子。上帝在毁灭所多玛和蛾摩拉两座罪恶之城时，让义人罗得一家先行出逃，但警告他们不得回头观望。罗得的妻子因好奇而转身眺望，却瞬间变成了一根盐柱（创 19:23）。她从一个生机勃勃的人体变成了无生命的盐柱，这一变形表明个体对以上帝教义为核心的普世价值观的遵循不容破坏。罗得一家的出逃，是基于与上帝的约定，而其妻对这一约定的破坏，违反了忠信的原则；她的回眸一望或者反映了对天命的猜疑，或者有对落难者命运的关注，但无论如何，她的"石化"都意味着家庭共同体的有机联系受到破坏，并危及其生机。

参孙违抗神旨后，其下场更惨于罗得之妻。后者的好奇心仅仅破坏了家庭共同体的生机，而参孙的泄密则不仅摧毁了家庭共同体，而在更大程度上也动摇了民族共同体的有机性，并使得自己和民族都堕入奴隶的境地，如合唱队所唱的："但以色列的子孙如今仍在奴役之中！"[①]参孙也多次悲叹自己在迦萨监狱里被奴役的境遇："跟奴隶一起推磨／解放者自己竟在非利士人的轭下"（《参孙》，126）；"身缠奴隶的装束／是那样的破烂污秽"（《参孙》，130）。在此前，他已成为美色的奴隶，"但卑鄙的优柔寡断把我擒住／作她捆绑的奴隶"，"那种的奴性、无耻、卑劣和丑恶"才是更彻底的"真正的奴役"（《参孙》，144）。肉体上的苦役和女人肉体所导致的奴役相比较，后者更使参孙痛心疾首。

但共同体被奴役，参孙起初并不归咎于自己，"这个过失不能归于我，应归于／以色列的长官们和族长们"（《参孙》，136）。在非利士人搜捕参孙时，以色列人的支派犹大人竟然协助非利士人，并把他抓起来押送给对方，难怪参孙痛

[①] 约翰·弥尔顿：《斗士参孙》，见约翰·弥尔顿《复乐园·斗士参孙》，朱维之译，上海：上海译文出版社，1981年，第136页。以下的引文将随文标出该著的简称《参孙》和页码，不再另注。

斥道："但常见腐败的民族/由于恶劣的癖性，沦为被奴役的地位/宁受奴役，不爱自由。"(《参孙》,137)他们本来可以配合参孙，一起进攻，推翻非利士人的统治。当初摩西领导以色列人出埃及回到故土后，在旷野屡受磨难，众人也曾多次埋怨摩西，因为他们认为在埃及过安逸的奴隶生活胜过在旷野受罪。为了说明有些人甘于为奴的心理，在《声辩》中，弥尔顿曾援引亚里士多德和西塞罗的观点，即亚洲的人民容易服从奴隶制，而叙利亚人和犹太人则生来就过着奴隶生活。[①]这种温顺地接受暴政的民族，是"奴隶民族"，"我们绝不能认为他们是公民、自由人或自由民出身，也不能认为他们有任何国家存在，而必须认为他们只是业主和业主继承人的货物、牛羊和财产。我根本看不出他们和奴隶或牛羊的所有权之间有任何区别"[②]。这种奴隶民族连国家都称不上，更遑论共同体。弥尔顿在此指斥的不只是参孙所属的以色列民族，也包括英国复辟时期那些甘受专制统治的王党分子。

虽然参孙把民族的奴役状态诿过于其他上层人士，然而作为部落的一把手，他也难辞其咎，对此他不无自责，"我像一个傻舵手，把上天所信托的/光荣富丽的楼船驾翻了"(《参孙》,134)。他的愚蠢在于错误地高估了家庭共同体的有机性。他的两任妻子虽然与他有着肉体上的联系，但在精神层面上与他并没有不可分的统一性；这种家庭只是维持着生理层面的僵化联系，普世性的家庭观念的缺乏使得这一共同体难以为继。参孙的受骗有其偶然性，然而偶然中也存在着必然——他的两任妻子同为非利士人，而这一民族是一个事实上的伪共同体。

二、崇拜偶像的伪共同体

一个有机共同体的存在依赖于个体间的内在联结，"是人的意志完善的统一体"，它的"意志形式，具体表现为信仰，整体表现为宗教"[③]。非利士人虽然

[①] 约翰·弥尔顿：《英国人弥尔顿为英国人民声辩，驳斥克劳底斯·撒尔美夏斯的"为英王声辩"》，见约翰·弥尔顿《为英国人民声辩》，何宁译，北京：商务印书馆，1958年，第35页。

[②] 约翰·弥尔顿：《英国人弥尔顿为英国人民声辩，驳斥克劳底斯·撒尔美夏斯的"为英王声辩"》，见约翰·弥尔顿《为英国人民声辩》，何宁译，北京：商务印书馆，1958年，第169—170页。

[③] 斐迪南·滕尼斯：《共同体与社会：纯粹社会学的基本概念》，林荣远译，北京：北京大学出版社，2010年，第48、250页。

有宗教信仰，但他们崇拜的主神大衮的形状是一个披着鱼皮的男人，是非利士人的众神之首，被古代以色列人视为魔鬼。非利士人将非神灵的事物神化，属于典型的偶像崇拜。

杰基·迪萨尔沃(Jackie DiSalvo)认为，摩西十诫的第一条反对崇拜假神和雕像，这保全了希伯来民族的身份，该民族持守父权制的部落法典，并因与耶和华的神约而得以维护，与其对立的是周围社会的贵族的价值观，这些社会的神庙城市依赖于奴役和征服。① 这正是以色列人和非利士人最大的不同。以色列人崇拜上帝，尽管上帝并无具体形状，却始终通过各种戒律对众人加以威慑，使他们过着类似于清教徒的恪守清规戒律的生活，而一旦他们越雷池一步，破坏律令，上帝必以各种手段予以惩戒。非利士人崇拜的大衮，被塑成雕像，有着半人半鱼的外形，但却缺少为整个共同体所遵守的正面的典律，因此非利士人的行为中充斥着欺骗、残暴、纵情享乐——为了金钱可以出卖自己的另一半，为了泄愤竟动辄杀害族人，为了寻欢作乐可以戏弄悲惨的盲人参孙。他们崇拜大衮，但这种崇拜中没有体现出普世价值观，反倒是对道德底线的不断突破；他们虽然为了民族利益也采取一些集体行动，但更多的时候都是为了个体利益，不承认在他们的意志之外有着普世性的原则，因此总体上来说，他们是乌合之众，是充斥着黑暗之子的民族，是一个机械的伪共同体，"只能形成愚蠢人的核心"(《参孙》，139)。但就是这样一个涣散的共同体，却辖制着以色列人，并危及后者的生存，如迪萨尔沃所警示的："非利士人的偶像崇拜文化会扼杀启蒙所取得的微弱进步，驱使以色列，就像英国一样，回到黑暗时代。"②

"拜偶像不仅指其他宗教的虚假崇拜。它对信仰常是一个恒常的诱惑。拜偶像是把原非天主的一切，予以神化。拜偶像开始存在，就在当人把一个受造物当作天主来尊敬的时候。崇拜的受造物能够是邪神或魔鬼(譬如崇拜魔王)，

---

① Jackie DiSalvo, "'Spirituall Contagion': Male Psychology and the Culture of Idolatry in Samson Agonistes," in Altering Eyes: New Perspectives on Samson Agonistes, ed. Mark R. Kelley and Joseph Wittreich, London: Associated University Presses, 2002, 254. 迪萨尔沃此处的说法不尽准确，因为在摩西十诫中，第一条是反对敬拜别的神，第二条是反对敬拜雕像和其他形象。

② Jackie DiSalvo, "'Spirituall Contagion': Male Psychology and the Culture of Idolatry in Samson Agonistes," in Altering Eyes: New Perspectives on Samson Agonistes, ed. Mark R. Kelley and Joseph Wittreich, London: Associated University Presses, 2002, 256.

也能够是权势、娱乐、种族、祖先、国家、钱财等。"①参孙对异教女子的迷恋也构成了偶像崇拜。

大利拉有偶像崇拜思想,她崇奉的是金钱,而参孙迷恋的是美色带来的享乐,并常因此而丧失理智、走火入魔。因为亭拿女子改嫁他人,他纵火焚烧非利士人的庄稼;因为大利拉的性诱惑,他可以忘掉上帝的戒规,吐露神力来源的秘密。偶像崇拜者将所崇拜的对象抬高到上帝的位置,而对于参孙这位光明之子来说,大多数时间里,上帝在他心里有着至高无上的地位,但当色欲填满他的内心,堵塞圣灵与理性的浸润时,他与上帝是隔绝的,这时的他就暂时堕落到黑暗之子的群体中了。

光明之子受色欲的蛊惑而堕入偶像崇拜的不堪境地,这种例子不乏其人。在古希腊神话中,大力神赫拉克勒斯杀死了他的朋友伊菲托斯,因此被罚给女王翁法勒做三年奴隶。在服役中,他成了女王的情人,性情也发生了很大改变。他开始好穿女人服饰,同翁法勒的侍女们一起纺羊毛线,而女王则披着他的狮皮,手持他的橄榄木棒。参孙与赫拉克勒斯类似,他们都成为女人的奴隶,因为美色而牺牲自由。在荷马史诗的第二部《奥德赛》(*Odyssey*)中,奥德修斯在率领船队回国的航程中,艾尤岛上的女神喀尔刻把他的二十几个船员变成了猪;奥德修斯只有在吃了一种魔草后才得以抵御这种巫术。船队经过海妖塞壬的海域时,奥德修斯又受到了塞壬极具女性魅力的歌声的诱惑,如果不是船员们事先塞住了耳朵,他们必定会因触礁而船毁人亡。大利拉巫术一般的魅惑也让参孙吃尽了苦头,"过去让我吃过大亏/你的迷魂汤,你的花言巧语/对我已经失去魔力,也已失去效力";他吸取了教训,学会一些智慧"用以保护我的耳朵不听你的妖言了"(《参孙》,168)。如果说理性的尤利西斯②正在检验他将用来帮助创建希腊的价值观,并抗拒着喀尔刻和塞壬的更原始、更追求快感的和魔幻的女人统治的国度,那么参孙必须坚持他的与非利士人对立的希伯来的进步和理性观念,而非利士人引发的对喀尔刻的联想揭示了他们的贵族式优雅所掩盖的

---

① 《天主教要理》(卷三:第二部分:第一章),参见 https://catechism.sfchinesecatholic.org/3-2-1/ [2023-1-18]。

② 奥德修斯在罗马神话中被称为尤利西斯。

野蛮。① 在被大利拉出卖后,参孙的确就像砧板上的肉一般,被非利士人任意宰割。在《偶像破坏者》一书中,弥尔顿把那位惧内而且崇拜偶像的国王查理一世的追随者们描述为"被喀尔刻的奴役之杯施了魔法的人","谁也不能阻止他们飞快地把头伸进束缚之轭"②。在弥尔顿看来,保皇党就像驯顺的动物一样,甘愿接受偶像的奴役——他们已经忘记了上帝之言。

偶像崇拜者满足于眼前的利益和即时的享乐,即便身处奴隶的境地,他们也享受这种"今朝有酒今朝醉,哪管明朝被屠宰"的命运,正如在旷野里苦熬的以色列人向摩西所抱怨的:"巴不得我们早死在埃及地耶和华的手下,那时我们坐在肉锅旁边,吃得饱足;你们将我们领出来,到这旷野,是要叫这全会众都饿死啊!"(出16:3)如同非利士人铸造大衮像一样,以色列人也曾唆使亚伦铸金牛犊作为崇拜的偶像,这种最严重的渎神之举引起了上帝的烈怒,造成约3000民众被杀。

奥德修斯作为希腊军中最有智慧的人,也是一位真正的光明之子。作为伊塔卡岛之王,他心系共同体的安危,对喀尔刻和塞壬等美色的诱惑极力抗拒。虽然是在多神教的时代,但他对民族的关切、对享乐的拒绝却体现出正面的价值观,与上帝的教义不谋而合。与之相比,犹太教徒参孙却定力不足,对性的崇拜和对即时性快乐的追求使他吃尽苦头。作为偶像崇拜者的大利拉,使参孙也成为一个偶像崇拜者,如《圣经》所言:"又为你的儿子娶他们的女儿为妻,他们的女儿随从她们的神,就行邪淫,使你的儿子也随从她们的神行邪淫。"(出34:16)参孙的父亲反对参孙娶异教徒女子,然而色欲遮蔽了参孙的眼睛,使他无从做出理性的选择。在与大利拉结合后,参孙虽然不崇拜大衮,但他的行为却与那些崇拜者并无二致,他也暂时成为伪共同体的一员了。

三、偶像破坏者与有机共同体的重建

"而唯一的真神/却被比作偶像邪神,在他们醉醺醺的/偶像崇拜的群氓中

---

① Jackie DiSalvo,"'Spirituall Contagion':Male Psychology and the Culture of Idolatry in Samson Agonistes," in Altering Eyes:New Perspectives on Samson Agonistes,ed. Mark R. Kelley and Joseph Wittreich,London:Associated University Presses,2002,268.

② Qtd. in Jackie DiSalvo,"'Spirituall Contagion':Male Psychology and the Culture of Idolatry in Samson Agonistes," in Altering Eyes:New Perspectives on Samson Agonistes,ed. Mark R. Kelley and Joseph Wittreich,London:Associated University Presses,2002,269.

受侮辱和嘲骂。"(《参孙》,145－146)在参孙的父亲玛挪亚看来,这是参孙"所受的最大的痛楚","家门的/从未有过的奇耻大辱"(《参孙》,146)。父亲的话使参孙意识到,个体的荣辱与上帝的荣耀相比不值一提,非利士人加诸其身的酷刑与侮辱非常人可以容忍,然而他的堕落辜负了上帝的重托,并带来敌人对上帝的耻笑和族人与上帝的隔膜,这才是真正难以容忍的羞辱,因此参孙深感自责:"是我给以色列人丢丑,引起人们/对神的不信,使弱者和动摇的增加怀疑/离去正道而归向偶像崇拜。"(《参孙》,146)

随后大利拉与参孙的舌战,使参孙彻底打破了对女色和偶像的崇拜。吴玲英认为,大利拉不只是使参孙得到试炼,同时她也是参孙的镜像,让参孙看清自己堕落的本质,并因此忏悔自己的罪孽,而不是把一切责任推给别人,这样,他才能真正树立起信仰并获得再生。[1] 如果说在大利拉到访之前,参孙以为上帝已经抛弃了他,从而心如死灰,唯求速死,那么在这之后,他意识到大利拉所属的共同体的虚假,因为他们崇拜的神不是真神,"神们不用卑鄙的手段就不能自保/不能制服敌人,这还算什么神"(《参孙》,167)?而上帝总是公正严明,行为光明正大,令人心服口服,所以"上帝给我的惩罚全是正确的/但仍有希望他最后的宽恕"(《参孙》,180),"今后的战斗是上帝和大衮之间的"(《参孙》,146)。

滕尼斯尖锐地指出,"长期受虐待的人以及阿谀奉承的人按其道德状况看是奴隶"[2]。安于奴役的处境将会消磨一个人的意志和生机,如参孙所言:"内部一切的机能都疲倦衰歇。"(《参孙》,153)即便还没有变成盐柱,他也只不过是"一个活死人"和"一个走动的坟墓"(《参孙》,129)。

但在通过忏悔与上帝重新建立联系后,参孙又感觉到昂扬的斗志和勃发的生机,"心里有一股强烈的冲动/想要做一件极不平凡的事"(《参孙》,191)。作为一个真正的光明之子,他曾因小我的悲惨遭遇而颓废,因自己的愚蠢而锥心刺骨,然而一旦领悟了神旨,他就仿佛脱胎换骨了,并撇掉自我的哀怨,与共同体重建有机联系。上帝从以色列人那里所期冀的正是一个有机的共同体,"我要使他们有合一的心,也要将新灵放在他们里面,又从他们肉体中除掉石心,赐给他们肉心,使他们顺从我的律例,谨守遵行我的典章"(结11:19)。快要变成

---

[1] 吴玲英:《堕落与再生:论〈斗士参孙〉中的"大利拉之悖论"》,《外国语文》2012年第4期。
[2] 斐迪南·滕尼斯:《共同体与社会:纯粹社会学的基本概念》,林荣远译,北京:北京大学出版社,2010年,第65页。

盐柱的参孙除掉了"石心",即顽固不化的、堵塞神意的心灵;通过领悟上帝的典律,他净化了灵魂,由此与共同体重建有机联系。

参孙那蕴藏着神力的头发以及捣毁非利士人神庙的事迹都有浓厚的神话色彩。参孙的故事起初鲜有宗教意味,后来当北国文人编写其民族史,尤其公元前7世纪末申命派史家修订包括《士师记》在内的申命史书时,才在其开头和结尾处添加了浓郁的宗教成分。[①] 表面上,他的神力来自头发,实际的源泉应是他所依赖的共同体,而维系这个共同体的是人们共同信仰的上帝。希腊神话中的大力士安泰只有在接触大地时才力大无比,而一旦脱离土地,他就失去了力气,并被对手杀死。参孙的"大地"就是以色列民族共同体,当他脱离共同体后,头发被剃,神力丧失,而当他在精神上回归共同体后,头发复生,机体恢复了活力,神力也得以复原。

参孙最终拉倒了非利士人神庙的柱子,杀死了3000个敌人,以他的殉难为上帝正名,"由决斗的结果判定谁的神是真神"(《参孙》,180),他也证明了谁的民族是真神指引的真正的共同体。

参孙杀死多少非利士人不是问题的关键,最重要的是他所体现出来的偶像破坏者的精神和斗志,如迪萨尔沃所分析的:"他真正夷平的是他自己充满欲望和崇拜偶像的人体和心理。"[②]

信奉上帝带来的是自尊自信,而崇拜偶像却使人甘于接受奴役状态。作为有着成熟宗教体系的民族,以色列人虽有过信仰迷失的阶段,但精神的力量始终绵延不绝,而参孙等人的努力激活了被压抑的民族精神与士气,使得奴性终究难以长期盘踞在人心中。共同体虽然历尽磨难,却恒久延续其有机性与活力。通过对上帝教义的激活,参孙给共同体带来了生机,恰如肖明翰所言:"要真正解放以色列人,首先必须把他们从这种奴性中解放出来。要做到这一点,仅仅杀死多少非列士人是不行的,还必须以自己为榜样从精神上思想上提高他们。这才是参孙使命的真正意义之所在。"[③]

与以色列一样,英国也曾深受偶像崇拜劣行的危害。詹姆斯一世曾经把国

---

① 梁工:《文学史上参孙形象的演变和发展》,《外国文学研究》1999年第3期。

② Jackie DiSalvo, "'Spirituall Contagion': Male Psychology and the Culture of Idolatry in Samson Agonistes," in Altering Eyes: New Perspectives on Samson Agonistes, ed. Mark R. Kelley and Joseph Wittreich, London: Associated University Presses, 2002, 274.

③ 肖明翰:《试论弥尔顿的〈斗士参孙〉》,《外国文学评论》1996年第2期。

王与上帝等同起来,认为国王有着与上帝一样的臣民不能冒犯的权力。① 詹姆斯之子查理一世妄图享有不受制约的王权,引起了议会派的反对,最终演变为以保皇派为一方,以议会所领导的革命派为另一方的全面内战。国王及其拥趸就像非利士人的首长和各级贵族、祭司等人一样,力图维持其残暴的专制统治。议会派和众多理性的国民恰如以色列民族共同体,为了维护自由传统和天赋人权而不惜一战,给了崇拜偶像的王党分子以致命打击。可以说,弥尔顿创作《斗士参孙》,是给英国人描绘了一幅打击偶像崇拜、去除奴性的路线图;更重要的是,以色列人与非利士人的对抗也为其他民族展示了一个信仰坚定、自强不息的共同体与信仰混乱、充斥着奴性的伪共同体的对抗模式。非利士人最终在历史上的销声匿迹已经表明了这个伪共同体难以为继。当然,英格兰民族内部也少不了意志不坚定者和有偶像崇拜心理的投降分子。在革命的高潮消退,查理二世复辟之后,王党分子向往的是过去绝对主义大行其道的时期——君主享有至高权力,国内政治稳定,秩序井然。他们甘于为奴的心理,就像那些想回到埃及过奴隶生活的以色列人一样;他们表面上信仰上帝,其实是大衮的信徒,"为了私利/神和国家都可以拍卖"(《参孙》,195)。

从1660年开始的复辟时期,在马克·帕蒂森(Mark Pattison)看来,"是一场道德上的大灾难"②。保皇党实行反攻倒算,"老蛇咬伤了自由的脚跟,完全摧垮了清教"③;他们气焰嚣张,不可一世,就像非利士人在他们偶像的神庙内饮宴狂欢一样。然而已经觉醒的英国人民拒绝再回到暴政时代——1688年辉格党和托利党联合发动的政变,给崇拜偶像的王党分子以致命打击,使他们的神庙彻底崩塌,就像参孙给非利士人的上流社会所带来的致命一击一样,"英国的头发又长出来……英国终于把命运掌握在自己手中了"④。光荣革命爆发时,弥尔顿已逝世十几年,然而他在作品中对偶像崇拜者下场的描述,完全成为英国社

---

① 钱乘旦、陈晓律:《在传统与变革之间:英国文化模式溯源》,杭州:浙江人民出版社,1991年,第51—52页。

② 马克·帕蒂森:《弥尔顿传略》,金发燊、颜俊华译,北京:生活·读书·新知三联书店,1992年,第158页。

③ 马克·帕蒂森:《弥尔顿传略》,金发燊、颜俊华译,北京:生活·读书·新知三联书店,1992年,第220页。

④ 赫伯特·格里尔逊:《弥尔顿之为人与其诗》,姚红译,见殷宝书编:《弥尔顿评论集》,上海:上海译文出版社,1992年,第244页。

会的现实。君主立宪制对王权的限制,使得国王再无可能成为大衮一般的偶像,受那些愚人的膜拜。曾经四分五裂的共同体,避免了再次为奴的陷阱,对上帝教义中的普世价值观有了更深刻、更清晰的共识,这使得民族共同体重新变得有机而富于活力。

第四章　乐园书写与信仰共同体

　　乐园书写与信仰共同体构建是《失乐园》和《复乐园》这对姊妹篇共同呈现的主题。在《失乐园》中，亚当、夏娃在堕落前的信仰体现出薄弱、摇摆、天真的特点，这从夏娃崇拜和圣经式亚当等维度上即可看出。在堕落后，通过真诚的忏悔，亚当消除了夏娃崇拜，蜕变为偶像破坏者和弥尔顿式亚当；夏娃则通过自我祛魅与降卑，开启了与上帝的和解。二人的信仰也变得虔诚，稳固，成熟。但信仰的重建并非依赖于教会，而是圣灵。他们丧失了外在的乐园，却恢复了更为快乐的、具有真正宗教属性的内心乐园。

　　《失乐园》还表现出超绝的想象天堂能力。天堂是《失乐园》的神学中心，也是弥尔顿的信仰共同体的支柱。史诗中所描述的天堂模式虽然基于前人的想象，但却打破窠臼，展示了一个看似离经叛道但实际上纯正、有机的天堂模式。笔者拟从三个维度探讨该诗中所呈现的天堂模式，即阿卡狄亚、乌托邦与共同体。阿卡狄亚式天堂具有牧歌般的和谐融洽，乌托邦式天堂则有着政治的、规训的特征；二者各有其优势，但也存在难以化解的缺陷。共同体则是理想的天堂模式——对阿卡狄亚和乌托邦模式取长补短，并加入了新的成分，从而体现出共同的、有机的特色。

　　《复乐园》可以被视作《失乐园》的续集。在《失乐园》中，基督领导天军击败了撒旦的叛军，而在《复乐园》中，道成肉身的耶稣又一次击败了撒旦，并从精神层面上恢复了亚当所丧失的乐园。耶稣在挫败了撒旦的诱惑意图后，明确了自己的弥赛亚身份，宣告了恩典时代（Period of Grace）的到来以及新型教会的构建。信徒要学会区分无形教会与有形教会，以及基督的教会与敌基督的教会。有形教会总是会受到敌基督的污染；只有认清有形教会的弊端，清除撒旦的毒害,才能构建纯净的无形教会。基督是教会之王,他的精神圣殿取代了物质的耶路撒冷圣殿,也相当于把无形教会与神圣共同体的范围从犹太人扩大到了异邦人。内心乐园也同样不再局限于特定的选民,而是隶属于所有再生的信仰坚定的信徒。

有形教会永久受困于撒旦这个诱惑者的侵扰,因此每个信徒都要面对如何抵制诱惑的难题。在《复乐园》中,撒旦的诱惑呈现出两种形式:单枪匹马诱惑耶稣,以及以化身大法蛊惑人群。为了逃脱上帝的致命打击,并使人类第二次丧失乐园——内在的精神乐园,撒旦使出浑身解数诱惑第二亚当——耶稣,但却无一奏效;耶稣成功通过了考验,终于有资格肩负起拯救人类的重担。每个人都会经历神性与魔性之间的心理交战,但耶稣却以其神授的牢固信仰完全消弭了魔性。然而,福音时代的人们并未因耶稣的胜利而高枕无忧;诱惑与反诱惑的二元对立永无休止。但耶稣呈现的美德正是人类用来战胜撒旦的利器,信仰的坚定程度尤其决定着内心乐园的成败。内心乐园的建立是复乐园的标志,同时也是福音时代新型信仰共同体的开端。

乐园书写围绕着基督、撒旦、亚当、夏娃等核心人物展开,场景从外在的天堂与伊甸园延伸到内心乐园,信仰模式从有形教会发展到无形教会。在这种转换过程中,信仰越来越得到强化,共同体也不断地去粗取精,其终极目标是构建纯净的无形教会。

第一节 《失乐园》:恢复"一个远为快乐的乐园"

宗教史诗《失乐园》(1667)主要是基于《圣经·创世纪》等经卷的内容。全诗共 12 卷,揭示了人类始祖的原罪、堕落、忏悔及再生的全过程。诗中的叛逆天使撒旦,因为反抗上帝的权威被打入地狱;为复仇,他潜入伊甸园,诱惑夏娃与亚当偷食智慧树的果子。亚当与夏娃因此永久丧失乐园。该诗体现了诗人追求真正信仰的崇高精神,是英国文学史上一部皇皇巨著,与荷马史诗、《神曲》(*The Divine Comedy*)等一起被誉为世界著名史诗。

《失乐园》就像一颗硕果累累的知识树一样,成为各个时代无数学者意欲品尝的研究课题,视角涵盖了政治理念、哲学思想、文学传统、诗歌形式等。弥尔顿在宗教方面造诣深厚,写有大量与宗教文化相关的诗歌与小册子,而《失乐园》同样蕴含了丰富的宗教思想,尤其体现在堕落后的亚当和夏娃身上。这方面的研究成果同样极为丰富。

在史诗第12卷中,天使长米迦勒讲述的宗教历史导致了亚当对上帝信仰的建立,这种信仰不依赖宗教或者世俗政府的"更新"①。通过第12卷中堕落后的启示,亚当和夏娃明显"获得了宗教",米迦勒使亚当皈依了一个未来的基督教,上帝则使夏娃确信人类将通过她的后裔获得拯救。② 路德、加尔文等人不是改革教会的人,圣灵在信徒心中隐秘地运行,才是真正的教会——心灵的教会——为何被改革的原因;通过把改革的途径限定于圣灵,弥尔顿基本上把教会从拯救规划中剔除出去了。③ 真正宗教的建立始终伴随着与谬误和迷信的斗争。《失乐园》有着明显的对偶像崇拜以及肉欲外形诱骗能力的批判;而"内心乐园"对于清教徒而言似乎成为唯一的避难所,以暴露和抵制肉欲"外在"的魔法。④ 堕落后的亚当、夏娃没有自暴自弃,而是通过圣灵的引导进行忏悔和反省,从而逐渐树立起了对上帝的虔诚信仰;但堕落速度之快捷总是超乎想象,甚至在瞬息间即可完成,而寻求拯救并建立信仰的过程则迟缓漫长,因要克服太多的内在与外在的魔障。对于二人堕落的前因后果的探究已经有了无数的成果,但却仍然是一个热门话题,原因也许就在于人类历史本身就是一个堕落与拯救循环上演的过程。

基督徒的婚姻等同于一个微型教会,亚当、夏娃组成的家庭共同体可以看作是人类最初的教会以及宗教共同体的原型。宗教共同体是由神圣语言凝聚起来的⑤,对上帝的信仰促成了基督徒的宗教认同,并作为纽带把他们维系起来。堕落前的二人对上帝有初步的信仰与敬畏,但却没有经过历练与考验,所

---

① Qtd. in Timothy C. Miller,"Milton's Religion of the Spirit and 'the State of the Church' in Book XII of 'Paradise Lost'," Restoration: Studies in English Literary Culture, 1660 – 1700 13.1 (1989):8.

② James Nohrnberg,"The Religion of Adam and Eve in 'Paradise Lost'," Religion & Literature 45.1 (2013):161.

③ Timothy C. Miller,"Milton's Religion of the Spirit and 'the State of the Church' in Book XII of 'Paradise Lost'," Restoration: Studies in English Literary Culture, 1660 – 1700 13.1 (1989):11.

④ Tracy Fessenden,"'Shapes of Things Divine': Images, Iconoclasm, and Resistant Materiality in 'Paradise Lost'," Christianity and Literature 48.4 (1999):427.

⑤ 本尼迪克特·安德森:《想象的共同体:民族主义的起源与散布》,吴叡人译,上海:上海世纪出版集团,2011年,第12页。

以这种信仰不够稳固。他们也缺乏较深刻的领悟能力,未能从圣灵那里得到更多的启示,以坚定自己对上帝的信仰,再加上他们对形象的崇拜以及个体意志的膨胀,这一切导致他们在面对表面光鲜但却有着无穷后患的禁果时失去了抵制能力。

在二人的共同体中,亚当扮演了一个主要的角色,具有强大的力量和初步的理性思维,所以撒旦也不无畏惧,"他那英雄的肢体/虽由泥土造成,却不可轻视/刀枪不入,我不是他的敌手"(9.484-487)。但亚当却因为形象与肉欲的诱惑而丧失了神性的质素,经历了从圣经式亚当向弥尔顿式亚当[①]的大起大落。夏娃则是堕落事件的主导者,是给家庭共同体带来死亡命运的肇事者,甚至被认为体现了具有天主教特色的"夏娃崇拜",但也是夏娃开启了忏悔之路,从而开始了对真正宗教乐园的恢复以及宗教共同体的完善。二人堕落的起因究竟是什么?在他们再生的过程中,圣灵是如何发挥作用的?内心乐园具有何种信仰属性?下文将主要从宗教的视角进行解答和分析。

一、"夏娃崇拜"对信仰的破坏

在《失乐园》第8卷中,亚当在与拉斐尔谈话时,表达了自己与夏娃结合之后对对方外在形象的崇拜,承认他难以克服"瞥见美艳时的强大魅力/'自然'为了我有无能为力之处/对这样的对象,有不能自持的弱点"(8.532-535)。拉斐尔则对亚当进行告诫:他可以爱夏娃,但不能崇拜夏娃。夏娃作为神造物,虽然是以亚当的一根肋骨为原料制作的,但却萃取天地之精华,吸纳万物之精美,因此,即便是亚当这位上帝所造的第一个万物之灵长,也不得不为之心旌动摇。

在第9卷中,大量的丽词佳句被用来赞美夏娃。她被频频比作希腊罗马神话中的仙女、女神,貌似天人、仪态万方。但弥尔顿在描写乐园的美妙时,认为它比"聪明的国王同他那/漂亮的埃及妃嫔戏谑处更为可乐"(9.442-444)。"聪明的国王"是指所罗门,他有妃嫔上千,最爱的妃子是埃及法老的女儿,一位异族女子,所以他被视作一位崇拜美色偶像的君主。在此,弥尔顿暗讽夏娃正像那位埃及妃嫔一样,受到亚当的崇拜。即便是撒旦,这位邪恶之父,以作恶为

[①] James Nohrnberg, "The Religion of Adam and Eve in 'Paradise Lost,'" Religion & Literature 45.1 (2013):171.

第四章　乐园书写与信仰共同体

生存唯一目的的恶魔,在初睹夏娃的风姿时,也不仅心动神摇;对方的魅力似乎使他的凶恶减退,并产生向善之心。当然这只是一时的意乱情迷,因为美好永远不是撒旦追逐的对象;撒旦不崇拜任何善的或恶的对象,相反,他是恶人崇拜的偶像。他要"毁灭一切欢乐,只留下/毁灭的欢乐"(9.477-478)。

　　撒旦在诱惑夏娃吃禁果之前,千方百计对其进行阿谀奉承,把夏娃吹捧为神中的女神,具有一切神的美善和天仙的光辉,是万物的主宰、宇宙的女王,是天使崇拜、侍候的对象。撒旦的谀颂,把夏娃置于神的位置,也把她变成了一个被崇拜的偶像。安妮·加德纳(Anne Gardiner)发现,撒旦对夏娃的吹捧模仿了天主教对玛利亚的赞美诗,从而把夏娃变成了第一位天主教徒,这一点也说明了偶像崇拜在复辟时期危及英格兰正像它曾危及夏娃和亚当一样。① 撒旦也映射了查理一世在《偶像破坏者》中所成为的天主教暴君②,因查理虽为新教徒,却崇拜他的天主教王后。

　　在撒旦的诱导下,夏娃对智慧树顶礼膜拜,大加歌颂"啊,乐园中最高、无上、万能的/树啊"(9.795),"我从你得到/知识上的成长,像神一样知道一切"。(9.803-804)希尔评论说:"亚当对夏娃的偶像崇拜,以及夏娃对智慧树的偶像崇拜,让人回想起……教会,其崇拜仪式和建筑,而不是基督。"③这里隐晦抨击的正是崇拜偶像的天主教。在亚当和夏娃的堕落过程中,尤其是在夏娃有关禁树和禁果的行为中,弥尔顿渲染了天主教的偶像崇拜。④ 变为蛇身的撒旦欺骗夏娃,说他因吃了禁果而由兽变成人,而人吃了后将会变成神;夏娃信以为真,以为吃了禁果就会获得神性,与神同寿。在撒旦的蛊惑下,夏娃忘掉了谦卑的美德,自我意志膨胀,傲慢之心陡增,以至丧失了对上帝的尊崇与敬畏,竟然觊觎神的位置。亚当的真崇拜和撒旦的假崇拜共同作用,冲昏了她的头脑,再加上她的自恋与自满,从而使得夏娃崇拜达到了顶点,对上帝的信仰完全被抛

---

①　Qtd. in Tracy Fessenden,"'Shapes of Things Divine':Images,Iconoclasm,and Resistant Materiality in 'Paradise Lost'," Christianity and Literature 48.4 (1999):428.

②　Tracy Fessenden,"'Shapes of Things Divine':Images,Iconoclasm,and Resistant Materiality in 'Paradise Lost'," Christianity and Literature 48.4 (1999):428.

③　同①。

④　Arthor F. Marotti,"The Intolerability of English Catholicism," in Writing and Religion in England,1558-1689:Studies in Community-Making and Cultural Memory,ed. Roger D. Sell and Anthony W. Johnson,Farnham,England; Burlington,VT:Ashgate,2009,49.

到了脑后。在吃了禁果后,她甚至没有意识到她吃的是死亡,反而向智慧树鞠躬行礼,把智慧树的力量看作诸神的饮料。但偶像毕竟不是神,它不具有神的本质和大能;偶像外强中干,在面对挑战时便会露出虚弱、无力的真面孔。夏娃意识到,倘若犯禁之事被上帝觉察,死刑将难以避免,说明她已经意识到想通过吃禁果获得神性是不靠谱的。但不论禁果是否有害,她都要拉亚当下水,因为她与亚当同属一个家庭共同体,不论共同体命运如何,二人将生死与共。当她这位受崇拜的偶像被打回原形,还原为一个只有人性,缺乏神性,并且难以支撑大局的凡人时,家庭共同体就是她唯一的退路。

在亚当知悉食禁果一事而痛心疾首时,夏娃便开始了降卑的过程——她不再具有偶像般的傲慢与野心,而是表现出谦卑与软弱,并对亚当进行颂扬。像撒旦一样,她也鼓吹禁果的作用,并对可能造成的严重后果轻描淡写,从而诱惑亚当吃下了她所谓的"美果"。这"美果"实为"伪果",竟能挑起肉欲,使二人在岸边树旁男欢女爱,畅游爱河。从欢爱后的沉睡中醒来后,他们却呈现出一幅令人尴尬的画面:

> 因此,赫拉克勒斯般强健的但族人
> 参孙,从非利士淫妇大利拉膝上,
> 一觉醒来发现全身气力被剃光了
> 一样,二人全部的功德都失去了。(9. 1059 – 1062)

曾经被赞美为女神的夏娃,现在却落到了和非利士人的淫妇大利拉同等的地位,而亚当则被比作因崇拜美色而丧失神力的犹太士师参孙。二人吃了能辨善恶的禁果后,"的确知道了善和恶/但善失去了,而恶却到手了"(9. 1071 – 1072)。他们的脸上也表露出淫邪的迹象和恶所导致的羞辱;此时,可以说理性和意志都臣服于肉欲了——低贱的肉欲竟能统辖高贵的理性。天主教被认为与偶像崇拜和肉欲崇拜密不可分。清教徒希望把对基督的精神崇拜与英国国教和天主教的仪式形式中包含的肉体崇拜区分开来,而且,偶像崇拜不只是潜伏在教堂里,也在卧室、议会、王室和其他市民场所[1],甚至是伊甸园里,在堕落

---

[1] Achsah Guibbory, Ceremony and Community from Herbert to Milton: Literature, Religion, and Cultural Conflict in Seventeenth-Century England, New York: Cambridge University Press, 1998, 147.

的始祖身上也明显存在。亚当的夏娃崇拜甚至被上帝斥责为异端之举。①

在第10卷中,绝望的亚当训斥夏娃:"你这条蛇!/这个名字对你最合适,你和他联盟/同样虚伪和可恨。"(10.867-869)把夏娃和撒旦视为同类甚至是同盟者,当然只是亚当一时的气话,但也说明他们的家庭共同体存在着裂痕,这肇始于二人信仰的迷失。"本性狡诈"是亚当对夏娃的堕落的评价;这解读不是来自一个不能再生的偶像崇拜者,而是一个不能再生的偶像破坏者。② 这说明具有天主教肉欲崇拜特征的夏娃崇拜已经开始被破坏乃至抛弃,只有经历了浴火重生的信仰重塑的过程,夏娃才能承担得起传承人类、繁衍后代的重任,她的后代——第二夏娃玛利亚所诞生的第二亚当基督——将作为弥赛亚彻底击败撒旦,并拯救人类。

清教徒倾向于把君主制、主教制、婚姻等都看作盲目崇拜的"形象";解决形象危机的办法就是重视内在的生活超过外在的假象或拟象,以精神超越"单纯的形式"③。夏娃的自救之路就在于对偶像的祛魅——包括对以自我为中心所建构的夏娃崇拜的解构——以及对精神生活的追求,而夏娃崇拜的破坏正是真正宗教建构的开端,但这一切离不开亚当的精神转变。

二、圣经式亚当向弥尔顿式亚当的转变——信仰的修复

如果说堕落前的夏娃因为夏娃崇拜的迷惑而充满了傲慢,那么堕落后的亚当一开始对夏娃则充满了偏见。在夏娃的傲慢降卑为谦恭与示弱后,亚当的偏见也逐渐软化为同情与理解。亚当呈现出从"圣经式亚当"向"弥尔顿式亚当"转化的过程。④

堕落前的圣经式亚当近似于一位扁平人物,性格缺少变化;有着朴拙的信仰,对上帝言听计从,从不越雷池半步;对夏娃一味颂扬,在二人的关系中并未

---

① James Nohrnberg,"The Religion of Adam and Eve in 'Paradise Lost'," Religion & Literature 45.1 (2013):173.

② Tracy Fessenden,"'Shapes of Things Divine':Images,Iconoclasm,and Resistant Materiality in 'Paradise Lost'," Christianity and Literature 48.4 (1999):434.

③ Tracy Fessenden,"'Shapes of Things Divine':Images,Iconoclasm,and Resistant Materiality in 'Paradise Lost'," Christianity and Literature 48.4 (1999):427.

④ James Nohrnberg,"The Religion of Adam and Eve in 'Paradise Lost'," Religion & Literature 45.1 (2013):171.

起主导作用,即便夏娃是由他的一根肋骨所生,并且上帝也命令夏娃以亚当为首。

亚当"原是那光荣的光荣"(10.721-722),是上帝宠爱的创造物,享受着上天恩赐的优待和祝福,但在堕落后,命运的翻转让他性情大变,第一次体味到了被出卖的痛苦、被抛弃的绝望、丧家犬似的悲凉。当圣子,即未来的基督,降临伊甸园来审判他们的时候,亚当感到为难的是,他该负起全部责任,还是应该把过错推到夏娃头上。圣子听出亚当的话语中有怪罪夏娃的意思,就像拉斐尔一样责备他:"难道她是你的上帝吗?你听从/她比听从上帝的声音还重要吗?"(10.145-146)夏娃是为亚当而造,在理性、禀赋、判断等方面次于后者;统治权操于亚当手中,因此,对于原罪的发生,亚当自然是第一责任人。至于因为她的美而引起的夏娃崇拜,原因还是在于亚当自制力的不足。亚当被惩罚一辈子要过苦日子,要在不毛之地耕耘却一无所获,只能靠野生植物过活。当然,最大的惩罚还是死刑——他们本来可以长生不老,安享乐园生活。

在目睹撒旦派来的"罪"和"死"肆意破坏,把乐园变成了一个你死我活、阴风惨厉的人间地狱后,亚当痛心疾首,发出了哀叹:"我的一饮一食/和生殖子孙,都将是咒诅的延长"(10.728-729),"今后世世代代因我而得祸的人/谁不把咒诅加在我的头上呢?"(10.733-735)因此,就像惨遭厄运的约伯一样,他质疑上帝为何要用泥土创造他这个人,却又给他施加无穷的灾难?对上帝的惩罚他很难理解,但他毕竟是上帝精心打造的创造物,身上还残存着神授的理性,因此冷静下来后,他理智地想到,正如儿女没有理由责怪父母生育了他们一样,人也没有理由抱怨上帝对他们的创造,人应该明白:

>……上帝
>选择并造你做他的所有物,
>他的所有物要为他服务,
>给你的赏赐是出于他的恩惠,
>对你的刑罚是公正的,
>是按着他的意志而行的。(10.766-769)

但他的思路并不稳定,时而清晰,时而紊乱。他有时认为上帝的判罚是公正的,有时对上帝的制裁又难以理解;曾承认一切犯罪的源头是他,但又不时地抱怨:"怎么能把无限的/愤怒加在有限而必死的人身上呢?"(10.796-797)

"全人类为了一个人的犯罪/而使无辜者都判罪？"（10.822－823）绝望之下，他只求速死，不要延迟死刑的执行。对于夏娃，他则从以前的夏娃崇拜转向了近似于厌女症的态度，贬低对方为"弯曲的肋骨，是我沾了不幸的/左肋"（10.884－886），并抱怨道"在地上产生的无数乱子，都是由于/女性的罗网，和那些与女性结亲者/之间的纠葛"（10.896－898）；以前在他眼中美若天仙的佳偶，现在却被嘲讽为"大自然的/美的瑕疵"（10.891－892）。二人此时的家庭共同体就像南希所谓的不运作的共同体，它的"内在属性、集体融合含有的逻辑就是自杀逻辑"，它是由缺乏纽带的独体或单体构成的。①

但在夏娃跪地，抱住他的双腿，哀求他宽恕，并把所有的罪责归之于己后，亚当愤怒的力量消失殆尽，就像参孙被剃光了头发而力量全消一样。弥尔顿行文至此，必定想到了自己的类似经历。他的第一任妻子玛丽·鲍威尔（Mary Powell），在婚后不久即回到有着保皇党倾向的娘家，一去三年不归；在他不满于不幸福的婚姻决意离婚时，由于保皇党失势，妻子又回来了，苦苦哀求他的谅解。夏娃的跪求和解与鲍威尔的表现如出一辙，而亚当也正像弥尔顿一样，两人都经历了女人的背叛、求饶与最终和好的全过程，但鲍威尔是因为政治取向的不同而生出二心，夏娃则是因为偶像崇拜导致的信仰缺失而犯罪。不过，鲍威尔的忠君意识说明她也是一位偶像崇拜者，夏娃则既是被崇拜的偶像，也是知识树的崇拜者。亚当意识到互相指责于事无补，二人只有互相扶助，共同面对上帝的缓刑折磨，才能维持家庭共同体的正常运转。通过宽恕夏娃的背叛，圣经式亚当开始了向弥尔顿式亚当转化的过程。

亚当和由他的肋骨所生成的夏娃构成了一个家庭共同体，撒旦则从头部生出了他的女儿兼情妇"罪"，他们又乱伦生出了儿子"死"，三者仿佛组成了一个邪恶的三位一体。两个家庭团体正相敌对。在撒旦颠覆了乐园后，"罪"与"死"共同建筑了一条从地狱通向地球的长路，乐园从此成为妖魔鬼怪麇集的场所，人类也将生活在恶魔永无休止的诱惑与侵害之下，永远处于犯罪的悬崖边上，并战栗在死神永不餍足的长镰刀之下。

查理二世对君主制的复辟，使英格兰重新回到了专制的铁蹄之下，自由民主的共和氛围荡然无存，群狼似的保皇党分子重新骑在人民头上作威作福。撒

---

① 殷企平：《共同体》，见金莉、李铁主编《西方文论关键词》（第二卷），北京：外语教学与研究出版社，2017年，第174页。

旦之流对伊甸园的倾覆,也仿佛是一场复辟,使得乐园从此处于暴君的统治之下,丧失了共和国一般的平和安宁的生活。复辟给弥尔顿造成了巨大的精神冲击,并使他与死神擦肩而过。乐园的丧失同样给亚当以重创,死刑取代了长生不老。弥尔顿没有因复辟而沮丧,用"右手"创作的三大诗歌作品成为他文学事业的巅峰,其中仍然含蕴了与撒旦统领的专制势力的斗争。

亚当在巨大的悲痛、绝望过后,思想发生了转变,信仰开始得以修复,表现出弥尔顿式亚当的特征。当夏娃想到后代将始终处于死神的恐吓之下,并成为他的"饵食"之后,她建议以自杀或绝种来应对死神,从而破坏他的毁灭计划。从痛苦中已经恢复了理智的亚当此时已经积聚起信仰的力量,变得勇敢、坚定、不屈不挠。他决心遵守上帝的教导——"你的种子要打伤蛇的头"(10.1031-1032)——通过繁衍后代来实现对撒旦的复仇。对于土里刨食的诅咒,他也安然接受,希望像清教徒一样通过辛勤劳动来维持生活,并想方设法积极应对各种困难。他希望以"无伪的悲哀/谦卑的歉意"(10.1092)来获得上帝的宽恕。如果说堕落前的亚当是一个天真之子,那么堕落后的他则是一个富有经验却不世故的上帝之子,如同经历了婚姻的背叛和复辟的痛苦而不改初心的弥尔顿。

在第12卷中,米迦勒向亚当讲述了基督为拯救人类而献身的伟业。米迦勒认为,此时的基督本人是一个叛逆者,通过依赖上帝的圣灵生活,并挑战世界,而亚当知道他自己的挑战将使他变得像基督。堕落世界的乐园是个极其个人主义的乐园,是为那种敢于向整个世界说"不"的人准备的。[①] 弥尔顿式亚当就像基督一样,勇敢地面对险象环生的世界,因为撒旦的徒子徒孙将遍布世界,到处抛掷犯罪的罗网,那些意志薄弱者极易堕入彀中。亚当、夏娃只有披戴了信仰这一护身法宝,才能顺利完成繁衍后代并向撒旦复仇的重任。

三、内在的宗教乐园的恢复——信仰的重建

在夏娃摆脱了夏娃崇拜的桎梏,亚当也转变为弥尔顿式亚当后,二人不再互相指责,也不再对上帝的惩罚感到困惑不解和难以接受,并认识到上帝的宽宏大量,以及复仇计划所包含的良苦用心。自我反省与忏悔以及对上帝恩典的

[①] Timothy C. Miller, "Milton's Religion of the Spirit and 'the State of the Church' in Book XII of 'Paradise Lost'," Restoration: Studies in English Literary Culture, 1660 – 1700 13.1 (1989):13.

再认知开启了二人信仰的重建之路。他们认识到,福音,即耶稣基督的救恩,充分彰显了上帝对全人类和整个宇宙舍己无私的大爱。

在认识到自己的罪责并真心祈祷、忏悔后,二人期望上帝的恩惠可以把他们的"石心"转变为"肉心",因为"石心"感觉不到圣灵的启示,不可能融合为一个密不可分的共同体,如加尔文所言,"当神收回他的灵时,人心就坚硬如石",也意味着"神弄瞎、刚硬,以及扭转人的心"[1],人就变得邪恶、愚昧。"肉心"则是有机的,既能与圣灵无障碍地互动,也能使信徒互相感知。二人做完祈祷后,立刻感觉到身上增添了一股天上的力量,心头也萌发了希望,这一切都来自圣灵的启迪,以及再生的信仰。"没有深度沟通,就没有深度共同体。"[2]二人的沟通是基于内在的、信仰层面的交流;信仰纽带使得家庭共同体避免了"自杀逻辑"的陷阱和"不运作"的后果。

但在第 11 卷中,老鹰捕捉小鸟和狮子猎杀双鹿的异象已经预示了他们就要被驱逐出乐园的命运。亚当伤感的是将不能再在乐园里目睹上帝的圣颜,并聆听他的教诲。前来宣告上帝敕令并指引未来的天使长米迦勒劝慰他,上帝是无所不在的,充满在一切无生命体和生物体里,并用他无形的力量激发、温暖他们。全世界都归亚当所有,而伊甸本可以做他的首都。伊甸起着潜在的耶路撒冷的作用。[3] 如果没有堕落,亚当将不会失去这个耶路撒冷——未被玷污的宗教乐园——圣子也就没有必要道成肉身,来拯救人类。但上帝对亚当人性的弱点洞若观火:"我知道他的心/他意马心猿,易变而难御。"(11. 92 – 93)当圣灵在亚当心里工作时,他虔诚地谨守上帝的教导;一旦与圣灵暌违,他就可能产生石心,愚顽悖逆,干犯天条。因此,米迦勒告诫他:"在你离开这里之前要端正信仰/要坚定信心。"(11. 355 – 356)"天上的恩惠"和"人间的罪恶"将永远处于斗争的状态,故而,亚当必须时时听从圣灵的引导,避免再犯类似于吃禁果这样

---

[1] 约翰·加尔文:《基督教要义》,钱曜诚等译,北京:生活·读书·新知三联书店,2010年,第 291 页。

[2] 殷企平:《共同体》,见金莉、李铁主编:《西方文论关键词》(第二卷),北京:外语教学与研究出版社,2017 年,第 176 页。

[3] James Nohrnberg,"The Religion of Adam and Eve in 'Paradise Lost'," Religion & Literature 45.1 (2013):167.

的罪行。但天庭和地狱的冲突、善与恶的交锋,将是人类内心的永恒之战。①

在第12卷中,米迦勒给亚当预先展示了他的子孙后代的生存历程,其中充斥着暴行、痛苦与腐败,如该隐杀亚伯、人类所忍受的各种病患,以及罪恶的帐篷中有淫欲嗜好的美女,这一切使亚当痛哭流涕,悲叹哀伤。但在这扭曲的世界里,还是有以诺这样正直的义人力图培养人们的信仰,却受到愚众的迫害。在挪亚的时代,世界完全坠入了腐败和糜烂,正义、真理、信仰全然被忘却了,只有挪亚是个例外——"他是黑暗/世代的光明之子"(11.808-809),力图为人类指出正义之路,却同样受到愚众的嘲弄。这激起了上帝的烈怒,用大洪水毁灭了全部人类,只留下挪亚一家,乘方舟躲过了劫难。以诺和挪亚就像弥尔顿式亚当一样,在共同体面临被撒旦子孙颠覆的危机时,挺身而出,作为亚当的后裔,痛打蛇头的七寸命门。在英国复辟时期,虽然有大量堕落的保皇党分子,但还是有很多像弥尔顿一样信仰坚定的义人的存在,使上帝大发慈悲,没有把英格兰民族完全交到撒旦及其同伙的手上。光荣革命可以说是亚当子孙对撒旦之流的一次重大胜利,撒旦最爱附体的帝王的权力第一次被持久有效地钳制起来。

米迦勒告诫亚当,在犯了原罪之后,就丧失了真的自由,自由的丧失又导致理性的丧失,从而使得人堕落到奴隶的地位。上帝因此通过暴君的统治来束缚人的外部自由,"暴君必然/存在,虽然对暴君不能原谅。"(12.95-96)外部自由是指人类外在的言论、出版、斗争等自由,内部自由则是内心的理性、思维、判断等自由。暴君的统治使得奴隶的"外部自由被夺,内部自由消失"(12.100-101)。内部自由消失,意味着与圣灵隔绝,以及对真正信仰的抛弃。但是在偶像崇拜者中间长大的亚伯拉罕、摩西、亚伦等人,却没有丧失内部自由,仍然坚信上帝的教导,并引导犹太人夺回外部自由,以摆脱奴隶状态,重建信仰。

按照米迦勒的解释,基督道成肉身,不是为了消灭撒旦,而是为了消除他的毒害,医治人类所受的创伤。打败撒旦意味着清除其精神毒害,因为撒旦是通过控制人的精神与意志、操纵人去犯罪来达到目的的。所以,人必须树立坚定的内部自由,坚固对基督的信仰,这样才能挫败撒旦的内部攻击,从而获得救赎和永生。医治创伤,则需要遵从上帝的法律,接受死刑的处罚和死亡的痛苦,只

---

① 吴玲英:《弥尔顿对史诗传统的颠覆与改写:论大卫·昆特的新著〈《失乐园》之内〉》,《外国文学》2016年第1期。

有这样,才能满足至高的制裁;在这一点上,人似乎过于被动和消极,但这也是原罪所导致的苦果。

亚当感到困惑的是,在救主升天后,他的几个信徒,即12名使徒,留在不信仰基督的敌人中间,将如何传播真理和信仰?信众如何得到指导和保护?天使长给出的答案是:上帝将派出"安慰使者",即圣灵,圣灵首先倾注在使徒身上,然后倾注给所有的信徒,传授他们信仰的法则。但使徒以后的教会,却充斥着残暴的群狼,传授的是迷信和谬论。弥尔顿在此也影射了英国国教会。但米迦勒并不只是谴责英国国教或天主教,他的谴责中没有免除任何宗教。[①] 由于教会的腐败,信徒需要展开自救之路。信徒通过圣灵的直接指导而获拯救,不需要任何机构性教会的歪曲的中介环节;弥尔顿相信圣灵取代了教会的功能。[②] 只有圣灵才能指导信徒正确地理解经文和基督所传的道。弥尔顿坚定地认为,按照福音,存在着双重经文,即外在的经文和写于内心的经文;但神圣文本被败坏,只有圣灵是远比经文可信的向导。[③] 弥尔顿仿佛戴着米迦勒的面具在说教,亚当则像是复辟时期一位被误导的信徒。亚当意识到,通过自由地信仰上帝或领悟圣灵传递的真理,就能够获得自我的净化与醒悟,而圣灵的教导则是一对一的,并能引起他逐渐的领悟或是顿悟。不过,旧亚当可以毫不费力地阐释上天的旨意,而新亚当却要竭尽心力学会领悟堕落世界的迹象。[④] 当然,弥尔顿否定教会对信徒信仰的培育功能,并不意味着否定教士群体的作用,因为即便在复辟时期,国教的主教和牧师们也不是完全和王党站到一起,而在光荣革命时期,主教们甚至发挥了决定性的作用,使得议会最终推翻了詹姆斯二世的专制统治,说明圣灵并不因为教会制度的腐败而不眷顾教会中的神职人员。

可以说,在堕落后,"宗教"到位了,作为一种补救措施,或为福音——在它

[①] Timothy C. Miller, "Milton's Religion of the Spirit and 'the State of the Church' in Book XII of 'Paradise Lost'," Restoration: Studies in English Literary Culture, 1660 – 1700 13. 1 (1989):8.

[②] Timothy C. Miller, "Milton's Religion of the Spirit and 'the State of the Church' in Book XII of 'Paradise Lost'," Restoration: Studies in English Literary Culture, 1660 – 1700 13. 1 (1989):9.

[③] 同[②]。

[④] David Ainsworth, Milton and the Spiritual Reader: Reading and Religion in Seventeenth-Century England, New York: Routledge, 2008, 104.

历史性降临之前——做好了准备。① 亚当、夏娃共信的是一个二人共同承认的宗教,带有鲜明的新教特色②——由于它的反教权主义、反天主教的成分。正是共同的心灵生活使血缘共同体发展为精神共同体。③

亚当、夏娃虽然失去了物质的乐园,却收获了"一个远为快乐的乐园"(12.587),一个内心的、精神的乐园,但前提是他们必须拥有信仰、德行、忍耐、节制、仁爱,仁爱是一切的灵魂(12.582-585)。仁爱离不开信仰,因为仁爱首先意味着对上帝之爱和对真理之爱。没有信仰,仁爱将会扭曲、变形,爱的对象就会堕落为偶像、权力、金钱、肉欲等。这也证明了"只有理性与信仰结合产生的智慧才能使人获得真正幸福"④,所以,"弥尔顿式学问的主要目的是恢复丧失了真正宗教的乐园"⑤。要恢复乐园,自己的意志就必须对上帝的意志表达完全的顺从⑥,这也意味着对上帝与基督的虔诚信仰。但这个内心的"宗教乐园"不是唾手可得的,不是得到了就会永驻心间,因为诱惑者无时不在,他永久窥伺着,有无数的披着伪装的禁果随时在吸引着人们的手。

亚当、夏娃的乐园历险记始于夏娃崇拜,是撒旦和亚当联手助推了夏娃崇拜的形成与发展,并最终导致原罪的发生。在堕落后,亚当充当了最初的偶像破坏者的角色,消除了夏娃崇拜,并开启了信仰复苏之路。但在恢复宗教乃至创建宗教共同体的过程中,夏娃发挥了先导作用。是夏娃而非亚当执着地想象她和伴侣能够彼此和解并与上帝和解。⑦ 弥尔顿暗示,忏悔的夏娃和亚当已经

---

① James Nohrnberg,"The Religion of Adam and Eve in 'Paradise Lost'," Religion & Literature 45.1 (2013):170.

② James Nohrnberg,"The Religion of Adam and Eve in 'Paradise Lost'," Religion & Literature 45.1 (2013):174.

③ 斐迪南·滕尼斯:《共同体与社会:纯粹社会学的基本概念》,林荣远译,北京:北京大学出版社,2010年,第53页。

④ 周妍:《作为多维资源载体的伊甸园神话》,《圣经文学研究》2016年第2期。

⑤ James Nohrnberg,"The Religion of Adam and Eve in 'Paradise Lost'," Religion & Literature 45.1 (2013):175.

⑥ Peter Gregory Angelo, Fall to Glory: Theological Reflections on Milton's Epics, New York: Peter Lang Publishing Inc.,1987,33.

⑦ Tracy Fessenden,"'Shapes of Things Divine': Images, Iconoclasm, and Resistant Materiality in 'Paradise Lost'," Christianity and Literature 48.4 (1999):435.

开始重塑世界——不是恢复以前的乐园,而是修复他们身上扭曲的上帝形象。[1]形象的修复不是从外部开始的,而是发端于内在的皈依和信仰。相由心生,内在宗教乐园的建立使得他们外表上重又闪现出神性的光辉。同为按照上帝形象所造的生物,撒旦的形象就是扭曲的、堕落的,有时甚至是蛇的外形,而且这种乖戾的貌相永远也不可能再得到改善,因为他已丧失了对上帝的信仰。

人类始祖的堕落是"幸运的",不是因为它允许给声称不败坏的内在性以救助,而是因为它保留了肉身的存在,使人体,尤其是可再生的人体,成为救赎之地。[2]夏娃消解了偶像崇拜的蛊惑,从偶像蜕变为虔诚的信徒,并肩负起传播人类种子的神圣使命;亚当则从天真的、易受操纵的圣经式亚当变成了有着磨折经验却日益成熟、信仰坚定的弥尔顿式亚当。二人通过信仰以及传宗接代,分享了上帝的永生。他们恢复的内心的宗教乐园,也将通过子孙的繁衍,而一代代地传承下去。这一乐园是撒旦无法颠覆的;相反,无数个宗教乐园将通过圣灵而联结起来,信徒们也因此被凝聚为一个坚定的宗教共同体。曹山柯指出,有一种共同的传统、目的和信仰通过"上帝与其子民的盟约"无形地把希伯来民族紧紧地凝聚起来;正是由于这个盟约强大的凝聚力,他们作为一个宗教的民族团体才会一直纯正地延续到今天,而其他古代的民族或早或晚地被其他崛起的文明所吞噬。[3]亚当、夏娃所恢复的宗教乐园正体现出这种凝聚力。

第二节 《失乐园》中的天堂模式:
从阿卡狄亚、乌托邦到共同体

史诗适合表达与宇宙、民族、文化等有关的重大题材,其所传达的观念对于文明走向、时代精神、道德风尚等领域有着不可估量的引领作用。《失乐园》作为一首宗教史诗,主要基于《圣经·创世纪》《圣经·启示录》等书卷中的内容,但却铺叙了一曲宏大的人类命运之歌。虽然它与17世纪英格兰的政治、宗教、神学、军事等领域紧密相关,但却远远超越了所处的时代和国度,对后世的信仰

---

[1] Tracy Fessenden, "'Shapes of Things Divine':Images,Iconoclasm,and Resistant Materiality in 'Paradise Lost'," Christianity and Literature 48.4 (1999):437.

[2] Tracy Fessenden, "'Shapes of Things Divine':Images,Iconoclasm,and Resistant Materiality in 'Paradise Lost'," Christianity and Literature 48.4 (1999):438.

[3] 曹山柯:《宗教意识与英诗研究》,《外国语言文学》2005年第1期。

塑造、精神培育的影响尤为显著。

《失乐园》涉及许多重大主题,其中极为引人关注的是弥尔顿对天堂这一神圣地域的想象。在该诗的第5—8卷中,大天使拉斐尔就对天堂做了最完整的描述。阿利斯特·麦葛福(Alister McGrath)认为,"想象天堂"是上帝赋予人类的一种能力,使人能够建构或进入关于神圣真实的心理图像。[①] 在多神教的古希腊,同样有对乐园——作为实体的而非观念的天堂——的想象,比如阿卡狄亚及极乐世界。[②] 天堂及其衍生物乐园,是引人遐想的空间,也是历久弥新的研究主题;它不断挑战人们的想象能力,对它的描述堪称一种探秘活动。它与现实空间形成了对比,对它的想象也是对现实世界的挑战和考验。弥尔顿的天堂想象同样也是一次探秘,由于其奇伟、瑰怪而引起了诸多学者的研究兴趣。

要研究《失乐园》的天堂想象,自然离不开《圣经》与基督教文学传统,尤其是《创世纪》、福音书、《启示录》等经卷,以及但丁等人对天堂的书写。异教的古典文化传统、乌托邦思想等也是重要的研究资源。约翰·R. 诺特(John R. Knott)认为,天堂是这首诗的神学——如果说不是戏剧性——中心,展示了真正的城市和真正的乐园意象,而人类戏剧中激情荡漾的情节趋向这城市和乐园。[③] 他还称许弥尔顿的天堂不是碎片化的或不纯正的;它是一个牧歌天堂。弥尔顿和但丁都"冒险描画了天堂;但丁是通过图解设计和大胆的意象,弥尔顿则通过一系列的场景和场景的暗示"[④]。埃米·博斯基(Amy Boesky)指出,弥尔顿的天堂是个乌托邦,他从其他英格兰乌托邦虚构作品中借来了隐秘与体制性严谨。[⑤] 在天堂场景中,弥尔顿考虑到基督教史诗的诗学观和它从异教机制向一

---

① 蓝迪·爱尔康:《天堂》,林映君、黄丹力、王乃纯译,兰州:甘肃人民美术出版社,2013年,第15页。

② 在希腊神话中,神和凡人结合所生的英雄以及其他被神选中的好人、正义之士死后将在一个名叫Elysium的地方享福。这个Elysium位于世界的西边尽头,通常翻译为"极乐世界",相当于后来宗教神话中的天堂。在一些传说中,Elysium有时候也被称为"至福岛"(Isles of the Blessed)。根据一些晚期的希腊神话,提坦巨神克洛诺斯的统治被他儿子宙斯推翻,他们后来达成了和解,宙斯将克洛诺斯和其他被关押在塔尔塔罗斯(Tartarus,古希腊神话中的地狱)中的提坦神释放,让他们居住在Elysium。克洛诺斯成为Elysium的主人。

③ John R. Knott, Jr., "Milton's Heaven," PMLA 85.3 (May 1970):495.

④ John R. Knott, Jr., "Milton's Heaven," PMLA 85.3 (May 1970):487.

⑤ Amy Boesky, "Milton's Heaven and the Model of the English Utopia," Studies in English Literature, 1500 - 1900 36.1, The English Renaissance (Winter 1996):92.

神教模式的转换,但也重造了奥林匹斯山对话的环境。① 洛温斯坦夸赞道:"这位另类的新教诗人勇敢地想象了一个异端的和有形的宇宙。"② 可见他的天堂想象虽然基于传统,但却有着独到的甚至异质性的设计方案,以及别出心裁的审美特征。他的天堂书写具有超前、繁复、宏博的特点,已然成为一个从不枯竭的研究宝藏。

基于田园诗文学传统、政治学与社会学的相关理论,本节探究该诗中所呈现的三种天堂模式,即阿卡狄亚、乌托邦与共同体。阿卡狄亚式天堂具有审美、和谐的性质,乌托邦式则有着政治的、规训的特征;二者各有其优势,但也存在重大缺陷。共同体则是理想的天堂模式,消除了阿卡狄亚和乌托邦模式的弊端,并注入了新的成分,从而体现出共同的、有机的特色。

一、阿卡狄亚式的和谐天堂

英国诗人威斯坦·休·奥登(Wystan Hugh Auden)对比了两种乐园模式:阿卡狄亚和乌托邦。阿卡狄亚人对世界的反映是审美的,乌托邦人的则是政治的。阿卡狄亚人最中意的白日梦是关于伊甸的,乌托邦人最中意的白日梦则是关于新耶路撒冷的,但两者之间有着不可逾越的鸿沟。③ 富有想象力的奥登对比了审美的和政治的乐园,也给异教的阿卡狄亚和空想社会主义的乌托邦都染上了基督教的色彩。④ 阿卡狄亚位于古希腊伯罗奔尼撒半岛中部山区,当时的阿卡狄亚人过着与世隔绝的牧歌式生活,因此被后世的作家们描述为理想的世外桃源。在中世纪,有些作家把天堂想象为一个开满鲜花的草地,但在当时关于新耶路撒冷之乐的赞美诗中,天堂既是城市也是乐园。⑤ 阿卡狄亚和伊甸园更接近实体,虽然在某种程度上也是观念的;它们是依托于具体地理环境的乐园,也是后来牧歌式乐园的原型。乌托邦和新耶路撒冷主要是观念的,但也不

---

① Kalina Slaska-Sapala, "Milton's Olympian Dialogue: Rereading the First Council Scene in Heaven (Paradise Lost Ⅲ. 56 – 343)," International Journal of the Classical Tradition 22.2 (June 2015):210.

② David Loewenstein, Milton: Paradise Lost, Cambridge: Cambridge University Press, 2004, 89.

③ Wystan Hugh Auden, "Arcadia and Utopia," in The Pastoral Mode: A Casebook, ed. Bryan Loughrey, London and Basingstoke: Macmillan Publishers Ltd., 1984, 90.

④ 刘庆松:《守护乡村的绿骑士:帕特里克·卡瓦纳田园诗研究》,西安:陕西师范大学出版总社,2015年,第5页。

⑤ John R. Knott, Jr., "Milton's Heaven," PMLA 85.3 (May 1970):492.

乏实体的成分；它们也是对未来理想国度的想象。《失乐园》中的地上乐园和天上乐园都是阿卡狄亚式的牧歌世界。

伊甸园这一地上乐园位于伊甸东部一块高地上，被称作"神的羊圈"（4.192）。撒旦闯入乐园后，也不由得被其中的美景所吸引——这是一座"极乐的园林"（4.208），"一块小小地区／展现出全部自然界的丰富宝藏／比天上地下一切的幸福还多"（4.207-208）。

亚当在刚被造不久，便被上帝带到这充满田园气息的所在。"一座树木繁茂的大山上／山顶是平原，周围广阔，有围墙／栽有佳木，有行道，有凉亭"（8.303-305），"每一株树都嘉果累累"（8.306-307），"春天永远常在地球上开花微笑"（10.678-679），甚至蔷薇都是不带刺的。亚当、夏娃的洞房也具有鲜明的田园特色，仿佛一个花房一般绿意盎然、鲜花怒放。那是一间多福的庐舍，屋顶浓荫覆盖，各种树木交错生长；多种灌木组成了绿色的墙壁，夹杂着美丽的花朵；各色鲜花镶嵌成地毯，富丽的纹章图案胜过宝石；婚床则由夏娃用花朵、花环和香草来装饰。动物们，甚至小小的昆虫，都因敬畏人类始祖，而不敢进入房间。

和谐整一是阿卡狄亚式乐园的特色，也是此诗的一个主题。在上帝的天使军与撒旦的叛军的天堂大战中，被连根拔起的群山瞬间就回归原位，受惊的土地依旧覆满了鲜花，这说明了天上乐园的和谐与完整。[1] 地上乐园同样充溢着和谐之美：这里没有争斗与互害，只有和谐与仁爱。狮子抚弄着小羊羔，熊、虎、豹等野兽也毫无侵害小动物之心。即便是最狡猾的蟒蛇，也对亚当无害，并听他使唤。在食禁果前，亚当二人赤身裸体，完全暴露在上帝和天使的视线中，却丝毫没有介意，因为他们的意念中只有善，没有丝毫对恶的想法或认知。天人们对二人同样没有恶意，不会嘲讽讥笑或产生淫邪念头，但堕落后的撒旦在看到二人的亲昵行为时，却心生恶念、嫉妒怀恨。作为人类始祖，亚当具有神圣的理性、冷静的头脑和符合天堂的恢宏气量。亚当是上帝按照自己的形象所造的；最重要的是，作为万物的灵长，他"能认识降善的源头"，即上帝，并全身心地、满怀热情地崇敬至尊神。因此，在这位体现着上帝善的光芒的主人领导下，

---

[1] J. H. Adamson, "The War in Heaven: The Merkabah," in Bright Essence: Studies in Milton's Theology, ed. W. B. Hunter, C. A. Patrides and J. H. Adamson, Salt Lake City: University of Utah Press, 1973, 112.

伊甸乐园自然就成了一个真善美的乐园,具有阿卡狄亚的和谐、恬静、融洽之美。上帝完成了创造新世界的大业后,返回天堂,从宝座上回顾"他那神国的新添的部分"(7.554-555),"多么美,合乎他伟大的心意"(7.556),同时天使们奏起了千万竖琴,谱出响彻天地的交响乐曲,来歌颂这一伟业。地球上则活动着千百万的动物,"他们昼夜瞻仰神功而赞叹不止"(4.679-680)。

在驱逐了撒旦的叛军后,上帝即刻创造了世界与地上乐园,以作为弥补。作为善的化身的上帝不光排斥恶,甚至还能以恶生善,就像圣子所赞美的:"创造比毁灭所创造的更加伟大"(7.606-607),"您用他们的恶来制造更多的善"(7.616)。"如果说天堂的战争代表了对仇恨的'问题'的认知,那么宇宙的创造就代表了对爱的'问题'的认知。"[1]上帝的伟大之处正在于此,他不但能以善制恶,还能因为撒旦的恶而创造地上乐园,因为恶而使天堂扩大了疆域,相当于扩大了善的领地,当然这块领地还需要修炼圆满后才能获得资质,以便被纳入天堂。大天使拉斐尔指出上帝时常访问的是义人的住处(7.569-570),圣子也赞美上帝繁殖的是圣洁、正直的崇拜者的族类(7.630-631),这说明在这个阿卡狄亚式的乐园中,居民应该是善良、正直、恪守上帝之道的义人,否则,他们与地上乐园就是不相容、不匹配的。显而易见,地方的神圣性源自经常光顾或居住于该地的人,他们有责任在世上发现上帝的踪迹。[2]堕落前的亚当、夏娃使地上乐园充满神圣性与和谐感,因而上帝和天使经常探访,但在堕落后,乐园不再圣洁,退化为罪恶的渊薮,是撒旦之流盘踞的地点,丧失乐园的人类始祖就很难再觉察到上帝的踪影。

地上乐园是天堂的备选领地,因此两者在诸多方面体现出共性。上帝与天使们为了庆祝圣子的诞生,举行盛大的天堂宴会,畅饮琼浆玉液,饱餐美味佳肴。在地上乐园中,亚当、夏娃也与拉斐尔品尝美酒果汁,进食鲜果,共享田园的美味。美食的享用是对自然馈赠的领受,更重要的是,"吃或喝的行为,成为一个参与到乐园或天堂之乐的象征"[3],也是对神恩的体悟。如果不是怀着对上帝的感恩进食,而是带着撒旦的邪恶就餐,那就与天堂或地上乐园的氛围是不

---

[1] Michael Lieb, Theological Milton: Deity, Discourse and Heresy in the Miltonic Canon, Pittsburgh: Duquesne University Press, 2006, 181.

[2] David Ainsworth, Milton and the Spiritual Reader: Reading and Religion in Seventeenth-Century England, New York: Routledge, 2008, 119.

[3] John R. Knott, Jr., "Milton's Heaven," PMLA 85.3 (May 1970): 491.

相容的,是不能体会到天堂之乐的。如诺特所言,天堂的牧歌风景暗示了一种优雅的极乐,它不依赖于感官满足,而是上帝的即刻现身。① 上帝是不睡觉的,有着不眠的双眼,所以他是随时随地都在场的。地上乐园有着阿卡狄亚般的牧歌风景,作为它的根源的天上乐园在这方面自然不遑多让,甚至远胜于它。天庭的平原就是上帝的庭院,远比地球广阔,长满了生命树林,流水潺潺、百花盛开、天香弥漫。自然之美反映着上帝的精巧天工,非人力所能比肩。众天人载歌载舞,乐曲合乎天意的谐调。地上乐园是基督教版的阿卡狄亚,反映出天上乐园的特质,如拉斐尔所描述的,"地球上的山川溪谷,变化/无穷的美景,都是模仿天上的"(6.641-642),但由于草创不久,根基尚浅,尘世远远没有达至天上乐园永恒的美的状态。

上帝预言人类将堕落,但因为他们不像撒旦之流是自甘堕落,所以上帝将施恩于人,予他们以慈惠,这一恩惠使天堂弥漫着"天香"(ambrosial fragrance)(3.135)和一种从未有过的喜悦感。"天香"不只是标志着天使群体的欢乐,也通过荷马式典故表明了圣父应许的庄严性。② 天香和希腊群神所食用的琼浆佳肴有关,体现出天堂之乐。

阿卡狄亚式的牧歌天堂呈现出和谐发展的理想状态,充满了审美元素。然而,正像田园诗隐含了"田园生活和某种更复杂的文明之间的隐晦或直露的对立"一样③,牧歌天堂同样潜藏着不和谐的因素。

由于撒旦本性从单纯向复杂的转化,天上乐园的祥和气氛受到破坏。在牧歌般的地上乐园中,也并非一切都是宁静祥和的,其中同样潜伏着危机,这危机与田园之物相关。乐园中长满了各种色、香、味俱美的高贵树木,在其正中央,高大挺秀的生命树和知识树昂然并立。"在生命的近旁有我们的死亡"(4.220-221)——获得知识的代价是如此昂贵,因为"好的知识是用坏知识高价买得的"(4.222)。善恶相辅相成,知善必须知恶,知恶的后果就是死亡。撒旦亦对上帝的禁令感到怀疑:"知识是罪恶吗？ 有知识是死罪吗？ /他们只靠无

---

① John R. Knott,Jr.,"Milton's Heaven," PMLA 85.3 (May 1970):491.

② Kalina Slaska-Sapala,"Milton's Olympian Dialogue:Rereading the First Council Scene in Heaven (Paradise Lost Ⅲ.56-343)," International Journal of the Classical Tradition 22.2 (June 2015):211.

③ Bryan Loughrey,Introduction to The Pastoral Mode:A Casebook,ed.,Bryan Loughrey,London and Basingstoke:Macmillan Publishers Ltd.,1984,20.

知无识就能立身吗？"(4.517-519)作为恶的根源与化身的撒旦认为上帝是出于恶意而不让亚当和夏娃食禁果，"因为天神害怕知识把他们提高到/和诸神相等，设法把他们放在/低等的地位"(4.524-526)。但上帝颁布此禁令，并不意味着想让他们变得愚昧无知，而是为了对其进行试炼，使拥有自由意志的人类始祖能够心怀谦卑，并抵制诱惑。只有在通过了试炼后，他们才能获取更多知识，并在理性指引下，学会分辨真理与谬误。知识树最重要的隐喻是"顺从和忠信的标志"，而不是知识的象征；它决定着亚当和夏娃的家庭共同体乃至其后的人类信仰共同体的命运。因而，顺从和忠信是共同体的也是地上乐园的最高行为准则，无"信从"不"共同"；由于不信从上帝的旨意，撒旦之流被从天堂共同体中驱离，亚当二人的家庭共同体也面临覆灭危机。

由于撒旦、亚当、夏娃等人对这一行为准则的违背，阿卡狄亚式乐园中单纯与复杂的对立变得明朗化，和谐的阿卡狄亚式天堂模式面临严重危机，这一切使天上乐园与地上乐园又表现出乌托邦的政治特点。

二、乌托邦式的规训天堂

在17世纪四五十年代，英格兰人写作和出版了大量有关乌托邦的著作，200个左右的宗教派别几乎都有自己的乌托邦，如哈林顿的《大洋国》(Oceana)[1]、弗朗西斯·培根(Francis Bacon)的《新大西岛》(New Atlantis)等。在前一个世纪，正是托马斯·莫尔的《乌托邦》(Utopia)奠定了乌托邦模式的原型，当然，更早的作品，比如柏拉图的《理想国》(The Republic)，亦表达了乌托邦憧憬。博斯基认为，在《失乐园》中，弥尔顿对乌托邦模式持有模棱两可的态度。[2]《失乐园》呼应时代精神，同样表达了对乌托邦的憧憬，但也颇有先见地发出了对这一模式的隐患的警示。

《圣经·启示录》中描述的新耶路撒冷，也寄托了对乌托邦的向往。圣子英武威猛，能口吐两刃利剑；他骑在一匹白马上，头戴冠冕，手执弓箭，无往不胜。撒旦被关在地狱1000年，其后又被放出；但在圣子再次降临后，撒旦将再一次被缚，并永久关押在地狱的火湖里。在那之后，作为新天新地的新耶路撒冷将

---

[1] Amy Boesky, "Milton's Heaven and the Model of the English Utopia," Studies in English Literature, 1500-1900 36.1, The English Renaissance (Winter 1996):," 91.

[2] Amy Boesky, "Milton's Heaven and the Model of the English Utopia," Studies in English Literature, 1500-1900 36.1, The English Renaissance (Winter 1996):92.

从天而降;那是一座巨大的城池,长宽皆为4000里。新耶路撒冷是地上的耶路撒冷的理想化版本,并与巴比伦——地上财富和道德腐败的象征——形成对比。① 新耶路撒冷是被恢复的地上乐园,但与伊甸园不同的是,它强化了对居民的遴选与规训,只有恪守基督戒律的义人才能进入。"凡不洁净的/并那行可憎与虚谎之事的,总不得进/那城;只有名字写在羔羊生命册上的/才得进去。"(启21:27)由此可见,新耶路撒冷是以圣子为主导的宗教乌托邦(religious utopia)。

天堂、地狱和地球都是非常深刻的政治环境。② 天堂并不只是和平的、安乐的阿卡狄亚,也是审美与政治的结合体;圣子既是汇聚了真善美的羔羊、呵护羊群的牧羊人,以及葡萄园的主人,也是顶盔贯甲、能征善战的将军,致力于除恶扬善,维持乌托邦的秩序。天堂在《失乐园》中是理想的,正因为它是一个规训、操练与备战的场所。③ 在第7卷中,当圣子奉上帝之命创造世界的时候,他就像一位勇猛威武的元帅,战车旁边簇拥着无数的天使、精灵、王者、贵族;天堂的武库则储藏着千百万的装备,以及有翼的战车。撒旦对上帝神位心生嫉妒乃至仇恨,并由此引发战争,这让亚当二人感到不可思议,"在天上会有憎恨,在和平幸福的/神座近边会发生战争、混乱/但邪恶很快就被挡回去"(7.54-57),因为"邪恶究竟难与幸福相混"(7.58-59)。圣子战胜撒旦的决心来自《启示录》;多位评论者把那位骑在白马上审判并宣战的英雄视作基督。④

天堂是宗教乌托邦的最理想的体现,具有辉煌绚丽的特征。如同但丁的天堂一样,弥尔顿的天堂也在最高天;如同使徒约翰的新耶路撒冷一样,这个天堂也是一座圣城,如诗中描画的,是"一个广阔无际的地方,不辨是圆是方/有乳白色的塔楼和城堞,饰着碧玉"(2.1047-1050)。全能的天父从诸天之上的清虚境,向下俯视着自己的作品和作品的作品,周围则是密如群星的无数的圣者,目睹他的容姿,享有说不尽的至高幸福(beatitude),他的右手边坐着他的独生子,是集中了他的荣耀的光芒四射的形象(3.56-64)。但这个至善至福的天上乐

---

① John R. Knott,Jr.,"Milton's Heaven," PMLA 85.3 (May 1970):488.

② Gordon Campbell and? Thomas N. Corns, John Milton: Life, Work, and Thought, Oxford: Oxford University Press,2008,343.

③ Amy Boesky,"Milton's Heaven and the Model of the English Utopia," Studies in English Literature,1500-1900 36.1,The English Renaissance (Winter 1996):107.

④ John R. Knott,Jr.,"Milton's Heaven," PMLA 85.3 (May 1970):490.

园也有着最完备的规训设计。规训手段包括层级监视、规范化裁决及严格检查。① 在这至高的所在,上帝既监视着天城,也俯视下界,对伊甸园和地狱的一切一览无余;他的眼睛仿佛覆盖整个宇宙的高倍望远镜一样,凝视(gaze)着亚当、夏娃和撒旦一党的一举一动。上帝的凝视无所不在,而囊括一切的凝视行为,正表明了上帝的至高权力。宇宙的中心点,借用米歇尔·福柯(Michel Foucault)的话来说,"应该是一只洞察一切的眼睛,又是一个所有目光都转向这里的中心"②。上帝的眼睛监视着整个宇宙,这体现了他的权力和规训;而在天使围成的圆形结构中,上帝居于中心,所以他也是所有目光聚焦的地方。但由于上帝形象的隐匿性,天人难以目睹他的真容;他是凝视行为的发出者,却绝难成为被凝视的、清晰的对象,就像福柯笔下环形监狱(panopticon)中心瞭望塔里的监视者一样,能观看一切,却不会被看到。这种环形结构体现了某种政治乌托邦(political utopia)③,因为权力把天人们客体化,并予以支配。

地上乐园是一个阿卡狄亚式风景胜地,有着美不胜收的田园风光、和平共处的动物、俊美潇洒的伉俪。然而,地上乐园同样具有政治乌托邦的成分,优美的风景中夹杂着对规训的畏惧。上帝、圣子等天人从天堂可以一览无余地俯瞰乐园,对其中的一切明察秋毫。天使对乐园负有警戒、保卫职责,并不断进行例行检查,对二人有可能的越轨之举提前提醒甚至警告。他们陷入一个"动辄得咎的惩罚罗网"④中,一旦犯戒,必受严惩。

撒旦是第一个敢于反抗上帝规训的天人。上帝的规训和撒旦的反规训体现了意识形态和反意识形态的对立,并导致了乌托邦的破坏。在第2卷的万魔殿大会上,魔鬼彼列明确指出了上帝的凝视与规训:

……他一眼就
明察秋毫,谁能骗得过他?
他从高天上,把我们的行动

---

① 米歇尔·福柯:《规训与惩罚:监狱的诞生》,刘北成、杨远婴译,北京:生活·读书·新知三联书店,2003年,第193—194页。
② 米歇尔·福柯:《规训与惩罚:监狱的诞生》,刘北成、杨远婴译,北京:生活·读书·新知三联书店,2003年,第197页。
③ 同②。
④ 米歇尔·福柯:《规训与惩罚:监狱的诞生》,刘北成、杨远婴译,北京:生活·读书·新知三联书店,2003年,第202页。

看得清楚,而且发笑。(2.189-191)

别西卜也认为,"天上的王早已指定这个地方/作为监禁我们的牢狱"(2.316-317)。群魔就像被关在环形监狱中的囚犯一样,上帝正如瞭望塔里的监视者。为了改变这种被监控的状态,并报复上帝,撒旦潜入地上乐园,窥探亚当二人的言行,伺机引诱他们堕落。鬼鬼祟祟的撒旦有偷窥癖。[①] 上帝的凝视是为了维持宇宙的和谐,撒旦的偷窥则带着恶意。撒旦无所不用其极地挑拨神人关系,比如在夏娃的梦幻中与之对话时,他把天国群神描述为自私自利之人——之所以不许人食用知识树的果实,大概是因为他们想独自享用。他们怕人吃了禁果变成神,但"人变成神有什么不好?好事愈推愈广/创造者无所损失,反更受尊敬呢"(5.71-73)!撒旦力图解构上帝的规训,抹黑上帝的形象和善意。更恶劣的是,他还怂恿夏娃跨越试炼的阶段,通过食用禁果直接越级跨入神的行列,"尝一尝这个吧,尝后可和群神交往/你自己也将成为女神,不受地球限制"(5.77-78)。连基督这样天赋神性的弥赛亚都要在经历撒旦的考验,并战而胜之后,才能承担起拯救人类的重任,而像人类始祖这样新造的人,神性尚浅,更多的是粗朴、浅薄的品性,只有在上帝赋予的理性的引导下,经过长久的培育与历练,才能积累神性,为步入神国做好准备。撒旦竟然诱使他们一步登天,足见其反规训背后的祸心。

食用禁果是乌托邦向反乌托邦(dystopia)堕落的标志,地上乐园从此成为地狱的属地;撒旦一党尽情破坏,和谐的、美善的氛围荡然无存;因无规训,乐园里充斥着暴力与无序。脱离规训的人类始祖从长生不老之人变成了死神的猎物。曾经和平共处的动物们开始了互害模式,"兽和兽/鸟和鸟、鱼和鱼开始打仗了/大家都停止吃草而互相吞食"(10.710-712)。过去的食草动物变成了互相吞噬的食肉动物。

然而,至善的上帝永远也不会容忍规训的失效和恶行的肆虐;反乌托邦只是新天新地之前的一个过渡阶段。上帝向天堂圣徒发出圣言,阐明他的救世宏图。他绝对不会"向他们的暴政让步"(10.628);之所以地上乐园遭受荼毒,是因为他召唤"地狱的群狗来舐去人间污秽罪孽/落在纯净东西上面的脏污和渣滓/直到被腐肉碎骨塞饱到胀破的程度"(10.629-633)。阴风惨惨、罪恶累累

[①] David Loewenstein, Milton: Paradise Lost, Cambridge: Cambridge University Press, 2004, 80.

的反乌托邦在积聚了撒旦的徒子徒孙与被蛊惑的恶人之后,圣子将再度降临,扫荡群魔,廓清世界,"用胜利的铁腕一扔/罪和死,以及张开大口的坟墓,/都被扔过混沌界而堵住地狱的入口"(10.633－637),世上的恶人将被彻底铲除;"然后,天、地更新,恢复纯净/成为圣洁,将永远不受污染"(10.638－639)。

　　规训虽然是对自由的限制,但也是乌托邦不可或缺的。因为规训虽然是监督式的,同时也是生产性的。[①] 上帝对人类始祖的规训,意图不在于迟滞其心智成长或抑制其自由意志,而是要让他们改善人性,强化神性。即便在其堕落后,上帝规训的目的仍然是让他们走上正路,并大量繁殖后裔;世人将在上帝持续的规训下,持守正道,积蓄力量,并最终借助圣子的救赎,成为新生的人类,乌托邦幻景才有成为现实的可能。

　　权力欲膨胀的撒旦已经不能忍受上帝的规训与管制。因不满上帝指定圣子为群神的首领,撒旦愤然带领部属回到天国的北方领地,开始了对上帝的反叛。这很难不让人把他和查理一世联系起来。查理也是因为长期议会对王权的限制,而于1642年愤然离开伦敦,来到北部的约克郡,拉拢人马,随后宣布讨伐议会,由此挑起了内战。英格兰因为内战而掀起了血雨腥风,仿佛天堂的内战一样;共同体内部自相残杀,使得人人自危。就像圣子率领天军击败撒旦军并把他们扔进地狱一样,克伦威尔领导新模范军打垮了保皇党军队,并把查理送上了断头台,也送进地狱。议会所制定的限制王权的法令,代表了上帝对查理的规训,是实现乌托邦的必要手段。这种规训,不是权力机关对普通人民的监视,而是集中了人民权力的议会对君主的监控;这一规训把君主降格为普通人,同时也对宫廷予以祛魅,使之被整肃为一个规训社会。查理的反规训,则是对人民权力的抵制,也是对乌托邦幻景的破坏,必然遭到正义清教徒的反抗。以查理二世为首的王党的复辟,如同撒旦对地上乐园的颠覆一样,使英格兰退化为一个反乌托邦。亚当、夏娃通过自我忏悔以及米迦勒的点化,认识到撒旦毁灭性的图谋,决心通过培育后裔来推翻魔鬼的统治。光荣革命时期的英格兰人民正像醒悟的亚当二人的后裔一样,推翻了詹姆斯二世的专制统治,并通过君主立宪制巩固了对国王的规训,乌托邦才有了实现的可能。

[①] 汪民安:《权力》,见赵一凡、张中载、李德恩主编《西方文论关键词》,北京:外语教学与研究出版社,2006年,第448页。

然而传统的乌托邦设计本身具有严重缺陷。它是以否定个人价值为前提条件的,它压抑个体的要求,并限制个性的发展。① 撒旦与人类始祖的犯罪,主因是他们都自我意志膨胀,丧失了谦卑之心,但上帝的规训对个体精神和意志的压抑也产生了一定的催化作用。弥尔顿把上帝描述为近似于国王的形象,也引起了一些论者的不满。② 在第3卷中,圣子提出了一系列问题,貌似发出了一连串针对上帝的指控。③ 可见,乌托邦式天堂需要预防规训所带来的副作用,尤其是在追求共性的过程中所导致的压抑状态。那么,天堂在清除了撒旦之流后,如何重建? 人类始祖在痛失地上乐园后,如何避免乌托邦模式的弊端而走上一条自新之路? 共同体模式似乎成为一种重建天堂,并让人类治愈顽疾、重新修复与天堂关系的良方。

三、共同体式的有机天堂

"与世俗社会的丑陋相比,天堂在班扬心目中是一个理想的社会共同体。"④如同光与黑暗不相容一样,天堂与丑恶也是绝难共处的,因此,堕落的撒旦团伙很快被驱逐。规训的天堂在清除了反规训的撒旦之后,呈现出万众一心、有机联结的共同体特质,而地上乐园的始祖同样经历了从乌托邦的丧失到对共同体式天堂的追求的过程。

撒旦团伙被赶出天堂,抛入地狱,这给天堂造成了重大损失。但对于上帝来说,整个宇宙都为他所有,所以这种损失只是自我损失,并非对天堂的不可弥补的破坏。不过,为了煞减撒旦的傲气,上帝还是决定"在转瞬间,另造一个世界"(7. 154 – 155),这个世界上的人是天堂的备选居民,但首先:

> 他们将经过长期顺从的试炼,
> 积累功绩而逐步升高,

---

① 崔竞生、王岚:《乌托邦》,见赵一凡、张中载、李德恩主编:《西方文论关键词》,北京:外语教学与研究出版社,2006年,第617页。

② John R. Knott, Jr. , "Milton's Heaven," PMLA 85.3 (May 1970):489.

③ Kalina Slaska-Sapala, "Milton's Olympian Dialogue:Rereading the First Council Scene in Heaven (Paradise Lost Ⅲ. 56 – 343)," International Journal of the Classical Tradition 22. 2 (June 2015):213.

④ 杨莉:《〈天路历程〉和〈复乐园〉中的天堂书写》,《河南大学学报》(社会科学版)2016年第1期。

>　　为自己开拓攀登到这儿的道路;
>　　地变成了天,天也变成地,
>　　和喜悦融合而为一个无穷的王国。(7. 157 – 161)

这是上帝对一个扩大的王国,即未来天堂的预言,到那时天堂与地球将交融到一起,地球被纳入天堂,组成一个联合天堂。"天堂并不是尘世事物的向外推想,世界才是创造主所造的天堂之延伸。"①牧歌天堂与地上乐园融合到一起,这是上帝为未来宇宙所设计的伟大蓝图。拉斐尔对亚当的思念也说明了天使与人类始祖的神圣亲族之情,"我们在天上想念地上的你/不下于想念同辈的从者"(8. 224 – 225),因为他们同是上帝的苗裔,这也说明了人间共同体和天堂的同出一源。能把地上乐园和天堂统一到一起的品性只能是善,因为全能的上帝"能用恶来创造善,让较好的种族/来占领恶灵所空出来的地位"(7. 187 – 190),他这样做的目的是"把他的善扩散到各个世界去/千年万载,永无终穷"(7. 190 – 191)。但丁亦指出,天上到处都是充满善的天国,但"至善"的恩泽并非以同等程度降于各处。② 至善即上帝,他恩泽的多少根据个人对誓约的履行程度而定。善是乐园与天堂的立身之本,是共同体永恒的核心伦理素养。

地上乐园中的一切亦具有共同体般的认同与联结,体现出一个系统中结构的精美。在向亚当讲述上帝创造世界的过程时,拉斐尔赞美上帝匠心独运的、精致的设计,甚至微小的蚂蚁也被创造得体现出天国的特征:

>　　先看极细小的蚂蚁,却能知未来,
>　　小小的容器却容得下伟大的心,
>　　可以说是以后正义、平等的模型,
>　　能够团结民众结成共同的团体。(7. 484 – 489)

即便是没有智识的蚂蚁,也体现出上帝的灵智和机巧,仿佛暗示世人要以正义、平等为处世准则,并以此来构建牢固的共同体。

为了让地上乐园这个潜在的天堂能够通过不断繁衍生息而发展壮大,并培养具有天国品质的后裔,以利于地球向天堂的蜕变,上帝还给亚当配备了伴侣。

---

① 蓝迪·爱尔康:《天堂》,林映君、黄丹力、王乃纯译,兰州:甘肃人民美术出版社,2013年,第13页。
② 但丁:《神曲·天国篇》,田德望译,北京:人民文学出版社,2002年,第18页。

当然,这需要亚当的恳求,因为他是具有神授理性和自由意志的人。亚当需要不断地经历试炼和考验,以改善其心智和智识,并去除人性中的粗鄙成分,从而达到向天人所拥有的神性的趋近。

双性的互补,尤其是由此而来的人性的完善更利于对神性的悟解和对天堂的荣登,当然生生不息的家庭共同体的重要性也是不言而喻的。亚当在被创造之后,有感于自己缺少伴侣,孤独寂寞,便向上帝提出了诉求。上帝没有具体形态,而是像一个"幻影"[①]一样,发出声音,与他交流。上帝自己没有伴侣,所以就反问亚当:"永古以来孤独的我/你是否认为是快乐的呢?"(8.404-406)但由于上帝是至高无上的造物主,任何被造物都低于上帝的境界,达不到和他平等交流的层次,而且上帝本身是圆满的,没有任何欠缺,所以并不需要伴侣的互补或生育后代,如亚当所言:"您已经是无限的了,无需繁殖/虽是'一',却是贯彻全数的绝对数。"(8.419-421)亚当极为睿智地进一步分析道:

> 您虽然貌似孤独,却神奇地
> 和自己交游,无须别求社交;
> 高兴时还可以提拔所造物为神,
> 和他融和交往,达到友谊的高峰。(8.427-431)

上帝虽然和自我交游,却并不感到孤独,因为无论何时何地他在精神上和物质上都是充实的、盈裕的。上帝是神圣共同体的创造者,是其核心,从某种角度来说也等同于共同体,所以上帝是不可能感觉孤独的。天堂的至福既为上帝所造,那么他还有什么必要再寻觅一位伴侣以便享受天堂的至乐?天性本有欠缺的人类则需要双性的协作。

夏娃是萃取天地精华而制成的,如亚当所言,"天或地尽所有的东西来装饰她"(8.482-483),"眼中反映天国的美"(8.488)。拉斐尔教导亚当,爱"是你上升为天上圣爱的阶梯"(8.591-592),"爱情是导登天国的道路和指南"(8.612-613)。可见,爱与善一样,也是联结地上乐园和天上乐园的纽带。爱维系着人类始祖家庭共同体,而随着他们子孙后代的繁衍,将会出现一个扩大化的人类共同体。

---

① 上帝并无具体形状,所以被称为"天上的幻影"或"光辉的幻影"(《失乐园》,8.356,8.367)。

拉斐尔还向亚当描述了圣子诞生时天堂大众集会的壮观景象，天族万众"排成广大无边的圆圈/一圈套一圈,层层重叠地站定"(5.594-596),永恒的圣父和圣子坐在中间,光辉夺目。这个构架展现了浑然一体的共同体特征——天堂神灵拥有滕尼斯所谓的"真正的、持久的共同生活",构成一个"生机勃勃的有机体"[1],维系他们的就是作为至善化身的圣父与圣子。这是一个神圣共同体,"团结成单一的灵体,永乐无穷"(5.610-611),它的精神核心就是善、爱与虔诚。那些破坏这种统一的反叛者,"便要从神和福地/抛掷出去,落到天外的黑暗深渊/他所设置的拘留所,永远不得救赎"(5.613-615)。地狱就是一个死气沉沉的、机械的聚合体,众鬼魂过着暗无天日、永久痛苦的"独体"[2]生活。

　　天堂的全体天人和地上乐园的人类始祖都发自内心地频频颂扬上帝的福佑,尤其是对宇宙充满爱和善意的安排。诺特认为,快乐的圆满通过赞美上帝表达出来,这种赞美是公共的而非个体的。在上帝面前,个体的差异仿佛消失在和谐中。天使合唱团的天堂和谐处于弥尔顿的天堂幻景的核心位置。[3] 这种赞美只能出自共同体般的和谐团体,因为它歌颂的是至善的上帝,是上帝对宇宙的大爱;这是纯粹的、无私心的、发自内心的赞美,体现出赞美者的心意合一与信仰的高度一致。天堂的主导情绪是喜庆的,这符合弥尔顿的观点,即动态的公共赞美是对上帝的爱的至高表达。[4] 撒旦在未堕落的时候,也曾颂扬过上帝,但他这样做是怀着私心的;他不是以爱来回应爱,以善来歌颂善。地上乐园警卫队队长加百列斥责撒旦对上帝的谀颂:"在天上对那可畏的天帝,谁比你/更为卑躬、谄媚、奴隶般崇拜?"(4.959-960)这种奴隶般的崇拜与共同体精神是背道而驰的,因为它动机不纯,纯粹是为了私利,这种赞美反而会破坏共同体的凝聚力。

　　但丁的天国包括托勒密天文体系的九重天和上帝所在的净火天。净火天

---

[1] 斐迪南·滕尼斯:《共同体与社会:纯粹社会学的基本概念》,林荣远译,北京:北京大学出版社,2010年,第45页。

[2] "独体"是法国哲学家让-吕克·南希提出的概念,他否认共同体的存在,认为独体才是人类真实的生存状态,独体是激情式的存在,而共同体实质上是分崩离析的堆砌。详见殷企平《共同体》,见金莉、李铁主编:《西方文论关键词》(第二卷),北京:外语教学与研究出版社,2017年,第175—176页。

[3] John R. Knott,Jr.,"Milton's Heaven," PMLA 85.3 (May 1970):494.

[4] John R. Knott,Jr.,"Milton's Heaven," PMLA 85.3 (May 1970):495.

是上帝的心智之光形成的超越空间和时间的天,它环绕着九重天,构成了但丁想象的广义的天国。① 这一天国幻景极为抽象,但也折射出共同体的构架。它的九重天中的各个天域虽然住着不同类型的灵魂,但都是虔诚的、正直的天人,具有信仰认同与属天品性;外围的净火天包裹着内部各环,意味着上帝的精神维系着各个群体。虽然众天人有等级之分,但这种区别是基于信仰的深浅或功德的大小,并不与官职或财富方面的属世因素相关,所以它反映的是一个有机的共同体,天人享有共同的、永恒的生活。在弥尔顿笔下的天国大会上,众天人也构成了广大无边的圆圈,圣父与圣子居于中心,这场景与但丁的意象正相反,但由于上帝是至善的化身,众天人以顺从至善为天职,所以他们同样构成了永恒的、有机的共同体。

天堂神圣共同体的有机性尤其体现为圣子的自我牺牲精神。在第3卷中,上帝预测人类始祖将偷食禁果而堕落,并受到死刑的惩罚,除非有人甘愿为人类赎罪,"以死替死"(3.212),"用正义救不义"(3.215)。全天庭的天人对上帝这一提议均感到作难;没人愿意为罪人们做出如此重大的牺牲,因而都保持沉默。只有圣子挺身而出,决意居中调解,把人类的死罪加到自己头上,以化解上帝的怒气。他要凭自己的救世恩典,歼灭一切敌人,并把"死亡"的尸首塞满坟墓。最后,他将"带领所赎回的大众/进入久别的天庭,回家重见您的面"(3.260–262)。作为天堂的首领和共同体的支柱,圣子在人类命运攸关的重大时刻,没有退缩,而是敢于牺牲自我、挽救人类,从而避免了天堂的巨大损失。这一惊天义举让其他天人惊叹、钦仰,因为这种为罪人而牺牲自我的行为太过不同寻常。然而,这也说明圣子为了这个奠基于善与爱的共同体是宁愿付出任何代价的,而他本人就是善与爱的化身,所以甘愿做出这种牺牲也就不难理解了。圣子用宝贵的生命救赎的是"同胞兄弟"(3.297),这体现出共同体成员的同胞情谊、血肉相连。在圣子复活后,二次降临进行末日审判时,满员的地狱将永久关闭,污秽的旧世界、恶浊的反乌托邦将毁于大火,"从它的灰烬中/造出新的天地,为正义所居住"(3.334–335)。十字架上的牺牲换来的是新天新地,是永久正义的共同体。

在面对危险重重的、需要付出巨大牺牲的重任时,地狱群魔与天堂天人的反应形成了鲜明对比。在第2卷的万魔殿大会上,在撒旦主张派人探索新世

---

① 但丁:《神曲·天国篇》,田德望译,北京:人民文学出版社,2002年,第13页注17。

界,并伺机进行侵扰时,地府大众噤若寒蝉,没有一个自告奋勇,敢于承担这一风险极大的任务。这一重任并不比圣子的更加艰难,因为不需要自我牺牲,但即便如此,地狱徒众仍无人出头。由此可见,地狱是不可能形成同心同德、有机互联的共同体的,因为撒旦是恶的化身,以恶为核心只能构成一个涣散、怠惰、利己主义的机械的独体。他们有时也能紧密地团结在一起来对抗上帝,那是因为他们对地狱生活的难以容忍,以及对丧失的天上乐园的怀念。圣子降世是为了拯救世人,使其有资格成为天堂的选民,撒旦从地狱上窜入世界,是为了把人类毁灭,使他们变成地狱的党徒,使地上乐园所属的整个世界与地狱连为一体,从而建成一个与天堂分庭抗礼的地狱帝国。这将是一个以撒旦为头目的、邪恶的独体社会。

但由于人类的堕落是受骗而导致的被动堕落,与撒旦的主动堕落不同,因此上帝绝不会容忍撒旦对人类的毁灭,而他选择圣子为人类的弥赛亚,正是因为他相信圣子有勇气也有能力实现战胜撒旦、拯救世人的伟业。依靠圣子的救赎,深陷罪中并四分五裂的人类共同体将培养更牢固的信仰,并重获上帝的恩宠;而在基督的末日审判后,将会出现纯化的新神圣共同体,复得的新耶路撒冷就是新的地上乐园,是天上乐园的有机组成部分。

在第 12 卷中,天使长米迦勒劝慰亚当,即便被驱离乐园,他们也将有远为快乐的"内心乐园"。不过,只靠他们自己是无法创造这一乐园的,除非他们使自己成为盛着上帝恩典的器皿,不断完善自我,以提高认知上帝的能力。[①] 只有凭着对上帝的虔诚信仰,才能拥有真正的内心乐园。这一内心乐园是精神层面的,包含了对新耶路撒冷和天上乐园的想象和憧憬。基督的救世恩典使信徒摆脱了罪的束缚,信仰变得明确而坚定,并开始铺设一条从内心乐园到新耶路撒冷的道路,这为新地上乐园与天上乐园的融合做好了精神上的准备。这一恩典以福音代替了摩西法典,给信徒带来了真正的基督徒的自由,使他们既顺畅地接受上帝的规训,同时也合乎理性地、不逾矩地运用个人意志。对恩典的崇信使信徒结成了一个牢不可破的共同体,而在末日审判后,他们将和天人一起组成一个更大范围的神圣共同体。

《失乐园》的天堂模式呈现了从阿卡狄亚、乌托邦到共同体的转换,但三者

---

① David Ainsworth, Milton and the Spiritual Reader: Reading and Religion in Seventeenth-Century England, New York: Routledge, 2008, 139–140.

并非截然分开,而是有着相得益彰的关系。阿卡狄亚模式以善为主导,具有天人合一、融洽发展的审美特质,但由于人类始祖理性尚浅,并缺少历练,因而在应付较复杂的局面时极易失足,使地上乐园潜藏着不小的隐患,天上乐园的和谐也因撒旦本性从单纯向复杂的转化而受到破坏,这表明了这一模式的脆弱性。乌托邦模式强化了政治性,以规训手段管控天堂与伊甸园,但由于撒旦的反规训,以及在他的诱导下人类始祖的反规训,天堂遭受了重大损失,地上乐园也堕落为反乌托邦。可见,以规训来维持秩序的乌托邦模式同样危机重重。共同体模式则兼顾阿卡狄亚模式对和谐的追求,以及乌托邦构架对规训的强调,但最关键的是它以圣子的救世恩典为精神武器,给尘世罪人带来救赎希望,也给天堂圣徒树立了道德标杆,使仙、凡两界大众强化了信仰,从而为构建超时空的神圣共同体做好了准备。

弥尔顿的天堂也是苍白的,因为乐园意味着承认死亡的轮回。① 但天堂也是神圣喜剧的高潮所在,是希望之地。正是因为有了对天上神圣共同体的想象,地上信仰共同体才有了精神支柱,才强化了对善与爱的追求。天堂幻景取代了尘世的浮华和空想,消除了功利性和目的性,使一种永恒的、共同的生活变得可能。天堂不只是弥尔顿在《失乐园》中的宇宙舞台的一个层面,也是他的宇宙中唯一固定的元素。②

第三节 《复乐园》:无形教会与神圣共同体的构建

弥尔顿研究专家梅里特·Y. 休斯(Merritt Y. Hughes)发现,很可能在1641年,弥尔顿就开始酝酿一首诗的创作,其中的主角是约伯或基督,而《复乐园》在结构上的确受惠于《约伯记》,在观念上同样如此。③《复乐园》发表于复辟时期的1671年,是弥尔顿创作的最后一首诗歌。它被视作《失乐园》的续集——撒旦在成功诱惑了亚当、夏娃之后,又故技重施来试探耶稣,但却一败涂地。耶稣在击败撒旦的诱惑后,明确了自己的弥赛亚身份,恩典时代由此开启,新型教会也由此发端。

---

① John R. Knott, Jr., "Milton's Heaven," PMLA 85.3 (May 1970):495.
② 同①。
③ Merritt Y. Hughes, "The Christ of 'Paradise Regained' and the Renaissance Heroic Tradition," Studies in Philology 35.2 (April 1938):264.

第四章 乐园书写与信仰共同体

基督复得的伊甸是一个内心乐园,拥有内心乐园的信徒既属于有形教会,也归附于无形教会,诸多学者由此角度进行了研讨。休斯把基督看作"最终的宗教信仰的象征,此信仰基于把圣子视作'道'和'上帝形象'的观念"[1]。霍华德·舒尔茨(Howard Schultz)区分了两种教会:一种是有形教会,指声称是信徒的总的群体,不可避免地包括伪君子;另一种是无形教会,是只由基督所知的群体,明显不包括伪君子。[2] 升天的基督的神秘身体可以被视作新的、无形的教会。[3] 耶稣也体现出宗教内在性以及不从主流者的良知。[4]

耶稣创建无形教会的前提是他必须在旷野击败宇宙的头号大敌撒旦。《复乐园》结尾时的天使歌唱把撒旦从圣殿的猝然坠落与他很久之前的失败以及他未来的失败联系起来。[5] 传统神学认为,基督将三次击败撒旦:第一次是在天堂;第二次是在下到地狱时;在第三次,他将捆绑大红龙[6],并把其永久抛入无底坑。有人认为弥尔顿是以旷野的诱惑取代了第二次斗争。[7] 以色列人曾在旷野流浪40年,先知以利亚也曾在旷野经受磨炼,说明旷野是修炼精神与意志的场所。撒旦在旷野对基督的诱惑仿佛一场战斗,这一场景呼应了《启示录》中的古蛇,即撒旦,对那位妇女和她的种子的追杀。这位妇女就是玛利亚,她逃往的地点也是旷野。由此,基督可被称为屠龙者。通过他的救赎,重演了新以色列的出埃及记,以及向新耶路撒冷的进发;这样,基督在旷野重建了伊甸。[8] 基督重建的是内心乐园,这是基于他复活后的身体所象征的精神圣殿,也意味着无形

---

[1] Merritt Y. Hughes,"The Christ of 'Paradise Regained' and the Renaissance Heroic Tradition," Studies in Philology 35.2 (April 1938):273.

[2] Howard Schultz,"A Fairer Paradise? Some Recent Studies of Paradise Regained," ELH 32.3 (September 1965):288.

[3] Noam Reisner,"Spiritual Architectonics:Destroying and Rebuilding the Temple in 'Paradise Regained'," Milton Quarterly 43.3 (October 2009):167.

[4] David R. Schmitt,"Heroic Deeds of Conscience:Milton's Stand against Religious Conformity in Paradise Regained," Huntington Library Quarterly 76.1 (Spring 2013):117.

[5] Phillip J. Donnelly, Milton's Scriptural Reasoning:Narrative and Protestant Toleration, Cambridge:Cambridge University Press,2009,194.

[6] 在《启示录》第12章中,撒旦被描述为一条大红龙,也被称作古蛇。

[7] Howard Schultz,"A Fairer Paradise? Some Recent Studies of Paradise Regained," ELH 32.3 (September 1965):283-284.

[8] Howard Schultz,"A Fairer Paradise? Some Recent Studies of Paradise Regained," ELH 32.3 (September 1965):284.

教会的产生。旧约时代的人们频频受到撒旦的毒害,律法是义人对抗撒旦的利器,但律法不能解脱罪的羁勒。只有到了新约时代,即恩典时代或福音时代,基督的降世救赎给信徒带来了真正的自由,无形教会才变得可能。基督的王国可以被定义为教会。神学家们都思考过两个历史时期的持续的教会:一个是恩典王国,是现世的教会;另一个将是荣耀王国。[①] 现世的教会是有形教会,但它的完美形态是无形教会。此无形教会是通过耶稣经受试炼而获得的,与其对立的是敌基督的势力。无形教会也导向了更高形式的、完美的、纯净的神圣共同体的构建。

无形教会是在有形教会的基础上构建的,而有形教会因为撒旦的不断侵扰总是免除不了缺陷,因而虔诚的义人需要不断地对其进行指正与纠偏;在这方面,耶稣给他们树立了一个典范。《复乐园》表露了对鱼龙混杂的有形教会的抨击,并描述了耶稣构建无形教会的精神历程。

一、对被污染的有形教会的抨击

撒旦的教唆导致了原罪的发生和人类的堕落,上帝赐予人的信仰也因此受到了污染,难以再保持纯洁、完好的状态。旧约时代的信仰团体由于人类不断的堕落行径而屡遭磨难和打击;幸运的是,每个时代都有义人,即光明之子,挺身而出,通过对神意的领悟和阐发,把正确的教义灌输给迷途者和动摇者,坚定他们对上帝的信仰,从而使犹太教避免了灭顶之灾。在进入新约时代后,有赖于基督的救世恩典以及醒世恒言,使徒时代创建的教会呈现出千年未睹之大变化与新格局,新耶路撒冷的降临似乎指日可待了。但由于敌基督的势力以及伪善的法利赛人等群体的逼迫,基督的教会险象环生,处境艰难。在基督与使徒们筚路蓝缕甚至舍生忘死的努力下,教会挺过了难关,从一个人数寥寥无几的小团体逐渐发展为规模巨大的有形教会。撒旦与基督的教会始终如影随形。撒旦无时无刻不在图谋瓦解基督的教会,以颠覆后者的救世宏图;他不断地拉拢、蛊惑徒子徒孙以扩张敌基督的势力。敌基督群体不是独立的存在,它附着于有形教会之上,相伴相生,并试图通过污染、腐蚀等手段来使其发生质变,从而堕落为撒旦的帮派。

[①] Howard Schultz, "A Fairer Paradise? Some Recent Studies of Paradise Regained," ELH 32.3 (September 1965):285.

第四章 乐园书写与信仰共同体

撒旦是今日之世的篡位者。亚当、夏娃本来被上帝预定为世界的统治者，拥有乐园以及广大的世界，但在撒旦的蛊惑下，他们违背了神律，从而丧失了乐园的拥有权；他们及其子孙被迫在尘世忍受前所未有的各种艰难困苦。除了遭受肉体上的折磨之外，他们还要忍受思想上与精神上的污染与压迫。撒旦领导群魔"跨出地狱深坑，而居于光天化日之中／在这广大而快乐的国土中做统治者／做元首，做王侯，甚至于做神祇"(1.115-118)。① 这些地狱的妖魔鬼怪，摇身一变，竟然化身为人间的帝王贵胄，甚至升格为多种宗教受崇拜的偶像，如《失乐园》中所描述的："于是他们便以各种不同的名号／各种不同的偶像传遍异教世界。"(1.374-375)吃小孩的恶魔摩洛、非利士人的偶像大衮，诸如此类的邪神凶鬼，包括查理一世这样的人间暴君，都来自撒旦的团伙。撒旦的女儿"罪"更是直接控制人类的意识，并唆使他们犯罪从而成为撒旦的儿子"死"的美食："等到我通过全族住到人类中去时／污染他们的思想、容貌、言语和行为／把他烹调，给你做最美味的饵食。"(《失乐园》,10.607-609)在异教世界，撒旦的破坏作用更易分辨，因为这些形态各异的偶像总是会给崇拜它们的民族带来巨大危害，使共同体失去纽带和有机性，从而离心离德，甚至分崩离析——崇拜大衮的非利士人最终消亡，就是一个绝佳的例证。撒旦派遣的偶像成为各种宗教乃至各个民族共同体的毁灭性力量。

在基督的教会中，撒旦的破坏手段则极为隐蔽，很难识别。基督的教会和敌基督的团伙的斗争错综复杂、扑朔迷离。撒旦或者其部属伪装成信徒的模样，混入基督的教会中，或者对基督的信徒进行拉拢、蛊惑，使其偏离正道，坠入彀中。圣子对这两类人采取不同的措施：对那些顽固不化的人定要斩草除根；而对那些迷误的灵魂则要进行教导，因为他们并非故意作恶，只是糊涂地盲从(1.224-226)。舒尔茨认为，基督的大敌——敌基督，显现得就像迷信与世故一样，是由天主教徒、国教徒、长老会教徒、各式各样的伊拉斯图学说信徒——以及最可能是众群体中最阴险的政治千禧年信徒——所支持的。② 敌基督娴熟

---

① 约翰·弥尔顿：《复乐园》，见《弥尔顿诗选》，朱维之译，北京：人民文学出版社，1998年，第399页。以下的引文将随文标出卷数和行数，不再另注。如译文行数与英文行数不一致，将以后者为准。

② Howard Schultz,"A Fairer Paradise? Some Recent Studies of Paradise Regained," ELH 32.3 (September 1965):286.

的手段包括偶像崇拜、金钱和世俗荣誉。①

在耶稣降世进行救赎时,以色列仍处于罗马帝国的统治之下,另外还有十族族人在安息帝国受到奴役。因而,撒旦向耶稣游说,许诺帮助他与安息联盟以对抗罗马,或者征服安息来解救同胞。耶稣揭露撒旦的许诺其实是空头支票,甚至包藏祸心。对于那十族族人,耶稣视他们为同胞,并决心在掌握权柄后拯救他们。但他又毫不隐讳地指出,这十族族人实际上是自甘为俘虏,因为他们"远离上帝/去敬拜埃及的牛鬼蛇神,继又拜巴力/拜亚斯他录和邻国所有的偶像"(3. 415-417)。他们中了撒旦的奸计,崇拜他的下属所装扮的偶像——这些异教的邪神,从而败坏了民族的宗教信仰。但他们还犯了比异邦人更严重的罪行,竟然

> 硬着心肠,不肯虚心悔悟,去寻求
> 他们先祖的上帝;这样至死不悟,
> 遗下一个和他们相像的民族,
> 和异邦人极少区别,只剩空洞的割礼,
> 他们所崇拜的是上帝和偶像的混合。
> 这些人怎能谈得到自由解放呢?(3. 421-426)

他们的宗教受到了污染,因为这些迷途羔羊既信上帝,也拜偶像。由于崇拜偶像,他们对上帝的信仰变得摇摆不定、模棱两可。因为心灵的顽梗,圣灵也与他们隔绝。但上帝总有一天会以"一种奇异的呼召/使他们回心转意"(3. 434-435),亚述的大水也会像曾经的红海一样,分为两半,让他们回归应许之地,并清洁被污染的宗教。这些以色列人和耶稣一样,都在"等待着上帝的时候和意旨"(3. 440)。它到来的时间没有言明,但耐心的、有恒心的人自会等到。撒旦是偶像的偶像,或曰偶像之王,妄图诱使耶稣崇拜他,从而颠覆基督的有形教会,破坏共同体的生机,但其偶像的真面目却被耶稣戳穿。

金钱也是撒旦用以引诱耶稣的工具。在撒旦看来,没有金钱,就不能吸引信徒和扈从,也不能罗致能干的帮手以协助耶稣登上王位。只要耶稣听命于他,财富便唾手可得。耶稣反驳道:没有智慧、仁慈和勇气,财富将会一无所成;

---

① Howard Schultz, "A Fairer Paradise? Some Recent Studies of Paradise Regained," ELH 32.3 (September 1965):290.

即便靠财富暂时获得土地,也不可能长久保留。大卫等人虽出身微贱,却凭借自己的美德,成就伟业。耶稣贬斥金钱是"笨人的圈套/是聪明人的障碍物或陷阱/它常常削弱美德,腐蚀美德"(2.453-455)。财富如果没有美德的支撑,就不会造就虔诚的信徒,有形教会也将充斥着非利士人的庸俗气息,信仰共同体将会丧失对上帝正道的追求。

用财富诱惑耶稣的图谋落空后,撒旦又祭起了荣誉这一利器,企图诱使耶稣追求声望名誉,从而丧失对上帝的敬畏。耶稣斥责撒旦所谓的荣誉是地上的荣誉,而"地上的荣誉是假的,荣誉多归于/不荣誉的事情,和不名誉的人们"(3.69-70)。人们应该追求天上的荣耀——"我不要寻求我自己的荣耀/只寻求那差我来者的荣耀"(3.106-107)。义人寻求上帝的荣耀,那受到众天使欢呼和赞美的、真正的荣耀。约伯便是鲜明的例子。他虽然被撒旦百般试探与折磨,但却始终不减对上帝的虔信,最终击败了撒旦的挑战,成为被上帝所褒奖的义人,这种荣耀也为教会增光添彩。异教的苏格拉底为了真理而殉身,他的名誉并不低于最威风的征服者。苏格拉底虽然不是上帝的信徒,但在追求真理这一点上与真正的信徒差相仿佛,所以在精神层面上他与基督的教会有相通之处。在看到无法劝诱耶稣追求世俗荣誉后,诱惑者又援引上帝为例,认为上帝寻求荣耀,并且悦纳天使和凡人的赞美,甚至敌对者的赞美。对此荒诞言论,耶稣予以犀利回击——上帝创造万物,但并不以荣耀作为最重要的目的;人们对上帝的恩赐没有可偿还的,赞美是最轻微的回报。但有形教会中的假教徒、伪君子竟然不表示感谢,反而进行辱骂和污蔑。弥尔顿在此抨击的正是撒旦的党徒以及受他蛊惑的人,比如复辟时期的保皇党分子、国教会中的投机者;他们压制对圣经真理的传播,以正统自居,狂妄自大,甚至篡夺本该属于上帝的荣耀。

撒旦试探耶稣所使用的手段反映了他操控的敌基督势力的特征,他也不断地尽力把腐蚀性观念渗透到基督的有形教会之中。撒旦迷恋于权力和关于权力的知识;他的这些手段都和权力有密切关系,有的是权力的来源,有的是权力的结果。他追求权力的目的是败坏有形教会,离间神圣共同体,用恨而不是爱来统治世界,如舒尔茨所言:"撒旦追求的知识是关于权力的,或者是为权力而权力的知识;基督机警地绕过了一个又一个陷阱,由关于爱的知识的幻景所引导。"①尽管弥尔顿是千禧年信徒,但他已经开始厌恶政治千禧年说(political chiliasm),认为这是一种反基督的欺诈性思想。② 撒旦不断地游说耶稣,劝诱他早日掌握大权,以成就复国大业,拯救被奴役的人民,这正是政治千禧年说的一种体现。在耶稣看来,千禧年说不是急功近利、争权夺利的工具,信徒应灵活地理解这一学说的主旨,静候上帝的召唤与旨意,不必计较时间的缓急迟速,最重要的是,不要受有形教会中的伪善者的诱骗,从而热衷于对权力的追求而破坏上帝的计划以及神圣共同体的和谐。

教会不应囿于门户之见——弥尔顿并不排斥追求真理与正义的异教徒和清教之外的其他教派。比如,良善的天主教徒曾撰文抨击过迷信、偶像崇拜和撒旦的其他花招。③ 因此,要学会区分基督的教会与敌基督的势力、无形教会与有形教会。只有认清有形教会的弊端,清除撒旦的污染与毒害,才能构建纯净的无形教会。耶稣通过击败撒旦恢复了内心乐园,并凭借献身救赎构建了精神圣殿;耶稣与使徒的传道使有形教会从无到有,并不断发展壮大,但更重要的是纯净的无形教会的产生,这将使神圣共同体的纽带变得更加牢固。

二、精神圣殿、内心乐园与无形教会

在《失乐园》的结尾,米迦勒曾告知亚当,他将获得一个远为快乐的内心乐园。《复乐园》的第 1 卷开头歌颂圣子的光辉事迹:他谨守上帝的旨意,战胜了诱惑者的种种诡计,终于"在广漠的荒野中复兴伊甸"(1.7)。很显然,这个伊甸并非亚当所丧失的物质乐园,而是一个内心的精神乐园;它是基于耶稣所创立的精神圣殿,而拥有内心乐园的信徒将构建纯净的无形教会与神圣共同体。

在《复乐园》第 4 卷的结尾,手段用尽却无一奏效的撒旦使出了最后一招,

---

① Howard Schultz, "A Fairer Paradise? Some Recent Studies of Paradise Regained," ELH 32.3 (September 1965):280.

② Howard Schultz, "A Fairer Paradise? Some Recent Studies of Paradise Regained," ELH 32.3 (September 1965):285.

③ Howard Schultz, "A Fairer Paradise? Some Recent Studies of Paradise Regained," ELH 32.3 (September 1965):292.

即把圣子带到耶路撒冷的圣殿[①]尖顶,企图引诱他跳下去并让天使接住,这会成为对上帝的试探从而破坏神旨,圣子也将因此败于撒旦的挑战,落得亚当一般的下场。但圣子巍然屹立,没有丝毫动摇,撒旦反而一头栽倒。在圣殿屋顶上的一幕是本诗的高潮。

在耶稣生活的时代,以色列人的第二座圣殿,也是最后一座,还没有被毁掉,因此,撒旦把耶稣带上去的圣殿对应的就是这座现实中的圣殿。几十年之后,该殿将被夷为平地。耶稣曾在犹太人的逾越节之前,进入耶路撒冷圣殿,以绳作鞭,赶走那些卖牛羊鸽子并兑换银钱的人。之后,犹太人问他还要显什么神迹给众人看,"耶稣回答说:'你们拆毁这殿,我三日内要再建立起来。'犹太人便说:'这殿是四十六年才造成的,你三日内就再建立起来吗?'但耶稣这话,是以他的身体为殿"(约 2:19-21)。耶稣暗指的是他将在被钉死到十字架后的第三天复活,复活后的他就是新的圣殿。"想象的耶路撒冷圣殿的毁灭预示了基督的'肉体神龛'的死亡、被钉十字架和复活。"[②]"上升的基督的身体是新的圣殿,他死是终极的献祭。"[③]复活后的基督的身体是一座精神圣殿,而他的死是最大的祭品,为了救赎所有罪人而献给上帝。

奥古斯丁把基督的身体比作上帝之家,"通过新约建造上帝之家,这座圣殿比所罗门建造并在被掳后重建的圣殿更加辉煌"[④]。他进而认为,以色列先知哈该"预言后来的上帝之家比从前的上帝之家更加荣耀,这个预言不是应在重建圣殿这件事情上,而是应在基督的教会"[⑤]。实体的圣殿免不了被毁坏,但精神的圣殿却万古长存。这个无形圣殿就是上帝之家,也是基督新建的教会。旧约时代的上帝之家,即以前的教会,虽然不乏光辉之处,但就像实体的圣殿一样,

---

[①] 圣殿是古代以色列人最重要的祭祀场所。在建造圣殿之前,以色列人在会幕中进行祭祀。有了圣殿后,圣殿便成为敬奉上帝的场所,也成了以色列民族的象征。以色列人曾在耶路撒冷先后建造过两座圣殿:一座是约公元前 959 年建成的所罗门圣殿,于公元前 586 年被巴比伦王国摧毁;另一座于公元前 537 年开始建造,于公元前 515 年建成,后来曾经扩建,但最终于公元 70 年被罗马帝国的军队焚毁。

[②] Noam Reisner, "Spiritual Architectonics: Destroying and Rebuilding the Temple in 'Paradise Regained'," Milton Quarterly 43.3 (October 2009):171.

[③] Noam Reisner, "Spiritual Architectonics: Destroying and Rebuilding the Temple in 'Paradise Regained'," Milton Quarterly 43.3 (October 2009):167.

[④] 奥古斯丁:《上帝之城》(下),王晓朝译,北京:人民出版社,2018 年,第 768—769 页。

[⑤] 奥古斯丁:《上帝之城》(下),王晓朝译,北京:人民出版社,2018 年,第 773 页。

频频遭受毁灭性的打击与精神上的摧残。诺姆·赖斯纳(Noam Reisner)深刻地指出,新的圣殿对于弥尔顿来说,既是上升的基督的身体,也是宗教改革的战场;它的毁灭持久地象征了从旧律法到新福音的运行。① 基督为人类受罪,并树立了一个榜样;但弥尔顿的同胞在复辟的君主制的专制统治下仍在受罪。② 基督所创立的教会是对以前的犹太教的改革,或者说是脱胎于犹太教的新的信仰团体;在弥尔顿的时代,英格兰第二次宗教改革也是基督的宗教改革思想的延续,然而这一切都源自福音时代对律法时代的更替,其标志就是基督的圣殿的创建。

在赖斯纳看来,基督就是他的无形的或神秘的教会的奠基石;这教会恰恰在耶路撒冷圣殿的实体或任何其他世上建筑物不存在时兴起。③ 基督在世传道时,圣殿仍然存在,但已名存实亡,就像一个熙熙攘攘的集贸市场一样,充斥着不虔信的人群,这说明圣殿作为信仰象征的地位已岌岌可危。在基督升天后不久,圣殿被信异教的罗马人毁于一旦。之后,罗马人和阿拉伯人先后在遗址上建造了朱庇特神庙和清真寺,圣殿实际上已经成为一个想象中的文化符号和象征,再也不是有形的物理存在了。基督复活的身体由此填充了圣殿毁灭后所造成的精神空白,并以教会的形式赋予这圣殿以实体。

赖斯纳认为无形教会仍是鱼龙混杂的团体,如同《马太福音》第 22 章中,王为他儿子摆设娶亲的筵席一样,由于宾客寥寥,就不论善恶都招聚了来,但被召的人多,选上的人少。奥古斯丁也形象地描述道:"教会里有许多坏人与义人混在一起。他们都好像是被福音之网聚拢到一起来的。"④因此,这个教会相当于舒尔茨所谓的有形教会,是一个有杂质的信仰共同体。它是一个精神共同体,其成员有紧密联系的心灵生活、共享神圣的场所和共同崇拜的同一个神。⑤ 但这个共同体仍然有不和谐的成分、伪善的信徒或分裂性的派别。基督的圣殿里

---

① Noam Reisner, "Spiritual Architectonics: Destroying and Rebuilding the Temple in 'Paradise Regained'," Milton Quarterly 43.3 (October 2009): 168.

② David Ainsworth, Milton and the Spiritual Reader: Reading and Religion in Seventeenth-Century England, New York: Routledge, 2008, 166.

③ Noam Reisner, "Spiritual Architectonics: Destroying and Rebuilding the Temple in 'Paradise Regained'," Milton Quarterly 43.3 (October 2009): 167-168.

④ 奥古斯丁:《上帝之城》(下),王晓朝译,北京:人民出版社,2018 年,第 775 页。

⑤ 斐迪南·滕尼斯:《共同体与社会:纯粹社会学的基本概念》,林荣远译,北京:北京大学出版社,2010 年,第 53—54 页。

有约伯一般的义人,但同样也会有"卖鸽子的人"(亵渎圣殿的人)。舒尔茨所描绘的无形教会是一个净化的信仰团体,是由那些蒙拣选的人组成的,其中的稗子已经被簸出去了。本节所分析的就是这种纯净的无形教会。

基督的教会作为重建的上帝的屋宇,是内在的无穷恩典的空间,或者说《失乐园》里所谓的"内心乐园"①。舒尔茨所谓的无形教会奠基于基督这个重建的圣殿。伪善的教徒却混迹在有形教会中,滥竽充数,难以分辨,如同基督受洗时,夹杂在人群中旁观的撒旦一样(4.511-512)。但伪教徒却与无形教会无缘,因为他与圣灵隔绝,无从获得对神旨的正确理解,反而痴迷于迷信与庸俗思想,至于内心乐园,自然也是他无从获取的。

尽管很多批评家(包括撒旦)把圣子的身份视作《复乐园》的核心的阐释性问题,但最重要的问题其实是对圣子复得的"乐园"的意义以及成功恢复乐园的手段的关注。② 这个恢复的乐园并非外在的乐园,而是精神性的内心乐园;它寓形于基督的身体,并以基督的美德为存在的根基。基督是没有缺陷的人,甚至连瑕疵也没有,如上帝所言:"这是我所特选的完人。"(1.167)撒旦也不由自主地赞美他:"他有着绝对的完全性,神圣的美质/和阔大的心胸足以容纳最伟大的事业。"(2.138-139)物质的圣殿总是会有不足、缺憾,甚至会被毁灭,但基督的圣殿却天然地设计得完美无缺,不会因受到攻击而损坏,亦不会被自然力量所腐蚀。基于这一圣殿的内心乐园同样体现出对美德的向往与追求,以及对敌基督的腐蚀性力量的警戒与抵御。这一内心乐园是由圣子的伦理仁爱所建立的,其高潮是他的祭献性的死亡和复活。③ 他为救赎人类而死并复活的过程就是内心乐园最激动人心的时刻,因为从这时起,他平息了上帝的烈怒,使上帝与人类和解,人类由此解脱了罪的镣铐,成为新生的人,撒旦的灭绝人类计划就此落空。

基督本人并不缺乏内心乐园,因为他与圣父一样是宇宙万物——包括物质与精神方面——的创造者与所有者,而他的精神圣殿则涵括了有形教会与无形

---

① Noam Reisner, "Spiritual Architectonics: Destroying and Rebuilding the Temple in 'Paradise Regained'," Milton Quarterly 43.3 (October 2009):170.

② Phillip J. Donnelly, Milton's Scriptural Reasoning: Narrative and Protestant Toleration, Cambridge: Cambridge University Press, 2009, 190.

③ Phillip J. Donnelly, Milton's Scriptural Reasoning: Narrative and Protestant Toleration, Cambridge: Cambridge University Press, 2009, 189.

教会的一切,包括外在的机构与仪式、内在的信仰与意志等方方面面。内心乐园是基督专为信徒所建的,那么它具体所指是什么呢?菲利普·J.唐纳利(Phillip J. Donnelly)借用了《失乐园》里的内容进行解读,认为天使长"米迦勒用'内心乐园'这个词表示暂时的完整美德的体现,其'灵魂',或活的形式,被称作'仁爱'";如果基督在《复乐园》里建立的精神"伊甸"包括"内心乐园",那么恢复的这个乐园就是伦理仁爱的真确的实践,这仁爱最终促成了对其他人所犯的罪的宽恕。① 撒旦虽为邪恶之父,但对基督的美德却有很客观的描述,如"比所罗门聪明多了,心地高尚多了"(2.206),"他高高地踞坐在美德的山顶上"(2.216)。基督就是仁爱的化身,他道成肉身拯救世人,正是仁爱之心的体现。在基督为亚当的后裔赎罪之后,信徒们虽然恢复了内心乐园,但其中有些人的信仰只能体现出"暂时的完整美德",只有那些虔诚的信徒才能拥有体现出长久的完整美德的内心乐园;当基督第二次降临并审判世人后,那些义人的内心乐园将体现出永久的纯净无瑕的美德。

《失乐园》虽然也预告了基督以仁爱来拯救罪人的壮举,但并没有深入阐述,而《复乐园》则弥补了这一缺憾,因此"弥尔顿的短篇史诗可以说是一个阐释性的'仁爱法则',服务于《失乐园》的需要",不过,这是一个可以被称作"微叙述"(micronarrative)版本的"仁爱法则",此法则更断然地避免了被误解为对暴力战争的史诗颂扬的危险。② 这说明基督无意用暴力手段来实现复国理想,就像犹太爱国志士犹大·马加比(Judah Maccabee)的起义那样,而是用和平的手段,以及仁爱和忍耐来构建精神圣殿,用信仰来维系神圣共同体,并最终实现民族共同体的复兴。基督的壮举体现出"神圣理性",或者说良心——正确的理性,以及本体仁爱(ontic charity,他与上帝分享的爱)和伦理仁爱(ethical charity)的统一。③ 基督被认为体现了谨慎的伦理,因而对于弥尔顿同时代的读者来

---

① Phillip J. Donnelly, Milton's Scriptural Reasoning: Narrative and Protestant Toleration, Cambridge: Cambridge University Press, 2009, 191.

② Phillip J. Donnelly, Milton's Scriptural Reasoning: Narrative and Protestant Toleration, Cambridge: Cambridge University Press, 2009, 189, 200.

③ Phillip J. Donnelly, Milton's Scriptural Reasoning: Narrative and Protestant Toleration, Cambridge: Cambridge University Press, 2009, 193.

说,他也是一个极其令人信服的文化上完美的人。①

撒旦与内心乐园以及无形教会都是无缘的,因为他的人生哲学中没有美德、信仰等正面因素的存在。耶稣训斥撒旦:"在乐土中不能分给你一点儿快乐——/只有激起你的苦恼代替过去的幸福/那些幸福早已和你绝了缘分。"(1. 417 – 419)耶稣击败撒旦后,

> 使他从此不敢再度插足乐园中来,
> 肆行诱惑;他的罗网已被撕毁:
> 人间快乐的地位虽曾一度失去,
> 现在又将得到一个更美好的乐园,
> 给予亚当和他特选的后裔。(4. 610 – 614)

撒旦可以随意潜入伊甸园肆行破坏,但却难以随心所欲地损害无形教会或内心乐园。即便理性较少,亚当其实也已经识破了撒旦的诡计,但为了和夏娃同生共死,他才毅然吃下禁果。从福音时代开始,信徒在基督的教导下,掌握了更为强大的理性武器,圣灵也一刻不停地把上帝与基督的旨意传达,因此,撒旦将越来越难以突破内心乐园的防线。

在《基督教教义》中,弥尔顿认为,基督的身体是神秘合一的,他的成员的团契也必定是神秘的,并且他的教会包括来自很多遥远国家的人们,以及来自创世以来所有时代的人们(CPW,6:500)。这里所说的基督的教会是一个扩大化的超时空的信仰共同体,不只是包括英格兰的基督教徒,也有其他国家的教徒;不只是容纳了在世的信徒,也有去世的旧教派的信众。这是一个无形的、洁净的(immaculate)教会(CPW,6:500)②,基于一个完美的圣殿,而其中的信徒则拥有充满仁爱的内心乐园。

基督之所以能创建无形教会,正是因为他拥有教会之王的身份,这也是撒旦极力要破坏的目标。

---

① James S. Baumlin, "The Aristotelian Ethic of Milton's Paradise Regained," Renascence 47.1 (Fall 1994):54.
② 同①。

三、耶稣的教会之王身份与无形教会

在《复乐园》中,基督的身份问题,或者说他与撒旦的身份之争是双方斗争的一个焦点,也是他能否创建无形教会和新神圣共同体的关键。芭芭拉·K. 莱瓦尔斯基(Barbara K. Lewalski)认为,基督与撒旦的三次对抗把基督依次呈现为先知、国王和祭司。[①] 舒尔茨认同基督的先知与祭司身份,但把基督的国王身份神圣化为教会之王。[②]

基督所要承担的是世俗王位还是教会的神圣王位,抑或是两者兼有,这一问题并不值得深究,因为他本身即是宇宙的创造者,不论何种王位都为他所有。但在旷野试炼的过程中,对身份问题他的态度却不能含糊,因为诱惑者给他设置了多重陷阱,妄图使他在这个问题上失足跌倒,进而破坏甚至剥夺他的王者身份。基督必须小心谨慎,并在圣灵与神圣理性的襄助下,避开陷阱,挫败撒旦的阴谋。

刚进入旷野后,耶稣就开始思考自己的人生志向与理想,并充满了对英雄事业的渴望。他要:

> 先把以色列人从罗马的羁轭中解放出来,
> 然后去铲除全地球上凶残的虐政,
> 征服傲慢的暴君们的淫威,
> 直到真理得解放,公道回归原位,
> 还要支持它,使它更近于人性,天理;(1. 217 – 221)

此时的耶稣决意要拯救民族,就像祖先大卫王把以色列人从非利士人的压迫下解救出来一样,但他并不只是拯救一个民族,而是要推翻全世界所有的暴政,解除整个人类所受的压迫。他不只是把自己的身份定位为以色列国王,而是全人类的弥赛亚,并且还要解放真理、恢复公道。17 世纪的英格兰革命者也像耶稣一样,不仅要推翻查理一世的残暴统治,还要救助其他国家受压迫的人们。圣母玛利亚自豪地说:天使预言她儿子"将来十分伟大,坐上大卫的王位"

[①] Howard Schultz, "A Fairer Paradise? Some Recent Studies of Paradise Regained," ELH 32.3 (September 1965):292.

[②] Howard Schultz, "A Fairer Paradise? Some Recent Studies of Paradise Regained," ELH 32.3 (September 1965):287.

(1.240),东方博士们也知道他就是"新生的以色列王"(1.254)。耶稣意识到:"我必须要经过许多试炼,甚至于死/然后可以得到那个曾经允许的王国。"(1.264-265)虽然人们认为耶稣将要成为以色列之王,但他通过对《旧约全书》的解读和对神意的领悟,认识到他并不是要做世俗的以色列之王,而是要获得一个上帝应许的王国,那是一个新的神圣王国,在其中被救赎的再生的人类将组成一个无形教会,基督将是这教会的王。基督成为教会之王,并不意味着他在一个实体的教会中领导教会的运行,就像教皇一样,而是说基督复活后的身体就是一个新的教会,也是重建的耶路撒冷圣殿。基督也是这教会的元首与精神领袖,教会则寓形于基督的身体。当然试炼前的耶稣还是一个普通的木匠,他甚至还不清楚为了什么目的来到旷野;他仍然需要圣灵的启发来积累知识。而且,此时使徒们和耶稣还未曾有过交集,福音书等著作更是无从谈起,耶稣自然还不知晓旷野试炼的安排,但圣父的天赐禀赋给了他敏锐的洞察力来应对狡猾的撒旦。在耶稣与撒旦的第一次交手过程中,耶稣呈现的是先知的角色,是上帝派遣的"活的圣言"(1.460);这意味着真理的圣灵将降临到信徒的心灵中,把基督的启示传递给他们,使有形教会逐渐形成规模,而在基督献身并复活后,教会将最终在他的身体里形成,那些虔信者将组成无形教会,并成为一个拥有共同精神生活的神圣共同体。

在第二次对抗时,恶魔企图以君主职位引诱耶稣就范;许诺让他继承大卫的王位,赶走侵略者,从而光复国土。金碧辉煌的王冠,在耶稣看来,只不过是荆棘的头圈;世俗国王要承受危险、烦恼、忧虑等诸多困难,而荣誉、美德、价值,以及责任、重担等,都是服务于大众的。然而,那些能够控制自己的内心,以及管理自己的情绪、欲望和恐惧的人,才是更大的国王。在耶稣看来,这些内心强大、理智、果敢的人,是比世俗国王更伟大的君主,堪称精神王国的国王,并拥有真正的内心乐园。不过,还有一类人更具王者之气——他们能够引领国民走上真理的道路,追求正义,摒弃谬误,从而以正确的方法崇拜上帝,并在圣灵的指引下,掌握神圣理性。耶稣在此描述的正是他本人的身份——无形教会之王、神圣共同体的元首,这是比世俗君主远为荣耀的头衔。那些暴君既无智慧也缺道德,只怀着私心去管理国家,反而使其退化到无政府状态;他们只能管理肉身,却不能管理内心。禅让一个帝国,比僭取王位更为高贵和豪迈——耶稣在此辛辣地讽刺了撒旦,因为后者正是巧施诡计,篡夺了亚当对世界的统治权,从而摇身一变,成为尘世的僭主。与之相反,耶稣从不贪恋世俗国王的荣华富贵,而是一心一意地致力于构建一个纯净的无形教会。世俗王权对于他来说,获得还不如失去。金银财宝对于耶稣实现无形教会之王的计划也是一个障碍或者陷阱。耶稣的使徒都是普通人,多半是渔夫,他本人也出身于木匠家庭。他的无形教会主要面向的是普通民众,当然并不排斥那些有仁爱心的富人;新耶路撒冷及天上乐园拒绝为富不仁者的进入,这归因于耶稣这位贫穷的教会之王所制定的教义。

耶稣抨击那些嗜好征服的世俗国王,比如亚历山大大帝或古罗马的首位国王罗慕路斯,他们抢劫、破坏、奴役和平的国家,毁坏繁荣的文明,但在死神面前,他们只是残忍的猛兽,声名狼藉,并且落得暴毙横死的下场。那些被征服的国家的人民,"虽然成了俘虏,仍比征服者/更多自由"(3.77-78),因为他们能管理自己的内心,追求正义的生活。不用战争、野心,只用宽容和自制等和平手段,就能获得帝王所难以赢取的真正荣耀——"忍耐的约伯"就是一个拥有潜在的内心乐园的典范,虽然生活在基督降临之前的时代,但他完全有资格进入基督的无形教会。耶稣对罗马人大加贬斥,认为这个民族原本是很优秀的,品性正直、质朴、温和,现在却变得卑劣下贱,并自愿被奴役。公元前27年,屋大维抛弃共和制,创立罗马帝国;不久,罗马军队侵占了以色列,并实行残暴统治,因此耶稣对罗马皇帝和民众予以谴责。英格兰复辟时期的保皇党人与这些罗马人何其相似——他们宁愿抛弃共和制度,也要俯伏在专制君主面前,听从这撒旦的党徒的役使。他们与基督的无形教会背道而驰,虽然名义上还是基督徒,其实就是有形教会中的伪君子。他们是"内在的奴隶"(4.145),从外部是无法解放的。他们没有内心乐园,却有内心地狱,因为其心灵被撒旦所充满。

在第二次对决的最后,撒旦竭尽手段,仍然无法引耶稣入彀。虽然预知了耶稣以后充满磨折与凶险的经历,但他对耶稣的身份和王位问题却仍不乏疑问,这也符合安斯沃斯精妙的解读,即撒旦薄弱的阅读能力与对真理迟钝的领悟能力是相匹配的。[①] 故此,诱惑者又发出了质疑:

  它们应许您一个国土,但我不能识别
  这国土究竟是真的或是假的,
  也不知道几时才能实现,

[①] David Ainsworth, Milton and the Spiritual Reader: Reading and Religion in Seventeenth-Century England, New York: Routledge, 2008, 163.

因为在无始无终的永恒中,

在各星辰有规则的安排中,

并没有注明您作王的日期。(4.389-393)

撒旦已经完全丧失了对至善上帝的信仰,并堕落为鬼怪与恶人之父,所以他对耶稣的救世大计根本不能理解,对耶稣教会之王的身份以及未来要建立的新耶路撒冷仍然充满怀疑,这符合他的本性以及肤浅的理解力。耶稣警告撒旦,当时机成熟时,他要占据大卫的王位,并像石头一样,毁灭所有的君王——那些撒旦的徒子徒孙。到那时,耶稣要建立永恒的国度,也是永恒的、纯净的无形教会,而他将获得永久的王权,永为教会之王。可以说,在第二次交锋中,耶稣斩钉截铁地宣示了自己教会之王的身份,并击败了撒旦所施展的力图消解这一身份的所有伎俩。

虽然在前两次对抗中,撒旦都一败涂地,但在第三次交锋时,他仍然对耶稣的圣子和弥赛亚身份表示怀疑,妄图挑动耶稣干出试探上帝之举,从而丧失了上帝的恩宠以及教会之王的地位。在耶路撒冷圣殿的尖顶,耶稣拒绝了对上帝的试探,表明他对自己的教会之王和祭司身份的确信,如戴维·R.施密特(David R. Schmitt)所言:"在圣殿的尖顶,圣子通过内在崇拜之举击败了诱惑,这展示了他对上帝的信心,尽管他本着良心的审慎而保持沉默。"[1]有些学者认为,在诗歌从前到后的过程中(主要在圣殿尖顶的插曲中),耶稣终于发现了他的身份;帕特里夏·R.泰勒(Patricia R. Taylor)进而指出,弥尔顿还把耶稣构造为一类作者及出版者,他自己也与其合作,而对王位的讨论则提供了一个有效的模式,使通过作者身份进行的政治参与变得可能。[2] 耶稣的身体,就像天使歌咏团所唱的,是血肉的殿堂、上帝的家(4.600)。耶稣由此实现了上帝与人立的约,即作为夏娃的种子,打碎蛇的头,为被坑害的亚当复仇。耶稣恢复了失去的乐园,并且是一个更美好的乐园,而撒旦绝难颠覆这个乐园。这个内心乐园,是为亚当特选的后裔准备的,他们将组成一个无形教会,共同对抗敌基督的势力。由于有了基督这个教会之王和精神核心,信徒们才能构建一个神圣共同体,共

---

[1] David R. Schmitt, "Heroic Deeds of Conscience: Milton's Stand against Religious Conformity in Paradise Regained," Huntington Library Quarterly 76.1 (Spring 2013):123-124.

[2] Patricia R. Taylor, "The Son as Collaborator in Paradise Regained," Studies in English Literature, 1500-1900 51.1, The English Renaissance (Winter 2011):181,182.

同维护珍贵的内心乐园。在第三次对抗中,基督呈现的是祭司的身份。约翰·伦纳德(John Leonard)精辟地指出,弥尔顿对圣子身份的阐释更强调祭司身份,而不是国王身份,以便使同时代的基督徒免受自命不凡的主教们的影响。① 基督的三种身份,即先知、教会之王和祭司,都和宗教的神圣性有关,而和世俗王位并没有内在联系。他所继承的大卫王位,并不是从世俗政权的角度来说的,而是与教会和信仰相关的神圣职位。

施密特深入挖掘该诗的现实意义,认为在《复乐园》中,弥尔顿使用与良心有关的惯用语来抨击复辟时期的政治和宗教迫害想象,而在圣殿尖顶的场景中,他为不顺从国教行为的辩护既有诗歌的特点,也有论辩的力量。② 基督的无形教会绝对不会像复辟时期的国教会那样,强求同质化的教会形式,并依靠世俗的专制君主,逼迫融合了共和主义与基督教人文主义思想的不从国教者。

基督是弥尔顿创造的回归理性的象征,并且靠自己的完美击败了撒旦。③ 基督体现出神性和人性的结合:既有超凡的神性,又通过圣灵不断的启发与引导,改善自己的人性,使之合乎神性的要求。这表明人为了找到"内心乐园",必须遵循基督所倡导的生活之道。④ 吴玲英总结道,耶稣全面展现出了获得"内心乐园"的方法以及自己"基督式英雄之原型"的品质,即以信仰、忍耐和自制等美德为核心的"内在精神"⑤。这种内在精神也是无形教会和神圣共同体不可或缺的。

耶稣事先对自己的身份并没有完全了解或充分确信,所以他需要在和撒旦的对抗中不断地去确认自己的多重身份,他和撒旦的对抗也是基督的无形教会和撒旦的敌基督势力的斗争的预演。耶稣在圣殿顶部的挺立预示了无形教会强大的生命力,而撒旦的摔落则证明了敌基督势力的外强中干。故而,"从很多

---

① John Leonard, "How Milton Read the Bible: The Case of Paradise Regained," in The Cambridge Companion to Milton, ? ed. Dennis Danielson, Shanghai: Shanghai Foreign Language Education Press, 2000, 208.

② David R. Schmitt, "Heroic Deeds of Conscience: Milton's Stand against Religious Conformity in Paradise Regained," Huntington Library Quarterly 76.1 (Spring 2013): 107.

③ Merritt Y. Hughes, "The Christ of 'Paradise Regained' and the Renaissance Heroic Tradition," Studies in Philology 35.2 (April 1938): 272, 275.

④ 吴玲英:《从循道英雄到殉道英雄:论弥尔顿三部曲中的"英雄"》,《国外文学》2016年第1期。

⑤ 同④。

方面来看,圣殿屋顶的耶稣与撒旦微观地上演了他们冲突的全部"[1]。"上帝预先知道圣子将会战胜撒旦"[2],但耶稣并不完全了解斗争的进程,不过他竭尽全力,在言行上做好每一个细节来应对撒旦的陷阱。尽管从未真正迷惘,但耶稣不断地探求;他内在的精神阅读过程一直隐藏不露,读者必须模仿他的不懈探求,以揭示圣子阅读的微妙迹象。[3] 无形教会的构建其实也是一个阅读过程,涉及对经文尤其是基督的教导的解读。基督的精神圣殿取代了物质的耶路撒冷圣殿,也相当于把无形教会与神圣共同体的范围从犹太人扩大到了异邦人。内心乐园也同样不再局限于特定的选民,而是隶属于所有再生的信徒。他们踵武圣子,不懈地追求正义与真理,从而使无形教会不断发展壮大。

第四节 论《复乐园》中的诱惑与反诱惑

耶稣在旷野挫败了撒旦的试探,在这场较量中获得全胜,没有重蹈亚当的覆辙。第二亚当耶稣的胜利即是恢复乐园的象征,但这个乐园已不是最初的伊甸园了,而是人内心的乐园——因为"《复乐园》所唱的调子是'人的更生'"[4],人通过耶稣而获得新生,其标志就是内心乐园的建立。

一般人看来,《复乐园》不如《失乐园》,因为弥尔顿的诗才在《失乐园》中消耗得太多,埃德加·爱伦·坡(Edgar Allan Poe)却认为,即使《复乐园》真的不如《失乐园》,那也只是差之毫厘,而且这种毫厘之差也仅仅是有些评论家的自以为是。[5] 克林斯·布鲁克斯(Cleanth Brooks)也对这部作品加以肯定:《复乐园》写的是关于手段与目的的一场激烈论辩,它给以《约伯记》为范本的"短篇

---

[1] David Ainsworth, Milton and the Spiritual Reader: Reading and Religion in Seventeenth-Century England, New York: Routledge, 2008, 165.

[2] David Ainsworth, Milton and the Spiritual Reader: Reading and Religion in Seventeenth-Century England, New York: Routledge, 2008, 144.

[3] David Ainsworth, Milton and the Spiritual Reader: Reading and Religion in Seventeenth-Century England, New York: Routledge, 2008, 151.

[4] 丹尼斯·绍拉:《论〈复乐园〉与〈力士参孙〉》,殷宝书译,见殷宝书编《弥尔顿评论集》,上海:上海译文出版社,1992年,第286页。

[5] 帕蒂克·F. 奎恩:《爱伦·坡集:诗歌与故事》(上),曹明伦译,北京:生活·读书·新知三联书店,1995年,第7页。

史诗"这种体裁注入了强大的生命力。① 弥尔顿本人更喜爱这部作品,因为它表现了无所畏惧的气节,正是作者本人与横暴的复辟势力斗争的写照。② 在《失乐园》中,对亚当、夏娃的成功引诱使撒旦出了一口恶气,但他凯旋回到地狱,并发表了鼓舞人心的演讲后,却没有听到群魔的鼓掌喝彩,而是万蛇的嘶嘶声——堕落的天使们全被上帝变成了诱惑者曾化身的蛇的形象,撒旦被大大地羞辱了一把。在《复乐园》中,由于人类的堕落,撒旦团伙得以把疆域扩展到地球和太空。他们混迹于人群中,侵入意志薄弱者心灵,控制其灵魂——通过操纵上帝的子民作恶来间接地报复上帝。亚当后裔因悟性所限,能够参破撒旦阴谋的人寥寥无几。为了给撒旦以致命打击,上帝使圣子耶稣降生为凡人,为世人立法,启蒙信徒,以使人性中的神性能够战胜魔性。耶稣只有战胜撒旦的诱惑,才能恢复内心乐园,并建立新的信仰共同体——基督教共同体。

一、撒旦的诱惑与耶稣的反诱惑

耶稣的出身在《圣经》中有详细叙述,对撒旦的个人信息则语焉不详。直到公元200年时,官方犹太教才开始采纳流行的撒旦概念,从那时起,撒旦才大量出现在文学、亚文学和神学中。③ 耶稣与撒旦同为上帝所造,两者之间是至善与至恶的抗衡。但耶稣毕竟为凡人所生,身上带有俗世的不完善,只有经历了恶魔的考验,出淤泥而不染,方能脱胎换骨,担当救世大任。

在史诗的开始,正如在野地试炼的以利亚一样,耶稣同样身处荒无人烟的旷野,并多日未曾进食。正在他饥渴难耐时,诱惑者撒旦扮作一个乡下衰朽老者,对他开始试探。耶稣看到:

> 但如今来了个蓑笠翁,老态龙钟,
> 看样子在寻找走散迷途的羔羊,
> 或在捡拾枯枝残条好用来
> 抵御冬日劲吹的刻骨寒风,

---

① 克林斯·布鲁克斯:《评弥尔顿的散文与诗》,牛抗生译,见殷宝书编《弥尔顿评论集》,上海:上海译文出版社,1992年,第469页。
② 梁一三:《弥尔顿和他的〈失乐园〉》,北京:北京出版社,1987年,第143页。
③ John Carey,"Milton's Satan," in The Cambridge Companion to Milton, ed. Dennis Danielson, Shanghai: Shanghai Foreign Language Education Press, 2000, 160.

第四章　乐园书写与信仰共同体

傍晚从荒野回来湿漉漉好暖身。(1.314－318)①

残暴的魔鬼与耄耋老者的互换产生了奇妙的效果。托马斯·德·昆西(Thomas De Quincey)认为,家庭中常见的年迈、衰老、温暖都被用作手段,使年迈的老人和可怖的魔首像互相排斥的两极,被摆在并列位置上,以激起可怖的想象。② 在狡猾的撒旦看来,出身贫寒、经历过人生风雨的30多岁的木匠耶稣,应该会被可怜的老人打动。老人请求耶稣把石头变为食物,给两人充饥。圣子就像先知摩西及以利亚一样,40天未进食,但以理也曾21天不吃不喝。虽然饥肠辘辘,但耶稣早已看穿了魔首包藏的祸心:倘若他信心膨胀,按撒旦所言,施展绝技变石头为食物,打破了上天禁令,他的修炼就必然半途而废,拯救人类的宏愿也将付之流水。撒旦的真实意图就是唆使耶稣试探上帝,让上帝成为被判断的对象。③ 因此他戳穿了撒旦的诡计,并且声明自己只以上帝为向导,绝不受他人的蛊惑。

耶稣与撒旦仿佛在进行一场与信仰有关的口头辩论,如斯坦利·菲什(Stanley Fish)所分析的:"风景完全变成了精神的。"④在这荒天野地中,即便没有撒旦的存在,耶稣照样也会忍受饥饿的煎熬,并被美食的诱惑所吸引,而凭他的神力,只消举手之劳,便可将石头化为美肴。正是因为耶稣心里的渴求,撒旦才翩然现身。这一行动中的撒旦,正是来自个体的心旌动摇。在夜晚,耶稣入眠后也梦到了美食;在梦中,他还看到修炼期间的以利亚正在吃天使们准备好的晚餐,又似乎他在与以利亚共餐,或分享但以理的豆荚。晨光普照,他才发现只不过是场梦,"他饿着进入梦乡,又饿着醒来"(2.284)。只有在梦中,读者才觉得耶稣是真实的,显得不是那么超脱人间烟火。在梦中,耶稣暴露了他凡人的、软弱的一面。正是呼应了耶稣内心的需求,第二天,撒旦又扮作衣冠楚楚的市民或显贵形象出场了。面对撒旦精心准备的筵席,耶稣很克制地回答:

---

① 约翰·弥尔顿:《复乐园》,金发燊译,桂林:广西师范大学出版社,2004年,第26页。本节以下的引文将随文标出卷数和行数,不再另注。
② 克里斯托弗·瑞克斯:《关于弥尔顿的争论》,孙述先译,见殷宝书编《弥尔顿评论集》,上海:上海译文出版社,1992年,第486页。
③ Stanley Fish, How Milton Works, Cambridge: The Belknap Press of Harvard University Press, 2001, 68.
④ 同③。

你不是说我对万物都拥有权力？
谁能制止我那理当使用的权力？
我何用接受我自己东西的礼物，
原可以随时随地听我支配？（2.379-382）

耐人寻味的是，在耶稣眼中，这桌美食本属他自己；以自己的东西来馈赠自己，确属荒谬。耶稣本是上帝之子，亦是万物的创造者，而撒旦其实也是上帝所造。上帝之所以要苦心孤诣地制造这一幕抵制诱惑的场景，就是要检验圣子自我的定力。这时的撒旦，就像凡人内在的心魔，因此耶稣数次强调对内心的控制："他驾驭自己内心，控制/感情、欲求、忧惧的更比君王强"（2.466-467），否则，就会"内心受无政府状态的摆布/受身上放荡不羁的情欲的驱使"（2.471-472）。掌握真理之道的人才能"统辖内在的人性，那更崇高的品质/而相反的办法则只是统治肉体/还往往使用暴力"（2.477-479）。虽然这是部宗教史诗，但对人性的强调也淡化了神秘色彩。能驾驭内心者便能驱走心魔，而被撒旦突破心理防线的人，其肉体和精神受到统治，就会堕落为"内心的奴隶"（4.145）。

R. A. 肖夫（R. A. Shoaf）认为，基督变成人，用圣保罗的话来说，是靠倒空自己。基督浑然而永久地拥有自己，因此他无忧无惧地倒空自身——从逻辑上说，他永不会变空，因为他一直希望变空，从而总是满心希望为了他人去倒空自己，这正是他的爱心之体现。基督是唯一生活过的完人，剩下的我们这些人过去、现在、将来都达不到完人的程度。[①]

耶稣心境空明，自然对美食、美色、财富、王位等不屑一顾。当然，他并非四大皆空，而是对于人们奢求的享乐漠然视之；他的精神境界超凡脱俗，排除了对荣誉和权势的欲求，所以撒旦无论在物质上还是精神上的诱惑都屡屡失效。

作为诱惑行动的高潮，撒旦把耶稣带到了耶路撒冷的圣殿尖顶，希望耶稣意志薄弱，不敢站立，从而寻求天使的救助。但在这神摇目眩之处，耶稣面不改色，巍然挺立，反倒是撒旦骇然倒下。原文是这样描述的：

So Satan fell; and strait a fiery Globe
Of Angels on full sail of wing flew nigh,

---

① R. A. Shoaf, Milton, Poet of Duality: A Study of Semiosis in the Poetry and the Prose, Florida: University Press of Florida, 1993, 156.

> Who on their plumy Vans receiv'd him soft
>
> From his uneasy station...

译文如下：

> 撒旦倒下了,立即飞来一簇
>
> 如火如荼的天使,全张着翅膀
>
> 将圣子接在柔软如絮的羽车上
>
> 从局促不便的地方,飞举而上……(4. 581 –584)

译者在此把原文中的 him 译成了"圣子",然而弥尔顿在原文中为何不用 the Son 或 Jesus,而用了 him 这样一个容易引起歧义的代词呢? 因为句子的前一部分中描述了撒旦的坠落,所以这里的代词会让人误解为指的是撒旦。尼尔·福赛思(Neil Forsyth)认为,基督对撒旦最后的挑战发出的神秘回答——"别试探主您的上帝"(4. 561),使撒旦在惊惧中坠落。两者之间的不同似乎很清晰,然而正是在这时,两人合一——在一个代词中。刹那间,黑色的神秘物离去,英雄与敌人合二为一,成为又好又坏的父亲,又好又坏的儿子。[①] 上帝在撒旦眼中自然是坏父亲,撒旦这个坏儿子则在好儿子耶稣面前一败涂地,甚至踪影难觅。撒旦作为耶稣的对立面,企图以魔性玷污耶稣的神性,在耶稣的心灵中占得一席之地。常人在这种天人冲突、善恶纠缠中难以自拔,正如两股力在同时拉着自己一样,左右摇摆。耶稣作为超凡脱俗之人,以其非凡定力降服撒旦,使得撒旦的主体性完全丧失,终至于被耶稣强大的自我所吞没,耶稣因此完全祛除了魔性的骚扰。

耶稣以其坚定的信仰挫败了撒旦的引诱,在心灵中扫除了魔患,从而成功树立了一种对抗撒旦的模式,使"复乐园"成为可能。凡俗之世,那些"富贵不能淫,贫贱不能移,威武不能屈"的"义人",善养浩然之气,虽不能在自我意识中完全祛除撒旦这个"邪恶他者"的侵扰,却尽力持守正道、远离邪僻,从而磨炼出较高的免疫力来抵御撒旦的毒害和诱惑;这种境界对于一般人来说并非高不可攀——耶稣的弟子多为出身贫苦的渔夫或农人,却位卑不敢忘传道,表现出向神性的趋近,只有叛徒犹大被撒旦的金钱诱惑。

---

① Neil Forsyth,The Satanic Epic,Princeton:Princeton University Press,2003,313.

二、"人群中的撒旦"所施展的诱惑

撒旦诱惑耶稣不成反让他超凡入圣,真正有资格成为弥赛亚。撒旦知道耶稣这"夏娃的后裔"将给他以致命打击——如果世人都信仰耶稣,追求合乎天性的正道,那么作为恶之化身的撒旦将死无葬身之地。因此,他瞄向了那些缺乏耶稣"天眼"的俗众——施展其攻心术,盘踞在不虔诚者的心灵中,毒害其精神,从而使他们归属撒旦团伙,并变得不辨善恶,以至失去基本的人性。撒旦的实体渺无踪迹,然而他却附体于那些受他控制的牺牲品,使他们成为帮凶。根据亨利·戴维·梭罗(Henry David Thoreau)的观点,"大多数人还确定不了他们的生活是属于魔鬼的,还是属于上帝的呢"①,这绝非危言耸听。

撒旦如伏伺的怪兽,隐蔽而凶险。耶稣在约旦河受洗时,撒旦说:"那儿人们/成群结队找施洗者,我夹在人群里。"(4.510-511)这"人群中的撒旦"善于蛊惑、操纵众人的意志。"那恶魔仍在世界各处巡行"(1.33),他施展化身大法,既能遁形于遥处江湖之远的群丑之中,也能匿迹于高居庙堂之上的君主之身。撒旦"这个令人厌烦的推销员,就像一个讼棍一样,赖在门里不走"②。撒旦以作恶为己任:"我愿意坏透,坏透是我的避风港/我的避难所,我最终休息之地/我愿意达到这尽头,我最后的利益。"(3.209-211)

撒旦最大的报复工具是他所控制的帝王们。在他许诺让耶稣像祖先大卫一样君临天下、成就霸业时,耶稣一针见血地戳穿了他的谎言,痛斥他对大卫王进行蛊惑从而给民族带来了灾难:

> 当时你起而成他的诱惑者,得意地
> 数点以色列人,结果带来了三天
> 瘟疫,致使以色列人一共丧失
> 七万条性命。这就是你热心对待
> 那时的以色列人,今对我如法炮制。(3.409-413)

耶稣出生时,希律王被撒旦附体,企图扼杀这未来的"以色列王"于襁褓之中;他在国内大肆搜捕未果,为绝后患,竟下令杀尽伯利恒及附近地区两岁

---

① 亨利·戴维·梭罗:《瓦尔登湖》,徐迟译,上海:上海译文出版社,1982年,第85页。
② Roy Flannagan, The Riverside Milton, Boston: Houghton Mifflin Company, 1998, 714.

以下的男婴,"婴儿的鲜血曾染红了伯利恒街道"(2.78)。令人痛心的是,诞生不久的圣婴并未赐福人间,反而给这些无辜婴儿降下灭顶之灾。救世主的降临竟以牺牲无数婴儿的生命为代价!那神秘的手,制造了耶稣,也制造了撒旦,并且把全世界的王国都给了撒旦,所以撒旦对耶稣吹嘘道:"您片刻之间见到的所有这些/是我给予您的全世界的诸王国/因为是给我的我乐意给谁就给谁。"(4.162-164)

王国的掌权者们,将灵魂卖给了撒旦;像撒旦玩弄弱小的亚当、夏娃一样,君王们同样蹂躏弱势的百姓:

> 请看人间诸君王如何压迫
> 您选民,他们越权飞扬跋扈到
> 无法无天的地步,对您的畏敬
> 全抛到九霄云外……(2.44-47)

权势者是撒旦的重点公关对象,在钱、色、名、权的攻势下,身居高位者一个个成了撒旦的傀儡。他们强取豪夺,沽名钓誉,纵情声色,坏事做尽,几乎成了撒旦的化身。权势者就像撒旦的近亲,更易作恶,所以弥尔顿在《声辩》中指出,人民和议会高于君主,君主的权力是由人民的意志和投票产生的,倘若国王施行暴政,人民便可以加以惩罚或废黜。[①] 民主制成为套在撒旦头上的紧箍咒。

撒旦还善于操控那些顽劣的愚人,对其进行灌输洗脑,胁迫他们作恶。这些小人像撒旦一样,具有蛇的狡猾和凶恶。在罗马历史悲剧《科利奥兰纳斯》(*The Tragedy of Coriolanus*)中,莎士比亚把群氓称作"多头蛇怪"。弥尔顿在《复乐园》中也提到"群众/长蛇阵"(2.420-421),并借耶稣之口挖苦道:

> 人民是什么!只是群乱七八糟
> 鱼龙混杂的乌合之众,颂扬
> 庸俗的事物,充其量难名副其实。
> 他们赞美、钦佩,但不知道为什么;
> 也不知道是谁,只是百犬吠声,
> 受这些人赞扬有何欣慰之可言?
> 挂在他们口头上成话柄笑料,

[①] 梁一三:《弥尔顿和他的〈失乐园〉》,北京:北京出版社,1987年,第73页。

受他们的诽谤倒是不小的赞赏。(3.49-56)

令人奇怪的是,人类未来的救主对于民众为何如此鄙视?佩雷斯·佐格林(Perez Zogorin)认为,个人不能恪守正义、节制和刚毅的原则,就会甘为奴隶。[①] 在1659年,弥尔顿震惊地看到他的国家正快速地回到以前的奴役状态。[②] 王党分子抛弃共和之路,为查理二世的复辟摇旗呐喊。弥尔顿鄙视的正是这些甘为奴隶的复辟派成员、"雇佣的群狼"般的长老派牧师、趋炎附势的文人;他们受"人群中的撒旦"操纵,变节叛卖革命,和谋害耶稣的同属犹太民族的法利赛人一样可恶。"内心的奴隶岂能从外形去解救?"(4.145)不愿再以洪水与烈火毁灭邪恶人类的上帝厌倦了杀伐,"如今将活的神谕送到/人间,传授他确定不变的意愿"(1.460-461)。从传统角度来说,基督站在耶路撒冷的圣殿上正是以新法代替犹太教旧法的象征。[③] 第二亚当耶稣向人间宣示新法,希望以此打破撒旦诱惑的循环怪圈,给受贬斥的亚当报仇,并唤醒那些迷惘的灵魂,使他们摆脱撒旦的迷魂大法,被接纳到上帝的教会,即耶稣所构建的信仰共同体之中。在弥尔顿所处的复辟时期,信仰共同体中也有很多教徒受"人群中的撒旦"的蛊惑利诱。弥尔顿等义人就像耶稣的再传弟子一样,睿智地理解他的教义并予以准确传达,以唤醒那些迷途的羔羊。

耶稣的胜利似乎不值得大加褒扬。全知全能的上帝的化身与远非全能的对手之间的较量,不可避免地预示着力量悬殊的斗争和确定无疑的结局;撒旦追求的与其说是屈服,不如说是妥协。[④] 然而,缺乏耶稣"天眼"的凡庸世人如何识破撒旦的诡计?撒旦已经明示了善与恶斗争的艰难:"如果我能一蹴而就坏透顶/何以您登至善却又莲步姗姗?"(3.223-224)耶稣的胜利并不意味着人类能轻而易举地战胜撒旦,而"人群中的撒旦"比起旷野里单打独斗的撒旦更难识破,也更为阴险。耶稣称得上是人格化的"正直理性"[⑤]。他战胜撒旦,是

[①] Perez Zogorin, Milton: Aristocrat&Rebel: The Poet and His Politics, Rochester, New York: D. S. Brewer, 1992, 138.

[②] Perez Zogorin, Milton: Aristocrat&Rebel: The Poet and His Politics, Rochester, New York: D. S. Brewer, 1992, 110.

[③] Lois Potter, A Preface to Milton, Beijing: Beijing University Press, 2005, 147.

[④] 安德鲁·桑德斯:《牛津简明英国文学史》(上),谷启楠、韩加明、高万隆译,北京:人民文学出版社,2000年,第356页。

[⑤] Gordon Campbell, Milton: A Biography, Vol. 1, Oxford: Clarenden Press, 1996, 620.

以柔克刚,以真理战胜狡诈和暴力,以精神胜过肉体;按人的标准衡量,他是真正的英雄品德的化身。[①] 耶稣靠信仰挫败了撒旦的诱惑,但他恢复的乐园并非物质乐园,而是内心乐园;撒旦力图以魔性毒害心灵,从而第二次毁灭乐园——人内在的精神乐园。福音时代的人们并未因耶稣的胜利而高枕无忧;诱惑与反诱惑的二元对立永无休止。但耶稣宣扬的美德正是人类用来战胜撒旦的撒手锏,而内心乐园的建立也是复乐园的标志,同时也是新约时代新型信仰共同体的开端。

---

① Gordon Campbell, Milton: A Biography, Vol. 1, Oxford: Clarenden Press, 1996, 616.

第五章　神学理论与神圣共同体

　　《基督教教义》《复乐园》与《天路历程》(*The Pilgrim's Progress*)都蕴含了鲜明的神学观点,并折射出对神圣共同体构建的深度思考。在《基督教教义》中,弥尔顿把圣灵视作次于上帝与基督的位格,表达了对僵化的正统三位一体论的不满。通过对《圣经》的解读,弥尔顿总共梳理了圣灵的12种所指,但他并没有对圣灵给出明确的界说,而圣灵身份的模糊正意味着上帝能力的深不可测。作为一种精神禀赋,圣灵使信徒得以领悟基督的恩典,并摆脱摩西律法的钳制,从而获得真正的基督徒的自由。自由的基督徒能被紧密地维系到一起,同样依赖圣灵的神圣中介作用——正是圣灵把信徒组成为神圣的文本共同体和爱的共同体。

　　《复乐园》与《天路历程》都创作于17世纪七八十年代,两者均以英国革命及复辟时期这个特殊时代为背景,并均以具有清教徒特征的主人公的艰难历练和超凡入圣为主题,因此笔者对这两部著作进行比较研究,视角涵盖了两部作品中的清教特色、主角与专制意识的斗争、主角对诱惑的抵制,以及宗教共同体的完善等。两部作品中的主角在与妖魔的斗争过程中,所运用的最强大的精神武器就是《圣经》中的神学理论与教义,以及以上帝旨意为核心所构建的政治、律法、伦理、道德思想。两大宗教文学作品体现出清教徒强烈的神学观念,尤其表现在对上帝的坚信、对撒旦所代表的专制势力的毫不妥协,以及对违背《圣经》精神的腐朽观念的抛弃等方面。正是清教徒的抗争使神圣共同体加快了摆脱专制枷锁的步伐。

　　《基督教教义》专注于精神领域的心智培育,通过在圣灵学方面的理论阐发,助推了信徒的心灵联结和神圣共同体的完善,《复乐园》与《天路历程》则富于行动主义色彩,以神学教义和清教主义为武器,与魔鬼势力进行了坚决斗争,这同样为消沉、迷茫的新教共同体注入了强大的精神力量,并提供了正确的导向。

第一节 《基督教教义》中的圣灵、基督徒的自由与神圣中介

弥尔顿的《基督教教义》大约完成于17世纪50年代末,之后又做了反复修改,但在其生前一直未能出版。肯特·R. 伦霍夫(Kent R. Lehnhof)认为文本非正统的反三位一体观点妨碍了该书的出版。[1] 直到1823年,国王的文件管理员罗伯特·勒蒙(Robert Lemon)在"古旧国家文件办公室"的"中期宝库陈列室"发现了该书的手稿。到1825年,根据乔治四世的命令,剑桥大学出版社出版了著作的原始拉丁文和英文翻译版本。这使该书立即在学界引起轰动,英美所有的主要期刊和很多次要期刊都发表了评论。[2] 评论者对弥尔顿的神学观点有褒有贬,有些正统人士对他的某些异质性观点颇为失望。但弥尔顿对《圣经》的熟悉程度也令人惊叹,他随手拈来经文,甚至大量罗列,不厌其繁复。该书随后沉寂了较长时间,直到20世纪20年代才开始得到应有的细致研究。

《基督教教义》中非主流的神学观尤为引人关注。弥尔顿从《圣经》中抽绎出的最极端的教义就是他的反三位一体观。[3] 在弥尔顿的个体神学中,正统与异端互相影响;他认为圣子是神生的,这一点说明他支持异端的反三位一体思想。[4] 圣父与圣子之间的亲密关系充当了一种仁爱社会构架的模型,但神的几个位格[5]在数量和本质上都有区别。[6] 肯·辛普森(Ken Simpson)分析了"弥尔

---

[1] Kent R. Lehnhof, "Deity and Creation in the 'Christian Doctrine'," Milton Quarterly 35.4 (2001):238.

[2] Maurice Kelley, Introduction to Vol. 6 of CPW,6.

[3] Maurice Kelley, Introduction to Vol. 6 of CPW,47.

[4] Kent R. Lehnhof, "Deity and Creation in the 'Christian Doctrine'," Milton Quarterly 35.4 (2001):233,237.

[5] 位格就是一个智慧生命的存在显现,可以被称为"生命中心"。

[6] Jason A. Kerr, "'De Doctrina Christiana' and Milton's Theology of Liberation," Studies in Philology 111.2 (2014):348,351.

顿的书面三位一体",即作者、文本和圣灵的运作。① 安斯沃斯聚焦于对圣灵的研究,认为弥尔顿"把圣灵确立为圣父和圣子的替身,一个代理人","一个区别于上帝但由上帝定义的一个实体"②。中国学者吴玲英、张生等人亦对《基督教教义》中圣灵的定义、非正统三位一体思想等进行了独到的研究。③

弥尔顿对三位一体中的三个位格都做了全方位的、富于创意的阐释,他对圣灵的解读尤其值得关注,因为相比于圣父和圣子来说,圣灵更显得神秘难解。《圣经》对圣灵的来龙去脉未置一词,这给人们对圣灵的理解造成了极大困难。圣灵越是难以解读,就越是容易引起研究者的兴趣。圣灵在《圣经》中既然是一个频频出现的角色,就表明他自有其重要的存在价值和不容忽视的功能。下文拟重点分析圣灵在《基督教教义》中的所指及其所处的附属地位、圣灵与基督徒的自由的关系、圣灵的神圣中介功能等方面,同时也附带提及圣灵的观念对神圣共同体构建的助推作用。

一、圣灵的所指及其附属地位

人们习惯上将圣灵与上帝、圣子、天使,以及人的心灵联系起来。通过对《圣经》相关经文的分析和对前人研究成果的整合,弥尔顿提出了具有异端特色的圣灵观。

《基督教教义》第 6 章完全围绕圣灵进行讨论。弥尔顿首先梳理了《旧约》文本对圣灵的描述,总结了圣灵在不同场合下的 8 种所指:上帝、圣父的力量和美德、天使、基督、上帝的威力或声音、真理之光、上帝用以显明基督的光、上帝赐予其他人的精神禀赋和该行为本身。《旧约》中的这些经文都指向上帝的美德和力量。通过《新约》,尤其是福音书,弥尔顿也概括了圣灵在不同场合下的 4 种所指:圣父,圣父的力量与大能,神圣的冲动、光、声音或文字,以及圣灵实际的人形或其象征物(CPW,6:282 - 285)。通过《新约》和《旧约》,弥尔顿总共梳

---

① Ken Simpson, "Rhetoric and Revelation: Milton's Use of Sermo in 'De Doctrina Christiana'," Studies in Philology 96.3 (1999):347,339.

② David Ainsworth, "Milton's Holy Spirit in 'De Doctrina Christiana'," Religion & Literature 45.2 (2013):1.

③ 吴玲英、吴小英:《论弥尔顿对"精神"的神学诠释:兼论〈基督教教义〉里的"圣灵"》,《中南大学学报》(社会科学版)2013 年第 1 期;张生《弥尔顿〈基督教教义〉研究》,《基督教思想评论》2016 年第 21 期。

理了圣灵的12种所指。他并未对圣灵的所指给出明确界定,这一概念依旧显得扑朔迷离,难以捉摸。

传统的三位一体论认为,"上帝在本质上是一,但存在于三个不同的位格中:圣父、圣子和圣灵。他们三个在所有方面都是等同的,每一个都是上帝,每一个都有永恒的神性。然而他们不是三个上帝,而是一个上帝"①。弥尔顿反对这种僵化的观念,而把圣灵视为低于圣父与圣子的位格,是隶属于父与子的一个环节。三者不是一个层面上的位格,而是形成了由高到低的结构。安斯沃斯也认为,弥尔顿拒绝接受圣灵是三位一体的一部分,主张圣灵是由上帝的物质创造的,不过是在圣子被造之后,而且远远逊于圣子。② 在19世纪甚至20世纪,弥尔顿都被视作一位异端分子,鼓吹对不同等的三位一体的信仰。③

弥尔顿认为,关于圣灵的本质、来源与功能,圣子给出了最平易的教导。比如在《约翰福音》中,基督多次称圣灵为保惠师④。基督的教导绝不隐晦或令人迷惑,而是清晰易懂。《圣经》中从未说过圣灵像圣子那样致力于任何中保的功能。从宗教视角来说,中保既在上帝面前代表人,又在人面前代表上帝,然而这样的角色只有基督才能承担,因为圣灵在人面前可以代表上帝(但并不意味着他就是上帝),但却不能在上帝面前代表人。弥尔顿强调说,《圣经》中从未说过圣灵有责任顺从上帝,然而他明显次于圣父和圣子,因为他被呈现为存在,而且被描述为在所有事情中都是顺从和服从的;圣灵曾经被承诺、发送和给予,但却从未主动地发言,甚至曾经作为应许被给予(CPW,6:288)。可见,圣灵虽能运行在人的心灵中,甚至有时能呈现出某种神迹,比如像鸽子一样落在基督的肩上,但并不能主动地运行,而是被动地发挥其功用。

弥尔顿只从圣灵所做的行为方面去定义它,暗示了圣灵的特点和身份只能

---

① Maurice Kelley,Introduction to Vol. 6 of CPW,47.

② David Ainsworth,"Milton's Holy Spirit in 'De Doctrina Christiana'," Religion & Literature 45.2 (2013):7.

③ W. B. Hunter,"Milton's Arianism Reconsidered," in Bright Essence:Studies in Milton's Theology,ed. W. B. Hunter,C. A. Patrides and J. H. Adamson,Salt Lake City:University of Utah Press,1971,29.

④ 保惠师(advocate)是基督教对耶稣基督和圣灵的称谓。他的职责是在圣父面前为基督徒代求,保佑基督徒不致失去救恩,引导基督徒在人间遵行上帝的圣旨,并令每个基督徒的人性越来越像基督那样圣洁、公义、慈爱、荣耀。

被理解为从属于它的功能。[1] 功能决定了圣灵从属的身份和地位。弥尔顿敏锐地发现,圣灵的神性在《圣经》的任何地方都没有明确的教导。同时,"灵"被频频称作上帝的灵或上帝的圣灵,而且上帝的灵与上帝自身在事实上和数值上都有区别,所以它不可能在本质上是一位它是其灵的上帝(CPW,6:288)。上帝把他儿子的灵送到我们的内心,并把他儿子本身送来,而我们和灵都向上帝发出请求。可见圣灵与圣子一样,只能附属于上帝,而不能与上帝等量齐观。圣灵发挥的是为上帝和基督作见证的作用。

加尔文认为:"基督借圣灵有效地使我们与他自己联合。"[2]加尔文与路德一样,也强调圣灵乃是三位一体上帝中的圣灵。[3] 加尔文给了圣灵以明确定义,并把信仰与圣灵的运行确定地结合起来,但弥尔顿却认为,圣灵的起源应该维持在不确定的状态。[4]

圣灵对于很多神学家而言是谜一般的存在。比如著名的奥古斯丁就认为,依然无法解释的奥秘,或曰具有神秘性以及奥迹性的是:圣灵出自父和子,但与其却依然只有同一个本原。这一奥秘只能被信仰,人的精神只有在永恒的恩宠中,这一真理才能被理解。[5] 对上帝的真正认识无异于"神圣的无知",即上帝超越人所能理解的。[6] 但承认神秘性的存在,并不意味着人的无所作为,而权威对于神秘事物的解读也应该允许质疑或更新。"通过拒绝把圣灵解读为与上帝的神秘结合体的一部分,弥尔顿转而提出,上帝是通过作为他们两者[父与子]意志的表达的圣灵来采取行动的,上帝的意志和能力是主导性的,但并不强迫。那么,圣灵身份的模糊所反映的可能不只是人类知识的局限,也是圣灵自身有

---

[1] David Ainsworth,"Milton's Holy Spirit in 'De Doctrina Christiana'," Religion & Literature 45.2 (2013):7.
[2] 约翰·加尔文:《基督教要义》(中),钱曜诚等译,北京:生活·读书·新知三联书店,2010年,第526页。
[3] 陈喜瑞:《加尔文圣灵论初探(1)》,《金陵神学志》2010年第2期。
[4] David Ainsworth,"Milton's Holy Spirit in 'De Doctrina Christiana'," Religion & Literature 45.2 (2013):5.
[5] 徐龙飞:《形上之路"Una essentia-tres personae":论奥古斯丁的三位一体上帝论的哲学建构》,《同济大学学报》(社会科学版)2011年第5期。
[6] Michael Lieb,Theological Milton:Deity,Discourse and Heresy in the Miltonic Canon,Pittsburgh:Duquesne University Press,2006,89.

意的选择。"①圣灵为何有意使自己的身份模糊呢？这可以从两个方面来解释。首先，上帝通过圣灵来表达他和基督的意志与能力，但上帝并不专断地实施其意志，而是给人类自由选择的机会，所以他不给圣灵明确的身份，或者说拒绝把圣灵视同上帝本人，这正体现了上帝的智慧与宽容。其次，圣灵模糊的身份说明上帝的大能是人类万难解析的；意识到这一点后，人类就不易变得狂妄自大，甚至轻视上帝的威能。圣灵身份的模糊也说明了他的地位的不确定，并证明他是附属于上帝的神秘创造物。

弥尔顿的观点也受到17世纪阿民念主义的影响。阿民念主义强调人在救赎过程中的自由意志，这种自由意味着在一个限制范围里面的不受限制。受此影响，弥尔顿在对圣灵的理解上同样强调自由的阐释与独到的见解。他对圣灵的看法并不因袭前贤，而是敢于顶着异端的罪名进行独立思考。吴玲英等亦认为，弥尔顿关于"圣灵"的神学诠释正体现出人文主义的"自由"和"个性化"的时代特色。②

圣灵虽然是附属的位格，但在协助信徒与上帝交流这一层面上却发挥着难以替代的作用。弥尔顿根据《旧约》经文而总结的圣灵的第8种所指，即上帝赐予其他人的精神禀赋和该行为本身，尤其值得关注。在安斯沃斯看来，"圣灵是来自上帝的禀赋但通过圣子传递；圣灵的禀赋作为嫁接与再生进程的一部分在忠信者的心里工作"；"在圣父赋予耶稣神性的地方，圣灵在信徒内部用次等形式体现出那一禀赋"③。圣灵是上帝赐给信徒的精神禀赋，但他是通过基督来传递到信徒的心灵中的。基督的献身洗涤了信徒的罪孽，把他们从恶根移植到良善之根上，从而成为有救赎希望的再生的人，但这一宏大的救赎工程离不开圣灵这一天赐的禀赋。没有圣灵无时不在的运行，信徒就极易被撒旦这一邪灵所迷惑，脱离正路，并向地狱坠落。

---

① David Ainsworth, "Milton's Holy Spirit in 'De Doctrina Christiana'," Religion & Literature 45.2 (2013):15.
② 吴玲英、吴小英：《论弥尔顿对"精神"的神学诠释：兼论〈基督教教义〉里的"圣灵"》，《中南大学学报》（社会科学版）2013年第1期。
③ David Ainsworth, "Milton's Holy Spirit in 'De Doctrina Christiana'," Religion & Literature 45.2 (2013):8,10.

基督的降世开启了福音时代,而"福音的特殊恩赐是圣灵"①。福音时代取代了律法时代,并带来真正的基督徒的自由,这一自由的产生同样离不开圣灵这一精神禀赋。

二、圣灵与基督徒的自由

只有在基督道成肉身以拯救世人之后,基督徒的自由才真正产生。在《基督教教义》第一卷第27章"关于福音和基督徒的自由"中,弥尔顿给出了该自由的定义:"基督徒的自由意味着,基督——我们的解放者——把我们从原罪的奴役下并因而从律法以及人的统治下解救出来,似乎我们是被解放的奴隶。他这样做的目的是,我们被造成上帝之子而非奴隶,戴着王冠的人而非仆人,这样我们就可以通过真理圣灵的指引在仁爱中侍候上帝。"(CPW,6:537)基督的献身解救了罪人,让他们有机会脱离奴隶身份,变成自由的义人,并受到上帝悦纳,但这一过程的实施少不了圣灵的引导;缺少这一精神禀赋,人类就不可能正确地运用自由意志,并获得基督徒的自由,如安斯沃斯所言:"基督解救,而真理之圣灵指引。"②

"自由意志与基督徒的自由是来自上帝的持久的禀赋。"③圣灵是来自上帝的精神禀赋,随之而来的还有自由意志与基督徒的自由。圣灵充满信徒的心,使其充满神圣之爱与自由意志,但他并不强迫。如果信徒毁灭了自由意志,圣灵必定离开他的心,而基督徒的自由必然一同丧失。是基督与圣灵的合作促成了基督徒自由的产生。但圣灵不能自动运行在信徒的心里,只有那些坚信福音的人才能获得圣灵的光顾,以及伴随而来的真正的自由。

在旧约时代,摩西律法发挥了巨大作用,既坚固信徒的信仰,又约束信徒的言行,但由于没有弥赛亚的献身救赎,人类依旧陷在罪中,不能获得真正的基督徒的自由。只有到了新约时代,即福音时代,神对人类的救赎和基督徒的自由才真正得到实现,它们都离不开圣灵这一神赐禀赋。"弥尔顿从根本上认为基

---

① Christopher John Donato, "Against the Law: Milton's (Anti?) nomianism in De Doctrina Christiana," The Harvard Theological Review 104.1 (2011):90.

② David Ainsworth, "Milton's Holy Spirit in 'De Doctrina Christiana'," Religion & Literature 45.2 (2013):13.

③ David Ainsworth, "Milton's Holy Spirit in 'De Doctrina Christiana'," Religion & Literature 45.2 (2013):12.

督的献身废除了整个摩西律法,包括道德的以及仪式的和世俗的律法,并给予信徒们完整的基督徒的自由,使他们免除了人们的评判,以及在宗教事务方面的世俗的或教会的威压。"[1]书面的摩西法典只是为以色列人准备的,所应许的是在一个应许地的临时生命。摩西圣约是一个束缚之约,而非精神解救之约。[2]弥尔顿强调说"律法书的应许只能扩展到今生的幸福,它不能拯救";"如果我们仍然在亚当里,圣约更新就不能来临。确切地说,只有通过基督和灵,应许(在更新的世界上的永恒生命)才可获得";他进而列举了7种原因,说明整个摩西律法为何被废除,其中第5种原因是,摩西律法是"罪孽之法",因其激起了罪孽;它是"死亡之法",因其反对生命之灵的律法。[3]

不过,弥尔顿并不认为所有律法都已经被废除了。"通过使神的法从属于神的爱,福音派教徒常被控有反律法论(antinomianism)思想。相应地,他们极为强调圣灵在诠释经文时的作用。"[4]反律法论,又称为废弃道德律论、唯信仰论,是一种基督教神学观点,主张信仰是得到救赎的唯一条件,遵守道德律或摩西律法并不是得到救赎的原因。弥尔顿不是反律法论者,即便他认为是福音导致了律法的废除。基督降世救赎这一福音是恩典圣约的新的赐予,比律法书更出色和完美;它首先是由摩西和先知隐晦地宣布的,后来是由基督和使徒以及福音传道者用最清晰的术语宣布的,从此由圣灵写在信徒的心里,并将持续到世界末日。[5] 摩西律法的本质是对上帝和邻人的爱;弥尔顿废除了成文的摩西律法,但并没有废除该律法的本质,依旧强调对上帝和邻人的爱,比如在《基督教教义》第二卷中,竟有6章内容关涉对邻人的爱和职责。摩西律法的内核通过信仰存续于基督的灵中。基督说他来不是毁灭律法的,意味着他要毁灭成文的法,而非律法的本质。信徒因基督的恩典得到拯救,不再因罪孽的慑服而战

---

[1] Christopher John Donato, "Against the Law: Milton's (Anti?) nomianism in De Doctrina Christiana," The Harvard Theological Review 104.1 (2011):71.

[2] Christopher John Donato, "Against the Law: Milton's (Anti?) nomianism in De Doctrina Christiana," The Harvard Theological Review 104.1 (2011):82.

[3] Christopher John Donato, "Against the Law: Milton's (Anti?) nomianism in De Doctrina Christiana," The Harvard Theological Review 104.1 (2011):86-87.

[4] Christopher John Donato, "Against the Law: Milton's (Anti?) nomianism in De Doctrina Christiana," The Harvard Theological Review 104.1 (2011):72.

[5] Christopher John Donato, "Against the Law: Milton's (Anti?) nomianism in De Doctrina Christiana," The Harvard Theological Review 104.1 (2011):84.

栗。圣灵把基督的律令写在信徒的心里,取代了刻在石碑上的摩西律法。基督带来的爱的律法胜过了惩戒性的成文法,但这一过程需要圣灵对于爱的传递与书写。

弥尔顿认为,《新约》的信徒们贯彻执行上帝的法令,是因为圣灵传递给他们该法令的核心和本质;这一不成文的圣约或神法的"核心和本质——爱——爆发成为自由"①。律法时代和福音时代的区别就在于后者以爱取代了律法。圣父与圣子是爱的化身,圣灵则是爱的使者。圣灵作为一种精神禀赋,最重要的功能就是传递爱,使信徒领悟到基督为罪人献身这一救世伟业中所包含的深不可测的恩典。《旧约》的信徒遵循着摩西律法的字面含义,《新约》的信徒则追随圣灵的指引,以信仰代替律法。信仰的工作不是强制的,有灵性的信徒会心悦诚服地接受那关于自由的教义。"新约时代的降临标志着奴役律法的废除,并由此产生了基督徒的自由","鉴于自由不能得到完善或完整显现,直到弥赛亚的到来,因而自由必须被认为特别地属于福音时代"②。通过圣灵的运行,再生者重获完整的基督徒的自由——那自由的原初形式在亚当、夏娃的手中被毁弃。

与弥尔顿同处一个时代的班扬同样强调得救须靠恩典,而非律法。他指出,一切出于律法的行为都是肉体的行为,依靠律法之义的人不能获得拯救,只有基督的义才能拯救罪人。律法之约已经被证明是软弱无能的,只有依靠恩典之约,上帝才会宽恕我们的不义,不再纪念我们的罪愆。③《圣经》中明示:"因为承受产业,若本乎律法,就不本乎应许;但神是凭着应许,把产业赐给亚伯拉罕。"(加3:18)所以,律法与应许也是相对立的。信徒蒙救必须基于应许,也就是上帝关于救恩的应许,这样的应许成全在坚信者身上。弥尔顿认为,圣灵这一恩赐甚至曾作为应许被给予(CPW,6:288),可见圣灵有时也被等同于应许,但圣灵首先被视为一种禀赋;依靠他,上帝的救赎应许被传递给众信徒。

在弥尔顿看来,圣灵是按上帝的意志分给每个人的(CPW,6:293),圣灵体

---

① Christopher John Donato, "Against the Law: Milton's (Anti?) nomianism in De Doctrina Christiana," The Harvard Theological Review 104.1 (2011):74-75.

② Christopher John Donato, "Against the Law: Milton's (Anti?) nomianism in De Doctrina Christiana," The Harvard Theological Review 104.1 (2011):89.

③ 约翰·班扬:《丰盛的恩典》,苏欲晓译,北京:生活·读书·新知三联书店,2014年,第268—269页。

现了上帝的意志和恩赐。"圣灵显在各人身上,是叫人得益处。"(林前12:7)获益的多少,取决于人受圣灵感动程度的高低,但只要对恩典有坚定的信心,不因轻信而跌倒,自然就会收获自由,摆脱奴役状态。班扬把圣灵看作"上帝的那根指头,魔鬼在这指头的能力之下只得让位于恩典;若不靠着这能力,我们都将径直被拽入地狱"(路11:20-22)①。没有圣灵的运行,信徒将丧失基督徒的自由,并成为撒旦的猎物。

圣灵使信徒成为上帝之子,同享基督的恩典,如《圣经》所言:"你们既为儿子,神就差他儿子的灵,进入你们的心,呼叫:'阿爸,父!'可见,从此以后,你不是奴仆,乃是儿子了。既是儿子,就靠着神为后嗣。但从前你们不认识神的时候,是给那些本来不是神的作奴仆。"(加4:6-8)基督徒的自由意味着基督给我们以自由,我们从罪孽的奴役中解脱;而在做了奴隶之后又变成儿子,做了孩子之后又变为成人,我们就可以成为慈善之神的奴隶,通过真理之灵作为我们的向导。② 当人们不认识上帝的时候,认识的可能是撒旦;不给上帝做儿子,就可能给撒旦做奴仆。但经由圣灵的启发,人们皈依了上帝,从而复得人类始祖所丧失的自由。

"真正的自由是基督徒的自由,不光是个体,国家也是如此……对于弥尔顿来说,政治自由的最终形式是基督徒的自由、圣徒的统治。"③阿瑟·巴克也认为:"宗教的自由是弥尔顿的共和国要获取的主要目标。"④

"在弥尔顿对自由意志和基督徒的自由的理解中,圣灵发挥着核心地位。"⑤圣灵促成了基督徒的独立选择和自由,实现后者从撒旦之奴到上帝之子的身份转变。唯拥有自由的基督徒能合力构建有向心力的神圣共同体,而这一目标的达成离不开圣灵的维系。

---

① 约翰·班扬:《丰盛的恩典》,苏欲晓译,北京:生活·读书·新知三联书店,2014年,第245页。

② Jason A. Kerr, "'De Doctrina Christiana' and Milton's Theology of Liberation," Studies in Philology 111.2 (2014):358.

③ H. J. C. Grierson, "Milton and Liberty," The Modern Language Review 39.2(1944):104.

④ Qtd. in H. J. C. Grierson, "Milton and Liberty," The Modern Language Review 39.2 (1944):104.

⑤ David Ainsworth, "Milton's Holy Spirit in 'De Doctrina Christiana'," Religion & Literature 45.2 (2013):1.

三、圣灵——维系基督徒团契的神圣中介

正是得益于圣灵的作用，信徒获得了真正的基督徒的自由；而自由的基督徒想要紧密地联结到一起，必须倚重圣灵的纽带作用。弥尔顿认为人对神圣特质的拥有归因于圣灵。他总结了圣灵的四个特质，其中第二个是无所不在——基于圣灵住在我们里面。在《圣经·列王纪（上）》第 22 章中，为了引诱残暴的以色列王亚哈去基列的拉末（Ramoth-Gilead）遭遇阵亡，上帝派出"作谎言的灵"，使之能同时充满 400 个先知，他们都怂恿亚哈作战，以致他在战场上丧命。一个"作谎言的灵"的威力即如此巨大，圣灵能力之强劲自然不言而喻。弥尔顿认为，圣灵将充满成千上万的人，即便其能力并非无穷的或不可测量的。与"作谎言的灵"不同，圣灵所从事的是与恩典及爱相关的工作，这就是圣灵的第三个特质，即神圣的工作——他承担的是保惠师的角色。上帝运行于所有事物中，甚至运行于子和灵之中（CPW, 6:295）。圣灵则在自由的基督徒心中运作，传达上帝的旨意，并以此将他们维系起来。

基督徒在圣灵中彼此结合起来。圣灵"不以他自己的名义行动，或以其名义把说话的权力给予他人，但他所给予的乃是他自己所接收的"（CPW, 6:292 – 293）。正如"作谎言的灵"接受的任务是传递错谬信息给 400 个先知一样，圣灵乃是奉上帝之命把上帝与圣子的恩典、各种启示及智慧灌输到信徒心中。"……人被圣灵感动，说出神的话来。"（彼后 1:21）但圣灵本身并不主动或自动发言；圣灵自己没有具体的形状，其发言不像人们讲话，不是我口说我心；他的话音并非自己的声音，而是上帝的声音。但不能把圣灵简单地视作上帝的传声筒，因为上帝拥有深不可测的智慧，以致其旨意并不总是那么容易传递给圣灵，而信徒的虔诚程度与悟性也决定着他们对神旨的参悟。

同时，圣灵是为了信徒的福利，而非自己的益处或目的去行动。他以上帝的名义昼夜不停地与信徒进行精神交流，甚至在他们的冥想与梦幻中履行自己的职责。作为中介，他发挥的是居间联系的作用。"圣灵在生产每个个体信徒的内在经文时具有中心地位，就像一个授权的中介，通过一种精神的许可，保存了个体信仰和诠释的自由。同时，圣灵在个体基督徒心里的普遍参与生成了一

个信仰共同体。"①圣灵的运行得到上帝的授权,而信徒通过因信称义也获得了与圣灵沟通的精神许可,从而培育了基督徒的自由与个体的意志,并对经文形成带有个体特征的见解。另外,圣灵在信徒内心的运行具有普适性,并不因身份不同或地位高低而区别对待,这种普遍的中介作用为神圣共同体的构建和发展做好了精神上的准备。

圣灵的身份是否明确并不重要,关键是他发挥的作用、所做的工作。"圣灵对上帝的服务可以与对任何信徒的服务等同,至少在理论上"②,这说明圣灵在提供服务时,是把信徒视同为上帝珍爱的子民,不存在厚此薄彼的态度。圣灵虽然工作在每一个信徒心里,但他与每一个信徒交流的方式都是不同的。

弥尔顿认为,在《圣经》中,"灵"(spirit)这个单词指的就是"生命之气",是有活力的、有感知力的或运用理性的机能,或属于人类的某种行动或情感(CPW,6:317)。他也曾把神圣的冲动作为圣灵的所指。可见,圣灵与人类的精神或赋予生命的力量之间有本质联系;从神圣灵感或启发的意义上来说,圣灵亦能指作用于信徒或先知的动力,在有德之人内在的神圣本质与人类的普遍本质之间,他可以代表互动、共鸣或和谐。③

圣灵是一种赋予信徒生命力的动力;与之相反,撒旦可称为反圣灵、罪恶的中介,他撒播的是犯罪和死亡的种子,是催人向死的动力。圣灵促使信徒通过爱自己的邻人而联结在基督的恩典中,撒旦却散播仇恨、不和、嫉妒,并把不信者转变为偶像崇拜者,从而离散神圣共同体。圣灵激发信徒向善、求真的灵感,悟解到上帝与基督是爱的化身、真理的来源,并因分享这爱的光照而被牢牢地维系在共同体之中,撒旦则激发不信者的作恶欲望,通过小恶的积累乃至大恶的爆发,把他们围拢在他这个邪恶的中心周围,而那些罪孽深重且不知悔改者将被锁定在无底坑,永无被救赎的机会。

圣父和圣子被联系起来,就像言说者与言说或者作者与文本一样,而正是

---

① David Ainsworth, "Milton's Holy Spirit in 'De Doctrina Christiana'," Religion & Literature 45.2 (2013):9.

② David Ainsworth, "Milton's Holy Spirit in 'De Doctrina Christiana'," Religion & Literature 45.2 (2013):16.

③ David Ainsworth, "Milton's Holy Spirit in 'De Doctrina Christiana'," Religion & Literature 45.2 (2013):17-18.

圣灵的运作把言说与作者在读者的理解中统一起来。[1] 圣灵帮助信徒理解圣父通过圣子所发出的神旨,这位神圣中介以理性与智慧来启迪信徒,在他们的心中写下对上帝的文本或言说的理解,信徒由此组成一个文本共同体。安斯沃斯的见解洞隐烛微:"《基督教教义》可以驱使对易于腐败的(《圣经》)手稿的外在权威的信仰,转移到对不能腐败的圣灵的内在权威的信仰。"[2]《圣经》中的真理极易被腐败的教会和教士所玷污,因此对真理的领悟必须依赖圣灵的指引。个体想被联合起来,就必须参与到为自己发现真理的同一过程中。[3] "弥尔顿的书面三位一体中的圣灵根据读者的禀赋启迪和说服他们,同时把教会转变成一个文本共同体,不断地展露道的自身。"[4]因此,宗教共同体也是一个文本共同体,联结的纽带就是圣灵这一神圣中介。

神圣共同体实为一个爱的共同体,圣灵则是传递爱的神圣中介。圣神(圣灵)"是父与子无可分离的关系自身、是肇端于父子共发的馈赠";圣神即"爱",这一爱表述了父与子的关系。[5] 弥尔顿也提及"通过灵从信仰中产生的对上帝和自己邻人的爱"(CPW,6:327);这爱并非盲目的或缺乏信仰的根基,它的源头是对基督的恩典与福音的感悟。圣父与圣子之间是一种爱的关系,他们与信徒之间同样存在爱的关系,而圣灵则把他从圣父与圣子那里接受的爱传递给信徒;信徒在感受到这爱之后,进而产生对圣父、圣子、邻人的爱。爱把信徒连为一体,并使之求同存异——即便他们对上帝之道有不同理解,也能因为这爱而消除差异,走向和谐。

在《基督教教义》中,弥尔顿把圣灵视作次于上帝与基督的位格,其意图并不在于贬低圣灵这个次等的生命中心,而是表达了对僵化的三位一体观的不

---

[1] Ken Simpson, "Rhetoric and Revelation: Milton's Use of Sermo in 'De Doctrina Christiana'," Studies in Philology 96.3 (1999):339.

[2] David Ainsworth, Milton and the Spiritual Reader: Reading and Religion in Seventeenth-Century England (New York: Routledge, 2008), 70.

[3] Achsah Guibbory, Ceremony and Community from Herbert to Milton: Literature, Religion, and Cultural Conflict in Seventeenth-Century England (New York: Cambridge University Press, 1998), 180.

[4] Ken Simpson, "Rhetoric and Revelation: Milton's Use of Sermo in 'De Doctrina Christiana'," Studies in Philology 96.3 (1999):347.

[5] 徐龙飞:《形上之路"Una essentia-tres personae":论奥古斯丁的三位一体上帝论的哲学建构》,《同济大学学报》(社会科学版)2011年第5期。

满。把圣灵从上帝的位置上降低,并不会减损上帝的神性,反而让圣灵的功能和作用变得相对容易界定,但圣灵身份的模糊也意味着上帝能力的深不可测。圣灵作为一种精神禀赋,能帮助信徒领悟基督的救世恩典,摆脱摩西律法的束缚,从而获取自由意志和基督徒的自由。圣灵也是神圣中介,作为神圣的冲动或动力,作用于自由的基督徒,使他们产生共鸣。在传递上帝这位作者所创作的基督这个文本时,圣灵帮助信徒正确地理解神旨,以构成一个文本共同体。圣灵在把圣父与基督的爱传递给信徒的同时,也激发出信徒对上帝和邻人的爱,由此使信徒也凝聚为一个爱的共同体。不论是圣灵所传递的基督徒的自由,还是圣灵所促成的自由的基督徒的神圣共同体,都离不开基督的恩典这一源泉。弥尔顿对圣灵的非正统诠释给圣灵学(pneumatology)增添了厚重的内容,但他并未声称自己对圣灵已经有完全的理解。可以说,对圣灵的思考是没有尽头的,这一神学概念仍有无尽的挖掘空间。

第二节 《复乐园》与《天路历程》:清教徒的历练之路

弥尔顿比班扬年长20岁,二人都经历了英国革命和复辟时期。《复乐园》发表于1671年,略早于《天路历程》。《复乐园》讲述了耶稣在旷野禁食40天以后,被恶魔试探的故事。诗歌的最后,耶稣如同《天路历程》中走完天路的"基督徒"一样,由天使们接到乐园般的所在,品尝天堂的美食。

中外评论家常从政治、宗教、基督的神性、人性以及诱惑等视角出发,对《复乐园》这首小型史诗进行分析,并强调了作品中信仰能够消除欲望的观点。詹姆斯·S. 鲍姆林(James S. Baumlin)认为,基督提供了"基督教英雄的构架",其伦理能力是通过诱惑来检验和确证的[1],但如果没有对基督的人性、自由和意志之充足性的强调,诱惑将体现不出多大力量和意义。[2] 中国学者吴玲英则从诱惑与英雄的自我认知,以及弥尔顿的诱惑观的悖论性等角度,探究其中的诱惑主题。

班扬的《天路历程》是以《圣经》为背景所创作的寓言故事,全书共分两部,

---

[1] James S. Baumlin, "The Aristotelian Ethic of Milton's Paradise Regained," Renascence 47.1 (Fall 1994):45.

[2] James S. Baumlin, "The Aristotelian Ethic of Milton's Paradise Regained," Renascence 47.1 (Fall 1994):43.

先后于1678年和1684年出版,分别讲述"基督徒"和他的妻子"女基督徒"及其子女前往天堂的朝圣过程。班扬最初的职业是补锅匠,青年时曾应征入伍,为革命的议会军作战,后在故乡从事传教活动。1660年斯图亚特王朝复辟,当局以非法传教为借口,把他逮捕入狱两次,共监禁12年之久。

近几十年来对《天路历程》的研究聚焦于语境而非文学构架,评论家们多从政治、宗教、神学、寓言模式等视角进行探索。戴维·J.利(David J. Leigh)从叙事、仪式以及反讽视角研究《天路历程》,分析其中的对称平行结构和诱惑模式;柯丝蒂·米尔恩(Kirsty Milne)把《天路历程》中的集市描写与清教主义结合起来予以分析。① 中国学者林雅琴、杨声等也分别从心灵拯救、自由精神等角度进行了解读。②

中外学者对《复乐园》与《天路历程》都进行了大量研究,成果显著。这两部作品均以英国革命以及复辟时期这个特殊时代为背景,并均以具有清教徒特征的主人公历经磨炼而超凡入圣的历程为主题,因此对这两部著作进行比较研究很有必要。后起之秀班扬除了《圣经》之外,所读之书屈指可数,被称为"读一本书的人",因此他对弥尔顿的《复乐园》很可能一无所知。那么这两部作品在对清教徒的历练模式的描述上有哪些不谋而合的地方,又有哪些截然不同的特色呢?这些问题将成为笔者重点探讨的内容。笔者将从两部作品中的清教特色、主角与专制意识的斗争、主角对诱惑的抵制等角度出发进行对比分析,同时也把清教徒的历练与神圣共同体的构建结合起来进行探讨。

一、清教徒与专制魔鬼的斗争

弥尔顿和班扬都是英国革命(也被称为清教徒革命)的积极参与者——弥尔顿是克伦威尔政府中的拉丁文秘书,用他的笔作为武器进行斗争;班扬16岁

---

① David J. Leigh, "Narrative, Ritual, and Irony in Bunyan's 'Pilgrim's Progress'," Journal of Narrative Theory 39.1 (Winter 2009):1 - 28; Kirsty Milne, "Reforming Bartholomew Fair: Bunyan, Jonson, and the Puritan Point of View," Huntington Library Quarterly 74.2 (June 2011):289 - 308.

② 林雅琴:《论约翰·班扬小说〈天路历程〉心灵拯救的历程》,《沈阳农业大学学报》(社会科学版)2009年第5期;杨声:《清教徒:信仰自由的拓荒者:兼纪念"五月花号"精神400周年》,见萨姆·韦尔曼《班扬传》,朱文丽译,北京:华夏出版社,2006年,第202—217页。

时就参加了议会军,与保皇党军队在战场上厮杀。他们的人生经历和作品内容都体现出鲜明的革命精神和清教主义特色。

威廉·亨特(William Hunt)将清教教义定义为:"英国新教教义内部的一种主要信念,其特点是强烈反对作为反基督教者化身的罗马教会;清教教义是对布道说教和学习圣经的强调,而不是对宗教礼仪的强调,布道说教和学习圣经是赎罪的方法;清教教义是想把一种严格的道德法则……强加到整个社会之上的一个愿望。"[1]清教徒对于上述信念和教义持有狂热的态度,这在其他教派中是很罕见的。

弥尔顿的神学理念与宗教信仰是颇有争议的话题。但在排斥天主教这一点上,他与班扬等清教徒并无二致。比如,在小册子《论真正的宗教、异端、教会分裂和宽容,以及哪些最好的手段可以用来遏制天主教的扩张》(Of True Religion, Heresy, Schism, Toleration; and What Best Means May Be Used against the Growth of Popery)中,弥尔顿所有的敌意就是针对天主教徒而发的,原因是他们的盲目崇拜。[2] 也有论者认为弥尔顿不是新教徒或清教徒,不同于克伦威尔和班扬等人。R. 斯科特·斯蒂文森(R. Scott Stevenson)则持折中的态度,认为弥尔顿站在保皇党和清教徒之间,是个道德和宗教上的折中者;他厌恶清教徒的狂野和妄想,他与他们相像的地方在于他总是把自己"置于他伟大的监工[3]的视野中",因此具有他们的英雄主义的神秘力量。[4] 弥尔顿具有清教徒所宣扬的宗教与神学思想,以及对上帝的虔诚,并把自己的行为视作上帝赋予的事业——总体上来说,他还是近似于清教徒。

出身低微的补锅匠班扬经历了长期的思想斗争后,逐渐成长为一个信仰坚定的清教徒。他的清教思想在《天路历程》里对浮华集市的叙述中有显明的呈现。这个集市是由魔王别西卜统治的,是通往天城的必由之路。集市上最受推崇的是罗马的商品,而英国的货摊前则生意冷落。班扬由此暗示,炙手可热的

---

[1] 玛戈·托德:《基督教人文主义与清教徒社会秩序》,刘榜离、崔红兵、郭新保译,北京:中国社会科学出版社,2011:23。

[2] 马克·帕蒂森:《弥尔顿传略》,金发燊、颜俊华译,北京:生活·读书·新知三联书店,1992年,第172页。

[3] 上帝被比作监工(taskmaster)。

[4] R. Scott Stevenson, "Milton and the Puritans," The North American Review 214.793 (December 1921):830.

天主教是虔诚的信徒追求真正信仰的最大障碍，也是魔鬼阻挠清教徒的最有力手段，英国新教则处于低谷，但英国货摊的不受欢迎正说明了英国新教中庸俗、虚空的内容相对较少，而这很大程度上是由于清教的存在所促成的。英国当时主流的宗教共同体是新教的，而其中发挥关键作用的教派则是清教，但王室对天主教的倾向危及了共同体的有机性。

杨声认为清教徒自由精神的源头是日内瓦的加尔文。加尔文主义（Calvinism）的核心信条是上帝拥有绝对主权，人间的一切都不是绝对的权威，包括英国政府的政策也要受制于《圣经》的权威，人由此从人间专制权威下得到释放。①清教徒信奉加尔文主义公理宗的神学教条"唯独《圣经》"，把《圣经》推举为唯一最高权威，并认为任何教会或个人都不能成为神学传统的权威的解释者和维护者。

弥尔顿和班扬之所以反对天主教，正是因为后者成为王室压制人民、阻挠信仰自由的工具。查理一世重用的劳德大主教在英国国教内恢复反宗教改革的天主教遗风，残酷迫害清教徒。正是王室与教会合谋的专制行径，才导致了清教徒与英国国教的对立。在复辟时期，议会对清教徒持敌视态度，而《1662年英国统一法案》②则让约2000名非国教派的牧师失去资格，班扬因为非法聚会传教的罪名而被长期监禁。

然而，《复乐园》的叙事中却看不到教派冲突的痕迹。任何经典著作都难以回避对现实的指涉，而这部著作的高明之处正在于此——它是与现实高度关联的，但在其中却难以捕捉到与清教、国教和天主教之间的冲突有关的敏感话语。这当然与复辟时期的特殊背景有关，但也体现出弥尔顿（包括班扬）高超的叙事艺术手法。

《天路历程》中的天路虽然险象环生，天路客稍有不慎就会有灭顶之灾或堕

---

① 杨声：《清教徒：信仰自由的拓荒者：兼纪念"五月花号"精神400周年》，见萨姆·韦尔曼《班扬传》，朱文丽译，北京：华夏出版社，2006年，第216—217页。

② 王政复辟后，由贵族绅士组成的保皇党议会对清教徒和共和派人士进行报复。他们制定了一系列法令，试图将所有清教徒清除出教会和政府，尤其是《1662年英国统一法案》。这是英国最后一个宗教统一法案，于1662年5月19日由英王查理二世签署执行。它重申了伊丽莎白一世于1558年颁布的统一全国礼拜仪式的祷告词的命令，规定在全国统一使用该法案所附的《通用祷词》手册。英国国教不再宣称所有人都属于英国国教会，不信奉国教者（如罗马天主教徒）第一次被驱逐出去并受到迫害。

入地狱之厄,但除了个别内容涉及教派冲突外,比如浮华集市中对天主教的暗讽,其他部分则与此无关。这是因为班扬剑指的目标并不主要是与清教对立的教派,而是导致教派冲突的专制意识与违背圣经精神的腐朽观念。

两部著作的主角基督与基督徒在通过历练以达到神圣境界的过程中,都面临妖魔鬼怪的挑战:在《复乐园》里是撒旦,在《天路历程》中则是别西卜与亚波伦等。主角在与妖魔的斗争过程中,所运用的最强大的精神武器就是《圣经》的教义,是以上帝旨意为核心所形成的政治、律法、伦理、道德思想。两部书中随处可见的《圣经》引语就说明了这一点。

《复乐园》中的基督体现出清教徒的特点,恪守《圣经》教义,并致力于寻求上帝的荣耀,"我不要寻求我自己的荣耀/只寻求那差我来者的荣耀"(3.106 - 107)。[①] 基督兼具人性与神性,却怀着谦卑的心理,把一切荣耀归于上帝,就像《天路历程》中的基督徒一样。当撒旦假惺惺地说上帝也要求他们这些敌对者的赞美时,基督戳穿了他的鬼把戏,认为以撒旦为首的恶人"从上帝那儿受了这么多的恩赐/反而报以负义、忘恩、欺诈"(3.137 - 138),破坏一切真正的美德,"还要冒渎神圣,不自量地僭取/那本来只该属于上帝的东西"(3.140 - 141)。

在耶稣生活的时代,以色列仍处于罗马帝国奴役之下。因而,撒旦又劝说基督应该凭着上帝所赋予的权威,及早从侵略者手中夺取权力,开始自己的统治,而"愈是快乐的统治愈会快速实现"(3.179),从而早日解救被异邦奴役的民族。基督借助《传道书》(3:1)中的教义"凡事都有定期,天下万务都有定时"来应对撒旦的阴谋。基督意识到,要拯救以色列人,必须尊崇上帝的权柄,"最善于统治的,必先善于服从"(3.195),要先经历试炼,才能升到高位。撒旦表面上打着拯救以色列民族的旗号,其实却流露出一种专制意识,把王权当作手中玩物。基督如果失去对上帝的敬畏,贪恋权力、妄自尊大,必会早早就被统治者镇压,从而丧失传播神授思想、建立新型教会及神圣共同体的良机,也就无从实现拯救万民的宏愿。作者似乎在告诫处于低谷的清教徒:在复辟势力的专制统治下,应依凭上帝的指引,积蓄革命实力,以图后变,但不应迷恋权力,急躁冒进,从而破坏恢复共和的伟业。

[①] 约翰·弥尔顿:《复乐园》,见约翰·弥尔顿《弥尔顿诗选》,朱维之译,北京:人民文学出版社,1998年,第444页。本节以下的引文将随文标出卷数和行数,不再另注。如译文行数与英文行数不一致,将以后者为准。

在《天路历程》中,基督徒与魔鬼亚波伦在卑微谷狭路相逢。亚波伦统治着一个庞大的王国,基督徒所居住的灭亡城是其中的领地,因此基督徒也是亚波伦的臣民。基督徒直言不讳地指出,为亚波伦效劳是犯罪,而按照《圣经》的教义,"罪的工价乃是死"(罗6:23),因此他要弃暗投明,把自己献给万王之王基督。亚波伦斥责基督徒是一个背叛者,并威胁道:"他[基督]的仆人大多数没有好下场,因为他们冒犯了我和我的规矩。他们中有多少人被羞辱地处死!"[1]亚波伦施行专制统治,不许基督徒离开灭亡城前往基督统辖的天国。查理二世和保皇党仿佛是亚波伦的化身——在复辟后,他们对曾经对抗过王室的清教徒打击报复,把旧政府中的9名成员施以绞刑,并把克伦威尔等人的尸体从坟墓中掘出,同样施以绞刑,甚至枭首示众,并威胁要把班扬这样的非法传教者流放到美洲。

基督徒夸赞道,那些为了基督献身的信徒,即便在亚波伦的统治下没有好下场,但那其实是他们最大的荣耀,因为这种荣耀来自《圣经》中所赞美的基督王和众天使的荣耀。当亚波伦扑上来要杀掉基督徒时,后者毫不畏惧,拼死搏斗。当魔王打倒了基督徒,上前要杀死对方时,后者却像《罗马书》(8:37)中所讲述的那样,"靠着爱我们的主,在这一切的事上已经得胜有余了",在上帝的暗中帮助下,他抓起宝剑,刺中对方,使其仓皇逃窜。班扬的叙事中诸多元素是源于《圣经》的,比如在"亚玻伦已被他双刃的利剑刺伤"(《天路历程》,45)这一表述中,"双刃的利剑"是在《圣经》的多卷经书中出现过的典故。班扬力图通过这场惊心动魄的搏杀表明,专制暴君貌似强大,但只要清教徒们恪守《圣经》中的真理,坚信上帝的教诲,必会组成强大的神圣共同体,并协力打败保皇党。

基督徒与亚波伦之间是你死我活的拼斗,不像基督与撒旦的斗争主要是在对话中进行的,但都体现出清教徒强烈的神学观念和民主意识,尤其表现为对上帝圣言的坚信,以及对撒旦所代表的专制势力的毫不妥协。

二、清教徒对魔鬼诱惑的抵制

两部著作中的主角都向往着上帝的荣耀与眷顾,为达此目的,他们除了与魔鬼的专制意识展开斗争外,还要面对另一个障碍,即魔鬼的诱惑。

---

[1] 约翰·班扬:《天路历程》,苏欲晓译,南京:译林出版社,2001年,第43页。本节以下的引文将随文标出著作名称和页数,不再另注。

《复乐园》中的基督必须面对魔王撒旦的多重诱惑。吴玲英将其分为十个诱惑,即"变石头为面包之诱惑""筵席之诱惑""财富之诱惑""荣誉之诱惑""大卫王位之诱惑""帕提亚帝国之诱惑""罗马强国之诱惑""希腊文化之诱惑""暴风雨之逼诱""塔顶之诱惑"[1],其中的第一个和第十个可被视作私人诱惑,其他则为社会诱惑。第一个诱惑"变石头为面包之诱惑"和第十个诱惑"塔顶之诱惑",都是基督与内在本我的斗争。撒旦妄图用这两个诱惑让基督的自我意志膨胀,忘却上帝的旨意,贸然施展神技或者对上帝进行试探,从而动摇对上帝的信仰,但这些诱惑都被基督挫败。撒旦另有八个社会诱惑,如美食、财富、荣誉、王位等,基督同样不屑一顾,如同他在《天路历程》的浮华集市中所做的一样。值得关注的是,撒旦没有以美色来诱惑基督,因为基督"专心于高尚而有价值的事情"(2.195),专注于上帝赋予的救世重任,故而,撒旦使用"较硬性的"(2.225)诱惑来试探基督。

亚当被撒旦的一个"软性"诱惑打垮,基督却击败了撒旦的十个"硬性"诱惑。在《复乐园》中,基督从未被撒旦诱惑,因为基督把他的意志与上帝的意志结合得如此之紧,因此诱惑其中的一个就是诱惑另一个。[2] 因为基督既拥有完整的人性,也赋有完整的神性。鲍姆林富有创意地认为基督的一半是属人的,这一半被属神的另一半变得完美。[3] 但基督这种完美的人性绝难存在于现实中的凡人之身,即便弥尔顿本人也难以做到,如希尔所言:"撒旦引诱圣子所持的种种理由,往昔似乎对弥尔顿也曾具有吸引力。"[4]但在大是大非面前,弥尔顿的表现与基督相差无几。在史诗中,基督战胜了撒旦的诱惑,超凡入圣,成为万王之王。但在现实中,最终接替查理一世的是复辟者查理二世,而不是王者耶

---

[1] 吴玲英:《诱惑与英雄的"自我认知":解读〈复乐园〉里的第一个诱惑》,《中南大学学报》(社会科学版)2014年第4期。

[2] Thomas O. Sloane, Donne, Milton and the End of Humanist Rhetoric, Berkeley and Los Angeles: University of California Press, 1985, 265.

[3] James S. Baumlin, "The Aristotelian Ethic of Milton's Paradise Regained," Renascence 47.1 (Fall 1994):56.

[4] 希尔:《论人类的堕落》,胡家峦译,见殷宝书编《弥尔顿评论集》,上海:上海译文出版社,1992年,第540页。

稣①——英国人民为回到埃及做奴隶,选了个队长。② 查理二世是被撒旦降服的人,对于各种诱惑缺乏免疫力,但真正的清教徒,尤其是不从国教者中的激进分子,则坚决抵制魔鬼的诱惑,并拒绝与那些被魔鬼诱惑的复辟者同流合污。

在《天路历程》中,魔鬼的诱惑并不容易抵制,因为天路客缺少基督的慧眼,所以有时会因为魔鬼及其帮凶的引诱而误入歧途。利认为,小说中的诱惑可以分为私人诱惑和社会诱惑。③ 基督徒与亚波伦的搏斗,不只是暗示了与专制意识的斗争,也隐喻了与私人诱惑的斗争,因为"亚波伦代表基督徒皈依之后遭遇的种种诱惑"④。很多评论家把与亚波伦的战斗看成是基督徒灵魂深处精神斗争的外在表现。亚波伦仿佛是基督徒的本我,不断地诱惑基督徒去犯罪,但后者的超我体现出越来越强大的力量,最终还是战胜了亚波伦。

天路客忠信面对的是社会诱惑。在前往天城的途中,他差点被一个名叫邪荡的女人所害,后来又受到"首先的亚当"的蒙蔽,以为可以娶对方的三个女儿为妻,即肉体的情欲、眼目的情欲和今生的骄傲。这说明基督徒虽然悔罪并皈依了上帝,但并不意味着他一劳永逸地免除了俗世的诱惑,其信仰的忠实程度仍旧有待于考验。浮华集市则是体现社会诱惑的主要场所。这里不只有女色的诱惑,还有其他能够挑起人们欲望的五光十色的诱惑物,而且这集市每天都开放,每天都释放着诱惑。集市的主人魔鬼别西卜在基督路过时曾对其进行引诱,但无功而返。现在轮到基督徒与忠信二人了,他们也没有购买任何浮华而虚空的诱惑物,但忠信却被众暴徒烧死,这与复辟分子残暴地处决议会派清教徒的情景何其相似! 清教徒一般的基督徒恪守《圣经》中的清规戒律,但却被追求浮华名利的魔鬼及其帮凶视同瘟疫。

两位主角——基督和基督徒——都拥有典型的清教徒特质,都致力于从《圣经》中挖掘上帝的微言大义,敏锐而不自傲,虔诚而不拘泥,对真正的上帝之

---

① 希尔:《论人类的堕落》,胡家峦译,见殷宝书编《弥尔顿评论集》,上海:上海译文出版社,1992年,第541页。

② 希尔:《论人类的堕落》,胡家峦译,见殷宝书编《弥尔顿评论集》,上海:上海译文出版社,1992年,第547页。

③ David J. Leigh, "Narrative, Ritual, and Irony in Bunyan's 'Pilgrim's Progress'," *Journal of Narrative Theory* 39.1 (Winter 2009):5.

④ 林雅琴:《论约翰·班扬小说〈天路历程〉心灵拯救的历程》,《沈阳农业大学学报》(社会科学版)2009年第5期。

道坚持不渝,因此在面对诱惑时,能采取正确的应对策略。鲍姆林强调说,基督教徒必须把他们的意志完全给予上帝,上帝重塑这意志,使其再次"充分"以能挺立,尽管总是有着"堕落的自由"[①]。《复乐园》中的基督对上帝完全顺从,但他也被赋予了完整的自由意志,拥有独立选择及行动的能力。基督没有堕落的可能,但如何抵制撒旦的诱惑,并给基督徒们传授高超的斗争策略,这是基督不得不深思熟虑的。《天路历程》中的基督徒以及那些信奉上帝的天路客在遇到魔鬼诱惑时,也曾有过彷徨甚至动摇的时刻,然而只要他们领悟到上帝的反馈和指引,或者得到传道者等人的点拨,意志便会得到重塑,超我更为完善,心灵中就会构筑起抵制诱惑的坚强防线。弥尔顿的基督就是班扬的基督徒极力要效仿的、具有属天品性的最理想的典范,也是神圣共同体生命力的来源与发展壮大的依凭。

在两部作品中,魔鬼都是一个隐喻,既映射了作者对现实社会的考量,也暗示了人物内心的天人交战;魔鬼也是一个出气筒,是清教徒弥尔顿和班扬用以抨击专制、发泄义愤的道具。

两部著作中的主人公最终的目的地是不同的。基督在成功通过了考验后,并没有进入天堂,而是从旷野回到了人群中,开始履行上帝赋予他的拯救罪人的职责。基督徒为一介凡人,其天路历程的目的是克服艰险、战胜诱惑,并最终进入天堂,得享天上乐园的至福。然而,正如复乐园意味着恢复内心的乐园,而非伊甸园一样,班扬的天堂叙事同样也离不开对内心世界的开拓,他的天路之旅是心灵改造之旅,是为了让更多迷惘的教徒抛弃虚伪信仰、寻求《圣经》中的真理,并期待新耶路撒冷的降临。

摩西领导犹太人脱离了在埃及的奴隶生活,弥尔顿和班扬同样也打算给英国人民提供一个路线图,引导他们摆脱在复辟者统治下的奴隶生活。宗教斗争与政治斗争相互影响、不可分割——没有政治斗争的胜利,宗教斗争不可能成功,但没有清教的抗争,民主体制也不可能如此顺利地在短时间内得以建立。弥尔顿和班扬在这场与专制势力及各种诱惑的斗争中居功至伟。杨声高度评价英国清教徒的历史作用,称赞清教徒从后中世纪的极权主义国家中,辟出了一块属于天启真理及心灵良知的信仰领域,建立了自治的教会,这是整个现代

[①] James S. Baumlin, "The Aristotelian Ethic of Milton's Paradise Regained," Renascence 47.1 (Fall 1994):54.

政治民主化进程的起点,而清教徒是"不小心挖了专制主义的墙脚"[①]。清教徒只有打败以查理二世与詹姆斯二世为代表的专制势力,就像基督战胜撒旦、基督徒挫败亚波伦那样,方能构建有机的、和谐的神圣共同体。在光荣革命之后,清教也就逐渐退出了历史舞台,但清教徒的历史功勋难以磨灭,在精神领域的影响力始终延绵不绝。

---

① 杨声:《清教徒:信仰自由的拓荒者:兼纪念"五月花号"精神400周年》,见萨姆·韦尔曼《班扬传》,朱文丽译,北京:华夏出版社,2006年,第214页。

结　　语

弥尔顿的作品与共同体理论的结合是一个包罗众多的重大课题，本书只是借助某些视角对他的主要作品的共同体思想进行探索。然而，即便是这种局部研究的完成，也让笔者感到自己仿佛变成了被剃光头发的参孙，力气已经离身而去。然而弥尔顿的作品却总有一种提振精神的作用，总能使人在疲敝中奋起。

在这些非凡的作品中，有很多其实是充满了争议的。希尔认为，弥尔顿比任何其他英国诗人都更有争议，甚至比英国革命本身都更有争议。① 不论是在17世纪还是20世纪，他的著作总是会引发抨击甚至否定的声音。甚至连T. S. 艾略特（T. S. Eliot）这位现代派大诗人竟然也带头掀起了一股颠覆性浪潮，意欲推翻弥尔顿作品的经典地位。"行高于人，众必非之"，在17世纪，就有很多读者难以接受弥尔顿的激进思想或异端之说，比如他对离婚行为的支持或对正统的三位一体观的背离。甚至到了21世纪，他的某些观点照样不见容于部分读者。这说明他的思想不只是远远超前于他的时代，甚至在遥远的后世也不见得都能广行于众。当然，他所捡拾的真理碎片并非永远都能被嵌入真理的原身，随着时代的变迁，有些碎片也会蒙上尘垢，或出现锈蚀，但在擦拭除尘或稍加打磨后，就会重新闪现出真理之光，有时在变换视角后，还会从中发现崭新的内容。

读者对弥尔顿是挑剔的，弥尔顿对读者更挑剔——他中意的读者是共同体的合格人选。难以抑制的共同体冲动始终伴随着他的作品，无论是在革命的高

---

① Christopher Hill, Milton and the English Revolution, New York: Viking Press, 1978, 1.

潮期,还是在复辟时期,他都未曾丧失过这种热望。弥尔顿的读者并不都是愿意接受他的共同体想象的人。正如耶稣在约旦河边受洗的时候,撒旦夹杂在人群中一样,在弥尔顿的读者中,也混杂着排斥他的作品的人,这些人不遗余力地攻击或者曲解他的作品,以误导寻求真理的读者,这说明了构建共同体的难度之大。甚至弥尔顿本人似乎也常与魔鬼站到一起,难怪布鲁克斯夸张地评论道,"在他的每一篇作品中,弥尔顿都是一位出色的'魔鬼的辩护士'",其实他断然不会与魔鬼为伍,他这样写的目的是给人物以充分发展的自由。① 作家有影响的焦虑,读者也应该有影响的焦虑——只有提高自己的解读能力,才能赶得上历代以来那些有资质的读者,从而顺利阐释弥尔顿的作品,解码其中的共同体书写,并最终把自身融入超时空、跨国界的读者共同体之中。

布鲁克斯高屋建瓴地总结道,弥尔顿的全部诗作乃是一部大诗篇,主题是自然和人的命运;人经历了分离的过程,又必须为恢复完整而拼搏。② 可以说,弥尔顿的全部作品也是一部聚焦于共同体构建的大作,在其中,共同体经历了分裂的痛苦,但在分裂的同时,也不乏治愈性的力量——灵丹妙药就是对共同的精神生活的追求。乔治亚·克里斯托弗(Georgia Christopher)赞颂弥尔顿的改革精神,认为"宗教改革是17世纪英格兰民族身份的重要部分,也是弥尔顿的身份的重要部分"③。弥尔顿是激进的宗教改革派人士,而在政治等领域同样充满改革热情,这使他站到了时代的风口浪尖上,也就难免成为颇具争议的人物。

弥尔顿之所以屡受质疑而屹立不倒,一个关键原因是他总是体现出坚如磐石的信仰。信仰是作家能否名传后世、受人敬仰的一个试金石。在他看来,"最'具美德'但没有信仰的行为都是有罪的;相反,'怠惰'(或者仅仅站立等候)都可能是最英勇的信仰之举"④。这一点在十四行诗《失明述怀》("On His Blind-

---

① 克林斯·布鲁克斯:《评弥尔顿的散文与诗》,牛抗生译,见殷宝书编《弥尔顿评论集》,上海:上海译文出版社,1992年,第467页。

② 克林斯·布鲁克斯:《评弥尔顿的散文与诗》,牛抗生译,见殷宝书编《弥尔顿评论集》,上海:上海译文出版社,1992年,第469页。

③ Georgia Christopher,"Milton and the Reforming Spirit," in The Cambridge Companion to Milton,ed. Dennis Danielson,Shanghai:Shanghai Foreign Language Education Press,2000,193.

④ Georgia Christopher,"Milton and the Reforming Spirit," in The Cambridge Companion to Milton,ed. Dennis Danielson,Shanghai:Shanghai Foreign Language Education Press,2000,195.

ness")中抒发得最为明显。克里斯托弗进而指出,信仰是由对神圣文字——"言语圣餐"(verbal communion)的构成要素——的接受确定的,这个言语圣餐是"经文中的经文",或者以任何文字形式的在基督中的救赎的应许。① 弥尔顿的作品是添加了独特的共同体配料的言语圣餐,其中融汇了他自己对经文的独特阐释,从而强化了共同体成员的信仰。

弥尔顿与撒旦之间展开了永恒的读者争夺战。哈罗德·布鲁姆(Harold Bloom)意味深长地指出,《失乐园》不是撒旦的悲剧,而是我们的悲剧,因为我们就是亚当与夏娃。② 撒旦永远在我们身边举着诱人的禁果,吃还是不吃,这是一个问题,而弥尔顿则总是适时地插入我们和撒旦之间,充当我们的安全卫士。"撒旦对我们很在乎,因为他多少对增加地狱的居民感兴趣。"③愚蒙的读者极易被撒旦其误导,从而堕落为魔鬼一族的成员。撒旦像癞蛤蟆一样侵入愚人的精神领地,毒化其心灵,进而控制其意志。弥尔顿并不畏惧接触有害的思想,但目的是扩展知识领地,深化自己对世界的认知,而他坚不可摧的信仰则仿佛是一道护身符,使有控制欲的撒旦无计可施,如布鲁姆所言:"撒旦在我们心里填补的空地比他在弥尔顿心里填补的要多,我们极少人像弥尔顿一样有着强大的自我,健康而合理的自尊。"④威廉·赫兹列特(William Hazlitt)也颂扬道:"他相信他的事业的正义性,并不害怕给予魔鬼以应有的地位。"⑤撒旦对共同体的袭扰将是常态,共同体只能通过不断地化解这种袭扰来壮大自身,并提高抵抗力,如果它经不起撒旦的试炼,就会如同沙滩上的建筑一样,一点风浪就可以击垮。

共同体是光明、美好的精神集合体,弥尔顿表达了强烈的共同体想象,所以他作品的基调也总是积极向上的,体现出一个人文主义者的进步精神。赫兹列

---

① Georgia Christopher, "Milton and the Reforming Spirit," in The Cambridge Companion to Milton, ed. Dennis Danielson, Shanghai: Shanghai Foreign Language Education Press, 2000, 195.

② 哈罗德·布鲁姆:《神圣真理的毁灭:〈圣经〉以来的诗歌与信仰》,刘佳林译,上海:上海人民出版社,2013年,第127页。

③ 哈罗德·布鲁姆:《神圣真理的毁灭:〈圣经〉以来的诗歌与信仰》,刘佳林译,上海:上海人民出版社,2013年,第126页。

④ 同③。

⑤ 威廉·赫兹列特:《论弥尔顿》,罗经国译,见殷宝书编《弥尔顿评论集》,上海:上海译文出版社,1992年,第110页。

特赞美道:"他尽一切努力说出世界上最美好的事,他总是成功地做到了这一点。"[①]弥尔顿是用最纯正的语言论述了宗教共同体、政治共同体、民族共同体这三种形态应该达到的理想的、美好的状态,而信仰共同体和神圣共同体虽然附属于宗教共同体,但有着各自不同的侧重点。

几乎在所有作品中,弥尔顿都表达出对理想宗教共同体的追求,这是他心目中最高层级的共同体愿景。他积极投身于宗教改革运动,时而反主教制,时而对抗长老会,这都反映出他对宗教共同体革故鼎新的期冀。弥尔顿深受新教徒千禧年主义的影响,并力图实现以上帝为主导的神圣共同体,一个深具包容性和多样性的新教的信仰共同体。

政治共同体与宗教共同体具有不可分割的关系。弥尔顿的小册子尤其体现出对政治共同体的深远考量,而其中所涉及的主要政治人物都具有宗教身份;政治派系的斗争和宗教派别的纠葛无可避免地交织在一起。他支持共和制,渴盼能够保障公民权利的自由共和国。他对君主制的态度则经历了从支持到反对的变化,这鲜明地体现在其"弑君小册子集"中。

民族共同体奠基于政治化的民族,因此,与政治共同体也息息相关。弥尔顿的民族共同体是由正义的少数人——类似于光明之子一般的政治人物引领的,他们把族群的利益置于个体利益之上,致力于维护公民权利,以此保障民族共同体的良性运转。弥尔顿力图构建新型的、具有强烈政治性的民族共同体,在其中民族认同与政治认同缺一不可。民族共同体同样具有强烈的宗教特色,英格兰民族精神的一个基石就是新教的思想与伦理——尤其是清教主义,包括独立派与平等派的宗旨与主张——它们在精神上起着引领和动员整个民族的作用,并致力于把英格兰人塑造为一个理想型民族。

宗教、政治、民族三种形态的共同体在弥尔顿的作品中体现出有机互联、相互依存的密切关系,以及一荣俱荣、一损俱损的动态联系。宗教孕育精神力量,政治培养权利意识,民族则提供道德地理,正是在三者的协同作用下,英格兰才攻坚克难,顺利完成政治体制上的重大转型,这是世界近代史早期一场影响深远的政治改革运动。弥尔顿的作品培育出越来越多的"读者同胞",三种共同体也在阅读中愈益发展壮大。"在一切责难面前,保卫弥尔顿的方法是拿他的作

[①] 威廉·赫兹列特:《论弥尔顿》,罗经国译,见殷宝书编《弥尔顿评论集》,上海:上海译文出版社,1992年,第99页。

品来阅读。"①同样,阅读他的作品也是保卫共同体的良方。令人欣慰的是,随着印刷资本主义的发展,读者共同体早已超出了读者同胞的范围,并在世界范围内吸纳了越来越多的读书人。② 当然,他的作品中也不乏糟粕或陈旧过时的内容,读者需要提高辨别能力。

弥尔顿被视为颇具争议的英国作家,这部分地阐释了与他的作品有关的研究热点为何不断产生的问题。针对他的作品的共同体视角的研究同样不乏争议,因此也会引发持续的关注。由于人类命运共同体构建的必要性和弥尔顿的国际影响力的不断增强,相关领域的研究必将大有可为。

---

① 威廉·赫兹列特:《论弥尔顿》,罗经国译,见殷宝书编《弥尔顿评论集》,上海:上海译文出版社,1992年,第104页。

② 牛津大学出版社于2017年出版了《翻译中的弥尔顿》(Milton in Translation)一书,其中的统计数据显示,弥尔顿的作品被译成其他语言逾300次,涉及至少57种语言。见John Hale, "Milton in Translation, edited by Angelica Duran, Islam Issa, and Jonathan R. Olson," Translation and Literature 27.2 (June 2018):235。

参 考 文 献

一、中文文献

[1] 麦格拉斯.宗教改革运动思潮[M].蔡锦图,陈佐人,译.北京:中国社会科学出版社,2009.

[2] 霍布斯鲍姆.民族与民族主义[M].李金梅,译.上海:上海世纪出版集团,2006.

[3] 莫迪默,法恩.人民·民族·国家:族性与民族主义的含义[M].刘泓,黄海慧,译.北京:中央民族大学出版社,2009.

[4] 桑德斯.牛津简明英国文学史(上)[M].谷启楠,韩加明,高万隆,译.北京:人民文学出版社,2000.

[5] 史密斯.民族认同[M].王娟,译.南京:译林出版社,2018.

[6] 奥古斯丁.上帝之城(下)[M].王晓朝,译.北京:人民出版社,2018.

[7] 路德维希.爱欲与城邦:希腊政治理论中的欲望和共同体[M].陈恒,译.上海:华东师范大学出版社,2013.

[8] 安德森.想象的共同体:民族主义的起源与散布[M].吴叡人,译.上海:上海人民出版社,2011.

[9] 曼德维尔.蜜蜂的寓言:或私人的恶德,公众的利益(全两卷)[M].肖聿,译.北京:商务印书馆,2016.

[10] 雪莱.基督教会史[M].刘平,译.北京:北京大学出版社,2004.

[11] 曹山柯.宗教意识与英诗研究[M].外国语言文学,2005(1).

[12] 陈敬玺.论弥尔顿的政治十四行诗:兼论弥尔顿对英语十四行诗的贡献[J].西北大学学报(哲学社会科学版),2018(2).

[13]陈思贤.西洋政治思想史·近代英国篇[M].长春:吉林出版集团有限责任公司,2008.

[14]陈西军.论神圣的权利:笛福的君权神授与自然法政治思想:兼论与洛克《政府论》的异同[J].外国文学评论,2016(1).

[15]陈喜瑞.加尔文圣灵论初探(1)[J].金陵神学志,2010(2).

[16]陈越骅.伦理共同体何以可能:试论其理论维度上的演变及现代困境[J].道德与文明,2012(1).

[17]休谟.英国史Ⅴ:斯图亚特王朝[M].刘仲敬,译.长春:吉林出版集团有限责任公司,2013.

[18]但丁.神曲·天国篇[M].田德望,译.北京:人民文学出版社,2002.

[19]凯利.自由的崛起:16—18世纪,加尔文主义和五个政府的形成[M].王怡,李玉臻,译.南昌:江西人民出版社,2008.

[20]滕尼斯.共同体与社会:纯粹社会学的基本概念[M].林荣远,译.北京:北京大学出版社,2010.

[21]龚蓉."作为历史研究的文学研究":修正主义、后修正主义与莎士比亚历史剧[J].外国文学评论,2017(3).

[22]布鲁姆.神圣真理的毁灭:《圣经》以来的诗歌与信仰[M].刘佳林,译.上海:上海人民出版社,2013.

[23]维勒.民族主义:历史、形式、后果[M].赵宏,译.北京:中国法制出版社,2013.

[24]郝田虎.弥尔顿在中国[M].杭州:浙江大学出版社,2020.

[25]梭罗.瓦尔登湖[M].徐迟,译.上海:上海译文出版社,1982.

[26]华兹华斯,柯尔律治.华兹华斯、柯尔律治诗选[M].杨德豫,译.北京:人民文学出版社,2001.

[27]霍布斯.利维坦[M].黎思复,黎廷弼,译.北京:商务印书馆,1985.

[28]德拉诺瓦.民族与民族主义[M].郑文彬,洪晖,译.北京:生活·读书·新知三联书店,2005.

[29]摩根.牛津英国通史[M].王觉非,等,译.北京:商务印书馆,1993.

[30]尼布尔.光明之子与黑暗之子[M].赵秀福,译.北京:北京大学出版社,2011.

[31]爱尔康.天堂[M].林映君,黄丹力,王乃纯,译.兰州:甘肃人民美术出

版社,2013.

[32] 威廉斯.文化与社会[M].高晓玲,译.长春:吉林出版集团有限责任公司,2011.

[33] 威廉斯.关键词:文化与社会的词汇[M].刘建基,译.北京:生活·读书·新知三联书店,2016.

[34] 梁工.文学史上参孙形象的演变和发展[J].外国文学研究,1999(3).

[35] 梁一三.弥尔顿和他的《失乐园》[M].北京:北京出版社,1987.

[36] 林雅琴.论约翰·班扬小说《天路历程》心灵拯救的历程[J].沈阳农业大学学报(社会科学版)2009(5).

[37] 刘立辉.弥尔顿早期诗歌中的神秘主义倾向[J].国外文学,2001(2).

[38] 刘庆松.守护乡村的绿骑士:帕特里克·卡瓦纳田园诗研究[M].西安:陕西师范大学出版总社,2015.

[39] 罗素.西方哲学史(上)[M].何兆武,李约瑟,译.北京:商务印书馆,1963.

[40] 托德.基督教人文主义与清教徒社会秩序[M].刘榜离,崔红兵,郭新保,译.北京:中国社会科学出版社,2011.

[41] 帕蒂森.弥尔顿传略[M].金发燊,颜俊华,译.北京:生活·读书·新知三联书店,1992.

[42] 尼柯尔斯.苏格拉底与政治共同体:《王制》义疏:一场古老的论争[M].王双洪,译.北京:华夏出版社,2007.

[43] 福柯.规训与惩罚:监狱的诞生[M].刘北成,杨远婴,译.北京:生活·读书·新知三联书店,2003.

[44] 奎恩.爱伦·坡集:诗歌与故事(上)[M].曹明伦,译.北京:生活·读书·新知三联书店,1995.

[45] 达瓦佑P-H,达瓦佑F.蜜蜂与哲人[M].蒙田,译.深圳:海天出版社,2017.

[46] 鲍曼.共同体:在一个不确定的世界中寻找安全[M].欧阳景根,译.南京:江苏人民出版社,2003.

[47] 钱乘旦,陈晓律.在传统与变革之间:英国文化模式溯源[M].杭州:浙江人民出版社,1991.

[48] 沈弘.弥尔顿的撒旦与英国文学传统[M].上海:华东师范大学出版

社,2017.

[49] 中国基督教三自爱国运动委员会与中国基督教协会.圣经[M].南京:爱德印刷有限公司,2009.

[50] 唐海江.弥尔顿出版自由思想的局限性剖析[J].国际新闻界,2004(3).

[51] 伊格尔顿.文化的观念[M].方杰,译.南京:南京大学出版社,2003.

[52] 麦考莱.麦考莱英国史(第一卷)[M].周旭,刘学谦,译.合肥:安徽人民出版社,2013.

[53] 维吉尔.牧歌[M].杨宪益,译.北京:人民文学出版社,1957.

[54] 丘吉尔.英语民族史(卷二):新世界[M].李超,胡家珍,译.北京:新华出版社,2017.

[55] 文庸,乐峰,王继武.基督教词典[M].北京:商务印书馆,2005.

[56] 吴玲英.堕落与再生:论《斗士参孙》中的"大利拉之悖论"[J].外国语文,2012(4).

[57] 吴玲英.基督式英雄:弥尔顿的英雄诗歌三部曲对"内在精神"之追寻[D].重庆:西南大学,2013.

[58] 吴玲英.诱惑与英雄的"自我认知":解读《复乐园》里的第一个诱惑[J].中南大学学报(社会科学版),2014(4).

[59] 吴玲英.从循道英雄到殉道英雄:论弥尔顿三部曲中的"英雄"[J].国外文学,2016(1).

[60] 吴玲英.弥尔顿对史诗传统的颠覆与改写:论大卫·昆特的新著《〈失乐园〉之内》[J].外国文学,2016.

[61] 吴玲英,吴小英.论弥尔顿对"精神"的神学诠释:兼论《基督教教义》里的"圣灵"[J].中南大学学报(社会科学版),2013(1).

[62] 吴献章.从《士师记》的文学特征和神学蕴涵看女性角色[J].圣经文学研究,2007(1).

[63] 夏晓丽.论西方公民身份的三重维度:兼评自由主义、新共和主义与社群主义的论争[J].湖北民族学院学报(哲学社会科学版),2014(5).

[64] 肖明翰.试论弥尔顿的《斗士参孙》[J].外国文学评论,1996(2).

[65] 肖四新.理想人格的企盼:一种对《失乐园》的阐释[J].湖北三峡学院

学报,2000(1).

[66] 徐龙飞.形上之路"Una essentia-tres personae":论奥古斯丁的三位一体上帝论的哲学建构[J].同济大学学报(社会科学版),2011(5).

[67] 亚里士多德.政治学[M].吴寿彭,译.北京:商务印书馆,2017.

[68] 杨莉.《天路历程》和《复乐园》中的天堂书写[J].河南大学学报(社会科学版),2016(1).

[69] 杨声.清教徒:信仰自由的拓荒者:兼纪念"五月花号"精神400周年[M].//韦尔曼.班扬传.朱文丽,译.北京:华夏出版社,2006.

[70] 殷宝书.弥尔顿评论集[M].上海:上海译文出版社,1992.

[71] 殷企平.共同体[M]//金莉,李铁.西方文论关键词(第二卷).北京:外语教学与研究出版社,2017.

[72] 班扬.天路历程[M].苏欲晓,译.南京:译林出版社,2001.

[73] 班扬.丰盛的恩典[M].苏欲晓,译.北京:生活·读书·新知三联书店,2014.

[74] 莱尔.旧日光辉:英国宗教改革人物志[M].维真,译.北京:九州出版社,2015.

[75] 加尔文.基督教要义[M].钱曜诚,等,译.北京:生活·读书·新知三联书店,2010.

[76] 弥尔顿.英国人弥尔顿为英国人民声辩,驳斥克劳底斯·撒尔美夏斯的"为英王声辩"[M]//弥尔顿.为英国人民声辩.何宁,译.北京:商务印书馆,1958.

[77] 弥尔顿.英国人弥尔顿再为英国人民声辩,驳斥无耻的诽谤性的匿名书"王族向上天控诉英国的弑君者"[M]//弥尔顿.为英国人民声辩.何宁,译.北京:商务印书馆,1958.

[78] 弥尔顿.论出版自由[M].吴之椿,译.北京:商务印书馆,1958.

[79] 弥尔顿.斗士参孙[M]//弥尔顿.复乐园.朱维之,译.上海:上海译文出版社,1981.

[80] 弥尔顿.弥尔顿诗选[M].朱维之,译.北京:人民文学出版社,1998.

[81] 弥尔顿.复乐园[M].金发燊,译.桂林:广西师范大学出版社,2004.

[82] 弥尔顿.建设自由共和国的简易办法[M].殷宝书,译.北京:商务印书馆,2013.

[83] 弥尔顿. 失乐园[M]. 朱维之, 译. 南京: 译林出版社, 2016.

[84] 赵一凡, 张中载, 李德恩. 西方文论关键词[M]. 北京: 外语教学与研究出版社, 2006.

[85] 周妍. 作为多维资源载体的伊甸园神话[J]. 圣经文学研究, 2016(3).

二、外文文献

[86] ADAMSON J H. "The War in Heaven: The Merkabah." In Bright Essence: Studies in Milton's Theology, ed. W. B. Hunter, C. A. Patrides and J. H. Adamson. Salt Lake City: University of Utah Press, 1973: 103 – 114.

[87] ACHINSTEIN S. "John Milton and the Communities of Resistance, 1641 – 1642." In Writing and Religion in England, 1558 – 1689: Studies in Community-Making and Cultural Memory, ed. Roger D. Sell and Anthony W. Johnson. Farnham, England; Burlington, VT: Ashgate, 2009: 289 – 304.

[88] AINSWORTH D. "Spiritual Reading in Milton's Eikonoklastes." Studies in English Literature, 1500 – 1900 45.1, The English Renaissance (Winter 2005): 157 – 189.

[89] —. Milton and the Spiritual Reader: Reading and Religion in Seventeenth-Century England. New York: Routledge, 2008.

[90] —. "Milton's Holy Spirit in 'De Doctrina Christiana'." Religion & Literature 45.2 (2013): 1 – 25.

[91] ANGELO P G. Fall to Glory: Theological Reflections on Milton's Epics. New York: Peter Lang Publishing Inc., 1987.

[92] AUDEN W H. "Arcadia and Utopia." In The Pastoral Mode: A Casebook, ed. Bryan Loughrey. London and Basingstoke: Macmillan Publishers Ltd., 1984: 90 – 92.

[93] AYERS R W. "The Editions of Milton's Readie & Easie Way to Establish a Free Commonwealth." The Review of English Studies, New Series, 25. 99 (1974): 280 – 291.

[94] BAKER D W. "'Dealt with at His Owne Weapon': Anti-Antiquarianism in Milton's Prelacy Tracts." Studies in Philology 106.2 (Spring 2009): 207 – 234.

[95] BAUMLIN J S. "The Aristotelian Ethic of Milton's Paradise Regained." Renascence 47.1 (Fall 1994):41 – 57.

[96] BENNETT J S. "God,Satan,and King Charles Milton's Royal Portraits." PMLA 92.3 (May 1977):441 – 457.

[97] BERGVALL A. "Formal and Verbal Logocentrism in Augustine and Spenser." Studies in Philology 93.3 (Summer 1996):251 – 266.

[98] BOESKY A. "Milton's Heaven and the Model of the English Utopia." Studies in English Literature,1500 – 1900 36.1,The English Renaissance (Winter 1996):91 – 110.

[99] BREMMER J N. "Iconoclast,Iconoclastic,and Iconoclasm:Notes Towards a Genealogy."Church History and Religious Culture 88.1(2008):1 – 17.

[100] BUHLER S M. "Preventing Wizards:The Magi in Milton's Nativity Ode." The Journal of English and Germanic Philology 96.1 (January 1997):43 – 57.

[101] BUTLER C. The Feminine Monarchie, Or the Historie of Bees. Oxford, 1609. https://books.google.com/books?id = f5tbAAAAMAAJ&printsec = frontcover&hl = zh-CN#v = onepage&q&f = false[2019 – 12 – 24].

[102] CAMPBELL G. Milton:A Biography. Vol. 1. Oxford:Clarenden Press,1996.

[103] CAMPBELL G,CORNS T N. John Milton:Life,Work,and Thought. Oxford:Oxford University Press,2008.

[104] CAREY J. "Milton's Satan." In The Cambridge Companion to Milton, ed. Dennis Danielson. Shanghai:Shanghai Foreign Language Education Press,2000:160 – 174.

[105] CHRISTOPHER G. "Milton and the Reforming Spirit." In The Cambridge Companion to Milton,ed. Dennis Danielson. Shanghai:Shanghai Foreign Language Education Press,2000:193 – 201.

[106] COHEN S. "Counterfeiting and the Economics of Kingship in Milton's Eikonoklastes." Studies in English Literature,1500 – 1900 50.1 (Winter 2010):147 – 174.

[107] COOLEY R W. "Iconoclasm and Self-Definition in Milton's 'Of Reformation'." Religion & Literature 23.1 (1991):23-36.

[108] CUTTICA C. "The English Regicide and Patriarchalism:Representing Commonwealth Ideology and Practice in the Early 1650s." Renaissance and Reformation 36.2 (Spring 2013):131-164.

[109] DANIEL C. "Eikonoklastes and the Miltonic King." South Central Review 15.2 (Summer 1998):34-38.

[110] DISALVO J. "'Spirituall Contagion':Male Psychology and the Culture of Idolatry in Samson Agonistes." In Altering Eyes:New Perspectives on Samson Agonistes,ed. Mark R. Kelley and Joseph Wittreich. London:Associated University Presses,2002:253-281.

[111] DOBIN H. "Milton's Nativity Ode:'O What a Mask Was There'." Milton Quarterly 17.3 (October 1983):71-80.

[112] DONATO C J. "Against the Law:Milton's (Anti?) nomianism in De Doctrina Christiana." The Harvard Theological Review 104.1 (2011):69-91.

[113] DONNELLY P J. Milton's Scriptural Reasoning:Narrative and Protestant Toleration. Cambridge:Cambridge University Press,2009.

[113] DOWLING P M. "Civil Liberty and Philosophic Liberty in John Milton's Areopagitica." Interpretation:A Journal of Political Philosophy? 33.3 (2006):281-294.

[115] DUVALL R F. "Time,Place,Persons:The Background for Milton's Of Reformation." Studies in English Literature,1500-1900 7.1(1967):107-118.

[116] EGAN J. "Oratory and Animadversion:Rhetorical Signatures in Milton's Pamphlets of 1649." A Journal of the History of Rhetoric 27.2 (Spring 2009):189-217.

[117]—. "Rhetoric and Poetic in Milton's Polemics of 1659-1960." Rhetorica:A Journal of the History of Rhetoric 31.1 (Winter 2013):73-110.

[118] FESSENDEN T. "'Shapes of Things Divine':Images, Iconoclasm, and

Resistant Materiality in 'Paradise Lost'." Christianity and Literature 48. 4 (1999):425 – 443.

[119] FISH S. How Milton Works. Cambridge:The Belknap Press of Harvard University Press,2001.

[120] FLANNAGAN R. The Riverside Milton. Boston:Houghton Mifflin Company,1998.

[121] FOSYTH N. The Satanic Epic. Princeton:Princeton University Press, 2003.

[122] GETZ-ROBINSON G. "Still Martyred after All These Years:Generational Suffering in Milton's Areopagitica." ELH 70. 4 (Winter 2003):963 – 987.

[123] GRACE W J. "Milton,Salmasius,and the Natural Law." Journal of the History of Ideas 24. 3 (July-September 1963):323 – 336.

[124] GRIERSON H J C. "Milton and Liberty." The Modern Language Review 39. 2 (1944):97 – 107.

[125] GUIBBORY A. Ceremony and Community from Herbert to Milton:Literature, Religion, and Cultural Conflict in Seventeenth-Century England. New York:Cambridge University Press,1998.

[126] HAAN E. "Defensio Prima and the Latin Poets." In The Oxford Handbook of Milton,ed. Nicholas McDowell and Nigel Smith. Oxford:Oxford University Press,2009:291 – 304.

[127] HALLER W. "Before Areopagitica." PMLA 42. 4 (December 1927): 875 – 900.

[128] HARDING D P. "Milton's Bee-Simile." The Journal of English and Germanic Philology 60. 4,Milton Studies in Honor of Harris Francis Fletcher (October 1961):664 – 669.

[129] HELGERSON R. "Milton Reads the King's Book:Print,Performance,and the Making of a Bourgeois Idol." Criticism 29. 1 (Winter 1987):1 – 25.

[130] HILL C. Milton and the English Revolution. New York:Viking Press,1978.

[131] HOLLINGSWORTH C. Poetics of the Hive: Insect Metaphor in Literature. Iowa City: University of Iowa Press, 2001.

[132] HONEYGOSKY S R. Milton's House of God: The Invisible and Visible Church. Columbia: University of Missouri Press, 1993.

[133] HUGHES M Y. "The Christ of 'Paradise Regained' and the Renaissance Heroic Tradition." Studies in Philology 35.2 (April 1938): 254–277.

[134] HUNTER W B. "Milton's Arianism Reconsidered." In Bright Essence: Studies in Milton's Theology, ed. W. B. Hunter, C. A. Patrides and J. H. Adamson. Salt Lake City: University of Utah Press, 1971: 29–51.

[135] JACOBS N A. "John Milton's Beehive, from Polemic to Epic." Studies in Philology 112.4 (Fall 2015): 798–816.

[136] JORDAN R D. "The Movement of the 'Nativity Ode'." South Atlantic Bulletin 38.4 (November 1973): 34–39.

[137] KERR J A. "'De Doctrina Christiana' and Milton's Theology of Liberation." Studies in Philology 111.2 (2014): 346–374.

[138] KING J N. "The Bishop's Stinking Foot: Milton and Antiprelatical Satire." Reformation 7.1 (2002): 187–196.

[139] KNOTT J R., Jr. "Milton's Heaven." PMLA 85.3 (May 1970): 487–495.

[140] KRANIDAS T. "Milton's Of Reformation: The Politics of Vision." ELH 49.2 (1982): 497–513.

[141] —. "Polarity and Structure in Milton's 'Areopagitica'." English Literary Renaissance 14.2 (Spring 1984): 175–190.

[142] LARSON C. "Milton and 'N. T.': An Analogue to The Tenure of Kings and Magistrates." Milton Quarterly 9.4 (December 1975): 107–110.

[143] LEHNHOF K R. "Deity and Creation in the 'Christian Doctrine'." Milton Quarterly 35.4 (2001): 232–244.

[144] LEIGH D J. "Narrative, Ritual, and Irony in Bunyan's 'Pilgrim's Progress'." Journal of Narrative Theory 39.1 (Winter 2009): 1–28.

[145] LEONARD J. "How Milton Read the Bible: The Case of Paradise Regained." In The Cambridge Companion to Milton, ed. Dennis Daniel-

son. Shanghai: Shanghai Foreign Language Education Press, 2000: 202 -218.

[146] LIEB M. Theological Milton: Deity, Discourse and Heresy in the Miltonic Canon. Pittsburgh: Duquesne University Press, 2006.

[147] LOBO G I. "John Milton, Oliver Cromwell, and the Cause of Conscience." Studies in Philology 112. 4(Fall 2015): 774 -777.

[148] LOEWENSTEIN D. "'Casting Down Imaginations': Milton as Iconoclast." Criticism 31. 3(1989): 253 -270.

[149] —. "Areopagitica and the Dynamics of History." Studies in English Literature, 1500 -1900 28. 1, The English Renaissance (Winter 1988): 77 -93.

[150] —. Representing Revolution in Milton and His Contemporaries: Religion, Politics, and Polemics in Radical Puritanism. Cambridge: Cambridge University Press, 2001.

[151] —. Milton: Paradise Lost. Cambridge: Cambridge University Press, 2004.

[152] LOUGHREY B. The Pastoral Mode: A Casebook. London and Basingstoke: Macmillan Publishers Ltd. , 1984.

[153] LOVETT F. "Milton's Case for a Free Commonwealth." American Journal of Political Science 49. 3(July 2005): 466 -478.

[154] MACK J-F. "The Evolution of Milton's Political Thinking." The Sewanee Review 30. 2(April 1922): 193 -205.

[155] MAROTTI A F. "The Intolerability of English Catholicism." In Writing and Religion in England, 1558 - 1689: Studies in Community-Making and Cultural Memory, ed. Roger D. Sell and Anthony W. Johnson. Farnham, England; Burlington, VT: Ashgate, 2009: 47 -69.

[156] MCCARTHY W. "The Continuity of Milton's Sonnets." PMLA 92. 1 (January 1977): 96 -109.

[157] MEIER T K. "Milton's 'Nativity Ode': Sectarian Discord." The Modern Language Review 65. 1(January 1970): 7 -10.

[158] MILLER L. "In Defence of Milton's 'Pro Populo Anglicano Defensio'." Renaissance Studies 4. 3(September 1990): 300 -328.

[159] MILLER T C. "Milton's Religion of the Spirit and 'the State of the Church' in Book XII of 'Paradise Lost'." Restoration:Studies in English Literary Culture,1660 – 1700 13. 1(1989):7 – 16.

[160] MILNE K. "Reforming Bartholomew Fair:Bunyan,Jonson,and the Puritan Point of View." Huntington Library Quarterly 74. 2(June 2011): 289 – 308.

[161] MILTON J. Complete Prose Works of John Milton,8 vols. ed. Don M. Wolfe et al. New Haven:Yale University Press,1953 – 1982.

[162] —. The Complete Poetry of John Milton. ed. John T. Shawcross. New York:Doubleday,1971.

[163] —. The Essential Prose of John Milton. ed. William Kerrigan,John Rumrich and Stephen M. Fallon. New York:Modern Library,2007.

[164] MUELLER J. "The Mastery of Decorum:Politics as Poetry in Milton's Sonnets."Critical Inquiry 13. 3,Politics and Poetic Value(Spring 1987): 475 – 508.

[165] NARDO A K. Milton's Sonnets and the Ideal Community. Lincoln and London:University of Nebraska Press,1979.

[166] NESTLER M C. "'What Once I Was,and What Am Now':Narrative and Identity Construction in Samson Agonistes." Journal of Narrative Theory 37. 1(Winter 2007):1 – 26.

[167] NEUFELD M. "Doing without Precedent:Applied Typology and the Execution of Charles I in Milton's 'Tenure of Kings and Magistrates'." The Sixteenth Century Journal 38. 2(2007):329 – 344.

[168] NOHRNBERG J. "The Religion of Adam and Eve in 'Paradise Lost'." Religion & Literature 45. 1(2013):160 – 179.

[169] PATRIDES C A. Milton and the Christian Tradition. London:Oxford University Press,1966.

[170] POTTER L. A Preface to Milton. Beijing:Beijing University Press,2005.

[171] QUINT D. "Expectation and Prematurity in Milton's 'Nativity Ode'." Modern Philology 97. 2 (November 1999):195 – 219.

[172] REID D. "Milton's Royalism." Milton Quarterly 37.1 (March 2003): 31-40.

[173] REISNER N. "Spiritual Architectonics: Destroying and Rebuilding the Temple in 'Paradise Regained'." Milton Quarterly 43.3 (October 2009):166-182.

[174] RONNICK M V. "The Meaning and Method of Milton's Panegyric of Cromwell in the 'Defensio Pro Populo Anglicano Secunda'." Humanistica Lovaniensia 48(1999):307-316.

[175] SAUER E. "Milton and Caroline Church Government." The Yearbook of English Studies 44, Caroline Literature(2014):196-214.

[176] SCHLUETER K. "Milton's Heroical Sonnets." Studies in English Literature, 1500-1900 35.1, The English Renaissance(Winter 1995):123-136.

[177] SCHMITT D R. "Heroic Deeds of Conscience: Milton's Stand against Religious Conformity in Paradise Regained." Huntington Library Quarterly 76.1(Spring 2013):105-135.

[178] SCHULTZ H. "A Fairer Paradise? Some Recent Studies of Paradise Regained." ELH 32.3(September 1965):275-302.

[179] SHAWCROSS J T. "Milton's 'Tenure of Kings and Magistrates': Date of Composition, Editions, and Issues." The Papers of the Bibliographical Society of America 60.1(First Quarter 1966):1-8.

[180] —. The Uncertain World of Samson Agonistes. Cambridge: D. S. Brewer, 2001.

[181] SHERRY B. "Milton's "Mystic Nativity." Milton Quarterly 17.4(December 1983):108-116.

[182] SHOAF R A. Milton, Poet of Duality: A Study of Semiosis in the Poetry and the Prose. Florida: University Press of Florida, 1993.

[183] SHULLENBERGER W. "Christ as Metaphor: Figural Instruction in Milton's Nativity Ode." Notre Dame English Journal 14.1(Winter 1981):41-58.

[184] SIMPSON K. "Rhetoric and Revelation: Milton's Use of Sermo in 'De Doctrina Christiana'." Studies in Philology 96.3(1999):334-347.

[185] SIRLUCK E. "Milton's Political Thought: The First Cycle." Modern Philology 61.3, Seventeenth-Century Essays in Honor of George Williamson (February 1964):209-224.

[186] SLASKA-SAPALA K. "Milton's Olympian Dialogue: Rereading the First Council Scene in Heaven(Paradise Lost Ⅲ. 56-343)." International Journal of the Classical Tradition 22.2(June 2015):209-222.

[187] SLOANE T O. Donne, Milton and the End of Humanist Rhetoric. Berkeley and Los Angeles: University of California Press, 1985.

[188] STEVENSON R S. "Milton and the Puritans." The North American Review 214.793(December 1921):825-832.

[189] SVENDSEN K. "Milton's Sonnet on the Massacre in Piedmont." The Shakespeare Association Bulletin 20.4(October 1945):147-155.

[190] SWANSON D, MULRYAN J. "Milton's 'On the Morning of Christ's Nativity': The Virgilian and Biblical Matrices." Milton Quarterly 23.2 (May 1989):59-66.

[191] TAYLOR P R. "The Son as Collaborator in Paradise Regained." Studies in English Literature, 1500-1900 51.1, The English Renaissance(Winter 2011):181-197.

[192] TOGASHI G. "Milton and the Presbyterian Opposition, 1649-1650: The Engagement Controversy and 'The Tenure of Kings and Magistrates', Second Edition (1649)." Milton Quarterly 39.2(May 2005):59-81.

[193] ——. "Contextualizing Milton's 'Second Defence of the English People': Cromwell and the English Republic, 1649-1654." Milton Quarterly 45.4(December 2011):217-244.

[194] VIRGIL. Georgics. Trans. Peter Fallon. Oxford: Oxford University Press, 2006.

[195] WALKER W. "Antiformalism, Antimonarchism, and Republicanism in Milton's 'Regicide Tracts'." Modern Philology 108.4(May 2011):507-537.

[196] WILDING M. "Milton's Areopagitica:Liberty for the Sects." Prose Studies:History,Theory,Criticism 9.2(1986):7-38.

[197] WOLFE D M. "Milton's Conception of the Ruler." Studies in Philology 33.2 (April 1936):253-272.

[198] ZEE A V. "Milton's Mary:Suspending Song in the Nativity Ode." Modern Philology 108.3(February 2011):375-399.

[199] ZOGORIN P. Milton:Aristocrat&Rebel:The Poet and His Politics. Rochester,New York:D. S. Brewer,1992.

索 引

A

安德森(Benedict Anderson) 8,89

阿民念主义(Arminianism) 25,227

圣奥古斯丁(Saint Aurelius Augustinus) 80,81

B

班扬(John Bunyan) 4,153,190,230,231,235-240,243

 《天路历程》(*The Pilgrim's Progress*,1678) 222,235-243

保惠师(advocate) 225,232

变态政体(deviant regime) 64,67,68,72,76

柏拉图(Plato) 8,81,148,185

 《理想国》(The Republic,c.380 BC) 185

C

长期议会(Long Parliament) 12,15,34,53,54,63,96,100,189

D

道德地理 124,136,137,139-141,143,248

单体(singularity) 2,69,70,173

敌基督(Antichrist) 18,30,34,40,50,64,81,88,91,104,105,113,121,165,198,199,201,205,211,212

独立派(Independents) 13,29,30,51,57,63,73,74,95,118,120,128,146,147,248

E

恩典时代(period of grace) 165,196,198

F

反乌托邦(dystopia) 188,189,194,196

非利士人(Philistine) 47,48,49,61,62,68,125,154 - 163,170,199,201,208

福柯(Michel Foucault) 187

福克斯(John Foxe) 21,22

G

高教会(High Church) 45

光明之子(Child of Light) 125,154 - 156,159,160,161,176,198,248

H

黑暗之子(Child of Darkness) 125,154,155,158

荷马(Homer) 109,110,159,166,184

环形监狱(panopticon) 187,188

霍布斯(Thomas Hobbes) 83 - 86

J

加尔文(John Calvin) 27,58,146,148,167,175,226,238,

加尔文主义(Calvinism) 238

僭主政体(tyranny) 69,72,76

绝罚(excommunication) 14

君权神授(divine right of kings) 28,64,68 - 72,77,78,86,107,118

君主共和国(monarchical commonwealth) 110,115,126

L

劳德主义(Laudianism) 25,

乐园书写 165,166

逻各斯(logos) 80 - 83,87,88,90,91

逻各斯中心主义(Logocentrism) 64,80 - 82,86,91

罗拉德派(Lollards) 22,31

旅鼠般的公众(lemming - like public) 145

M

弥尔顿(John Milton)

《十一月五日》("In Quintum Novembris," 1626) 49

《基督诞生之晨》("On the Morning of Christ's Nativity," 1629) 10,36, 38,50

《利西达斯》("Lycidas," 1637) 24,45,98

《关于宗教改革》(Of Reformation, 1641) 10 – 12,14,15,19,21

《教会统治的理由》(The Reason of Church – Government, 1642) 24 – 26

《论出版自由》(Areopagitica, 1644) 8,10,51,52,54,126,135

《论诽谤——针对我新近完成的几篇论著》("On the Detraction Which Followed My Writing Certain Treatises," 1646) 98

《赠科切斯特围攻中的费尔法克斯将军》("On the Lord General Fairfax at the Siege of Colchester," 1648) 92,93

《国王与官吏的职权》(The Tenure of Kings and Magistrates, 1649) 64, 65,67

《偶像破坏者》(Eikonoklastes, 1649) 5,8,64,79,81,82,84,90,108, 112,125,126,160,169

《为英国人民声辩》(A Defence of the People of England, 1651) 8,20, 64,65,107,108,111 – 125,127,128,130 – 135,157,219

《给克伦威尔将军》("To the Lord General Cromwell," 1652) 92

《赠小亨利·范恩爵士》("To Sir Henry Vane the Younger," 1652) 92

《再为英国人民声辩》(A Second Defence of the English People, 1654) 8,64,124,135 – 139,141 – 143

《最近在皮德蒙特的屠杀》("On the Late Massacre in Piedmont," 1655) 102

《自我声辩》("Pro Se Defensio", 1655) 135

《失明述怀》("On His Blindness," 1655) 246

《建设自由共和国的简易办法》(The Readie & Easie Way to Establish a Free Commonwealth, 1660) 124,144 – 153

《失乐园》(Paradise Lost, 1667) 6,8,43,47,85,108,110,116,165 – 168,179,180,182,183,185,186,195,196,199,202,206,213,247

《复乐园》(Paradise Regained, 1671) 8,113,165,166,196,198,202,

205,206,208,212 – 214,222,235,236,238,239,241,243,

《斗士参孙》(Samson Agonistes,1671) 8,125,153,154

《论真正的宗教、异端、教会分裂和宽容;以及哪些最好的手段可以用来遏制天主教的扩张》(Of True Religion, Heresy, Schism, Toleration; and What Best Means May Be Used against the Growth of Popery,1673) 237

《基督教教义》(Christian Doctrine,1825) 8,207,222 – 224,234

莫尔(Thomas More) 148,185

《乌托邦》(Utopia,1516) 185

N

凝视(gaze) 187,188

O

偶像破坏者(iconoclast) 90,125,160,165,171

偶像中心主义(Iconocentrism) 64,65,81,82,84,86,89,91,

P

《新大西岛》(New Atlantis,1627) 185

平等派(Levellers) 13,93,248

Q

《启示录》(Revelation,c.96) 20,34,37,39,40,47,50,180,186,197

千禧年主义(Millenarianism) 59,248

清教徒革命(Puritan Revolution) 51,57,236

S

三位一体(trinity) 6,20,46,173,223 – 226,234,245

莎士比亚(William Shakespeare) 84,91,143,219

《科利奥兰纳斯》(The Tragedy of Coriolanus,1623) 219

审查制度(censorship) 51,53,55,80

神圣中介(divine medium) 6,222,224,234,235

使徒时代(Apostolic Age) 14,21,62,198

T

滕尼斯(Ferdinand Tonnies) 5,8,44,67,72,90,129,154,161

天堂想象 180

田园诗(pastoral) 7,8,181,184

W

韦尔多派(Waldensians) 102-106

位格(person) 46,222-225,227,234

维吉尔(Virgil) 37-40,109,110,112,113

 《第四牧歌》("Eclogue IV,"37 BC) 38,40

 《农事诗》(*Georgics*,29 BC) 109

威克利夫(John Wycliffe) 15,16,21,57

X

锡德尼(Philip Sidney) 84,

 《阿卡狄亚》(*Arcadia*,1590) 84

夏娃崇拜 165,168,169,171-174,178

新耶路撒冷(New Jerusalem) 40,44,50,181,185,186,195,197,198,211,243

星室法庭(Star Chamber) 34,53,

许可制(licensing) 10,51-63

Y

亚里士多德(Aristotle) 8,68,69,73,81,84,92,113,122,127,128,142,143,148,157

 《政治学》(*Politics*,c.384 BC-322 BC) 68,84

言语圣餐(verbal communion) 247

英国国教(Anglican Church) 12,15,16,21,170,177,238

Z

长老制(Presbyterian Polity) 19,26-29,56,73

政治乌托邦(political utopia) 187

正宗政体(genuine regime) 68,69,78,120

主教战争(Bishops' Wars) 17,31

转型焦虑(anxiety over transition) 9

宗教裁判所(Inquisition) 52,53

宗教改革(Reformation) 8,10,12,15,16,18,21-23,26,31,32,35,37,49,50,57,204,246,248

宗教乌托邦(religious utopia) 186

致　　谢

感谢诸多学界同人，尤其是殷企平和李公昭两位教授。正是在参与他们的国家社会科学基金重大项目研究的过程中，笔者撰写了数篇有关弥尔顿作品的学术论文，这为本人相关研究的展开打下了坚实的基础；他们的治学经验与思路也时常让人有茅塞顿开之感。此外，笔者有幸参与郝田虎教授与弥尔顿有关的国家社会科学基金重大项目的研究，同样受益匪浅。陕西师范大学外国语学院的孙坚教授以高屋建瓴的眼光，对本书的研究框架提供了宝贵的改进意见；学院的诸多领导与同事也给予了各种形式的帮助。本书的部分内容曾发表在《圣经文学研究》《外国语文》《中世纪与文艺复兴研究》《跨语言文化研究》等集刊或期刊上，梁工教授、郝田虎教授，以及其他编辑为这些内容的修改付出了不少心血。陕西师范大学以及其他一些国内大学图书馆的工作人员在文献传递过程中不辞辛劳，热情相助，在此一并表示感谢。最后，感谢家人，尤其是颜廷美、刘庆梅、朱连明、刘声畅等人的关心和支持。

刘庆松
2024 年 6 月于陕西师范大学